L'ÉQUATION JANSON

Robert Ludlum, maître incontesté du suspense, est l'auteur de plus de vingt romans, vendus à plus de deux cents millions d'exemplaires à travers le monde et traduits en trente-deux langues. Il lance le personnage de Jason Bourne en 1980 avec *La Mémoire dans la peau*, premier volume d'une série ininterrompue de triomphes internationaux qui a été adaptée au cinéma avec Matt Damon dans le rôle principal. Robert Ludlum est décédé en 2001.

Ancien avocat de la défense pour la ville de New York, Douglas Corleone est auteur de romans policiers contemporains et de thrillers internationaux à succès. En 2015, il succède à Paul Garrison et reprend la série consacrée aux aventures de l'ex-agent Paul Janson.

d'après
ROBERT LUDLUM
Douglas Corleone

L'Équation Janson

TRADUIT DE L'ANGLAIS (ÉTATS-UNIS)
PAR HENRI FROMENT

GRASSET

Titre original :

THE JANSON EQUATION
Publié par Orion Books, 2015.

Pour Jack

Si vous examinez des photos satellite de l'Extrême-Orient prises de nuit, vous verrez une grande tache curieusement dépourvue de lumière. Cette région obscure est la République démocratique populaire de Corée.

Barbara DEMICK,
*Nothing to envy : Ordinary lives in
North Korea.*

On demande officiers pour expédition dangereuse. Salaire faible. Froid intense. Longs mois d'obscurité totale et danger permanent à prévoir. Retour non assuré. Honneurs et reconnaissance en cas de succès.

Ernest SHACKLETON,
Annonce de recrutement pour
l'expédition Shackelton
en Antarctique, 1914.

Prologue

Dongchang Road, Nouveau District de Pudong
Shanghai, République populaire de Chine

Depuis l'entrée de la boutique de l'hôtel, de l'autre côté de la rue, Paul Janson observait à la dérobée trois gardes en uniforme, immobiles comme des statues, postés juste derrière la porte principale de l'enceinte – pas seulement des gardes, mais bien des soldats de l'Armée de libération du peuple. Ils protégeaient ce que Janson savait maintenant être un complexe gouvernemental abritant l'Unité 61398 de l'ALP, le bureau du cyber-espionnage chinois. L'ALP responsable d'une campagne systématique de hacking et de vol de données à l'encontre de centaines d'organisations privées et étatiques couvrant plusieurs dizaines de secteurs industriels stratégiques sur toute la planète. Le coût pour les victimes se chiffrait en centaines de milliards de dollars.

Le bâtiment central du complexe servait de QG à l'Unité 61398 : douze étages qui s'étendaient sur treize mille mètres carrés, un espace suffisant pour abriter les bureaux de près de deux mille personnes. Mais, au cours des six derniers mois, Janson n'avait concentré son attention que sur un seul individu parmi eux. Un jeune homme de 28 ans connu sur Internet sous le pseudonyme Silent Lynx.

Lynx, comme le félin qui peuplait les régions du nord et de l'ouest de la Chine et le Plateau tibétain.

Sur le portail en fer épais gardant l'entrée du complexe, une petite porte réservée aux piétons s'ouvrit pour laisser passer l'homme que Janson connaissait sous le nom de Silent Lynx. Il salua l'un des gardes d'un signe de tête, passa devant le second pour atteindre le râtelier des bicyclettes garées devant le bâtiment. Il plongea la main dans la poche intérieure de sa veste, en sortit une petite clé avec laquelle il ouvrit le cadenas de son vélo, puis s'éloigna, guidant l'engin à pied sur quelques mètres, avant de lancer sa jambe droite par-dessus le cadre et de l'enfourcher. Tandis qu'il s'éloignait, pédalant lentement, Janson franchit la porte tournante de l'hôtel et se noya dans la foule.

Il venait de passer six mois à Shanghai et la solitude lui manquait. Avec ses quelque dix-sept millions d'habitants, ses gratte-ciel parmi les plus hauts de la planète et son architecture à couper le souffle, la ville chinoise toute grouillante d'agitation éveillait chaque fois en lui le même mélange d'admiration et de crainte. Mais, au bout d'un moment, la circulation constante, le vacarme – les klaxons, le grondement des moteurs, le crissement des freins – tout cela lui faisait presque regretter ses missions sur le Continent sombre.

Janson foulait à grandes enjambées le pavé sous le ciel gris et bas, l'esprit concentré, chassant de ses pensées autant qu'il le pouvait les vacances à venir avec Jessie sur l'île hawaïenne de Maui. Ses yeux plissés, un trait de lumière, enregistraient chacun des visages qui le croisaient. Il guettait la familiarité, l'incongruité, un regard fixe qui se détournerait trop vite de son propre coup d'œil évaluateur, tandis que lui-même se fondait et disparaissait dans la foule. Avec de la teinture noire, il avait effacé le blanc de sa chevelure poivre et sel, qu'il avait laissée pousser jusqu'à une longueur pour lui inédite depuis longtemps. Ses grands yeux d'Occidental étaient dissimulés derrière une paire de Ray-Ban Wayfarers, et son teint habituellement rose disparaissait sous une couche de maquillage. Ainsi déguisé, incroyablement, même en Chine sa silhouette d'Américain passait inaperçue.

Du coin de l'œil, il vit Lynx tourner Qixia Road en direction du chantier. Le hacker pédalait à un rythme plus rapide qu'à l'habitude et Janson lui intima intérieurement de ralentir avant que quelqu'un ne s'en rende compte.

Pendant ce temps, lui-même obliqua vers le nord sur Dongtai Road en direction du parc Lujiazui. Il se prit à regretter d'avoir laissé son associée Jessica Kincaid quitter Shanghai avant la fin de la mission. Dans un moment tel que celui-ci, la lunette de son fusil de sniper faisant office de jumelle, elle aurait veillé sur lui depuis l'un des points d'observation du World Trade Center de Shanghai, murmurant dans son écouteur chaque fois qu'elle aurait repéré quelque chose de suspect. Mais, non, aujourd'hui, Janson devrait faire sans elle. Jessie avait achevé son travail et méritait le temps libre qu'elle passerait à Hawaï.

C'était elle, après tout, qui avait fourni à Janson l'occasion de rencontrer Lynx, plusieurs semaines plus tôt. Janson avait passé des mois à surveiller Lynx en ligne et hors ligne. Il avait compris que l'égotiste et avide hacker était mûr pour le recrutement. Sauf qu'il ignorait comment entrer en contact avec lui. Et en fin de compte, les charmes de Jessica Kincaid avaient opéré. Après avoir filé Lynx jusqu'à une boîte de nuit à la mode de Shanghai du nom de Muse, Janson l'avait envoyée en appât. Quelques verres, un flirt pas trop subtil, et elle l'avait entraîné dehors, jusqu'à la berge occidentale de la Huangpu River où Janson attendait.

Il avait proposé au jeune hacker le marché qui changerait sa vie. Contre des informations précises concernant les opérations de son unité de cyber-espionnage, Janson allait lui fournir une nouvelle identité, et suffisamment de devises pour fuir la Chine et son Armée de libération du peuple jusqu'à la fin de ses jours.

À présent, l'échange entrait dans sa phase concrète. Il se ferait en deux livraisons séparées mais simultanées, sur quoi Janson quitterait Shanghai avec la preuve matérielle de la culpabilité de la République populaire de Chine dans le vol de secrets commerciaux internationaux.

L'une des victimes de l'Unité 61398 était l'entreprise Edgerton-Gertz, un géant américain spécialisé dans les biotechnologies. Edgerton-Gertz avait perdu des milliards du fait du piratage de ses secrets commerciaux chaque année pendant six ans. Edgerton-Gertz était le client de Janson et la raison pour laquelle il se trouvait à Shanghai. À la demande de son PDG, Jeremy Beck, quelqu'un au sommet de la hiérarchie du Département d'État, à Washington, avait donné le nom de la société de consulting en sécurité fondée par Janson, Catspaw Associés. Ce quelqu'un était son ancien employeur, du temps où Janson servait comme agent clandestin.

Ses années aux Opérations consulaires étaient depuis longtemps révolues mais les souvenirs de cette période de sa vie durant laquelle il avait officié comme tueur assermenté au service de l'État refusaient de s'effacer. C'est la raison pour laquelle il avait créé la Fondation Phœnix après cela, tentative courageuse pour venir en aide à ses anciens collègues – des agents aux vies le plus souvent détruites, aux psychés en lambeaux après des années de bons et loyaux services clandestins pour le gouvernement.

Un coup d'œil à la trotteuse de sa montre avertit Janson que Lynx devait maintenant approcher du terrain vague en chantier d'où s'élèverait sous peu un autre des immenses gratte-ciel qui donnaient à Shanghai sa forme extraordinaire. Là, dissimulé aux yeux de la foule encravatée qui se pressait dans les rues adjacentes, le hacker allait trouver la discrète planque de briques et de mortiers dissimulant les devises et papiers d'identité qui lui seraient nécessaires pour quitter définitivement la République populaire. Ce qu'il ignorait, c'est qu'un GPS ultrafin, permettant à Janson de le retrouver au cas où le jeune homme ne remplirait pas sa part du marché, était dissimulé dans la couverture arrière de son passeport sud-coréen.

Janson obliqua à gauche sur Century Avenue, l'un des nombreux points touristiques de Shanghai fait d'hôtels quatre-étoiles, de restaurants, de bars et de musées divers. En se joignant à la foule sur Lujiazui Park il éprouva un picotement familier, son sens du terrain lui disait que quelque chose n'allait pas. Était-il filé ? Par qui, dans ce cas ? Il détailla la Chinoise aux cheveux d'argent assise seule sur le banc. Le touriste européen aux traits anguleux, aux yeux perçants, aux longues mèches blondes, qui passait non loin de lui. Le jeune couple moyen-oriental dégustant un thé à la terrasse du café tout proche.

Est-ce que je deviens fou ?

Le taxi derrière lui roulait-il plus lentement que les autres voitures ? L'agent de circulation en poste sur le Segway, Janson ne l'avait-il pas aperçu un peu plus tôt à la sortie de son hôtel ?

Avant d'avoir eu le temps de conclure, Janson repéra de l'autre côté de la rue l'entrée de l'allée à l'endroit précis indiqué par le message qu'il avait reçu juste avant de quitter son hôtel.

Il glissa les mains dans ses poches, se mit en marche, traversa avec la foule au croisement le plus proche. La tête basse, il continuait d'examiner les visages des passants alentour. Lorsqu'il atteignit le coin, il leva les yeux vers les fenêtres innombrables donnant sur le trottoir opposé. Chacune d'elles pouvait cacher un sniper dont le viseur était braqué sur lui. Il chercha un éclat, un rideau qui frémit, l'extrémité d'un canon dépassant d'un volet.

Puis il s'enfonça dans l'allée au même rythme rapide. C'était un long passage étroit qui sentait l'huile de sésame. Devant lui, un vieillard vêtu d'un tablier blanc maculé parut sur le seuil d'une porte grillagée. Il avait un sac-poubelle au bout de chaque bras et une cigarette pendait mollement de ses lèvres. Il jeta à Janson un regard torve, se retourna pour lancer violemment les sacs dans la benne à ordures bleu roi adossée au mur, écrasa sa cigarette contre les graffitis peints sur les briques, puis fit demi-tour et disparut derrière la porte grillagée d'où il avait surgi.

Janson avançait en comptant ses pas. Il sortit d'une poche de pantalon un vieux BlackBerry dépourvu de batterie et, après avoir fixé une seconde l'écran mort au creux de sa paume, il le laissa échapper « par inadvertance ». L'appareil heurta le sol, rebondit sur le mur de briques. Tandis qu'il s'accroupissait pour le récupérer, un sourire se peignit sur ses lèvres en constatant la méthode de dissimulation unique choisie par Silent Lynx : un rat éviscéré et lyophilisé qui semblait avoir été écrasé.

C'est de circonstance, pour le moins.

Janson souleva le rat, déchira précautionneusement la bande Velcro qui lui recouvrait l'estomac. Il plongea ses doigts à l'intérieur de l'animal, les referma autour d'un petit lecteur flash qu'il sortit du ventre du cadavre, remit le Velcro en place et reposa le rat sur le sol. Puis il saisit l'inutile BlackBerry, mit le tout dans sa poche de pantalon, et reprit son chemin dans l'allée.

Elle débouchait sur une petite rue anonyme derrière la Tour Jinmao.

Il tourna à gauche deux fois de suite, déboucha sur Dongtai Road, puis rejoignit l'agitation urbaine en direction de Century Avenue.

Il atteignait le coin de Dongtai et Century quand un bruit crispant deux ou trois blocs devant lui l'arrêta net. Il vit quelques passants tourner distraitement la tête vers ce qui ressemblait au claquement d'un pot d'échappement.

Janson connaissait le bruit familier du calibre .38 Une seconde détonation retentit. Elle provenait manifestement du chantier vide.

Il tourna sur Century Avenue, fit de son mieux pour se perdre dans la foule. Son cœur battait la chamade. Son souffle était court, et il se répétait en silence son mantra de toujours – *clair comme l'eau, froid comme la glace* – tout en planifiant ce qu'il allait devoir faire. Lynx s'était fait repérer, il s'était fait descendre, ce qui signifiait que Janson ne pouvait plus retourner à l'hôtel.

On passe au Plan B.

Lequel consistait à héler un taxi et filer aussi vite que possible vers Pudong International Airport.

Sur Century Avenue, il fonça vers la station de taxi, un œil sur sa montre. Il visualisait le sniper de l'ALP en train de le mettre en joue depuis l'un des immeubles alentour. Il serait mort d'ici quelques secondes.

La sueur coulait sur son front, son estomac se serrait. *Clair comme l'eau, froid comme la glace.*

Il lui fallut quelques secondes pour recouvrer sa respiration. Pour la première fois depuis qu'il était arrivé à Shanghai, Janson éprouvait le sentiment vertigineux qu'il n'en sortirait peut-être pas vivant.

Il plongea dans un taxi, cria sa destination en chinois, tout en réfléchissant, la tête baissée et s'efforçant de ne pas sembler se cacher, il ordonna au chauffeur de tourner successivement à droite sur Zhangyang et brutalement à gauche sur Fushan Road.

Le chauffeur suivit sans commentaire le bizarre entrelacs des rues en zigzag où Janson savait que la circulation serait relativement moins dense. Ils roulèrent quinze minutes dans un labyrinthe de rues autour des gratte-ciel de Shanghai, Janson vérifiant discrètement dans le rétro-viseur qu'il n'était pas suivi. Puis il commença à se détendre. Toujours en chinois, il remercia le chauffeur et, enfin, s'adossant au dossier de vinyl craquelé de la banquette arrière, lui donna sa destination finale.

Les battements de son cœur avaient beau ralentir, il savait qu'il ne serait pas pleinement en sécurité avant le décollage.

PREMIÈRE PARTIE

Le fils du sénateur

1

Base de Pearl Harbor-Hickam
Proche de Honolulu, Hawaï

Le business jet Embraer Legacy 650 n'avait pas touché terre depuis plus de dix minutes quand Paul Janson mit le pied sur le tarmac brûlant de Hickam Field, sur l'île d'Oahu. Lawrence Hammond, le directeur de cabinet du sénateur, l'accueillit au pied de l'avion.

— Merci d'être venu.

Janson prit le temps d'inspirer l'air doux des tropiques, et de goûter sur son visage la caresse du soleil de Hawaï. Six mois sous le ciel pollué de Shanghai l'avaient habitué à un brouillard sale et épais. Il avait passé la moitié de l'année à s'emplir les poumons de poison et ne le réalisait pleinement que maintenant, dans l'atmosphère légère et libre de Hawaï.

À l'abri derrière ses lunettes Wayfarers, il ferma les yeux un instant. En dépit de l'agitation qui régnait sur Hickam comme sur n'importe quelle base opérationnelle, il percevait déjà toute la relative tranquillité du lieu. Il anticipa le sable blanc des plages côtières, le bleu azuréen des eaux transparentes qui les attendaient, Jessie et lui, derrière les limites de la base de l'US Air Force.

Hammond était un grand type aux cheveux gominés, couleur paille. Il le dirigea vers une Jeep vert olive au volant de laquelle se trouvait un soldat de seconde classe qui semblait n'avoir pas l'âge requis pour conduire.

— *Air Force One* s'est posé sur cette piste il n'y a pas très longtemps, dit Hammond en se penchant vers lui, tandis que Janson prenait place sur le siège passager et bouclait sa ceinture.

— Vraiment? fit-il tandis que la Jeep démarrait.

Hammond prit sa question polie pour une marque d'intérêt.

— À Noël, en fait, répondit-il. Les vacances de la famille présidentielle sur la petite plage de Kailua. C'est la côte la plus venteuse de l'île.

Sur quoi tous trois restèrent silencieux durant les dix minutes de trajet qui suivirent.

Initialement, en quittant Shanghai, Janson avait escompté atterrir sur l'aéroport international de Honolulu tout proche; il y aurait retrouvé Jessie et se serait laissé conduire à Waikiki pour quelques verres, un dîner intime, et une nuit torride au légendaire Pink Palace; le lendemain, ils auraient pris un petit avion pour Maui. Mais un coup de téléphone reçu à trente mille miles au-dessus du Pacifique, alors qu'il se reposait dans la cabine de l'Embraer avait tout modifié. Il était au bord du sommeil quand la voix de son unique agent de bord, Kayla, avait retenti dans l'intercom pour l'avertir d'un appel en provenance du continent:

— C'est un sénateur américain, monsieur. J'ai pensé que vous voudriez le prendre.

— Quel sénateur ? avait articulé Janson un peu vaseux. Il n'en connaissait personnellement qu'une poignée, et le nombre de ceux qu'il appréciait était encore moins élevé.

— Le sénateur James Wyckoff, répondit-elle. De la Caroline du Nord.

L'homme n'entrait dans aucune de ces deux catégories. Il était sur le point de dire à Kayla de prendre son numéro quand elle lui annonça que Wyckoff appelait sur la recommandation de son client Jeremy Beck, le PDG de Edgerton-Gertz.

À contrecœur, il avait pris l'appel.

La Jeep se gara sur le parking d'un petit bâtiment administratif.

— Le sénateur est déjà là ? demanda Janson en se tournant vers Hammond.

De Shanghai, il avait fallu un peu plus de neuf heures de vol. Janson avait décollé depuis deux heures seulement au moment du coup de fil de Wyckoff. De Washington DC, dans les meilleures conditions atmosphériques, il fallait près de dix heures pour atteindre Honolulu et, à cette époque de l'année, les pistes là-bas étaient couvertes de neige et de glace.

— Le sénateur vous a en fait appelé depuis la Californie, répondit Hammond. Il était à un *fund-raising* à Los Angeles quand on l'a prévenu de ce qui était arrivé à son fils.

Janson n'ajouta rien. Il s'extirpa de la Jeep, suivit Hammond et le soldat de seconde classe dans le bâtiment. Le gamin ouvrit la porte avec une clé, et s'écarta pour laisser passer les deux hommes.

Un antique système d'air conditionné se mit à gronder dans les tuyaux tandis que la lumière du soleil faisait place à l'éclat brut de néons fluorescents et vibrants. Hammond guida Janson dans un corridor nu, au sol recouvert d'un linoléum usé, jusqu'à un bureau spacieux, strictement fonctionnel, situé à l'arrière du bâtiment.

— Le sénateur Wyckoff arrive tout de suite, dit-il avant de prendre congé.

Janson resta seul deux minutes. Puis un bruit de chasse d'eau résonna et le sénateur en personne surgit d'un petit cabinet.

— Paul Janson, j'imagine, dit-il en lui tendant la main.

— C'est un plaisir, monsieur le Sénateur.

Janson retira ses lunettes, s'assit dans le siège qui faisait face à l'unique bureau, une table en métal, cabossée et rayée. Le sénateur Wyckoff s'installa de l'autre côté. Il croisa les jambes, prit une longue inspiration et se lança :

— Comme je vous l'ai dit au téléphone, monsieur Janson, les détails concernant la disparition de mon fils sont encore vagues. Lynell Yi était son amie depuis trois ans, une adorable jeune femme. Elle a été découverte assassinée hier matin dans le *hanok* où tous deux résidaient au centre de Séoul. Elle a été étranglée. Voilà ce que nous savons avec certitude.

Le sénateur avait la cinquantaine. D'apparence soignée, il était vêtu d'un costume bien coupé dénotant le luxe, mais les poches sous ses yeux révélaient l'enfer dans lequel il était plongé depuis la veille.

26

— La police de Séoul, continua-t-il, considère Gregory comme le principal suspect, ce qui, si vous connaissiez mon fils, vous semblerait aussi absurde qu'à moi. Bien sûr ma femme et moi sommes atterrés. Gregory est un jeune homme. Nous ignorons s'il a été kidnappé ou s'il a pris la fuite sous le coup de la panique. Se voir suspecté de meurtre dans un pays étranger est évidemment terrifiant. La Corée du Sud a beau être un allié des États-Unis, résoudre le problème par la voie officielle va prendre du temps.

Le sénateur planta ses coudes sur le bureau et se pencha vers Janson.

— Je voudrais que vous alliez à Séoul et que vous le retrouviez. C'est notre première priorité. La seconde, presque aussi importante, va consister à conduire une enquête indépendante sur le meurtre de Lynell. La rapidité est sans doute notre seule chance de réussir. J'ai été avocat au pénal, et je peux vous dire d'expérience que les preuves tendent à disparaître très vite. Les témoins s'évaporent. Les souvenirs se brouillent. Si nous n'innocentons pas Gregory dans les quatre prochains jours, il se pourrait fort bien que nous ne soyons plus jamais à même de le faire.

Janson leva la main.

— Permettez-moi de vous interrompre, Sénateur. Je suis navré de ce qui arrive à vous et à votre famille, vous avez toute ma sympathie. Vraiment. Je souhaite que votre fils réapparaisse sain et sauf d'ici peu, et je suis certain que vous voyez juste, il est sûrement accusé à tort. Je vous souhaite de tout cœur de réussir à le prouver et de le ramener chez vous afin qu'il fasse le deuil de sa compagne. Mais, j'ai bien peur de ne pouvoir vous être utile. Je ne suis pas un détective privé.

— Je ne prétends pas que vous le soyez. Mais ceci n'a rien à voir avec une enquête ordinaire.

— Puis-je poursuivre, Sénateur ? Excusez-moi. Je ne suis ici que par courtoisie envers Jeremy Beck, mon client. Comme j'ai déjà tenté de vous l'expliquer au téléphone, cette affaire n'est tout simplement pas de mon ressort.

Janson sortit un papier de sa poche.

— J'ai pris la liberté de contacter quelques vieux amis pendant le vol. Vous trouverez ici les coordonnées de plusieurs investigateurs privés de Séoul. Ils connaissent parfaitement la ville et sont capables d'obtenir des informations directement de la police sans aucun problème. Ce sont les meilleurs détectives de toute la Corée du Sud.

Wyckoff posa le papier sur le bureau sans le regarder. Ses yeux se plissèrent, confirmant l'impression qu'avait eue Janson dès l'entrée. Wyckoff n'était pas un homme à qui l'on se permettait de dire non très souvent.

— Monsieur Janson, dit-il, avez-vous des enfants ?

Des coups retentirent contre la porte, interrompant la conversation. Le sénateur s'extirpa du fauteuil avant de se traîner vers le bout de la pièce.

Janson détestait qu'on lui pose des questions personnelles. Particulièrement lorsqu'elles émanaient de clients réels ou potentiels, et plus encore s'il refusait la mission qu'ils lui proposaient. Cette question-là, en particulier, n'était pas anodine. Non, il n'avait pas d'enfant. Il n'avait pas de famille – il gardait en mémoire celle qu'il avait failli avoir, les souvenirs lancinants d'une épouse enceinte, le rêve d'un enfant jamais né, un avenir pulvérisé par l'explosion d'une bombe lors d'un attentat terroriste des années plus tôt. Il s'en souvenait comme si c'était hier.

Dans son dos, la voix sonore de Hammond retentit, puis une autre, bien plus douce, suivie de la plainte reconnaissable entre mille d'un sanglot féminin.

— Monsieur Janson, dit le sénateur, j'aimerais vous présenter ma femme, Alicia. La mère de Gregory.

Janson se leva. Il se tourna vers le couple tandis que Hammond sortait de la pièce et refermait doucement la porte derrière lui.

Tremblante, les yeux humides et barbouillés de mascara, Alicia Wyckoff se tenait devant Janson, plus jeune que son mari de quelques années, même si le poids des circonstances menaçait de combler l'écart.

— Je vous suis si reconnaissante d'être venu, dit-elle. Ignorant la main que Janson lui tendait, elle le serra dans ses bas en une intense accolade. À travers sa chemise, il perçut la chaleur de ses larmes, ses ongles longs enfoncés dans son dos.

Avec un peu de cynisme, il aurait pensé que son entrée avait été minutieusement programmée.

Wyckoff écarta quelques papiers et posa une fesse sur le bord du bureau.

— J'ai examiné votre parcours professionnel, dit-il. Sitôt que Jeremy m'a donné votre nom, j'ai contacté le *State Department* et obtenu un dossier complet. Même en tenant compte des éléments censurés, ce que j'ai pu lire est impressionnant. Très impressionnant. Vous êtes qualifié pour ce travail comme personne, monsieur Janson.

Il marqua une pause.

— Ne refusez pas notre requête, s'il vous plaît.

— Refuser ? intervint Alicia Wyckoff. Mais de quoi parlez-vous ? Elle se tourna vers Janson. Vous envisagez sérieusement de ne pas nous aider ?

— Je viens de l'expliquer à votre mari, je ne suis pas la personne dont vous avez besoin.

— Mais bien sûr que si ! Elle se tourna vers Wyckoff. Tu ne lui as pas dit ?

Wyckoff secoua la tête.

— Pas dit quoi ? demanda Janson.

Il ne pouvait imaginer quoi que ce soit qui puisse lui faire changer d'avis. L'Asie était derrière lui. Il avait besoin de vacances. Jessica avait besoin de vacances. Au cours des deux années écoulées, ils avaient enchaîné les missions presque sans interruption, dont deux successives couronnées de succès sur les côtes africaines, au terme desquelles Janson et Kincaid s'étaient promis un break. Puis Jeremy Beck l'avait contacté avec son dossier de cyber-espionnage impliquant le gouvernement chinois, et Janson, intrigué, n'avait pas résisté. C'était sa vie depuis les Opérations consulaires : changer le monde, d'une mission à l'autre. Mais cette fois c'était fini.

Wyckoff se redressa, soupira profondément, avec l'air de quelqu'un qui espère jusqu'au bout ne pas avoir à dire ce qu'il s'apprête à dire.

— Nous ne pensons pas que le meurtre de Lynell soit un crime passionnel ou un assassinat crapuleux, dit-il. Nous ne pensons pas que la police de Séoul en soit venue à suspecter notre fils toute seule. Nous pensons qu'elle été dirigée sur cette piste par quelqu'un.

— Par qui ? demanda Janson en plongeant ses yeux dans ceux du sénateur.

Wyckoff serra les lèvres. Il donnait l'impression d'être sur le point de vendre son âme – pour autant qu'un politicien américain se souciât de ce genre de chose.

— Ce que je vais vous dire doit rester strictement entre nous, monsieur Janson.

— Naturellement.

Le sénateur posa ses mains sur ses hanches. Il prit le temps d'une longue expiration.

— Nous pensons que Gregory a été piégé par votre dernier employeur.

— Je ne suis pas sûr de comprendre, dit Janson après un moment.

— La victime, Lynell Yi, l'amie de mon fils, elle est… Elle était, plutôt, traductrice. Anglo-coréen. Elle a travaillé sur plusieurs négociations sensibles dans la zone démilitarisée. Des négociations entre les Corées Nord et Sud impliquant d'autres parties, notamment la Chine et les États-Unis. Nous pensons qu'elle a entendu quelque chose qu'elle n'aurait pas dû entendre. Qu'elle a partagé cette information avec notre fils et que c'est la raison pour laquelle ils sont devenus tous deux la cible de quelqu'un au sein de notre gouvernement. Au sein du Département d'État, pour être précis.

— Et vous pensez que ce meurtre a été exécuté par les Opérations consulaires ? demanda Janson.

Wyckoff hocha la tête.

— Le meurtre et le piège dans lequel est tombé Gregory. Notre fils n'est pas un imbécile. S'il était impliqué d'une façon ou d'une autre dans le meurtre de Lynell, chose en soi impossible, il n'aurait certainement pas laissé derrière lui une succession d'indices aussi flagrants.

— Par définition, dit Janson, les crimes passionnels ne sont pas rationnels. L'intelligence du tueur n'a rien à voir avec ce qui se passe.

— Certes, dit Wyckoff. Mais si j'en crois les informations données par la police de Séoul, ce tueur-là a eu tout le temps de nettoyer la scène après le meurtre.

— Ou le temps de s'échapper en courant, objecta Janson.

Wyckoff l'ignora.

— Le corps de Lynell n'a été trouvé qu'au matin. Par la femme de ménage. Il n'y avait pas de carton *do not disturb* à la porte. Quiconque l'a tuée *voulait* qu'elle soit découverte rapidement. Cela *devait* ressembler à un crime passionnel.

Janson ne dit rien. La théorie de Wyckoff, il le savait, ne reposait que sur le désir de parents en panique. Mais qu'attendre d'autre étant donné les circonstances ? Qu'aurait fait Janson à leur place si son fils avait été accusé ?

— Dites-moi, Paul, reprit Wyckoff s'affranchissant des formalités, pensez-vous sincèrement que personne au sein du gouvernement américain n'est capable de ce genre de chose ?

Janson ne pouvait rien dire de tel. Pour avoir lui-même mené des opérations qui n'étaient pas si différentes de celle que Wyckoff décrivait, il *savait* de quoi son gouvernement était capable. Il passait ce qu'il lui restait de vie à s'en rendre compte.

— Avant que je ne devienne un sénateur de ce pays, continua Wyckoff, j'étais avocat pénal à Charlotte. Spécialisé dans les préjudices de masse. J'ai fait fortune en poursuivant des compagnies pharmaceutiques qui fabriquaient et vendaient en toute conscience des produits pré-approuvés par la FDA. Je suis prêt à partager la fortune que j'ai accumulée toutes ces années si vous acceptez de prendre cette affaire. Il vous suffit de dire un chiffre, Paul, n'importe lequel.

Pour un dossier aussi compromettant, Janson pouvait aisément demander sept à huit millions de dollars. Tout irait à la Fondation Phœnix. De quoi aider des dizaines d'anciens agents clandestins à retrouver une existence normale.

Janson devait admettre que l'idée d'enquêter sur les activités de son ancien employeur n'était pas pour lui déplaire.

Si, par improbable, le Département d'État était effectivement allé jusqu'à s'impliquer dans un meurtre et un piège tendu au fils d'un sénateur de premier plan, cela ne pourrait signifier qu'une chose : les objectifs du gouvernement devaient être assez vastes pour avoir des répercussions sur la région tout entière, sinon sur l'ensemble de la planète.

— J'ai une condition, dit finalement Janson.

— Dites.

— Si je retrouve votre fils et découvre la vérité, vous devez vous engager dès maintenant à l'accepter quelle qu'elle soit. Même si cela doit conduire à sa condamnation pour meurtre.

Wyckoff jeta un regard à sa femme, qui hocha la tête. Il revint à Janson et dit :

— Vous avez notre parole.

2

— Cesse de t'excuser, dit Kincaid tandis que l'avion décollait. Tu as pris la bonne décision.

Janson avait beau savoir qu'elle avait raison, quelque chose dans cette mission le turlupinait. Plus il y réfléchissait, moins il lui semblait qu'elle se limiterait, pour Kincaid et lui, à chercher un gosse de dix-neuf ans dans une ville de dix millions d'habitants tout en menant une enquête indépendante sur la mort de sa petite amie.

Avant le décollage, et avant que Jessie n'arrive à Hockam Field, Janson avait appelé Morton, son consultant en cyber-sécurité basé dans le New Jersey. Vingt minutes avaient suffi à Morton, après avoir raccroché, pour lui faire parvenir une copie complète et parfaitement à jour du dossier électronique de la Seoul Metropolitan Police sur le meurtre de Lynell Yi.

Selon ce rapport, une femme de chambre de 63 ans du nom de Sung Won Yun avait découvert le corps dans une chambre du Sophia Guesthouse, le plus vieux et le plus traditionnel *hanok* du centre de Séoul. Une inspection préliminaire visuelle effectuée par le médecin légiste indiquait l'homicide. La fille était morte étouffée par strangulation, et par conséquent, l'assaillant devait être un homme doté de la force physique nécessaire.

Le médecin légiste estimait l'heure de la mort entre minuit et quatre heures du matin, heure à laquelle le corps avait été découvert. Cela correspondait aux déclarations faites à la police par deux clients des chambres voisines affirmant avoir entendu les voix d'un jeune couple manifestement en train de se disputer peu après minuit cette nuit-là. Bien qu'aucun des témoins n'ait été en mesure de comprendre ce qui se disait, tous deux s'accordaient sur le fait que la discussion échauffée s'était tenue en anglais plutôt qu'en coréen. Ces deux témoignages avaient conduit la police à conclure à la culpabilité de Gregory Wyckoff. Il avait assassiné sa petite amie Lynell Yi dans la fureur de la passion. Aucun mobile plus précis n'était fourni.

Les propriétaires du *hanok* avaient confirmé l'arrivée du couple la veille dans leur établissement et fourni aux enquêteurs des copies couleur des passeports du jeune homme et de sa compagne. De plus, le réceptionniste à temps partiel qui s'occupait du check-in ce soir-là avait identifié Gregory Wyckoff sur un échantillon de photos.

Des empreintes relevées sur les lieux étaient en cours d'examen. Grâce à un traitement spécial aux vapeurs de cyanoacrylates, les empreintes digitales sur le cou de la victime avaient été prélevées et envoyées au labo.

Aucun autre suspect, même potentiel, n'était cité dans le rapport, et le travail de traduction sensible sur lequel travaillait Lynell Yi lorsqu'elle avait été tuée ne figurait nulle part.

Après que l'Embraer eut atteint sa vitesse de croisière, Jessica Kincaid s'installa au centre de la cabine pour une séance de stretching sous le regard de Janson, qui, en l'observant, se prit à regretter les mai-taïs du Duke's Barefoot Bar de Waikiki.

— Bien, fit-elle, qui connaissons-nous à Séoul ?

À regret, Janson chassa l'image de Jessie alanguie, dans son deux-pièces rouge sexy, sur le sable des plages de Waikiki. Il ouvrit son ordinateur portable. En plus de ses nombreux contacts de l'époque des Opérations consulaires, il avait développé un vaste réseau « d'étudiants » au cours des années précédentes – d'anciens agents clandestins du gouvernement ayant bénéficié de l'aide de la Fondation et qui s'en étaient tirés grâce à lui. Certains menaient à présent des vies entièrement neuves – nouvelles identités, nouvelles maisons, des carrières lucratives à l'université ou dans le service public, parfois même dans le privé ; d'autres avaient acquis un capital suffisant pour fonder leurs propres entreprises ; à peu près tous avaient réussi de façon substantielle. À présent, Janson avait besoin de leur aide.

Il entreprit de faire appel à leurs diverses positions et à leurs nouveaux savoir-faire sans la moindre hésitation. Certains demandèrent à être convaincus, mais la plupart furent tout simplement reconnaissants de l'opportunité qui leur était faite de payer leur dette à Janson.

« *Ce que Phœnix offre, Phœnix le récupère pour le passer aux suivants*, expliqua-t-il aux réticents. *C'est comme ça que ça marche.* »

Au bout du compte, tous acceptèrent. Non que Janson les considérât comme son armée personnelle. Il ne se servait d'eux que pour les missions de Catspaw telle que celle-ci, quand des millions étaient en jeu pour la Fondation Phœnix.

Le premier nom l'arrêta. Il n'avait pas eu besoin de son ordinateur pour savoir que Jina Jeon se situait au top de la liste. D'un autre côté, il ne voulait pas donner à Jessie l'impression qu'il avait songé à Jina dès le début. Jina était l'un de ses contacts du temps des Opérations consulaires, et une ancienne pensionnaire de la Fondation Phœnix. Incidemment, c'était aussi une ex, bien avant qu'il n'ait rencontré Jessica Kincaid.

Janson fit dérouler la liste.

— Nam Sei-hoon, dit-il. Il travaille à l'Intelligence Service de la Corée du Sud.

— Tu lui fais complètement confiance ?

— Nam est l'un de mes plus vieux et de mes plus proches amis. Ça remonte à l'époque des SEAL entre lui et moi.

Janson n'oubliait jamais que sa décision de quitter l'Université du Michigan pour entrer dans la Navy avait initié le processus faisant de lui un tueur qualifié. Presque tout de suite, il avait montré un talent naturel pour le combat, ce qui dans la Navy passe rarement inaperçu. À l'époque où il avait rejoint le Quartier général de Little Creek en Virginie, il était déjà le plus jeune à avoir reçu une formation SEAL – une distinction qui aujourd'hui n'avait plus pour lui le moindre sens. À son premier retour d'Afghanistan, on l'avait décoré de la Navy Cross, la seconde plus haute décoration pour courage au sein de la Navy. Puis il avait enchaîné les tours sans la moindre pause, jusqu'à sa capture finale dans un village afghan des abords de Kaboul. Il était resté détenu par les talibans pendant dix-huit mois dans une cage de deux mètres sur un mètre vingt. Les talibans l'avaient affamé. Torturé. Ils l'avaient presque tué lors de ses deux premières tentatives d'évasion. La troisième avait réussi. Quand on l'avait trouvé, Janson ne pesait plus que trente-sept kilos. Il évoquait rarement les événements qui avaient suivi sa guérison. Pressé de questions, tout juste consentait-il à reconnaître qu'une bourse gouvernementale lui avait été attribuée pour qu'il reprenne ses études. Il s'était inscrit à Cambridge, avait été recruté peu après par une équipe spécialisée dans les *Black ops*, les opérations clandestines sous contrôle du Département d'État.

— Personne de Phœnix en Corée du Sud ? demanda Kincaid.

Janson acquiesça sans la regarder.

— Jina Jeon, dit-il. Mais je préférerais éviter de faire appel à elle.

Kincaid s'arrêta en plein étirement.

— Pourquoi ça ?

Le souvenir de leur aventure n'était pas la raison première de sa réticence. À l'égal de tous les pensionnaires passés par Phœnix, elle avait reçu un téléphone équipé d'une puce cryptée donnant à Janson la possibilité de la joindre par ligne directe. Elle savait que l'autorité responsable de la Fondation pouvait la contacter à tout moment pour lui demander de l'aide. Elle ignorait cependant – parce que Janson avait tenu à le lui dissimuler – que cette autorité n'était autre que lui.

Enfin une troisième raison le retenait et ce fut celle qu'il offrit à Kincaid.

— Elle n'est pas du genre à suivre les règles, dit-il.

Lorsque Janson faisait appel à eux, les pensionnaires de Phœnix s'engageaient à suivre la série des trois préceptes connus sous le nom de Règles Janson.

Nous ne torturons pas.

Nous ne faisons pas de victimes civiles.

Nous ne tuons pas quiconque n'essaie pas de nous tuer.

Pour tout ancien agent clandestin, ces préceptes étaient aussi faciles à énoncer que difficiles à suivre, mais Janson discernait en Jina Jeon un cas particulièrement retors. Non en raison d'une nature mauvaise, mais de ce que les Opérations consulaires avaient fait d'elle.

Et qui n'était pas très différent de ce qu'elles avaient fait de Janson lui-même.

« *Tu étais la Machine* », lui répétait le directeur Derek Collins lors de leurs innombrables entretiens précédant sa démission. « *Tu étais le type au bloc de granit en guise de cœur.* »

Et c'était vrai. Des années durant, Janson avait reçu ses ordres sans se poser de questions, et commis des meurtres au service de son gouvernement. Il avait tué et tué encore exactement comme une machine, et puis, un matin, il s'était réveillé une sueur glacée sur tout le corps, envahi par les fantômes des dizaines de personnes qu'il avait exécutées de sang-froid. Certaines d'entre elles l'avaient sans aucun doute mérité, mais d'autres non, et leur souvenir le hantait.

« *Tu me dis que tu es écœuré*, lui avait dit Collins. *Et moi, je vais te dire ce que tu finiras par découvrir un jour à ton sujet. Tuer est la seule façon pour toi de te sentir vivant.* »

Janson avait refusé de le croire. Il savait au fond de lui qu'il pouvait guérir. Il pouvait être sauvé. Tout d'abord, il lui fallait admettre ce qu'il avait été jusque-là : un assassin au sang froid. Puis, une fois cela pleinement réalisé, il se jura d'expier ses fautes et de se racheter. Il ne pouvait changer le passé, ni rien de ce qu'il avait fait. Mais il pouvait changer ce qu'il était.

Plusieurs heures plus tard, tandis que Kincaid dormait, Paul Janson continua de s'absorber dans les milliers d'articles disponibles sur le Net concernant le sénateur de Caroline du Nord James Wyckoff. Il avait commencé par associer son nom aux mots clés *Séoul*, *Pyongyang* et *Pékin*, puis avait étendu ses recherches avec les termes les plus probablement utilisés dans les négociations en cours entre les deux Corées. Les dossiers les plus récurrents concernaient le programme nucléaire nord-coréen ; les sanctions mises en place contre le régime de Pyongyang pour ses violations des droits de l'homme et son refus de se plier au Droit international ; et bien sûr la possible (quoique improbable) négociation d'un traité de paix qui à terme remplacerait l'armistice ayant mis fin à la guerre de Corée soixante ans plus tôt.

Les votes de Wyckoff sur tous ces sujets paraissaient dictés par l'opinion publique plutôt que par une volonté propre. Ce qui n'avait rien de surprenant, Wyckoff passant pour rechercher la nomination de son parti aux prochaines primaires dans la course à la présidence. Le sénateur, qui s'était prononcé à de multiples reprises en faveur des sanctions contre la Corée du Nord, n'avait rien d'un faucon pur et dur. En fait, il était presque impossible à cerner sur les sujets difficiles concernant la Corée du Nord. C'était un politicien habile, qui parvenait toujours à se donner suffisamment de marge de manœuvre pour osciller à droite ou à gauche selon la direction du vent dans les années électorales. Et dans la conjoncture présente, si l'opinion américaine dans son ensemble considérait bel et bien la Corée du Nord comme un État voyou, personne ne désirait pour autant que l'Amérique s'engage dans une aventure militaire – pas après les longues et coûteuses interventions en Irak et en Afghanistan. D'un point de vue politique, soutenir des sanctions dures contre le Nord restait l'option la plus prudente.

Janson en conclut qu'il pouvait pratiquement éliminer la possibilité que Gregory Wyckoff se soit fait piéger à Séoul en raison des positions politiques de son père.

Autre chose préoccupait cependant Janson. Qu'est-ce qui avait poussé le jeune homme et Lynell Yi à passer une nuit dans un *hanok* à Séoul alors que Gregory louait un appartement sur les bords de la Han River ? Lors de leur entretien, quelques heures plus tôt, le sénateur et sa femme avaient tous deux balayé la question.

— Les appartements peu chers à Séoul peuvent être assez sinistres, avait dit le sénateur. Particulièrement en hiver. J'ai vu des photos de l'appartement de Gregory. De l'extérieur, ça ressemble aux cités HLM qu'on trouve à Washington. L'intérieur avait peut-être l'air propret, pas dénué de cachet, mais rien d'exceptionnel. Trois ou quatre pièces séparées par des portes coulissantes, une cuisine dînatoire... S'ils voyageaient en raison du travail de Lynell et ne rentraient à Séoul qu'une nuit ou deux, louer un *hanok* traditionnel n'avait rien d'illogique.

Janson n'était pas d'accord, même s'il partageait l'opinion du sénateur quant à l'innocence de son fils. Il pensait que, si Lynell Yi avait bel et bien surpris des propos secrets durant les discussions dans la zone démilitarisée, et si elle les avait confiés à son Gregory, ils avaient pu tous deux être suffisamment effrayés des conséquences pour fuir l'appartement du jeune homme. Ils avaient pu se réfugier là le temps de décider quoi faire de ces informations.

Mais qu'est-ce que Lynell Yi avait pu entendre? Telle était la question.

— Vous buvez quelque chose, monsieur Janson?

La phrase avait été prononcée d'une voix lente et sensuelle et Janson dut se retenir pour ne pas se tourner vers Kayla et lui dire de simplement l'appeler Paul. Il se reprit, sourit et dit:

— J'admets que je suis un peu dans le cirage, Jessie, mais quand même pas à ce point.

Avec une grâce appuyée, Kincaid s'installa dans le siège au cuir profond à côté de Janson. Elle continuait à jouer la comédie, manifestement. La vraie Jessica Kincaid ne faisait pas grand-chose avec grâce – à part viser une cible humaine avec un M80 de calibre .50 à mille six cents mètres.

Janson plongea son regard dans ses yeux vert pâle.

— Ne me dis pas que tu es jalouse de Kayla, à présent.

— Jalouse? Désolée mais je n'ai pas le type à être jalouse, dit-elle en roulant les yeux.

Elle l'est bel et bien, songea Janson. La tension, l'anxiété, faisaient ressortir chez Jessie des tournures du Sud et son accent nasillard venu des Appalaches.

— Ça te rend très belle, la jalousie, dit-il doucement, tout en passant le bout de ses doigts sur son visage lisse.

Ses pupilles s'agrandirent et elle rougit, comme cela s'était produit juste avant la première fois qu'ils avaient fait l'amour, dans la chambre au décor spartiate d'un hôtel de Hongrie, peu de temps après s'être rencontrés.

— *Je vois la façon dont vous me regardez*, lui avait-elle dit ce soir-là.

— *Je ne comprends pas ce que vous voulez dire*, avait-il menti en réponse.

À l'époque, comme à présent, compliquer les choses était la façon dont Janson cherchait à protéger Kincaid. Elle était capable de faire face aux événements mieux que la plupart des soldats, il était bien placé pour le savoir. Mais la perspective de la perdre dans une mission risquée restait chez lui une préoccupation constante.

Elle avait repéré cette crainte chez lui presque tout de suite, et n'avait pas une seule fois hésité à l'y confronter, insistant pour prendre des risques et mettre sa vie en danger. Dans presque toutes les missions, Janson se sentait impuissant à l'arrêter.

— Tu as réussi à dormir un peu ? lui demanda-t-il.

— Un peu, répondit-elle. Mais je suis gonflée à bloc. Ces huit jours à Waikiki m'ont rajeunie. Les vacances tropicales ont généralement cet effet, tu devrais essayer un de ces jours.

Il sourit, laissa tomber sa tête sur sa poitrine.

— Et qui est jaloux, à présent ? dit-elle en se penchant pour déposer sur ses lèvres un rapide baiser tendre.

Il le savoura, comme chaque fois. Si la vie lui avait appris quelque chose, c'est que chaque baiser, même le plus routinier, le plus superficiel, pouvait être le dernier.

Quelques minutes plus tard, Janson ferma son ordinateur portable.

— Voilà ce que j'ai décidé, dit-il. Nous avons deux tâches distinctes et peu de temps pour les accomplir, donc sitôt à Séoul on va se séparer.

— Une bonne idée tu crois ? Pas si les Opérations consulaires sont impliquées. Ils ont déjà essayé de te tuer, je te rappelle.

— *Tu* as essayé de me tuer, répondit-il avec un petit sourire. Mais est-ce que je t'en tiens rigueur ?

— J'ai bien l'impression que oui, vu le nombre de fois où tu abordes le sujet.

Janson pressa tendrement sa main sur le genou de la jeune femme. Il reprit :

— De toute façon, les probabilités pour que les Opérations consulaires soient impliquées dans cette histoire sont quasi nulles. À moins qu'il nous ait caché quelque chose, les théories du sénateur Wyckoff sont le produit de sa paranoïa. En l'état, pas un seul indice n'implique le Département d'État. Nous ignorons qui Lynell Yi a entendu, tout comme la nature des propos qu'elle a surpris, pour autant que ce soit le cas. Même si elle a bien été tuée par l'une des parties négociatrices, le coupable est probablement à chercher du côté de la Chine ou de la Corée du Nord. Les commanditaires n'ont pas piégé n'importe qui mais le fils d'un sénateur en place. Du moins si l'on admet que Gregory Wyckoff est innocent. Ce qui en soit est une hypothèse assez gratuite, et probablement fausse.

— Très bien, dit Kincaid après réflexion. Donc, on se sépare. Et qui fait quoi ?

— Je vais commencer par chercher le gosse à Séoul. Le temps d'arriver sur place, il aura en gros quarante-huit heures d'avance sur nous. Mais vu la géographie, le plus probable est qu'il est encore dans le pays.

— Pourquoi tant d'urgence, dans ce cas ?

— Parce que si Gregory Wyckoff a la moindre chance d'éviter l'inculpation, cela suppose qu'on le trouve avant la police.

Kincaid acquiesça.

— Donc, tu cherches le môme…

— Et de ton côté tu commences à enquêter sur le meurtre de Lynell Yi. La première chose à faire pour cela est d'obtenir la coopération des autorités locales. Tu vas rendre visite à un certain Owen Young.

— Owen Young ? dit Kincaid. Le nom est familier.

— Pas étonnant. C'est l'ambassadeur des États-Unis en Corée du Sud.

3

Ambassade des États-Unis
Jonjno-gu, Séoul, Corée du Sud

Jessica Kincaid n'était pas satisfaite. Pour autant qu'elle le sache, Janson l'avait envoyée droit dans la gueule du loup sans la moindre munition.

Son taxi, une Hyundai Sonata orange, s'arrêta dans le virage qui fait face à l'enceinte épaisse entourant l'ambassade. Elle se pencha pour payer le chauffeur en won sud-coréen, ouvrit la porte, et se dressa sur le trottoir contre le vent violent et froid de l'après-midi.

Nous ne sommes décidément plus à Honolulu.

Elle plongea les mains dans les poches de son long pardessus noir tandis que le taxi reculait avant de disparaître dans la circulation. Elle fit des yeux le tour du paysage qui l'entourait. Kincaid se plaisait à la découverte de nouvelles villes, en particulier celles qui, comme Séoul, se démenaient pour trouver le bon équilibre entre tradition et modernité.

La tête basse, luttant contre le vent glacé, elle marcha jusqu'à l'extrémité du bâtiment tout en regrettant la chaleur confortable des couloirs de l'aéroport Incheon International, l'un des plus éblouissants dans lesquels elle s'était jamais trouvée. Bien qu'elle n'ait pas eu le temps d'en profiter, elle avait vu les panneaux guidant les passagers en attente vers un casino, vers un spa, vers un théâtre proposant des spectacles, vers un musée, et même vers un jardin Zen. L'aéroport comptait aussi une patinoire, des magasins de luxe, des restaurants gastronomiques de classe internationale. Pour Kincaid, une escale longue durée à Incheon International aurait fourni un parfait pis-aller à ses vacances de rêve à Hawaï.

Au lieu de quoi, arrivée au croisement, elle s'arrêta pour évaluer l'imposant bâtiment de l'ambassade américaine. Contrairement au chef-d'œuvre architectural et futuriste de l'aéroport de Séoul, l'ambassade affichait l'allure plombée d'une prison de haute sécurité. Comme isolé au milieu du paysage, le bâtiment américain semblait un furoncle de béton improbable dans une ville où dominait le verre des gratte-ciel ultramodernes.

Elle s'approcha. La horde d'officiers sud-coréens qui stationnaient derrière les barbelés hérissés haut devant les murs de l'ambassade se fit plus précise. Plusieurs d'entre eux, en uniforme, étaient rassemblés autour d'un véhicule civil qui venait de pénétrer dans l'enceinte. Le chauffeur, un Occidental, se tenait debout à côté, les bras croisés sur sa large poitrine tandis que les gardes ouvraient le coffre et le capot et inspectaient jusqu'au moindre détail. Et Bon Dieu, à ce qu'elle en voyait, le protocole de sécurité incluait une fouille intégrale pour les anciens employés du *State Department* – en particulier pour les snipers renfrognés dans son genre.

Elle eut un dernier regard envieux par-dessus son épaule pour les galeries d'art et les centres culturels innombrables, pour les sommets montagneux enneigés à l'horizon. Sur le point de pénétrer en territoire américain, Kincaid avait l'impression d'entrer en territoire ennemi. Un sentiment étrange dans la mesure où la jeune femme se considérait plutôt, à juste titre, comme une patriote-née.

Elle s'approcha de la guérite et présenta son passeport.

— J'ai rendez-vous avec monsieur l'Ambassadeur Young.

Le regard du soldat qui l'inspectait de la tête aux pieds lui parut presque aussi incisif qu'une fouille intégrale.

Près d'une heure plus tard, elle était assise devant la porte du bureau de l'ambassadeur. Entre-temps, on lui avait retiré son téléphone et tous ses outils électroniques. Son blouson pendait à un portemanteau accroché au mur devant elle. Jambes croisées, tête basse, elle attendait. Il n'y avait rien de particulièrement intimidant au fait de se trouver à l'intérieur d'une ambassade américaine, sauf que c'était là, aussi, le territoire de son ancien employeur, le Département d'État.

Son appartenance aux Opérations consulaires ne remontait pas à plus de quelques années. Jessica Kincaid avait servi dans l'unité clandestine du Département d'État non seulement comme agent de terrain, mais en tant qu'élément crucial de l'équipe des Snipers d'élite Lambda. Elle en était le meilleur élément, la *crème de la crème* des tueurs professionnels, raison pour laquelle on l'avait envoyée à

Regent Park à Londres exécuter l'ordre concernant Janson. Ses talents hors du commun – plus le fait qu'elle avait choisi Janson comme sujet d'un examen écrit pendant son entraînement – faisaient d'elle la candidate idéale pour éliminer personnellement Paul Janson.

L'éliminer par les moyens les plus radicaux.

Elle ne le savait pas à ce moment-là, bien sûr, mais on lui avait menti sur toute la ligne. Janson n'était pas un ennemi ; il ne méritait pas d'être exécuté. Après qu'elle en eut pris conscience, elle ne put s'empêcher de se demander combien d'autres hommes et femmes innocents elle avait assassinés. Combien avaient été trahis par leur propre gouvernement. Et combien parmi eux avaient des enfants, des maris aimants, des épouses.

Quant à savoir ce qui avait poussé Janson à l'envoyer à l'ambassade sitôt arrivés à Séoul, vu le lourd passé qu'ils avaient l'un et l'autre avec les Opérations consulaires, cela restait un mystère. Comment pouvait-il, lui en particulier, faire confiance à qui que ce soit au sein du Département d'État ?

Mais Paul Janson était l'homme le plus fin qu'elle ait jamais rencontré. Même s'il n'était pas entièrement sincère avec elle, il avait certainement ses raisons. Elle n'était pas là pour mettre ses ordres en doute, en dépit de l'intimité de leur relation hors mission.

Et cependant elle n'était pas à l'aise. Un frisson lui parcourut l'échine à l'idée de se trouver en terrain hostile.

Vingt minutes plus tard un jeune homme élégant aux cheveux blonds coupés en brosse sortit du bureau pour annoncer que l'ambassadeur était finalement prêt à la recevoir.

Kincaid se leva et, dans le même mouvement, s'endurcit mentalement en prévision de ce qui, imaginait-elle, allait être une confrontation.

L'ambassadeur Owen Young se tenait devant son bureau, raide, les bras étendus de chaque côté de son corps comme au garde-à-vous. Il congédia son aide d'un imperceptible signe de tête, saisit la main de Kincaid dans la sienne, lui offrant du même geste un fauteuil et un sourire superficiel.

Janson avait briefé Kincaid sur l'étiquette coréenne durant le vol. Bien qu'ayant grandi à San Francisco, étudié à l'Université de Pennsylvanie et fait son droit à Cornell, Owen Young était né à Séoul où il avait servi au sein de l'ambassade américaine pendant près de onze ans comme chef du Bureau de la politique militaire avant d'être élevé au grade d'ambassadeur. Comme la plupart des Coréens, il avait observé chaque geste de Kincaid sitôt qu'elle était entrée dans la pièce, guettant les signes de sa connaissance de – et de son respect pour – la culture nationale.

— Merci de bien vouloir me recevoir, monsieur l'Ambassadeur, dit-elle en s'inclinant légèrement avant de s'asseoir.

— C'est tout naturel, répliqua-t-il. Qui d'entre nous refuserait quoi que ce soit au légendaire Paul Janson ?

Kincaid, qui ne savait trop comment prendre la remarque, choisit de ne pas la relever.

— Bien, reprit l'ambassadeur après s'être installé derrière son bureau. À ce que je crois comprendre, vous êtes à Séoul mandatés par le sénateur Wyckoff. Je suis bien entendu au courant de la situation très préoccupante de son fils. Les services de l'Ambassade sont à votre disposition, bien entendu, mais comme je l'ai dit à M. Janson, en dehors de cela, j'ai bien peur de ne pouvoir vous apporter qu'une aide extrêmement limitée. Tout ce qui concerne l'enquête elle-même est contrôlé par la police de Séoul, et les procédures légales sont soumises aux contraintes administratives habituelles. Naturellement, une fois appréhendé, M. Wyckoff sera soumis à un procès équitable. Mais, pour ma part, je n'ai aucune influence sur la police, moins encore sur le cours de la justice coréenne.

Le discours de l'ambassadeur était aussi rigide et strict que sa posture. Kincaid, qui avait pris connaissance de sa bio en ligne dans l'avion, se demandait encore comment il avait pu être de la moindre efficacité en tant qu'assistant du procureur fédéral à Washington DC. Avait-il été plus efficace dans sa jeunesse ? Aujourd'hui, il aurait endormi n'importe quel juré.

— Je suis certaine que le sénateur et M. Janson comprennent parfaitement vos limites dans ces circonstances, monsieur l'Ambassadeur. Ce qui les intéresse au premier chef concerne ce que vous pourriez nous dire sur Lynell Yi et qui serait susceptible de nous aider dans nos investigations.

Young, dont la chevelure noire brillante était striée de cheveux blancs, s'adossa à son fauteuil, leva les yeux en direction du plafond comme à la recherche d'une réponse. Puis il fronça les sourcils et le coin de ses lèvres s'abaissa :

— Je crains de ne pouvoir vous dire grand-chose non plus concernant Mlle Yi. Je ne l'ai connue que peu de temps.

Kincaid resta impassible. Janson lui avait expliqué que les Coréens préfèrent suspendre leur réponse plutôt que de dire brutalement non. Un mécanisme de défense, apparemment, histoire de sauver la face.

— *Tu en apprendras peut-être plus sur ce que l'ambassadeur garde pour lui que sur ce qu'il veut bien te dire*, l'avait-il prévenue.

— J'ai cru comprendre, répliqua Kincaid, que Mlle Yi a travaillé ici comme traductrice au cours des six ou sept derniers mois.

— Il faudra que je vérifie dans son dossier. Je ne pense pas qu'elle ait été avec nous si longtemps.

Kincaid ne fit aucun effort pour masquer son incrédulité.

— Elle a été engagée spécialement pour les négociations quadripartites, n'est-ce pas ?

L'ambassadeur ne répondit pas.

— Les négociations qui sont en cours dans la zone démilitarisées, insista-t-elle.

— Oui oui, je sais à quoi vous faites allusion. Mais le rapport m'échappe. Mlle Yi est l'infortunée victime d'une querelle domestique à ce qu'il semble. Tous les indices rapportés par la presse indiquent qu'elle a été assassinée dans un moment de colère pulsionnelle.

Kincaid inclina la tête. Abordant la question sous un angle totalement différent dans l'espoir de déstabiliser l'ambassadeur elle demanda :

— Lynell Yi était-elle compétente comme traductrice, monsieur l'Ambassadeur ?

— Autant qu'une autre, je suppose, répondit Young en haussant les épaules.

— Lui arrivait-il de parler de sa vie privée ?

L'ambassadeur secoua la tête.

— C'était une fille calme. Je n'ai pas le souvenir d'avoir discuté de quoi que ce soit avec elle en dehors de ses traductions.

— Vous parlez des traductions qui ont été faites durant les négociations en cours dans la zone démilitarisée ?

— Oui, naturellement.

— Quelles sont les parties en présence dans ces négociations ?

— Les deux Corées, bien évidemment. Nous, les États-Unis, en tant que principal allié de la Corée du Sud. Et les Chinois. Mais vous savez déjà tout cela, ce sont des informations notoires, mademoiselle Kincaid.

— Ce qui est discuté dans ces négociations n'est pas complètement clair dans mon esprit.

— C'est là un sujet classifié, j'en ai peur, dit-il avec un sourire condescendant. Je ne peux pas plus en discuter avec vous qu'avec une journaliste de CNN.

— Pouvez-vous m'en dire un peu plus quant au sujet sur lequel Lynell Yi travaillait lorsqu'elle a été tuée ?

— Vous vous doutez bien que ce ne serait guère approprié, mademoiselle Kincaid.

— Vous n'avez pas été interrogé par la police de Séoul ?

— J'ai brièvement discuté avec l'inspecteur qui m'a annoncé ce qu'il s'était passé. Rien de plus.

— Il n'a pas cherché à en savoir plus sur les activités de la victime ?

Un léger sourire apparut sur les lèvres de l'ambassadeur.

— Non, bien sûr que non. Il n'y avait aucune raison pour ça, j'imagine. Deux clients à la Sophia Guesthouse ont entendu Mlle Yi se disputer avec son petit ami le soir du meurtre. Les preuves parlent d'elles-mêmes à ce que j'ai cru comprendre. Le fait que M. Wyckoff se soit enfui… C'est un élément de preuve supplémentaire de…

Il s'interrompit, comme à la recherche de la formule adéquate.

—… de ce qui s'est malheureusement produit cette nuit-là.

— Pour en revenir à ces négociations, reprit Kincaid, pensez-vous qu'il soit possible que Mlle Yi ait surpris des propos qu'elle n'aurait pas dû entendre ?

Young répondit sans hésitation.

— Je ne le crois pas, non. Mais le sens que vous croyez donner à votre question m'échappe.

Il croisa les mains sur son bureau.

— J'espère sincèrement, reprit-il, que ni vous ni M. Janson n'avez donné de faux espoirs au sénateur Wyckoff au prix de je ne sais quelle théorie conspirationniste. L'épreuve que lui et sa femme subissent en ce moment me paraît amplement suffisante.

— Je ne fais que suivre les suggestions du sénateur, répliqua-t-elle en souriant. Éliminer les théories superfétatoires fait partie de notre travail.

— Je vois, dit-il en se levant. Eh bien je vous souhaite bonne chance, à vous et à M. Janson. Et, je vous en prie, transmettez au sénateur et à sa femme toute ma sympathie pour ce qu'ils traversent.

Kincaid n'avait pas bougé.

— Encore une ou deux questions si cela ne vous dérange pas, monsieur l'Ambassadeur.

Avec un soupir démonstratif, Young reprit sa place dans son fauteuil.

— Ces négociations dont vous êtes partie prenante, peut-on estimer qu'elles recouvrent plusieurs des sujets abordés au cours de discussions précédentes impliquant en plus des quatre partenaires actuels, la Russie et le Japon ?

— Les problèmes de la Corée sont connus de tous, mademoiselle Kincaid.

— Le programme nucléaire du Nord ? La normalisation des relations commerciales ? La levée des sanctions ?

— Tous ces sujets sont familiers des lecteurs de *Chosun Ilbo* et du *New York Times*, dit l'ambassadeur d'un ton indiquant que l'entretien était terminé.

— Une dernière chose, fit Kincaid, l'interrompant avant qu'il ne se lève à nouveau. Quelqu'un ici à l'ambassade était-il proche de Mlle Yi ? Quelqu'un qui l'aurait connue mieux que vous n'avez eu l'opportunité de le faire ?

Les yeux de Young étaient fixés sur la porte.

— Pas à ma connaissance. C'était quelqu'un d'assez introverti, d'après tous les témoignages.

— A-t-elle eu des contacts directs avec les négociateurs étrangers ? Des contacts qui ne seraient pas passés par les envoyés américains ?

— Pas que je sache, dit Young sèchement. Il se leva. À présent, si vous voulez bien m'excuser, mademoiselle Kincaid. Un autre rendez-vous m'attend.

Il pressa un bouton sur l'intercom et aussitôt, la voix du jeune homme qui avait conduit Kincaid dans la pièce résonna.

— Oui, monsieur l'Ambassadeur ?

— Jonathan, s'il vous plaît, reconduisez mademoiselle Kincaid. Le rendez-vous vient de s'achever.

4

Quinze minutes environ après que Jessica Kincaid eut quitté l'ambassade américaine, Owen Young, son attaché-case en main, sur les épaules un pardessus kaki et sur la tête un fédora noir, fit appeler sa voiture. Son existence avait pris un tour difficile après la révélation du programme d'écoute de la NSA visant les ennemis comme les alliés des États-Unis, et jusqu'aux citoyens américains eux-mêmes. Étant donné l'étendue du programme de surveillance, faire confiance aux téléphones de l'ambassade était plus qu'imprudent. Young ne les utilisait que pour des appels aussi anodins que le teinturier, le décorateur intérieur embauché par son épouse, ses rendez-vous chez le coiffeur ou le dentiste. Il n'utilisait son propre téléphone portable que pour appeler chez lui ou au bureau et, pour le reste, ne se servait que d'appareils auxquels il savait pouvoir se fier.

L'un d'eux se trouvait situé au vingt et unième étage d'une tour du quartier Gangnam, dans un appartement qu'il louait sous un faux nom. Le chanteur et rappeur sud-coréen Psy avait rendu familier à l'ensemble du monde industrialisé le quartier de Gangnam, dont le nom signifie « Au sud de la rivière » indiquant l'emplacement du lieu – au sud de la rivière Han.

Immobilisé sur le pont, dans les embouteillages, l'ambassadeur en profita pour réfléchir à ce qu'il allait dire à Edward Clarke, l'actuel directeur des Opérations consulaires au Département d'État. Il ne faisait aucun doute que les choses étaient devenues extrêmement compliquées. Young appréhendait la manière dont Clarke réagirait. Mais il n'était nullement responsable de l'irruption de Paul Janson et Jessica Kincaid à Séoul. Qu'avait-il à craindre ? Ce serait à Clarke de rendre des comptes.

Quelques minutes plus tard, Young traversait le luxueux quartier résidentiel qu'il espérait un jour pouvoir faire sien. Ce serait le cas d'ici à la fin de l'année, du moins si tout fonctionnait correctement avec Clarke et les autres. Du côté de sa femme Mi-Ho et de leurs trois enfants, tout était déjà préparé à cet effet. La seule inconnue du projet résidait dans la manière dont il allait présenter à Mi-Ho la provenance de l'argent. Il avait là-dessus plusieurs idées mais, au bout du compte, ce n'était pas si important. Il démissionnerait sans doute de son poste d'ambassadeur. Il annoncerait la chose comme une retraite anticipée rendue possible par une opération financière qu'on lui aurait proposée. Sa femme, de toute façon, ne posait jamais trop de questions, c'était l'une des raisons pour lesquelles il l'aimait.

L'appartement confortable sur Gangnam, par exemple. Il l'avait loué initialement pour quelqu'un d'autre, quelqu'un avec qui il s'était plu à passer du temps – une diplomate canadienne nommée maintenant ailleurs. Mi-Ho n'avait jamais posé de question sur cet appartement dont elle connaissait l'existence. Il lui avait simplement dit qu'il l'avait acheté pour le louer. Ce qu'il n'avait jamais vraiment fait non plus. Mais ainsi qu'il s'en vantait à l'occasion auprès de son attaché, Jonathan, *ce que ma femme ne sait pas ne peut pas me nuire.*

Une fois dans le hall, l'ambassadeur salua le gardien, qui lui retourna son geste avec déférence, puis se dirigea droit vers l'ascenseur. Il monta jusqu'au vingt et unième, traversa tout le couloir. Une bouffée de nostalgie l'envahit à l'évocation de Severn, sa maîtresse canadienne. Il se demanda si elle pouvait envisager un voyage à Séoul dans un futur proche. Avec l'argent dont il disposerait d'ici à la fin de l'année, il pouvait même envisager de lui offrir le billet. Comment quelqu'un qui aimait à ce point les voyages aurait-il le cœur de refuser une première classe sur Korean Air pour une semaine de vacances dans un tel appartement dont les fenêtres donnaient sur la Han River ?

Une fois dans les lieux, il posa son pardessus et son chapeau sur la petite table élégante qui décorait le salon, puis décrocha le téléphone. Bien que personne en dehors de Severn n'eût vent de l'endroit, il prenait la précaution de vérifier la ligne régulièrement, la dernière fois quelques jours plus tôt. Il composa le numéro de Clarke, dont le téléphone était sécurisé, le directeur n'étant pas du genre à prendre des risques avec sa vie privée.

— Département des archives. Winston à l'appareil.

— Précisément l'homme dont j'ai besoin, sourit Young.

Leur code était emprunté au *1984* de George Orwell, bien plus actuel aujourd'hui que le jour où ils l'avaient adopté, maintenant que la NSA était vraiment devenue Big Brother.

— Il semblerait qu'il y ait quelques problèmes concernant Diophantus, dit Young.

— Comment ça ?

— N'êtes-vous pas au courant des nouvelles embauches du sénateur ?

Clarke soupira.

— Quelqu'un à Honolulu vient de me prévenir. Croyez-moi, Paul Janson ne sait rien du tout. Wyckoff l'a envoyé à la pêche au filet. Il croit que le sénateur est parano. Il n'a accepté le job que pour l'argent.

— Il a fait le trajet jusqu'ici dans le seul but de s'entendre confirmer la culpabilité du gamin ? Ça me paraît difficile à croire.

— Il prend une commission de huit millions de dollars pour ça, monsieur l'Ambassadeur. Huit millions est une somme très facile à croire. Janson va se mettre à la recherche du gamin. Tout ce que nous avons à faire, c'est le trouver avant lui.

— Je sors d'un entretien avec son associée à l'ambassade. Elle n'a pas du tout l'air de prendre cette histoire à la légère. Je l'ai trouvée suspicieuse. Elle m'a posé des questions insistantes sur les négociations et sur le rôle qu'y a joué la traductrice.

— Suspicieuse ? Bien sûr que Jessica Kincaid est suspicieuse. Depuis son départ des Opérations consulaires elle voit des complots partout. Quoi de plus naturel pour un ancien agent ? Mais Janson sait garder la tête froide, il la maîtrisera. Le seul fait qu'il l'ait envoyée montre qu'il a toute confiance dans le Département d'État.

— Même depuis Möbius ?

Owen Young n'avait été informé du programme Möbius que bien après les faits. Mais depuis qu'il connaissait l'étendue et la sophistication de l'opération, il admirait les possibilités offertes par les opérations clandestines. Si la main invisible des Opérations consulaires pouvait créer et contrôler des années durant un milliardaire visionnaire tel que Peter Novak, alors tout était possible. C'est la raison pour laquelle il avait mis toute sa confiance dans le projet Diophantus. L'incident avec la traductrice et le fils du sénateur était la première erreur à laquelle il avait assisté. Mais elle n'avait rien d'anodin et il fallait la rectifier sans délai.

— Nous avons travaillé avec Janson, monsieur l'Ambassadeur. Il a obtenu ce qu'il voulait. Le programme Möbius a été arrêté. Pour autant qu'il le sache, il s'agit d'un incident isolé.

— Je crois que nous sommes d'accord, monsieur le Directeur, pour dire que les enjeux concernant Diophantus sont plus importants encore.

Il s'arrêta pour reprendre son souffle.

— Nous ne devrions pas hésiter à pécher par excès de prudence.

— Mais c'est ce que nous avons fait, monsieur l'Ambassadeur.

— Je n'ai pas besoin de vous rappeler que la seule raison pour laquelle nous avons cette conversation est que votre homme a laissé le gamin s'échapper.

Edward Clarke hésita.

— Vous voulez que j'élimine Janson ? C'est ce que vous êtes en train de me dire ? Parce que mon prédécesseur a précisément essayé cette solution pour sauver

Möbius, et le résultat est que tout a failli lui exploser à la figure, à lui et à tous ceux dont on savait qu'ils étaient impliqués dans le projet.

Young prit le temps de la réflexion.

— Vous dites que Janson ne fait que survoler l'affaire. Vous dites que c'est la femme qui est suspicieuse, n'est-ce pas ? Dans ce cas, vous n'avez pas besoin de l'éliminer lui.

— Vous voulez que j'élimine Kincaid.

Ce n'était pas une question.

— C'est la meilleure chose à faire pour que Janson s'implique, reprit Clarke. Il y a beaucoup plus entre eux qu'une simple relation professionnelle, monsieur l'Ambassadeur.

— On peut en déduire, dans ce cas, qu'il sera trop affolé pour s'occuper de l'affaire Wyckoff.

Clarke eut un petit sourire.

— Vous ne comprenez pas. Si Kincaid est tuée, Paul Janson fera tout pour découvrir qui est derrière, même s'il doit y laisser sa peau.

— Et peut-être l'y laissera-t-il. Vous avez confiance en votre organisation, non ?

Le directeur soupira ostensiblement.

— Monsieur l'Ambassadeur, je ne sais pas si vous le réalisez, mais vous me demandez de mettre le feu aux poudres.

— Non, monsieur de Directeur. Je vous demande de vous débarrasser de la poudre avant qu'elle n'explose. Ce n'est pas du tout la même chose.

Exaspéré, Edward Clarke raccrocha brutalement. C'était une sensation curieusement peu familière. Il avait raccroché au nez de dizaines d'interlocuteurs dans sa jeunesse, un plaisir qu'il ne s'était pas offert depuis dix ou quinze ans. La technologie avait tout changé. Interrompre une conversation ne vous donnait plus le même plaisir que, mettons, sortir d'une pièce en claquant violemment la porte. Bon Dieu de merde. Même les portes seraient retirées du service un de ces jours, elles seraient remplacées par des bidules coulissants genre *Star Trek*.

Il se leva de son bureau, fit des yeux le tour de la pièce. Il avait passé sa vie d'adulte à l'ombre du pouvoir, d'abord à Langley, au siège de la CIA, puis aux Opérations consulaires. Il avait géré pas mal de saloperies durant tout ce temps, mais rien jamais n'avait été rendu public. Rien non plus n'avait jamais été personnel. Comme directeur adjoint des Opérations consulaires, il avait tout supporté, mais c'est aussi là qu'il avait vraiment pu tester toute l'étendue incroyable de ce que l'on appelle le pouvoir. Son prédécesseur, le directeur Derek Collins, avait modifié le cours de l'histoire sur plusieurs fronts, et même maintenant, nul en dehors des initiés ne connaissait son nom. Tout ce qu'il avait accompli, les coups de maître de ses années passées à la direction des Opérations consulaires, tout s'était fait à l'ombre d'un rideau pratiquement impénétrable. Cela, cet anonymat, c'était le pouvoir. Le vrai.

À présent, ce pouvoir appartenait à Edward Clarke. Et pas plus que ses prédécesseurs, il n'avait peur de s'en servir.

Malheureusement, même les plus puissants au sein de la nation la plus puissante doivent parfois dépendre d'autres individus. Dans le cas présent, Clarke avait dû s'entourer de plusieurs personnes. Parmi elles, l'ambassadeur se révélait un emmerdeur d'une dimension insoupçonnée. Cela venait du fait que Owen Young avait pour agir des motivations différentes, plus prosaïques, bien moins intenses que lui, Clarke, il en était certain. L'ambassadeur ne s'intéressait qu'à l'argent.

Les motivations d'Edward Clarke, en revanche, étaient nobles et pures. Il faisait ce qu'il faisait pour le bien du pays. Comme Collins avant lui, Clarke était porté par une vision. Il voyait des menaces là où les autres n'en voyaient pas. Il prévenait des dangers que d'autres choisissaient d'ignorer. Maintenir le statu quo en Asie représentait une erreur monumentale pour les États-Unis d'Amérique. La plupart des politiciens du pays ne se préoccupaient que de s'assurer leurs voix aux prochaines élections. Clarke, lui, ne réfléchissait pas à si court terme. Si ceux qui méditaient au soleil de Washington insistaient pour rester immobiles alors que le monde bougeait dans des directions contraires aux intérêts américains, l'action, rapide, puissante, revenait à ceux qui vivaient dans l'ombre.

Il souleva le téléphone de son bureau. Tout le problème auquel il faisait face avait commencé par une simple fuite. Clarke avait agi sans hésitation pour la contenir. Une tâche facile que son agent le plus sérieux en Asie avait pourtant trouvé le moyen de foirer royalement. Personne, à présent, ni la police de Séoul, ni ses propres équipes, ne savait où était passé le gamin Wyckoff. Si on pouvait au moins lui remettre la main dessus, Clarke retrouverait une marge de manœuvre.

Tout d'abord, quoi que sa petite amie lui ait dit ou non – et on ne pouvait éliminer l'hypothèse qu'elle ne lui ait rien dit du tout –, il avait 19 ans, il était accusé de meurtre, personne ne croirait un mot de ce qu'il pourrait dire. Si seulement il avait été arrêté rapidement, Clarke aurait pu laisser la justice de Séoul suivre son cours. Mais à présent, il lui fallait jouer ses cartes de façon plus prudente. Il continuait d'espérer une arrestation – exécuter le gamin en prison n'était après tout pas plus difficile que le faire à l'air libre – mais il ne pouvait plus se contenter de cela.

L'ambassadeur voyait juste, malheureusement : le sénateur de Caroline du Nord avait bel et bien flanqué la pagaille en embauchant le seul homme qui savait précisément comment travaillaient les Opérations consulaires. Ce seul geste transformait toute l'affaire en course contre la montre. Arrestation ou non, il était désormais vital de retrouver le gamin avant Paul Janson. Clarke était sûr d'y parvenir. Mais l'ambassadeur ne voulait pas courir ce risque et, en un sens, c'était compréhensible. Pour lui, la seule façon de s'assurer que Paul Janson et Jessica Kincaid ne mettraient pas la main sur Gregory Wyckoff avant eux consistait à les éliminer. Et Edward Clarke se trouvait dans l'obligation de donner l'ordre qu'avait donné avant lui son prédécesseur.

Au bout de plusieurs sonneries, une voix se fit entendre.

— Ping à l'appareil.

— Notre agent à Séoul a de nouvelles instructions.

— Je vois.

— Le gamin est toujours d'actualité. Mais il y a deux individus à Séoul dont il faut s'occuper en priorité.

— Entendu.

— Vous les connaissez peut-être. Ce sont deux anciens des Opérations consulaires.

— Leurs noms dans l'ordre où vous désirez que le travail soit fait.

Clarke soupira lourdement mais n'hésita pas.

— Jessica Kincaid, dit-il. Et Paul Elie Janson.

5

Monument aux Morts de Corée
Itaewon, Yongsan-gu, Séoul

L'un des hommes les plus puissants de la Corée du Sud mesurait un mètre quarante.

Paul Janson repéra Nam Sei-hoon dès l'entrée de l'exposition au second étage. Immobile, les mains dans le dos, son regard plein de nostalgie restait fixé sur une énorme vitrine abritant des figures de cire à taille réelle reproduisant une bataille particulièrement brutale de la guerre de Corée.

Le petit homme aperçut dans la glace le reflet de Janson qui approchait, et leva les yeux.

— Je ne me lasse pas de ce lieu, dit-il doucement, sans regarder Janson, tandis que ce dernier s'immobilisait à son côté.

Janson baissa la tête et resta silencieux, le temps pour son ami de s'éclaircir la gorge et d'effacer d'un doigt une larme qui perlait. Ils se trouvaient dans le plus grand musée de Guerre du monde, une merveille d'architecture moderne déployant sur trois étages des siècles de mémoire nationale où se mêlaient l'exultation et les souffrances que l'on associe généralement à la guerre, des souffrances que Janson ne connaissait que trop bien.

La sculpture sur la guerre de Corée devant laquelle ils se tenaient constituait l'une des huit pièces majeures de l'exposition. Deux d'entre elles, à l'entrée, s'étaient déjà gravées dans la mémoire de Janson. *Statue of Brothers*, représentait un officier sud-coréen embrassant son cadet, un soldat du Nord. La seconde, *Peace Clock Tower*, était constituée de deux horloges, dont l'une indiquait le temps présent, et la seconde, la date et l'heure où la Corée du Nord avait envahi le Sud. Elle était destinée à être remplacée le jour où les deux Corées seraient à nouveau réunies.

— Merci de m'avoir contacté, dit finalement Nam en se tournant vers Janson.

Nam Sei-hoon souffrait d'une rare affection génétique, la dysplasie épiphysaire multiple, plus connue sous le nom de maladie de Fairbanks. C'était une forme d'arthrose précoce qu'il avait contractée dans l'adolescence et dont l'effet avait été de bloquer sa croissance. Janson ne connaissait que deux autres personnes dans le même cas, l'acteur Danny DeVito, et l'ancien ministre du Travail de Bill Clinton, Robert Reich. Mais si DeVito et Reich géraient leur mal par l'humour et l'autodérision, Nam Sei-hoon réagissait tout autrement. En dépit de son ascension fulgurante au sein de l'Intelligence Service de la Corée du Sud, Nam restait extraordinairement susceptible dès que sa taille entrait dans la conversation. Il était connu pour détruire la carrière et la réputation de quiconque, homme ou femme, s'aventurait à faire la moindre remarque à ce sujet.

— Je vous suis reconnaissant d'avoir trouvé le temps de me voir dans un délai aussi *court*, dit Janson, regrettant aussitôt le dernier mot qui venait de lui échapper. Il se mordit la lèvre et enchaîna : J'essaie de mettre la main sur quelqu'un qui est en fuite, probablement dans cette ville. J'ai pensé que vous pourriez m'aider, vous qui êtes les yeux et les oreilles de Séoul.

Lentement et délibérément, Nam dit :

— Vous faites référence, je suppose, au fils du sénateur, le suspect qui jusqu'ici est parvenu à échapper à la police ?

— Exactement, répondit Janson avec calme. Je suis mandaté par son père pour le retrouver.

Nam Sei-hoon leva un sourcil :

— Une exfiltration ?

Bien qu'il n'y ait pas l'ombre d'une accusation dans la voix de Nam, Janson s'empressa de démentir.

— Non, je n'ai pas l'intention d'aider qui que ce soit à s'enfuir. Le sénateur Wyckoff pense que son fils est innocent.

— Les innocents fuient-ils ?

— Lorsqu'il s'agit d'adolescents paniqués, oui.

Nam Sei-hoon, dont la chevelure autrefois noire était à présent d'un blanc presque aveuglant, tourna de nouveau la tête vers la vitrine, n'offrant plus à Janson que son profil.

— C'est ce que vous pensez vous aussi ? dit-il.

Janson perçut une réticence imprévue dans la voix de Nam. Son visage restait impénétrable.

— Je réserve mon jugement tant que je n'ai pas vérifié les faits. Et cela inclut la version du gamin. Sitôt que je l'aurai trouvé, je l'encouragerai à se rendre à la police. Je m'en remettrai à la justice criminelle de la Corée du Sud pour décider de son innocence ou de sa culpabilité.

— Voilà qui est fort honorable de votre part. Nam se tourna vers son ami, ses traits soudain considérablement adoucis. Je vous aurais offert mon aide dans un cas comme dans l'autre, naturellement. Nos liens d'amitié sont plus forts que les paramètres de votre mission, Paul.

Une vague de soulagement parcourut Janson. Par le passé, il avait plus d'une fois compté sur les nombreux liens de Nam Sei-hoon dans la communauté du renseignement international pour obtenir des informations ou huiler les rouages nécessaires. Il aurait trouvé déconcertant que son ami de longue date lui refuse son aide maintenant qu'il venait le voir en personne. Cela aurait eu sur son enquête des effets d'autant plus dévastateurs que ses propres contacts dans la péninsule coréenne étaient limités – sans parler du peu de temps qu'il avait pour la mener.

Janson tenait d'autant plus à l'amitié de Nam Sei-hoon qu'elle était improbable. Nam l'avait repéré des années plus tôt lors d'un entraînement de combat réel mis sur pied conjointement par les USA et la Corée du Sud. Janson était alors déjà membre de la patrouille d'élite la plus performante au sein des SEAL Team Four, si bien que Nam l'avait confronté aux meilleurs d'entre les meilleurs parmi ses propres troupes. De tous les SEAL de l'US Navy qu'il avait observés et testés durant sa carrière, Janson était le seul à avoir été ensuite invité à dîner chez Nam, dans sa maison de Séoul. En se rendant sur place, Janson n'aurait pu se douter que c'était là le premier d'une longue série.

Nam Sei-hoon occupait au sein de l'Intelligence Service de Corée un poste qui le faisait régulièrement voyager pour rencontrer ses homologues sur les cinq continents. Chaque fois, Janson recevait un coup de fil et, pour peu qu'il se trouvât dans les trois mille kilomètres autour du lieu où Nam devait se rendre, le Coréen insistait pour organiser un nouveau dîner. C'est ainsi que leur amitié s'était forgée au fil des ans.

En dépit de leur différence d'âge et de la distance, Nam l'avait toujours traité en égal. Dans leurs discussions sur l'état du monde, il écoutait Janson avec une telle intensité que ce dernier avait le sentiment que tous deux étaient les derniers humains encore en vie sur terre. Pour Janson, qui n'avait jamais été proche de son père, c'était là une expérience remarquable qui le remplissait de confiance en lui. C'était cette assurance qui, plus tard, lui avait donné la force de prendre quelques-unes des décisions les plus importantes de sa vie, notamment celle de quitter les Opérations consulaires et de changer d'existence.

Nam jeta un coup d'œil furtif alentour pour vérifier qu'ils n'étaient pas écoutés, puis :

— Alors, comment puis-je vous aider, Paul ?

— D'après le sénateur Wyckoff, son fils passe le plus clair de son temps sur Internet. J'ai pensé que vous pourriez m'aider à le localiser de cette façon.

— C'est bien possible. Le gamin est un professionnel ?

— Il sait se servir d'un ordinateur, en tout cas, pour citer Wyckoff. Mais ni lui ni sa femme ne m'ont semblé très proches de leur fils. Je suis persuadé qu'ils n'ont pas la moindre idée de ce qu'il a fait de sa vie au cours de ces dernières années.

— Dommage, dit Nam. Mais pas surprenant par les temps qui courent.

— La police a saisi le portable de Gregory, ainsi que son ordinateur de bureau. Pour autant que je sache, ils n'en ont encore rien tiré. Je me suis dit qu'on pouvait commencer par là.

Nam parut réfléchir.

— Je peux accéder aux deux, dit-il, il suffit de faire du dossier une question de sécurité nationale. Bien entendu, je dirige les affaires avec la Corée du Nord. Il faudrait donc avoir une information liant soit le sénateur soit son fils au régime de Pyongyang. Quelque chose de ténu suffirait.

Janson passa mentalement en revue les positions de Wyckoff concernant les sanctions américaines contre la Corée du Nord. Rien d'exploitable là-dedans, a priori – sans compter que Nam Sei-hoon aurait sans doute déjà été au courant dans le cas contraire. Comme tout bon espion, Nam ratissait large, ce qui, vu les circonstances, était particulièrement compréhensible. Non seulement la Corée du Sud vivait sous la menace constante du Nord, mais la relation entre les deux pays s'était il y a peu considérablement dégradée. La mort de Kim Jong-il et l'accession au pouvoir inopinée de son fils Kim Jong-un rendait la situation plus volatile et incertaine encore, et personne ne savait comment les choses pouvaient évoluer.

Finalement, Janson secoua la tête.

— Je ne vois aucun lien a priori entre la famille Wyckoff et le régime de Pyongyang.

— Très bien, dit Nam. Dans ce cas, il va nous falloir inventer quelque chose.

— Donnez-moi une raison de ne pas raccrocher.

— Catspaw. Tu as quelque chose pour moi ?

Janson enfonça son menton dans le col relevé de son pardessus. Ses oreilles étaient gelées, des larmes de froid coulaient sur ses joues giflées par le vent. Il avançait sur le trottoir d'un pas vif avec en mémoire le tarmac de Hickam Field sur l'île de Oahu, la douce caresse du soleil de Hawaï. Difficile en cet instant de croire que Séoul et Honolulu se trouvaient sur la même planète et dans le même hémisphère.

Dans l'écouteur, Morton dit :

— Compliqué. Un dox inversé, ça prend plus de temps qu'un dox direct, sans compter que le nom que tu m'as refilé, c'est pas de l'encryptage de pédé, je peux te dire.

Le visage de Janson s'assombrit de frustration.

— Parle normalement, Morton.

— Quitte pas. Suis sur le périph, là, c'est plus bouché que mes artères du temps où je me shootais à l'oxycodone.

Janson détestait parler à Morton. Généralement, il déléguait la tâche à Jessie ou à quelqu'un d'autre au sein de Catspaw. Mais aujourd'hui était un cas de force majeure, il lui fallait l'information demandée plus tôt dans l'avion et il la lui fallait vite. Il luttait contre la montre pour retrouver Gregory, et le sénateur ne semblait pas du genre à accepter des excuses.

— Tu l'as trouvé ou pas ? demanda Janson.

— Cool, cool, sûr que je l'ai trouvé. Je t'explique juste. Identifier quelqu'un qui sait se servir d'un clavier et veut rester anonyme, déjà c'est pas du gâteau. Avec les bonnes infos sur son activité en ligne, je peux le faire en une heure. Maintenant, si le mec a une adresse inversée, là c'est vraiment le bordel.

— Mais tu as réussi?

— Ouais, ouais. Sauf qu'il s'est planqué bien profond, c'est ce que j'essaie de dire. C'est pas un débutant dans le cryptage, il sait y faire.

— Okay, dit Janson. Très bien. Je n'ai pas beaucoup de temps, Morton. Dis-moi ce que tu sais.

— Il navigue sous un pseudo. Draco-tiret-du-huit-Malfoy-neuf-cinq.

— Draco Malfoy?

— C'est un étudiant de l'école de sorcellerie de Poudlard.

— *Normalement*, Morton.

— Mais je parle normalement, mec. Draco Malfoy est un personnage de *Harry Potter*. C'est le méchant du livre, un élève de Poudlard. Voldemort lui ordonne de tuer Dumbledore mais il flanche et je crois bien qu'il change de camp à la fin, il devient l'ami de Harry.

— Je m'en fous un peu mais merci quand même pour la leçon, Morton. Et sur Gregory Wyckoff, tu as quelque chose?

— Eh bien, je pense que son pseudo est significatif, en fait. Le gosse a 19 ans. Il est actif sur le net sous divers noms depuis l'âge de 12 ans. Il a commencé comme *black hat*.

— Comme quoi?

— Argot technologique pour hacker malintentionné. Quelqu'un qui utilise son savoir en programmation et software pour faire des coups.

— Quel genre de coups ?

— Dans le cas de Gregory, des trucs mineurs. Du moins au début. Destruction de sites Internet, piratage de forums, trolling… Et puis en l'espace de deux ans seulement, il se lance de le DDoSism : Noyade de sites sous des tonnes de spams, vol de bases de données personnelles revendues à divers escrocs, dans son cas en Europe de l'Est, principalement en Ukraine.

— Et plus récemment ?

— C'est tout le truc. On dirait qu'il a passé un cap, il y a de ça environ trois ans. Il s'est peut-être fait pincer, ou alors il est devenu moral, je sais pas.

— Il ne s'est pas fait pincer, dit Janson. Son casier est vierge et il n'a pas été non plus condamné comme mineur.

— Il n'a pas de casier sans doute parce qu'il a coopéré avec les Feds, si tu veux mon avis. Ça arrive tout le temps. L'honneur n'est plus ce qu'il était chez les truands.

— Il a dénoncé d'autres hackers ?

— En tout cas, c'est à cette période que ses activités en ligne prennent une nouvelle tournure. Il commence à bosser pour *Anon* et d'autres groupes qui se disent *hacktivistes*.

— *Anon* ? Tu veux dire *Anonymous* ? L'organisation qui a attaqué les Scientologues ?

— Exact. Les Scientologues, Paypal, Mastercard, Visa, Sony et une pelletée d'autres, dont plusieurs gouvernements du Moyen-Orient lors des Printemps arabes. Sauf que Anonymous n'est pas vraiment une organisation. Plutôt une sorte de sous-culture en ligne.

— Bon travail, Morton. Maintenant, comment tout cela va-t-il m'aider à retrouver le gamin à Séoul ?

Nam Sei-hoon l'avait quitté sur la promesse de le contacter sitôt que l'Intelligence Service aurait mis la main sur les ordinateurs détenus par la police de Séoul. En restant optimiste, Janson espérait des nouvelles avant la fin de la journée, mais il ne pouvait compter dessus avec certitude. De toute façon, si Gregory Wyckoff était ne serait-ce qu'à demi aussi doué en informatique que Morton l'affirmait, il y avait toutes les chances pour qu'il ait effacé ses disques durs avant de partir en cavale. On ne pouvait exclure non plus que les ordinateurs saisis ne soient pas ceux utilisés par Wyckoff pour ses activités clandestines. Celui dont il se servait était peut-être encore en sa possession.

— Hé, dit Morton interrompant les réflexions de Janson, je suis jamais allé à Séoul. Putain, je suis même pas allé jusqu'à Philadelphie qui est à deux pas de chez moi. Sans la convention annuelle des *Black Hats* à Las Vegas, je n'aurais jamais mis les pieds hors du New Jersey.

— Qu'est-ce que tu veux dire par là, Morton ?

— Je peux traquer ton mec en ligne, mais je ne peux pas le trouver dans la vie réelle. C'es ton boulot, ça.

— Très bien, dit Janson. Alors imaginons que tu sois accusé de meurtre dans un pays étranger. Oublie la question de savoir si tu es coupable ou non. Où est-ce que tu te cacherais ?

— J'essaierais de trouver mes *peeps*.

— Tes *peeps* ?

— Ma famille, si tu préfères. Mes potes hackers. À ce que j'ai vu de ce type en ligne, tu ne risques pas de le trouver à découvert dans un cybercafé en train de regarder ses e-mails. Il est connecté avec le web profond, donc il va te falloir le suivre *underground*. Si j'étais lui, j'utiliserais mon réseau de cyber-potos pour me planquer jusqu'à ce que les choses se tassent.

— Eh bien voilà un début de piste, Morton. Question suivante : si tout le monde en ligne est anonyme, comment sais-tu dans quelle ville se trouve qui que ce soit parmi tes contacts ?

— Tu ne le sais pas. Mais si tu es dans le pétrin dans un pays étranger, tu peux demander de l'aide sur un forum en ligne. Si quelqu'un dans le coin tombe sur ton post, il t'envoie un message direct et t'offre de l'aide sans s'exposer lui-même trop publiquement.

— Il n'y a pas d'autre moyen de trouver quel hacker vit où ?

— Bon, même si quelqu'un cache son adresse IP, tu peux normalement déduire où il se trouve à partir des sujets qu'il aborde et, quand il est en ligne, avec sa *time zone*. Tu peux aussi récolter des indices à partir de ses vues sur la politique et tout ça, sauf que ça prend du temps. Garde en tête que les meilleurs hackers savent manipuler les données sociales et très bien tromper leur monde.

— Donc, comment dénicher l'un d'entre eux en Corée du Sud ?

— Eh bien on peut dire que tu es en veine.

— Ah oui ? Comment ça ?

— Il se trouve que je *chate* régulièrement avec un des plus talentueux cyber-salopards de toute l'Asie, mec. Et il se trouve que je sais de source sûre qu'il vit à Séoul.

— Formidable. Comment je le trouve ?

— Je ne peux pas vraiment te l'indiquer sur une carte. Mais je peux te donner son pseudo et tu peux essayer de le localiser toi-même. Ne lui dis pas que ça vient de moi, OK ? Et fais super gaffe. D'après ce que je comprends, ce mec peut ne faire de toi qu'une bouchée. C'est un tueur-né.

— Quel est son pseudo, Morton ?

— L, zéro, R, D, tiret du huit, W, un, C, K, trois, D. Janson visualisa le code dans sa tête : *Lord_W1ck3d*

— *Lord Wicked* ?

— *Lord Wicked*, mec, acquiesça Morton. Seigneur Pervers, putain.

6

Un froid brutal la pénétrait jusqu'aux os. Jessica Kincaid ne pouvait chasser la sensation qu'elle était suivie. Elle avançait la tête baissée face aux bourrasques glacées. Elle jeta un nouveau regard en arrière, mais ne vit personne.

Tu fais une crise de parano. C'est toi qui es en train de suivre quelqu'un, pas le contraire.

De l'autre côté de la rue, elle vit le jeune attaché de l'ambassadeur Young franchir le seuil du Jung Sikdang, un restaurant coréen à la mode. Elle jura dans un souffle. Elle ne pouvait pas entrer à sa suite, Jonathan la reconnaîtrait aussitôt. Et il était hors de question d'attendre dans le froid qu'il ait fini de dîner. Bon sang. Elle avait été certaine, sans bien savoir pourquoi, qu'il rentrerait directement chez lui, ou avec un peu de chance qu'elle pourrait le coincer seul à seul. Mais rien de tel. Elle venait de perdre une heure de surveillance sans résultat.

Après avoir quitté l'ambassade, elle avait roulé vers le nord jusqu'à la Sophia Guesthouse de Sogyeok-dong. C'était la première fois qu'elle visitait un *hanok* et elle était aussitôt tombée sous le charme. Moins d'une dizaine de chambres entouraient la cour spartiate, décorée d'un simple jardin et d'arbustes en cette saison entièrement dénudés. Plutôt que de fouiller les lieux clandestinement, elle s'était dirigée droit vers les propriétaires, un homme et son épouse d'âge indiscernable parlant tous deux anglais. Bien que méfiants au début, ils avaient fini par lui offrir un thé et l'atmosphère s'était détendue.

Assise sur des coussins bas et confortables, Kincaid demanda au couple si l'un d'entre eux avait jamais vu Lynell Yi et Gregory Wyckoff avant leur récente visite. Ils répondirent par la négative. Ni l'un ni l'autre non plus n'avait entendu quoi que ce soit de la dispute qui avait censément eu lieu le soir du meurtre. Les clients qui l'avaient entendue, un jeune couple coréen originaire de Busan, étaient déjà partis. Leur adresse figurait sur le dossier de la police que Janson avait obtenu dans l'avion, et elle n'insista pas.

Après le thé, Kincaid demanda à visiter les lieux, ce que le couple accepta sans se faire prier. L'homme la guida à travers la cour tout en se lançant dans un discours élaboré sur la disparition du *hanok* dans la culture sud-coréenne. Les bungalows de bois artisanaux étaient victimes de « l'obsession de la modernité » du pays, dit-il. Il lui montra le soin avec lequel les toits de tuile et d'argile étaient fabriqués. Les chambres, expliqua-t-il à Kincaid qui claquait des dents de froid, étaient parfaitement isolées avec de la boue et de la paille et chauffées par le sol grâce à un système baptisé *ondol*.

L'épouse sortit une clé de sa poche et ouvrit la porte du Nᵒ 9, la chambre qui avait abrité Yi et Wyckoff, et qui se trouvait située dans la partie neuve du *hanok*. Kincaid fut surprise de trouver la scène d'un crime commis quarante-huit heures plus tôt si parfaitement immaculée. Nul ruban de police pour barrer l'entrée, plus de trace de sang ni d'empreinte de pas ni aucun indice en vue. Selon le mari, une équipe s'était ruée dans la pièce pour la nettoyer de fond en comble dans la minute où la police en était sortie. Kincaid nota mentalement l'information.

La chambre elle-même était confortable, sobrement élégante. Ses dimensions faisaient environ la moitié de la taille d'un garage. Il n'y avait ni lit ni chaise, juste des matelas traditionnels, deux malles fermées et une petite télévision d'un modèle probablement introuvable de nos jours dans le commerce. Elle connaissait les lieux par les photos du dossier, mais aucune ne rendait vraiment justice à ce que l'espace avait d'agréable et de charmant.

Elle s'avança jusqu'à la fenêtre, qui était faite d'un papier fin, translucide, laissant filtrer la lumière du dehors. Elle passa la main sur l'un des murs tachetés, songeant que, si elle cognait un bon coup contre la paroi, son poing passerait de l'autre côté. Quant à l'hypothèse selon laquelle les voisins n'avaient pas pu entendre la dispute entre la victime et l'accusé… Reste que la police n'avait pas noté le moindre signe de lutte, pas même une lampe qui tombe. Étant donné la taille de la pièce, cela semblait parfaitement impossible, surtout si l'on tenait compte du fait que Lynell Yi était morte par strangulation.

— Les touristes occidentaux aiment encore venir dans les *hanoks*, dit le mari interrompant le fil de ses pensées, ils ne viennent pas à Séoul pour dormir dans un gratte-ciel qu'ils peuvent voir à New York ou à Londres.

Kincaid acquiesça. Elle comprenait la passion et, contrairement à Janson, voyait parfaitement ce qui avait pu conduire les jeunes amants à abandonner leur appartement moderne non loin de là pour une nuit d'amour dans une maison coréenne traditionnelle. Peut-être était-elle plus romantique que Paul – ou peut-être Paul avait-il déjà fait l'expérience du *hanok* et cela lui rappelait-il la cage dans laquelle les talibans l'avaient maintenu dix-huit mois durant en Afghanistan. Quoi qu'il en soit, sa théorie selon laquelle le jeune couple était déjà en fuite en arrivant ici n'était guère probable.

C'est après sa visite, et après avoir fait la queue dans un snack pour un chili épicé au bœuf, que Kincaid avait repris le chemin de l'ambassade, aux alentours de 5 heures de l'après-midi, dans l'espoir de tomber sur Jonathan rentrant chez lui au terme d'une journée de travail. Il devait avoir entre 25 et 30 ans, autant dire qu'il était sans doute le fonctionnaire de l'ambassade le plus proche de Lynell Yi en termes d'âge. Le coup d'œil rapide qu'avait jeté l'ambassadeur vers la porte le séparant du bureau de Jonathan lorsque Kincaid lui avait demandé qui la victime pouvait fréquenter lui faisait penser que le jeune homme détenait peut-être certaines réponses aux questions qu'elle se posait.

Jonathan sortit de l'ambassade à 17 h 15. Il marcha jusqu'à la station de métro de Chongyak. Il prit la ligne 1, Kincaid sur ses talons dans le wagon mitoyen. Il descendit deux stations plus loin pour une correspondance ligne 3 et, cette fois, parut s'installer pour un trajet plus long. Il n'en descendit pas avant d'arriver au sud de la Han River, à Gangnam-gu.

Kincaid surveillait le restaurant. Les bras croisés contre sa poitrine pour tenter de se protéger du froid, elle eut de nouveau le sentiment bizarre que, tandis qu'elle surveillait Jonathan, quelqu'un la surveillait, elle. Mais qui ?

Elle examina les visages des quelques personnes qui autour d'elle bravaient le froid. Elle aperçut un groupe d'adolescents à l'extrémité du parc, quatre garçons et deux filles, tous sans doute âgés de moins de 18 ans. Sur sa gauche, un vagabond, le dos voûté, était affalé sur un banc.

Un vagabond ? Par ce temps ? Il ne passerait pas la nuit.

Le soleil disparaissait derrière la montagne. L'obscurité tombait rapidement. D'ici peu, identifier le désaxé qui la suivait allait devenir impossible. Elle faillit appeler Janson mais se retint. Elle l'avait déjà averti qu'elle avait suivi Jonathan jusqu'au restaurant. Elle pouvait se débrouiller seule.

Abandonnant le restaurant, elle s'enfonça dans le parc. Le groupe de jeunes ne lui prêta aucune attention. Le clochard ne bougea pas. Deux hommes avançaient rapidement dans sa direction, elle se raidit avant de réaliser qu'ils se tenaient la main, exposant leurs doigts au vent glacé. Par ce temps, c'était une preuve d'amour authentique.

De nouveau elle jeta un regard derrière elle. Personne ne semblait la suivre. Elle se sentait observée néanmoins. Elle pressa le pas tandis que son pouls s'accélérait. Au centre du parc, elle se retourna d'un coup, certaine d'avoir aperçu un mouvement dans un buisson. Elle continua d'avancer. Il y eut un bruissement et elle sut que celui qui la suivait savait désormais qu'elle l'avait repéré. Un professionnel.

Personne d'autre alentour, et avec le crépuscule pour couverture, l'attaquant sortit enfin de l'ombre. Kincaid n'hésita pas. Sans même regarder derrière elle, elle piqua un sprint en direction de la rivière. Dans le bruit du vent qui sifflait en rafales, elle pouvait entendre son poursuivant traverser les taillis et heurter les branches dans un effort pour la doubler.

Mais Kincaid était rapide. C'était dans des instants comme celui-ci que la confiance en soi et l'assurance comptaient. Elle tenait ce trait de caractère depuis son enfance à Red Creek, Kentucky, et cette confiance l'avait suivie dans le bus Greyhound l'emportant loin de sa famille à l'adolescence. Une confiance renforcée d'abord à la Division Sécurité nationale du FBI, puis policée par les Opérations consulaires et enfin par Janson.

Elle fonça au travers d'une rangée de buissons, déboucha dans une rue et s'immobilisa une seconde pour récupérer son souffle, qui s'exhalait en volutes blanches dans l'air glacé. Elle aperçut un taxi et son bras se leva instinctivement.

Le véhicule orange ralentit, s'arrêta au bord du trottoir. Kincaid se jeta sur la banquette en criant :

— Démarrez, démarrez !

Tandis que le taxi débrayait, Kincaid leva la tête juste à temps pour apercevoir la large silhouette d'un Coréen jaillissant des buissons. L'homme leva les bras, un fusil dans les mains. Elle le vit la mettre en joue, attendit nerveusement le son du coup de feu, l'explosion de la vitre arrière, le sifflement d'une balle à quelques millimètres de son visage.

Mais par chance, rien ne se produisit.

7

Résidence Cheongwha
Itaewon, Yongsan-gu, Séoul

Nuit noire, et toujours aucune nouvelle de Nam Sei-hoon. Entre-temps, heureusement, après son rendez-vous au musée de la Guerre avec Nam, Janson était parvenu à joindre un autre de ses amis de longue date, un ancien des Opérations consulaires tout comme lui, qu'il avait cru mort depuis déjà longtemps.

Toutes ses tentatives pour joindre Grigori Berman au cours des dernières années avaient échoué. Ses liens avec la mafia russe étaient notoires, et apprendre que Berman s'était fait tuer n'aurait pas été une surprise pour Janson. À l'évidence, cependant, ce n'était pas le cas.

— Mort ? avait tonné au téléphone la voix de Berman épaissie par l'accent russe. Non, non, Paulie ! Je suis bien vivant, camarade. Disons que j'ai juste pris de longues vacances.

Janson ne perdit pas de temps à l'interroger, et Berman, de son côté, ne prononça pas un mot de plus sur le sujet. La liste des raisons pour lesquelles il avait eu besoin de disparaître était trop longue pour être discutée.

— Avoir de tes nouvelles, Paulie, c'est comme recevoir un coup de fil d'une vieille maîtresse. Ça fait plaisir, on s'inquiète, on se demande ce qu'elle veut.

Janson n'avait nul besoin de rappeler à Berman ce qu'il lui devait. À l'époque des Opérations consulaires, il avait exercé la profession de comptable dans l'ex-Union soviétique, et s'occupait de blanchir les millions de la mafia russe via une série de sociétés-écrans dispersées autour du globe. Puis, lors du coup de filet finalement lancé contre le gang pour lequel Berman travaillait, Janson l'avait délibérément laissé filer. Ses collègues des Opérations consulaires avaient eu beau protester, Janson voyait dans sa manœuvre un coup d'échecs. Grigori Berman était sans doute un manipulateur, un menteur, un voleur. Mais il était également doué, malin, et, contrairement à ses complices, non violent. L'enfermer n'aurait été d'aucun bénéfice pour personne. Le garder sous le coude, en revanche, sous le coude et redevable, donnerait à Janson une arme potentielle pour déjouer les plans d'authentiques futurs salopards autrement nuisibles.

Rétrospectivement, la décision s'avérait plus que payante. Quelques années plus tard, quand Janson s'était vu accuser d'avoir accepté un contrat pour assassiner le milliardaire philanthrope Peter Novak, c'était Grigori Berman qui avait découvert que le million et demi de dollars déposé sur le compte offshore de Janson en prétendu paiement du meurtre provenait en fait de la Fondation Novak elle-même. Par la suite, un sniper avait logé une balle dans la poitrine de Berman – une balle originellement destinée à Paul Janson. Dieu merci, le Russe était de constitution solide et avait survécu. Une fois guéri, furieux, il avait mis toute son énergie à aider Janson à démanteler le programme Möbius.

— Qu'est-ce que je peux faire pour toi, Paulie ?

— J'essaie de mettre la main sur un hacker à Séoul, connu sous le nom de *Lord Wicked*.

Janson épela la combinaison de chiffres et de lettres correspondante.

— Ah, *Lord Wicked*, réagit Berman.

— Tu as entendu parler de lui…

— Tout le secteur de la cyber-security a entendu parler de lui, mon ami. C'est une légende vivante.

— Tu peux m'aider à le trouver ?

— Normalement, je dirais non. Un type de ce niveau, il a forcément dérouté ses serveurs aux quatre coins du monde. Mais dans la mesure où tu sais dans quelle ville il se trouve, je devrais être en mesure de le doxer dans l'heure.

— De le quoi ?

— De le doxer. De trouver l'adresse derrière laquelle il opère sur le net, si tu préfères. Son vrai nom, son adresse physique, son téléphone. Peut-être même le nom de jeune fille de sa mère, avec un peu de chance.

— Oublie sa mère, répliqua Janson. Trouve-moi le reste aussi vite que tu peux.

Cinquante-six minutes plus tard exactement, Grigori Berman le rappelait avec les informations.

— Il s'appelle Jung Kang. Ou Kang Jung si tu places le nom de famille en premier à la manière coréenne. Il a deux adresses connues. Une à Itaewon, dans le quartier Yongsan, la seconde dans Gangnam. Comme dans la chanson. Tu connais la chanson, Paulie ? *Hey, sexy lady ! Oppa Gangnam style...*

— Oui je connais. Son adresse ?

Vingt minutes plus tard, une jeune femme sortit de la Résidence Cheongwha et Janson, profitant de la porte ouverte, s'introduisit dans l'entrée avec un « merci » en coréen accompagné d'un sourire.

Comme il se trouvait déjà dans le quartier d'Itaewon, le plus simple avait été de se rendre à l'adresse correspondante et de laisser celle de Gangnam à Kincaid. Son dernier contact avec elle remontait au milieu de l'après-midi, lorsqu'elle lui avait annoncé son intention de suivre le chef de cabinet de l'ambassadeur jusqu'à Dosan Park. Il avait tenté de la joindre pour lui donner les coordonnées de Kang Jung à Gangnam, mais elle n'avait pas décroché. Il avait attendu qu'elle le rappelle une bonne dizaine de minutes avant de se demander si quelque chose n'allait pas, puis de se rassurer. Kincaid avait dû suivre le type dans le métro où les communications ne passaient pas. Elle le rappellerait sans nul doute sitôt remontée à la surface.

Il prit l'ascenseur jusqu'au onzième étage. Il n'était pas du tout certain de se trouver au bon endroit. Itaewon avait la réputation d'être une ville occidentale, un district peuplé de touristes, d'expatriés et de militaires américains stationnant en Corée. Du fait de sa population et de ses produits de contrefaçons vendus en masse alentour, le quartier faisait figure de Chinatown exotique pour Occidentaux. Cela en faisait un lieu de résidence assez improbable, a priori, pour un homme doté de moyens financiers conséquents et d'un patronyme aussi coréen que Kang Jung.

L'aspect insignifiant de la résidence renforçait dans l'esprit de Janson le sentiment que la bonne adresse devait être la seconde. Selon Morton et Berman, *Lord Wicked* se faisait des millions de dollars dans la vente de *dumps* – en clair : des cartes de crédit volées accompagnées des informations personnelles correspondantes. Ses clients étaient des réseaux mafieux qui s'étendaient de Vancouver à l'Estonie. Son train de vie devait être énorme. Plus important, en tout cas, que ce que Janson avait sous les yeux.

Il s'avança dans le couloir sombre, tourna à gauche. Devant le numéro 1109 il marqua une pause. À l'abri du judas, il écouta les bruits à l'intérieur de l'appartement. Il n'oubliait pas les conseils de prudence de Morton, mais il n'était pas là non plus pour arrêter Kang Jung. Il était là pour passer un accord avec lui en vue d'obtenir des informations. Kang Jung n'avait aucune raison de vouloir le tuer. Mais bien sûr, d'un autre côté, on ne pouvait jamais savoir.

Rien ne transpirait depuis l'intérieur, à l'exception du son de la télévision, une vieille sitcom ponctuée de rires artificiels.

Il frappa à la porte.

Il se mit devant pour guetter l'ombre au judas, mais rien ne vint. Aucun bruit de pas non plus, juste le son de la télé. Il s'apprêtait à frapper de nouveau quand la porte s'entrouvrit sur la silhouette d'une toute jeune fille.

— *Hashiljul ashinay ?* dit Janson. Tu parles anglais ?

— *Chogum banjul arayo*, répondit-elle. Un petit peu.

La suite se déroula en anglais.

— Ton papa est à la maison ?

— Peut-être.

— Peut-être ? Tu veux bien vérifier ?

— Je n'ai pas le droit d'utiliser le téléphone. Je suis punie.

— Le téléphone ?

— Mon père vit à Gangnam. Ici il n'y a que maman et moi.

— Je vois, dit Janson. Ta maman est là ?

— Elle est sortie.

— Et tu es ici toute seule ? Quel âge as-tu ?

— Treize ans.

— Très bien. Désolé de t'avoir dérangée, fit Janson qui se dirigeait déjà vers l'ascenseur.

La fille le retint :

— Attendez. Pourquoi voulez-vous voir mon père ?

Janson l'examina avec une attention renouvelée.

— Tu as l'air de parler plus qu'un petit peu anglais, on dirait.

— Je parle couramment, répondit-elle. Pourquoi voulez-vous voir mon père ?

— Ça n'a rien à voir avec toi. C'est professionnel.

— Quel genre de profession ?

— Tu es une gamine bien curieuse, dis donc.

— Répondez à la question, dit la jeune fille sans se démonter.

— Je voudrais payer ton père pour qu'il me trouve des informations.

— Quel genre d'informations ?

— Des informations qui concernent les adultes, fit Janson en se détournant à nouveau.

— Informatiques ? Des informations sur Internet ?

Une nouvelle fois, Janson se retourna pour lui faire face.

— C'est possible. Tu sais quelque chose à ce sujet ?

— Mon père ne s'occupe pas d'informatique.

— Ah non ? Et qu'est-ce qu'il fait ?

— Il est chef. Cuistot.

— Vraiment ? Quel genre de cuisine ?

— Néocoréenne, répondit-elle. Puis elle ajouta : On dirait que vous ne me croyez pas.

— Disons que je sais des choses qui contredisent ce que tu me racontes.

— Vous ne connaissez même pas son nom, je parie.

Janson hésita une seconde, puis entra dans le jeu.

— Ton père s'appelle Kang Jung.

La gamine eut un sourire en coin.

— Raté. Vous ne savez pas de quoi vous parlez. Vous ne cherchez pas la bonne personne.

— Le nom de famille de ton père n'est pas Kang ?

— Si.

— Eh bien ? Qui est la bonne personne, dans ce cas ? Qui est Kang Jung ? Ta mère ?

La fillette secoua la tête puis ouvrit la porte en grand.

— Et si vous entriez ? dit-elle.

— Ça ne me paraît pas une bonne idée.

— Ça l'est si vous cherchez *Lord Wicked*, dit-elle en se reculant.

8

Nightclub T-Lound
Cheongdam-dong, Gangnam-gu, Séoul

Kincaid jetait régulièrement un regard par-dessus son épaule, guettant dans la foule des jeunes dansant sur *Ray of Light* l'homme qui l'avait suivie depuis Dosan Park. Le tube de Madonna jaillissait à pleins décibels des cloisons du club ultramoderne.

Dans le taxi, après avoir réalisé que le type ne pouvait pas tirer, son premier réflexe avait été de saisir son téléphone, avant de constater que l'appareil avait disparu. Elle avait dû le perdre dans la course à travers le parc tandis qu'elle cherchait à échapper à son poursuivant. Elle s'était penchée vers le chauffeur pour lui demander le sien. Pour toute réponse, l'homme lui avait fait savoir en coréen qu'il ne parlait pas un mot d'anglais avant de fermer d'autorité la vitre de séparation. Elle l'avait arrêté au bout de dix minutes, était descendue au hasard dans Gangnam. Rouler trop loin n'aurait eu aucun sens et elle espérait encore pouvoir revenir au restaurant à temps pour attraper Jonathan.

Elle errait dans les rues en quête d'une cabine publique quand elle aperçut l'imposante silhouette du Coréen qui l'avait mise en joue quelques instants plus tôt. Rester dans le périmètre où avait eu lieu son agression se révélait plus dangereux que prévu. L'espace d'une seconde, leurs regards se croisèrent ; elle se remit à courir.

Il la pourchassa au travers des rues encombrées, au-delà de ruelles étroites, dans le froid glacé. Pour le semer, elle alterna plusieurs manœuvres apprises durant son entraînement aux Opérations consulaires, ainsi que des tactiques que Janson lui avait enseignées, mais se débarrasser du tireur s'avéra impossible. Il était compétent. Il était entraîné. C'était un professionnel. Et il semblait très déterminé à l'attraper et à la tuer.

Finalement, Kincaid s'enfonça dans une station de métro avec l'idée de se fondre dans la foule épaisse et de profiter de ce répit pour reprendre son souffle. Lorsqu'elle comprit que le type l'avait suivie sur le quai, elle se rua dans un wagon. Descendit à la première station, avant de le voir faire de même. Elle remonta les escaliers en direction de la rue, l'homme toujours à ses trousses.

Elle se cacha dans un magasin de fringues, changea de vêtements, le tout en vain. Elle parvint enfin à le semer, pour de bon pensa-t-elle, dans un labyrinthe de bus, de métros et de taxis qu'elle emprunta successivement.

Et passa presque une heure sans l'apercevoir.

Soulagée, elle était sur le point de pousser la porte d'un Starbucks coréen pour appeler Janson quand le visage de son assassin potentiel apparut en reflet dans la vitre.

De nouveau, elle courut. Elle y mit toute son énergie, tous ses muscles, pendant un temps qui lui parut infini. Enfin, elle réalisa qu'elle n'y arriverait pas, que ce n'était qu'une question de minutes avant qu'il ne la rattrape. Alors, elle fit appel à l'adage que Janson lui rappelait constamment : *fais du chasseur le chassé, transforme le prédateur en proie.* Et elle se résolut à inverser les rôles.

Elle tourna dans ce qui semblait une rue calme. Une structure massive de verre et de métal s'y dressait, devant laquelle attendait une longue file de *clubbers.* Cette boîte de nuit allait devenir sa base, décida-t-elle. Elle glissa au videur filtrant l'entrée un billet de cent dollars américains, laissa son manteau au vestiaire et se perdit dans la foule et le bruit.

Dissimulée parmi les danseurs, elle cherchait le tueur, le corps encore tendu par l'adrénaline, priant pour qu'il l'ait suivie jusqu'ici. Une chanson pop coréenne peu familière succéda à une chanson de Cher, *Life after Love*, puis le DJ lança un remix de *Lose Yourself.* Enfin, un rythme techno résonna dans les speakers et l'atmosphère des lieux devint instantanément frénétique. La masse compacte de chair en sueur autour d'elle s'agitait de façon démente depuis une minute sur le morceau des Vengaboys *We like to Party* qui faisait trembler les murs lorsqu'elle aperçut enfin son poursuivant.

Sauf qu'il n'avait plus d'arme : personne n'entrait au T-Lound sans passer par un détecteur de métal. Elle ne pouvait peut-être pas lui échapper, mais du moins, en s'enfonçant dans la boîte de nuit, Jessica Kincaid avait-elle réussi à rendre le combat égal.

Sin Bae se frayait un chemin dans la foule à la recherche de la femme. Il avait dû se débarrasser de son Daewoo DP-51 pour entrer. L'arme à présent démontée se trouvait enterrée à l'abri entre deux immeubles de l'autre côté de la rue. Si tout se passait correctement dans le club, il la récupérerait à la sortie pour filer sur Itaewon éliminer Paul Janson avant de se remettre à la recherche du fils du sénateur.

Éliminer la partenaire de Janson se révélait bien plus difficile qu'il ne s'y était attendu. Elle était rapide, possédait plus d'énergie que toutes les femmes qu'il avait pu croiser dans sa vie et, en plus de son entraînement, bénéficiait manifestement de qualités physiques innées qui en faisaient une cible difficile. Ses yeux notamment. Elle avait la vue perçante d'un rapace.

Il avait perdu l'avantage de la surprise. Il saurait s'en passer, ce n'était pas son premier job, il s'en fallait de beaucoup, et même s'il n'avait encore jamais reçu l'ordre d'éliminer d'anciens agents des Opérations consulaires, il avait tout de même à son actif l'assassinat d'agents de l'Intelligence Service coréenne et quelques officiers clandestins de la CIA.

Sin Bae était curieux de savoir ce qui avait pu provoquer l'ire des Opérations consulaires vis-à-vis de Janson et Kincaid. Mais il savait qu'il ne le saurait jamais, cela faisait partie des règles. Une fois tous deux éliminés, et une fois Gregory Wyckoff tué, il contacterait son agent traitant Ping à Shanghai et ce serait tout jusqu'à sa nouvelle mission.

Parvenu au deuxième étage du club, il la repéra presque tout de suite. Curieusement, elle était assise au bar en grande discussion avec un Coréen d'âge mûr. Au bout de quelques instants, il la vit guider l'homme au centre du dance-floor.

Que se passait-il ? Ne l'avait-elle pas vu entrer ? Se croyait-elle à l'abri, du seul fait qu'il avait été obligé de laisser son arme au-dehors ? Eh bien dans ce cas, son excès de confiance – ou son mauvais jugement des capacités meurtrières de Sin Bae – allait lui être fatal.

Même si le clignotement furieux des spots colorés empêchait de distinguer quoi que ce soit sur le dance-floor, cela n'allait pas empêcher Sin Bae d'agir. Mais il lui fallait se montrer prudent. Il se recula et se mit à l'observer. Une jeune femme plutôt sexy. Ce qu'elle faisait en compagnie de ce type ventripotent, à demi chauve, et assez âgé pour être son père, voilà qui le dépassait. À la manière dont elle s'y prenait, elle semblait vouloir le séduire. Il vit une serveuse s'approcher du couple, un plateau empli de boissons en éprouvettes à la main, et Jessica Kincaid en vider instantanément deux. Pour se calmer les nerfs, peut-être. Bien. Cela signifiait qu'elle se sentait en sécurité. Il avait encore pour lui l'atout de la surprise, apparemment.

Il prit le temps d'étudier la situation. Valait-il mieux la tuer dans la rue, quand elle aurait quitté les lieux ? Ou carrément ici, en plein club ? Ou encore fallait-il attendre qu'elle se dirige vers les toilettes, ce qu'elle n'allait pas manquer de faire maintenant qu'elle pensait la menace conjurée. En tout cas l'attitude de la fille l'amusait. Elle ignorait manifestement tout de l'arme favorite de Sin Bae, dont il ne se séparait jamais.

Il tira sur les manches de son costume, ce qui fit ressortir ses boutons de manchette.

À cet instant précis, un type complètement ivre – un touriste européen, pas moins – le heurta. Il sentit un liquide ambré se répandre sur le devant de sa veste et sa chemise, un verre se fracassa sur le sol, et Sin Bae, furieux, fut tenté une seconde d'en ramasser un éclat pour lui trancher la gorge. Heureusement, il se ravisa, se contentant de gratifier l'homme qui déjà s'éloignait en titubant d'un regard, ne laissant aucune ambiguïté sur ce qui l'attendait s'il avait le malheur de l'approcher de nouveau.

Son attention revint sur la piste de danse. Le Coréen d'âge mûr et compagnon de Kincaid était toujours là, mais seul. Et aussi perplexe, apparemment, que Sin Bae le fut bientôt.

Ce n'est pas possible. Il n'avait pas détourné le regard de sa cible plus de deux secondes.

Sin Bae jura intérieurement puis se mit à dévisager chacune des jeunes femmes qui l'entouraient. Une maline, cette nana. Capable de semer un professionnel en moins de temps qu'il n'en faut pour le dire. Tenace. Décidément, Miss Jessica Kincaid n'était pas prête à mourir.

Un mouvement attira soudain son attention vers les escaliers qui menaient au premier étage. Sans en être certain, il lui semblait bien avoir aperçu la chevelure de Kincaid. Il devait être en mesure de la reconnaître, à présent qu'il l'avait pourchassée toute la soirée.

Calme et confiant, il se dirigea vers l'escalier.

Il la trouverait.

Et il la tuerait.

Il en finirait avec elle ce soir.

9

— Qui a été capable de me doxer, putain ?

Assis sur le divan, Janson fixait la gamine à l'autre bout de la pièce en essayant sans y parvenir de masquer sa surprise.

— C'est toi, ne put-il s'empêcher de dire. *Lord Wicked*, c'est toi ?

La fille croisa les bras sur sa poitrine plate.

— Répondez à ma question.

— Je ne le peux pas. Mais, si ça peut te rassurer, il a fallu une équipe entière.

La fille saisit la télécommande et coupa le son de l'écran plat installé sur le mur au-dessus de sa tête.

— Je suis désolée d'apprendre que vous ne pouvez citer vos sources, dit-elle. Parce que nous sommes au point mort. Vous êtes venu me voir pour information ? Eh bien je ne vous dirai rien du tout si vous ne me dites pas qui m'a doxée.

Janson se leva du divan.

— Écoute, je me fous de savoir ce que tu fais pour… pour gagner ta vie. J'ai besoin d'aide, et il se trouve que tu es peut-être la seule personne dans tout Séoul capable de me la procurer.

— Eh bien dites-moi qui m'a doxée.

— Cette question est close, jeune demoiselle.

Il se vit tel un prof en train de pointer un doigt sur elle et se reprit.

— Ce n'est pas un jeu. Tu comprends ça? Je ne pars pas d'ici avant que tu ne m'aies dit ce que je veux savoir.

— Et qu'est-ce que vous comptez faire? Torturer une fille de 13 ans?

Janson garda son calme.

— Je ne torture personne.

— Ah non? dit-elle tandis que son attitude se faisait plus conciliante. Pas même si vous êtes bien payé? Parce que je peux vous donner une somme conséquente si vous m'amenez les têtes de tous ceux qui sont impliqués dans mon identification.

Cela le laissa muet. La fille paraissait sérieuse. Janson se demanda ce qui avait pu la conduire à lui révéler si facilement qui elle était, et si elle tenait vraiment à garder le secret.

Il se tourna vers la porte.

— C'était une mauvaise idée de ma part. Je vais rendre visite à ton père à Gangnam.

— Non! cria-t-elle. N'allez pas voir mon père. Dites-moi ce que vous voulez savoir. Et magnez-vous parce que ma mère va rentrer d'ici une heure.

C'était donc cela. Son père était son talon d'Achille. C'était pour cela qu'elle lui avait révélé son identité dans le couloir.

— OK, dit-il. J'essaie de localiser un hacker qui se trouve quelque part dans Séoul. J'ai des gens qui surveillent ses cartes de crédit et son téléphone, mais il ne s'en sert pas. La seule façon pour moi de le retrouver à temps c'est d'en savoir plus sur lui. Il passe généralement la plupart de son temps sur Internet.

— Le retrouver à temps ? demanda-t-elle. Ça veut dire quoi ?

Janson avait cherché à éviter de mentionner la police mais l'heure tournait. Et s'il devait donner à cette gamine – cette *Lord Wicked* – toutes les chances de l'aider à localiser Gregory Wyckoff, il devait être entièrement franc.

— As-tu entendu parler du meurtre à la pension de famille Sophia ?

— Évidemment. C'est à toutes les infos. Je suis tout le truc *live* en ligne.

Janson se renfrogna.

— Tu ne sors pas beaucoup, on dirait, petite fille.

Elle secoua la tête.

— Il n'y a rien pour moi, dehors.

La réponse l'arrêta. Il faillit lui demander des détails sur ses trafics. Où cachait-elle son cash, était-elle sûre d'être en sécurité ? Mais il avait plus urgent à faire.

— Le nom du suspect est Gregory Wyckoff, dit-il, et il a 19 ans. C'est le fils d'un sénateur américain. Il est en fuite, peut-être innocent, et le sénateur m'a engagé pour le retrouver et comprendre ce qui s'est passé l'autre nuit.

La fille acquiesça de la tête.

— Vous voulez que je trouve son pseudo ? Ça va prendre du temps.

— Un de mes types a déjà fait ça.

— Celui qui m'a doxée ?

Janson ignora la question.

— Son identité en ligne est Draco-tiret du huit-Malfoy-quatre-vingt-quinze.

Il espérait vaguement une réaction, mais la fille resta de marbre.

— OK, je vais vous aider, dit-elle.

— Merci.

— Mais vous allez devoir me laisser un moyen de vous contacter parce que ça va prendre un petit moment et si vous êtes encore là quand ma mère rentrera elle appellera la police et vous irez en prison.

— Je comprends.

Écrire son numéro sur un bout de papier lui fit songer à Jessie, qui ne l'avait toujours pas rappelé. Parce que le temps pressait, et parce qu'il doutait de leur implication dans l'affaire, Janson avait décidé de se rendre au Département d'État, ainsi qu'au QG des Opérations consulaires. Si, contrairement à ce qu'il pensait, ils étaient impliqués, ils se méfieraient de lui, supposait-il, et il les connaissait suffisamment pour les voir arriver de loin. Envoyer Kincaid à l'ambassade n'avait constitué pour lui de ce point de vue qu'une précaution de routine pour s'assurer que tout était en ordre. Il se demandait à présent s'il n'avait pas fait une faute – une faute aux conséquences mortelles qu'il ne se pardonnerait jamais.

— Voilà, dit-il, tendant le papier à la fille. Combien de temps crois-tu qu'il te faut ?

— Une heure à peu près.

Janson se tourna vers la porte.

— Dites-moi une chose. Je n'ai baissé la garde qu'une seule fois au cours des douze derniers mois, reprit la fille dans son dos. Un *chat* avec un type qui prétendait vivre en Angleterre mais qui était basé en fait aux USA.

— Et? fit Janson en la regardant.

— Le sale con qui m'a doxée, il ne vivrait pas dans le New Jersey, par hasard? Un mec avec une Honda qui a fait son temps?

10

Kincaid descendit l'escalier, se frayant un chemin dans la file de femmes légèrement vêtues, aux mains encombrées de martinis et de verres de whisky. Elle n'avait nul besoin de se retourner pour sentir le regard de son poursuivant sur sa nuque. C'était la même sensation qu'elle avait éprouvée devant le restaurant de Dosan Park quelques heures plus tôt.

À chaque palier, elle se heurtait à une masse humaine plus dense, un bouchon de chairs en sueur l'obligeant à jouer des coudes, ce qui lui valait au passage une bordée d'injures et de regards agacés. Enfin, elle parvint en bas des escaliers, tourna à gauche en direction des vestiaires pour y récupérer son manteau. Elle fendait la foule avec le port rassurant d'un pistolet à sa ceinture.

Au second étage, elle avait fait ce que font la plupart des femmes seules dans ce club – elle s'était cherché un mec. Sa première pensée avait été qu'un homme l'aiderait à se fondre dans le décor, ainsi pourrait-elle repérer le tueur avant qu'il ne la repère, elle, ce qui lui donnerait l'avantage. Puis elle avait aperçu quelque chose qui lui avait donné une autre idée. Rejoignant le bar, elle s'était faufilée entre deux hommes, un jeune qui flirtait de façon théâtrale avec une gamine, et un type plus âgé qui paraissait avoir abandonné tout espoir et semblait déterminé à se noyer dans l'alcool. Ce qu'elle avait repéré, depuis l'autre côté de la pièce, et l'avait convaincu de l'aborder, c'était le renflement sur le côté gauche de sa veste à hauteur de poitrine. Elle confirma son intuition en heurtant délibérément le type, se pressant contre lui au passage.

— *Choésong hamnida*, dit-elle, s'excusant auprès de lui pour le verre qu'il venait de renverser à cause d'elle. Elle avait sans nul doute écorché la formule coréenne mais elle comptait sur le vacarme de la musique. Elle saisit un chiffon qui traînait sur le comptoir, l'aida à nettoyer le liquide renversé.

— Ce n'est rien, dit-il en anglais, avec un accent épais. Vous êtes américaine ? Oui ?

Elle se tourna vers lui en souriant.

— Oui, oui, c'est exact. Ça s'entend tant que ça à mon accent détestable ?

— *J'adore* l'Amérique, dit-il avec une bouffée d'enthousiasme en ignorant sa question. Mais peut-être ne l'avait-il tout simplement pas entendue dans le vacarme. *J'adore* la New York city. Vous êtes de là ?

Kincaid, son attention en éveil, toujours à la recherche du tueur, répondit sur le même ton.

— Pas vraiment. Je suis d'une petite ville dans le centre du pays qui s'appelle Red Creek. Dans le Kentucky.

— Ah, Kentucky ! s'écria-t-il. *J'adore* le bourbon du Kentucky ! *J'adore* le Kentucky Fried Chicken ! Je peux vous en acheter un verre ?

Elle se pencha vers lui, tout en souhaitant mentalement qu'elle ne transpirait pas trop.

— Vous voulez m'offrir un verre de Kentucky Fried Chicken ?

Le type rejeta la tête en arrière comme si elle venait de prononcer la phrase la plus drôle de l'année. Il se redressa, et, dans le mouvement, son front heurta celui de Kincaid à l'instant où il se mettait à parler.

— Très désolé, cria-t-il. Vraiment navré. Je voulais dire, puis-je vous acheter un verre de bourbon ? Wild Turkey, peut-être ? John Beam ?

— *Jim* Beam, fit-elle en le corrigeant.

— Très bien !

Il se pencha vers le bar et hurla en direction du serveur :

— Deux verres de Jim Beam !

C'est à cet instant qu'elle aperçut le tueur au sommet des marches.

— Vous dansez ? fit-elle.

— Danser ? Oh, oui, certainement. Donnez-moi juste le temps de prendre nos verres.

— Le garçon nous les apportera. J'ai vraiment très envie d'aller sur le dance-floor avec vous. Elle se tourna vers le garçon : Vous pouvez nous apporter les verres là-bas ?

— Bien sûr, répondit-il dans un anglais presque parfait et avec le sourire qui allait avec. Je vous envoie quelqu'un dans deux secondes. Puis, après un regard évaluateur au type usé qui lui servait de compagnon : Soyez fous, les gamins !

Sur la piste de danse, Kincaid se lança immédiatement au rythme de la pop coréenne sous le regard ébahi de son partenaire. Elle se retourna, colla ses fesses contre le type, et se mit à remuer méthodiquement contre sa taille. Il l'enlaça, ferma ses mains sur ses hanches, et elle se tourna de nouveau pour lui faire face, ses lèvres à quelques millimètres des siennes. Dans le même temps, ses mains le palpaient depuis les cuisses jusqu'à la poitrine à la recherche du holster qu'elle avait aperçu. Puis, tout en se blottissant contre sa nuque, elle glissa sa main à l'intérieur de sa veste, entreprit de lui caresser la poitrine. Il lança sa tête en arrière, ferma les yeux, en extase.

Un regard de l'autre côté de la piste suffit à la renseigner sur la position du tueur qui se tenait près des marches, les bras croisés contre sa poitrine et l'observant.

Une jeune femme en minijupe, encombrée d'un plateau sur lequel étaient posés deux éprouvettes fluo contenant leurs boissons, lui frappa doucement l'épaule.

— Deux verres de Jim Bean, annonça-t-elle.

Kincaid en saisit un et le vida cul sec.

— Non merci, fit son partenaire en agitant la main. Mais je vous en prie. Mettez les deux sur ma note.

Kincaid sourit, prit le second verre, le porta à ses lèvres. Son partenaire écarquilla les yeux en signe d'admiration.

— Ce sont des petits verres, dit-elle en se pressant de nouveau contre lui. Elle le laissa respirer le bourbon dans son haleine, puis lui planta un baiser sensuel sur la joue tandis que ses mains farfouillaient à nouveau dans sa veste.

Ses doigts atteignirent le holster. Elle se demanda comment il avait pu entrer avec ça et déjouer la sécurité.

Probablement un flic, bien qu'elle sût par Janson que la plupart des policiers de Séoul ne portaient pas d'arme à feu. Mais le type était probablement un officier de la Metropolitan Seoul Police, soit en mission spéciale, soit hors service. Étant donné ce qu'il avait déjà bu, la seconde hypothèse était la plus probable.

Du coin de l'œil, elle aperçut un jeune Européen heurter son poursuivant et renverser son verre sur sa chemise. Une parfaite diversion. C'était maintenant ou jamais.

Les clients ne se pressaient plus à l'entrée à cette heure et la fille qui s'occupait de l'énorme vestiaire s'était absentée. Kincaid n'était pas décidée à attendre. Planquée, accroupie entre deux rangées de manteaux, elle examina rapidement l'arme qu'elle venait de subtiliser.

Un Daewoo semi-automatique 9 mm.

Elle vérifia le chargeur : treize munitions. Elle le remit en place, fit glisser une balle dans la chambre. Elle libéra la sécurité, releva le chien, et jeta un regard entre les manteaux.

Il doit m'avoir repérée.

Un frisson d'anxiété lui parcourut la moelle épinière. À l'entrée du vestiaire, elle avait ralenti juste assez pour apercevoir sa silhouette, et s'était arrêtée quelques secondes pour lui laisser le temps de la repérer.

Il sait où je suis. Pourquoi n'est-il pas déjà là ?

Estimait-il trop risqué d'essayer de la tuer dans la boîte de nuit ? L'attendait-il dehors, prêt à reprendre la chasse ? Kincaid n'allait pas lui donner satisfaction. Elle pouvait passer toute la nuit dans ce vestiaire, s'il le fallait. Elle attendrait le retour de la fille, tâcherait d'attirer son attention sans l'affoler, lui emprunterait son téléphone pour appeler Janson et l'avertir de ce qu'il se passait.

Engourdie par sa position, elle s'assit sur les genoux une seconde tout en gardant le pistolet tendu devant elle. Tirer avec toute cette foule alentour ne serait pas facile.

Pas de victimes civiles.

S'il avait caché son arme dehors, serait-elle en mesure de prouver à la police qu'il avait essayé de la tuer? Peut-être devrait-elle viser la jambe. Mais peut-être aussi n'aurait-elle pas à tirer du tout. Peut-être la menace du canon suffirait-elle à le mettre sous son contrôle. Alors elle l'entraînerait dans un endroit plus calme pour l'interroger.

Elle allait devoir improviser. Mais d'abord, il fallait que le type se montre. Il fallait d'abord qu'il pointe son putain de visage et l'affronte.

Elle reprit sa position accroupie, et attendit. Qui était ce fils de pute?

11

Sin Bae avait vu la jeune femme se faufiler dans le vestiaire du premier étage. Il connaissait les lieux pour y avoir autrefois surveillé un membre de l'Intelligence Service coréenne. Le sujet était alors un jeune type de Jeollabuck-do, le cœur de la Corée rurale. Il était évidemment captivé par la découverte de la vie nocturne à Séoul, si bien que Sin Bae avait passé le plus clair de sa mission à le suivre de bars de nuit en boîtes branchées. Un grand nombre de ses rendez-vous avec un prétendu dissident du Nord avaient en fait eu lieu ici même, au T-Lound. Puis, une fois récolté suffisamment de photos et de vidéos prouvant la trahison du jeune homme, il avait envoyé le tout à son agent traitant aux Opérations consulaires et attendu la consigne de les transmettre à l'Intelligence Service sud-coréenne. Au lieu de cela, Ping lui avait fait passer de nouveaux ordres émanant directement de Washington : il devait tuer le jeune homme. Le choper seul dans son appartement de Séoul et lui loger une balle dans le crâne – ce que, pour des raisons personnelles, Sin Bae n'avait été que trop heureux de faire.

Il franchit la foule. Un œil sur le vestiaire, il se dirigea vers le couloir des toilettes au fond duquel se trouvait une pièce privée, réservée à la direction du club, et devant laquelle Sin Bae était passé quelques minutes plus tôt. Dans le bureau vide à cette heure se trouvait une petite porte dissimulée qui donnait sur l'arrière du vestiaire. Il franchit le couloir, devant la porte sortit un crochet de sa poche, et força la serrure en quelques secondes.

Une fois dans le petit bureau somptueux, il se remémora la façon dont il avait terminé le jeune traître de l'Intelligence Service. C'était l'un des rares jobs effectués pour le compte des Opérations consulaires qui lui avait vraiment donné du plaisir. Car tuer était une chose, mais exécuter un agent qui vend des secrets à la Corée du Nord en était une tout autre.

Dans son enfance, Sin Bae avait un temps vécu à Pyongyang. Il en avait fréquenté les écoles, il avait joué au foot dans les rues de la ville, et prêté serment au drapeau du Parti. Bien qu'originaire d'une famille pauvre, il avait aimé ses premières années. Puis son enfance s'était arrêtée brusquement un soir de septembre quand des agents de la sécurité de Kin Il-sung avaient fait irruption dans l'humble appartement que ses parents et lui partageaient à Pyongyang. À 7 ans, il avait ainsi vu sa mère, son père, sa sœur et ses grands-parents arrachés de force à leur foyer et jetés dans un camp d'internement politique du nom de Yodok, le tout sur la foi d'accusations jamais prouvées selon lesquelles son oncle critiquait le Parti et conspirait contre lui.

Il n'avait pas vraiment saisi ce qu'il se passait. À demi évanoui de peur, il avait entendu sa mère lui raconter qu'ils partaient en voyage pour une grande aventure. Mais le mensonge maternel destiné à le rassurer n'avait pas fait long feu une fois à Yodok. Le camp était entièrement encerclé de hautes montagnes, de rivières sauvages et autres obstacles naturels empêchant toute évasion, auxquels s'ajoutaient des barbelés, des tours de guet au sommet desquelles veillaient des hommes en uniforme équipés d'armes impressionnantes. Les détenus qui vivaient là étaient squelettiques et sales, pour la plupart malades, parfois à l'article de la mort. Tous étaient vêtus de haillons et se nourrissaient d'insectes. La nuit où sa famille avait été jetée dans le baraquement qui lui était attribué, Sin Bae avait tenu dans ses bras sa sœur pleurant dans son sommeil, il l'avait tenue jusqu'au matin.

Il referma doucement ses doigts sur la poignée de la porte menant au vestiaire et la tourna. La vue des rangées de manteaux lui rappelait les hivers de Yodok. Il chassa ses souvenirs et franchit le seuil de la pièce.

Jessica Kincaid, accroupie, tenait un pistolet braqué devant elle. Un pas de plus, très léger, l'amena à quelques mètres d'elle à peine, si près qu'il l'entendait respirer lourdement.

De sa main droite, il saisit son bouton de manchette gauche.

Il fit encore un pas et leva son bras au-dessus de la tête de Kincaid.

D'un seul mouvement fluide, il fit jaillir le garrot du bouton de manchette qui le dissimulait et enroula le fil autour de la gorge de la jeune femme.

Il commença de compter les secondes en coréen.

Il... i,.. sam... o...

Quand il atteindrait *shibo*, l'ex-agent des Opérations consulaires Jessica Kincaid serait morte.

12

Jessica Kincaid avait tout juste eu le temps d'apercevoir son ombre. Instantanément, elle s'était redressée au moment précis où le filin s'enroulait autour de sa gorge. Poussant son corps contre le sien, elle leva le Daewoo à deux mains pour diriger le canon de l'arme en direction du tueur derrière son épaule. Mais, le souffle coupé, elle se sentait sur le point de s'évanouir, et son esprit sombrait sous l'effet d'une panique affolante.

Son doigt sur la détente hésita une seconde, juste assez pour laisser au tueur l'opportunité de cogner l'arme d'un coup de coude. Ce faisant, il dut relâcher brièvement l'étreinte du garrot, ce qui permit à Kincaid de reprendre son souffle. Dès que l'arme toucha le sol, d'un puissant coup de pied le tueur l'envoya valdinguer. Elle vit le pistolet tourner sur lui-même, glisser et disparaître hors de portée.

Kincaid répliqua en le griffant au visage. Elle sentit en même temps ses ongles qui s'enfonçaient dans la chair du tueur, et le garrot qui lui entamait la gorge.

Il lui restait six à huit secondes avant de perdre conscience.

À douze, les dommages cérébraux seraient irréparables.

Le souffle coupé, elle ne pouvait émettre un son. Elle baissa le menton vers l'avant, balança sa tête en arrière dans l'espoir de casser le nez du tueur mais la pression du filin autour de sa gorge l'empêchait de prendre l'élan nécessaire. Bien qu'épuisées par la course, ses jambes étaient sa seule arme.

Elle plia les genoux puis tendit ses jambes d'un coup. Elle se sentit partir en arrière tandis que l'assassin luttait pour son équilibre. Elle recommença et perçut le choc du tueur contre le mur. Dans le mouvement, le filin s'était relâché.

C'était sa dernière chance.

Elle lança sa main droite en avant puis de toutes ses forces son coude derrière elle. Elle atteignit l'abdomen. Dans son dos, l'assassin parut perdre son souffle. Elle saisit son bras droit dans une tentative de le basculer par-dessus son épaule.

Il était trop lourd et trop fort.

Tu ne vas pas crever dans un vestiaire puant, Kincaid !

Entre-temps, le tueur avait repris sa position et serrait de nouveau le garrot autour de sa gorge. Les bras de Kincaid battirent l'air désespérément. Une sorte de halo blanc entoura bientôt son champ de vision et elle eut soudain le sentiment de se noyer. Elle se vit lutter contre l'océan, sur le point d'être emportée par une vague de plusieurs mètres au large des plages d'Oahu, et Paul Janson n'était nulle part.

Deux secondes s'écoulèrent, puis quatre.

À six, elle se sentit partir dans un sommeil profond et sans douleur dont elle savait qu'elle ne reviendrait pas.

Au second étage du T-Lound, Park Kwan cherchait en vain la fille qui semblait s'être volatilisée. Profondément déçu, il fit un effort pour se diriger vers le bar, trébucha, se rattrapa à l'épaule d'un parfait inconnu.

Le type lui jeta un tel regard que Park fut soudain content d'avoir son pistolet avec lui.

Et merde, pensa-t-il. *Je ferais aussi bien de rentrer me coucher, de toute façon.*

Il avait du travail le lendemain, ça n'allait pas être simple. Déjà, sa tête lui faisait mal ; une nausée grimpait de son estomac vers sa gorge. Il sentit ses derniers verres remonter tel un geyser jusqu'au bord de ses lèvres.

Pas ici, surtout pas ici.

Il trouva la force de ravaler sa bile ; vomir ici ruinerait définitivement sa carrière.

Il héla le serveur et demanda l'addition.

— Pas de bol avec la fille ? dit le barman en coréen tout en passant sa carte de crédit dans la machine.

Park sourit :

— Ah ! Vous l'avez vue vous aussi ? Je commençais à me dire que j'avais halluciné.

— Non, non. Elle était bien réelle. Et sacrément sexy.

— Ouais. Sauf qu'elle n'est plus là, maintenant, se lamenta Park.

Le barman compatit et lui rendit sa carte. Park signa le reçu, se demandant vaguement ce qui avait bien pu pousser la jeune femme à l'aborder et à danser de la sorte avec lui. Elle n'avait sûrement pas fait tout ce cirque pour deux verres de bourbon.

Et si... Sous le coup d'une impulsion soudaine il porta la main à la poche arrière de son pantalon qui normalement contenait son portefeuille. *Disparu!*

Relevant la tête pour alerter le barman, il mit quelques secondes pour apercevoir l'objet sur le comptoir où il l'avait lui-même posé après avoir sorti sa carte de crédit. Il eut un soupir de soulagement, puis une autre pensée se fit jour. Lentement, presque incrédule, il porta la main à la poche de sa veste.

— Ça va? demandait le barman tout en ramassant le reçu. On dirait que vous venez de voir un fantôme.

— La fille, hurla Park. Vous l'avez vue? Vous savez où elle est passée? Elle m'a volé quelque chose.

Le barman pointa les escaliers.

— Je crois l'avoir vue descendre au premier étage. Elle avait l'air pressée. Vous voulez que j'appelle la sécurité?

— Pas besoin, je m'en occupe.

Il saisit sa carte, la remit dans son portefeuille et fila. Il ne pouvait confier à personne ce qui venait de se produire, et encore moins aux types de la sécurité. Si l'on apprenait qu'il était entré dans un tel endroit avec son arme de service avant de se la faire dérober, il se retrouverait viré sur-le-champ et humilié pour le restant de ses jours.

Il courut à travers la foule vers les escaliers. L'effet de l'alcool se dissipait sous l'adrénaline à mesure que la réalité de la situation s'imposait à lui.

Au premier niveau, il passa le dance-floor en revue et comprit vite que la retrouver ici serait tout simplement impossible. D'un autre côté, qu'elle ait volé l'arme d'un officier de police dans le seul but de changer d'étage pour venir danser était plus qu'improbable. Elle avait dû prévoir qu'il se rendrait compte du vol assez vite – il était ivre, mais pas catatonique –, et elle avait dû faire cela dans un but bien précis.

Elle a dû filer. Il décida de se lancer à sa recherche, courut en direction du vestiaire pour y récupérer son manteau, trouva le lieu désert. L'employée n'était plus nulle part mais il n'avait pas le temps d'attendre. Il sortit son ticket, jeta un regard derrière lui pour voir si la fille arrivait, puis ouvrit la petite porte bloquant l'entrée et pénétra dans le vestiaire.

Il devait bien y avoir plusieurs centaines de manteaux là-dedans.

Son ticket portait le numéro 92-E. Il se mit à farfouiller énergiquement dans les rangées. Plein d'une confiance aussi soudaine qu'irrationnelle, il se dit qu'il allait retrouver la fille, que cela ne faisait aucun doute, que s'il ne pouvait pas l'arrêter, du moins pourrait-il sûrement l'en menacer, ce qui suffirait pour lui faire cracher le morceau. Elle lui dirait pourquoi elle s'en était prise à lui de cette manière.

Son regard tomba sur un morceau de métal noir au sol, à quelques pas de lui. Était-ce possible ?

Mon pistolet !

Il se jeta dessus, presque incrédule, et le ramassa pour l'examiner.

Kincaid avait des visions, du moins c'est ce qu'elle croyait. Le garrot avait bloqué l'oxygène en direction de son cerveau et elle voyait sa vie se dérouler à l'envers. Mais pourquoi si lentement? Et pourquoi cela commençait-il par le type avec qui elle avait dansé tout à l'heure? À quelques secondes de la fin, son esprit n'avait donc rien de mieux à lui proposer?

Il lui fallut un instant avant de comprendre que l'homme en face d'elle, qui ne la voyait pas, était bien réel.

Un filet de sang chaud coulait sur le col de son chemisier.

Elle poussa son corps contre celui de son tueur, lança ses jambes dans un effort désespéré en direction de la plus proche rangée de vêtements. Le bout de son pied heurta la manche d'un pardessus qui se mit à trembler.

Elle vit l'homme tourner la tête, puis, durant un instant qui lui parut une éternité, chercher à identifier ce qui avait provoqué ce mouvement. Enfin ses yeux tombèrent sur elle, leurs regards se croisèrent.

L'homme ivre tourna lentement tout son corps en direction de Kincaid et de son assassin. Un flot d'énergie la parcourut quand elle vit qu'il avait ramassé son arme. Il les avait clairement repérés à présent. Elle le vit s'immobiliser, le temps d'analyser la situation, puis il leva son arme. Elle comprit dans la même seconde qu'il n'allait jamais réussir à viser juste.

Entre-temps cependant le tueur avait aperçu l'homme lui aussi et, sous le coup de la surprise, la pression du filin sur la gorge de Kincaid s'était un peu relâchée. Elle en profita, jeta sa tête vers l'avant puis la balança violemment en arrière, heurtant cette fois le visage du tueur de plein fouet tandis que le garrot glissait de sa gorge vers le sol.

Elle prit une inspiration profonde, balança son coude en pleine face du type sur le côté droit. Un nouveau flot de sang s'écoula de son nez cassé.

D'un coup bien placé, elle exécuta un balayage et le tueur s'écroula. Elle se préparait à lui sauter dessus pour le rouer de coups quand il bondit sur ses pieds et s'enfuit comme l'éclair.

Elle se mit à le pourchasser. Mais, prise de vertige au bout de quelques pas, le souffle court, elle dut s'adosser au mur.

Elle avait survécu, elle était prête à se battre, mais d'abord il fallait récupérer. Le salopard qui avait tenté de la tuer n'avait qu'à bien se tenir.

13

Paul Janson sortit du bistrot français le Café des Arts pour plonger dans le flux des piétons qui allaient et venaient dans l'une des principales gares ferroviaires de Séoul.

Où est-ce que tu es passée, Jessie ?

Il attendait son appel, ainsi que celui de Kang Jung alias Lord Wicked qui devait lui fournir des informations sur Draco_Malfoy 95 alias Gregory Wyckoff. Mais soit la gamine prodige prenait tout son temps, soit Wyckoff était aussi doué pour disparaître dans le cyberspace que Morton et Berman l'avaient prédit. En tout état de cause, elle ne le rappelait pas.

Janson aimait à se dire que, si ses dix-huit mois de détention à Kaboul lui avaient appris quelque chose, c'était la patience. Et cependant, il devait bien admettre qu'il n'en restait pas grand-chose sitôt que la sécurité de Kincaid était en jeu.

Jessie.

Ils s'étaient rencontrés à Londres, sur Regent's Park, par un bel après-midi ensoleillé. Janson fuyait. Il venait d'esquiver les balles d'un sniper, commençait à réaliser toute la précarité de sa situation à mesure qu'il courait. Il refusait de mourir comme ça, planqué derrière un belvédère. Il lui fallait agir, et vite.

Fais du chasseur le chassé, transforme le prédateur en proie.

Après avoir étudié le parc et localisé la position du sniper, Janson s'était approché. Il s'était silencieusement hissé dans l'arbre qui servait de base au tireur, avait atteint la plate-forme de métal qui lui servait d'appui et avait tiré d'un coup sec, envoyant au sol le tireur et sa cible.

Une brève lutte s'était ensuivie au terme de laquelle Janson avait immobilisé le sniper, avant de l'entendre cracher à son oreille : *Enlève tes sales pattes de là !* Janson avait alors pris le temps de découvrir le candidat à son exécution – non le visage de pierre d'un ancien collègue, comme il le pensait, mais celui aux pommettes hautes et aux yeux verts et perçants d'une jeune beauté américaine.

Après cette première rencontre, les premiers temps de leur relation furent pour le moins agités. Mais à mesure que la vérité se fit jour, Kincaid passa d'ennemie jurée de Janson à son alliée, bientôt elle fut sa protégée et enfin sa partenaire. Quelque part dans ce parcours ils devinrent aussi amants. Ils l'étaient encore, même si pour des raisons qu'ils ne comprenaient l'un et l'autre que trop bien, ils savaient qu'ils ne seraient jamais vraiment ensemble, du moins pas au sens conventionnel du mot.

Jugeant qu'il ne pouvait continuer à attendre indéfiniment des nouvelles dans un hall de gare et que, s'il voulait localiser Kincaid, il lui fallait agir vite, Janson saisit son téléphone. À cet instant précis, celui-ci se mit à vibrer. Il avait espéré voir le nom de Jessie s'afficher sur l'écran mais l'appel provenait d'un numéro coréen inidentifiable. Il prit la communication.

— Où étais-tu passée, bon sang ? dit-il avant même que Kincaid ait eut le temps d'articuler un second mot.

— Je suis allée danser, dit-elle d'une voix cassée qui lui fit aussitôt comprendre que quelque chose n'allait pas.

— Tu vas bien ? fit-il. Où es-tu ? Je vais venir te chercher.

— Du calme cow-boy, tout va bien. Mais il est très clair que quelqu'un cherche à nous empêcher de creuser ce qui est arrivé à Lynell Yi.

— Que s'est-il passé ?

Tandis que Kincaid lui racontait l'enchaînement des événements depuis sa fuite dans Dosan Park, Janson se prit à aller et venir dans la gare, surveillant les passagers en quête d'un visage suspect. Lorsqu'elle eut achevé son récit, il tenta de lui proposer de se retrouver pour élaborer un nouveau plan mais elle l'interrompit.

— Écoute, dit-elle. Quelqu'un a voulu me tuer et ce quelqu'un est sans doute responsable du meurtre de Lynell Yi. Pendant que tu continues de chercher Gregory Wyckoff, le mieux est que je me mette à la recherche de l'assassin. Je vais le trouver et l'interroger. Quand ce sera fait, je danserai sur son cadavre, je peux te le dire.

— Tu ne vas rien faire de tel, Jessie. Du moins pas toute seule. Je…

— Je ne suis pas toute seule, l'interrompit-elle. Je me suis fait un ami.

Stupéfait, il resta une seconde silencieux. Puis :

— Comment ça, un ami ? Qui ? Le type à qui tu as volé le flingue ?

— Park Kwan. C'est son nom. Il m'a sauvé la vie, Paul.

— Tu viens de me dire qu'il était ivre mort.

— Il est assis devant moi en train de boire un café. Il a dessoûlé.

Janson soupira.

— Où est-ce que tu es, Jessie ?

— Nous sommes dans un café de Gangnam. Je t'appelle avec son téléphone, donc enregistre le numéro. Et ne t'inquiète pas : c'est un flic.

Mais les flics l'inquiétaient au moins autant que quiconque.

— Est-ce qu'il est lié à l'enquête ?

— Non. Tout ce qu'il sait sur le meurtre de Yi, il le sait par la presse et par ce que je lui ai raconté.

Janson s'approchait de l'un des chargeurs pour portables qui sont omniprésents dans la gare de Séoul, quand quelque chose accrocha son regard. C'était une paire de lunettes Matsuda, une marque japonaise assez rare. Un seul homme à sa connaissance en portait – un maniaque, en fait, capable de faire le voyage jusqu'à Tokyo chaque fois qu'une nouvelle paire lui était nécessaire. De loin, elles ressemblaient aux lunettes ultra-célèbres de John Lennon et il fallait s'approcher pour réaliser que la monture en étain était artisanale.

Matsuda avait cessé de les fabriquer dans les années 90, elles étaient de plus en plus difficiles à trouver.

Mais ce n'était pas seulement les lunettes qui avaient attiré l'attention de Janson. C'était aussi la manière dont l'étain ressortait sur le visage du type au teint mat qui les portait, faisant ressortir ses yeux couleur chocolat.

Janson poursuivit son chemin, comme s'il n'avait pas reconnu Vik Pawar. Au printemps 2011, comme Janson le savait, l'assassin de Bombay avait stationné au Pakistan, dans l'attente de l'ordre du Président pour abattre clandestinement l'homme que l'on disait être Oussama Ben Laden. Mais plusieurs voix au sein de la Maison-Blanche avaient fait valoir ce qu'une telle opération rapporterait en termes de capital politique. Elles avaient finalement prévalu et, lors d'une opération à haut risque et hautement médiatisée baptisée Opération Neptune, l'équipe des SEAL avait investi le QG d'Abbottabad. Vik Pawar restait cependant un agent extrêmement doué, suffisamment pour s'être vu confier par l'état-major la mission d'abattre le terroriste le plus recherché du monde, même si, au dernier moment, ce n'est pas lui qui s'en était chargé.

Aux dernières nouvelles il opérait au Sri Lanka.

Une lumière se fit dans la tête de Janson.

— Dis-moi, fit-il au téléphone, ce garrot que l'homme t'a passé autour du cou, tu sais s'il était attaché à des boutons de manchette doré ?

— Désolée, fit Kincaid, je n'ai pas pensé à me concentrer sur ses boutons de manchette pendant qu'il m'étranglait. Mais pas de souci, dès que je mets la main sur ce salopard, ce sera ma première question.

— Durant tes années aux Opérations consulaires, as-tu jamais entendu parler d'un agent clandestin appelé Sin Bae ?

— Non. Qui est Sin Bae ?

La voix de Janson se changea en murmure.

— Si mon intuition est juste, c'est l'homme qui vient d'essayer de te tuer.

Après avoir fait promettre à Kincaid de rester au café en compagnie du flic jusqu'à ce qu'il la rappelle, Janson composa le numéro privé de Nam Sei-hoon.

— J'allais vous appeler, dit Nam en décrochant.

— Qu'avez-vous pu apprendre ?

Nam baissa le volume d'une télévision en toile de fond.

— Que la police de Séoul n'est pas fan de l'Intelligence Service, déjà.

— La rivalité entre les services est un passe-temps universel.

Tout en parlant, Janson cherchait Pawar dans la foule. Si l'agent le suivait, il lui laissait aussi apparemment du champ libre. Mais peut-être n'avait-il pour instruction que de le surveiller. Pourtant, Pawar n'aurait-il pas mieux fait dans ce cas de laisser les opérations de surveillance à un subalterne, quelqu'un qu'il n'aurait eu aucune chance d'identifier ? Non, si Janson avait vu juste quant à l'identité de l'assaillant de Kincaid, cela signifiait qu'il était lui-même en danger. Un agent des Opérations consulaires n'hésiterait pas à l'exécuter en public. Janson en connaissait même quelques-uns qui prenaient leur pied de cette façon. Une chute du haut d'escaliers de béton bien raides passant pour un accident ; une piqûre d'épingle empoisonnée ou une fléchette causant un infarctus du myocarde… Dans certaines circonstances, une mise en scène de ce genre pouvait même être idéale. Une foule pouvait servir de parade aux caméras de surveillance. Avec suffisamment de monde à l'intérieur, même un hall de gare aussi vaste que celui dans lequel il se trouvait pouvait ressembler à un cercueil.

Janson sentit son pouls s'accélérer. Se faire exécuter en public était depuis longtemps l'une de ses hantises. C'était presque impossible à contrer. Il n'y avait nulle part où se cacher. On était partout à découvert, exactement comme en ce moment. Janson ne voyait pas la multitude qui l'entourait comme des témoins susceptibles de contrecarrer une attaque contre lui, mais comme les barreaux d'une cage de fer l'empêchant de s'échapper.

— J'ai tout de même eu accès aux ordinateurs du môme, en fin de compte, fit Nam Sei-hoon à l'oreille de Janson. Comme vous le pensiez les disques durs ont été nettoyés.

Janson jura.

— Attendez, Paul. Je suis un homme de ressources comme vous le savez. Un homme de confiance au sein de l'unité de cyber-intelligence a jeté un œil sur le matériel et il est parvenu à restaurer quelques-unes des informations scratchées.

— Quelque chose d'intéressant ?

— Pas pour un novice tel que moi. Mais mon homme de confiance a pu identifier l'un des individus avec qui Gregory Wyckoff a communiqué par MI.

— Par MI ?

— Par messagerie instantanée. Celle utilisée par le fils Wyckoff offre une bonne marge d'anonymat. Mais il se trouve que l'un de ceux avec qui il est en contact est étroitement surveillé par notre unité de cyber-surveillance.

— Pour quelle raison ?

— Cet individu passe pour le chef d'un collectif de hackivistes gauchistes qui opère en Corée du Sud.

— L'équivalent de Anonymous en Occident ?

— Exactement. Ici, ils sont connus sous le nom de *Hivemind*, l'esprit de la ruche. C'est une sérieuse épine dans le pied de nos dirigeants, depuis deux ans. Ils sont parvenus à pirater le site officiel du gouvernement et ont rendu publics des e-mails provenant d'adresses privées de hauts fonctionnaires. On les soupçonne de se préparer pour les prochaines élections.

— Quel est le nom du leader en question ? demanda Janson anxieusement. Où est-ce que je peux le trouver ?

— Paul, c'est un sujet épineux. Si vous l'approchez, vous devrez faire attention à ne rien divulguer de notre enquête en cours. Vous ne pourrez sous aucun prétexte lui révéler comment vous avez obtenu son identité ou son adresse. Vous devez préparer une version solide à ce sujet.

— La discrétion est ma spécialité. À la fin de l'entretien, il en saura encore moins que ce qu'il sait en ce moment. Le nom de ce hacker ? Gregory Wyckoff n'a plus beaucoup de temps, vous savez.

— Il est connu sous le pseudonyme de Cy. Comme les deux premières lettres de *cyber*.

Nam lui donna le vrai nom du hacker et son adresse.

— OK, fit Janson. Merci, ami.

— Prévenez-moi si vous avez besoin d'autre chose, Paul.

Janson glissa encore un regard par-dessus son épaule, guettant Pawar ou un autre visage familier.

— En fait, j'ai encore une faveur à vous demander.

14

Janson se glissa dans l'un des taxis orange Hyundai et donna l'adresse. Comme le taxi quittait la gare, il aperçut distinctement dans le rétroviseur les phares de trois voitures qui démarraient derrière lui. L'une était un taxi identique au sien, la deuxième un shuttle, et la dernière une Samsung SM5 de couleur sombre, conduite par ce qui lui parut être une jeune femme. Le siège passager à son côté était libre.

Le taxi de Janson fila vers le nord, passa devant l'hôtel de ville, prit à droite sur le Jongno IGA, l'immense quartier cosmopolite du centre de Séoul, et accéléra jusqu'à Tower Records. Les phares d'une Samsung SM5 sombre étaient toujours collés au rétroviseur, constata Janson, mais, comme il l'avait perdue de vue quelque temps dans la circulation, il ne pouvait être certain qu'il s'agissait de la même.

Le trafic nocturne dans Jongno fit tomber la vitesse du taxi sous la barre des vingt kilomètres-heure. Dans le rétroviseur, la SM5 restait impassible, à trois ou quatre voitures d'écart, et cela même quand la file de gauche se libérait pour la laisser doubler. Janson ne pouvait plus distinguer si le chauffeur était une femme ou un homme, mais il n'y avait clairement personne d'autre dans le véhicule. Son attention alternait entre l'indicateur de vitesse et le rétroviseur. Le taxi, pendant ce temps, doublait des fast-foods aux allures familières. Il ralentit encore de moitié, puis tourna dans une petite rue adjacente du nom de Sup'Yodaragil. C'était l'occasion que Janson attendait. Dans le virage, il agrippa la poignée de la porte, guetta l'instant où la SM5 sortit du champ de vision du rétroviseur, puis donna un coup d'épaule dans la portière et se laissa tomber au-dehors. Il roula sur le bitume jusque sous une voiture Kia Sorento garée contre le trottoir. Il s'immobilisa pour observer la SM5 sombre qui surgissait dans le virage à la suite du taxi.

Depuis sa position, il reconnut sans doute possible la jeune conductrice qui le suivait depuis le début. Il attendit une minute, émergea de sa planque de fortune, puis se mit vivement en marche en direction de la route principale, jusqu'à un autre taxi Hyundai qui venait dans sa direction et s'arrêta directement devant lui. Il ouvrit rapidement la portière arrière et s'installa, silencieux. Le chauffeur savait déjà où aller.

Nika Vlasic annonça la position du taxi alors qu'elle tournait sur Sup'Yodaragil. Elle attendit en silence. Comme elle était sans réponse, elle examina la connexion Bluetooth de son oreillette. Puis la voix de Clarke se fit entendre, incrédule :

— Il repart vers le sud ?

— Affirmatif. Et c'est un chemin de terre. Je vais avoir besoin de quelqu'un pour le récupérer avant le prochain tournant.

Elle s'examina dans le miroir, fière de parler américain avec à peine une pointe de son accent croate maternel.

— Max va le choper au prochain croisement, fit Clarke dans un souffle. Vous êtes sur le point d'arriver au Paik Hospital. Prenez la prochaine à droite sur Mareunnaegil.

— OK, fit-elle. Par réflexe, elle tira sur la manche en cuir de sa veste dissimulant le tatouage d'un bracelet sur son poignet droit.

— Nika, vous connaissez les lieux. Vous avez une idée de l'endroit où il va ?

— Négatif. Il y a une grande artère un peu plus loin au sud, mais il aurait pu la prendre depuis la gare.

— Merde. Vous avez toujours le visuel ?

Elle plissa les yeux, concentrée sur la vitre arrière du taxi.

— Affirmatif. Le sujet est sur la banquette, derrière le siège passager.

Elle éprouvait un mélange d'appréhension et d'excitation assez rare. Beaucoup d'anecdotes légendaires circulaient sur celui que l'on appelait la Machine, des histoires qui dataient de son entraînement aux Opérations consulaires. Elle ne se trouvait plus à présent qu'à quelques véhicules derrière lui et, selon la façon dont le reste de la soirée se déroulerait, elle aurait l'opportunité de le rencontrer, peut-être de le séduire, recevrait possiblement l'ordre de le tuer, ce qui dans le monde du renseignement transformerait aussitôt Nika Vlasic elle-même en une nouvelle légende.

La pensée la fit sourire. Qui dans son village natal de Croatie aurait pensé qu'un jour Nika Vlasic, la fille aux cheveux corbeaux et aux yeux de jade illuminant un visage couvert de taches de rousseur – une fille qui en réalité était le produit d'un viol commis dans les années 90 lors du nettoyage ethnique perpétré par les Serbes – s'élèverait des cendres de la guerre des Balkans jusqu'au rêve américain ?

Dans le rétroviseur elle aperçut Max Kolovos au volant d'une Kia Morning argentée. Elle roula jusqu'à un stop au croisement, passa l'hôpital Paik et tourna sur la gauche. Elle s'assura que sa connexion Bluetooth était coupée, puis alluma la radio en attente de nouvelles instructions.

Le second taxi de Janson ralentit à l'approche du campus de Sungkyunkwan University. SKKU était une fac privée du nord du centre de Séoul figurant en tête de liste dans la plupart des classements internationaux. Il n'avait pas été tellement surpris d'apprendre qu'il y trouverait le hacker connu sous le nom de Cy.

— Merci, dit-il dans son téléphone.

Nam Sei-hoon était à l'autre bout de la ligne.

— C'est tout naturel, répondit-il. Mon agent me dit que le taxi est toujours sous filature. Mais par un autre véhicule. Une Kia Morning dernier modèle, couleur argent.

— Fantastique. Je n'en ai pas remarqué plus de quelques milliers depuis que je suis ici.

— C'est un modèle très populaire, concéda Nam. Je vous ferai signe quand – et *si* – ils découvrent la supercherie.

Janson sourit. S'éjecter d'une banquette arrière dans un virage était un vieux truc qu'il n'avait pas utilisé depuis des années.

— Remerciez votre homme pour moi, Nam. Je sais que se plier en huit et se planquer à l'arrière d'un Hyundai n'est pas une sinécure. C'est un remarquable professionnel. Même moi, j'ai failli ne pas remarquer sa présence.

Nam gloussa.

— J'aurais pu le faire moi-même, Paul, sauf que vu ma taille, personne ne m'aurait vu une fois que j'aurais pris votre place sur la banquette. Vos poursuivants auraient conclu que vous vous étiez volatilisé. Vous êtes certain de ne plus être suivi ?

— Je suis libre comme l'air. Merci encore.

Le taxi s'arrêta dans la courbe. Janson remercia le chauffeur de Nam, sortit de la voiture. Dans le froid mordant, il remonta le col de son pardessus, serra le menton contre sa poitrine, tout en se demandant s'il n'aurait pas mieux fait d'ordonner au taxi de le conduire jusqu'au bâtiment où lui et Cy avaient prévu de se rencontrer. Mais moins on était à connaître sa destination, mieux c'était. Les gens s'achetaient. Ils pouvaient être torturés ou manipulés. On pouvait retourner même les plus loyaux des agents.

15

Calme et immobile derrière son bureau sombre, Edward Clark étudiait le plan Google Earth de Séoul. D'après Max Kolovos, le taxi de Janson n'avait fait que tourner autour de la Plaza Dongdaenum au design flambant neuf, ce qui signifiait, en dépit des efforts de Clarke, que Janson avait probablement déjà repéré ses suiveurs et les envoyait sur une fausse piste.

Le bouton rouge d'une ligne privée s'alluma sur son téléphone et Clarke souleva l'écouteur.

— On en est où avec le téléphone de Kincaid ? demanda-t-il sans chercher à dissimuler son irritation.

— Nous avons localisé le signal, répondit Hong.

Enfin. Clarke passa la main dans ses cheveux secs, faillit exulter mais se retint.

— Mais vous n'allez pas apprécier le résultat, monsieur, ajouta Hong.

— Comment ça ?

— Le signal vient toujours de Dosan Park.

— Elle y est retournée ?

— Négatif, monsieur. J'ai deux hommes sur place, aucune trace d'elle. Nous pensons qu'elle a laissé tomber l'appareil pendant que votre agent la pourchassait. Cela semble la seule explication.

— Je n'arrive pas à le croire, putain, ne put retenir Clarke.

Les hommes de l'ambassadeur avaient pris la peine – le risque, plutôt – de placer un GPS dans l'appareil de Kincaid pendant sa visite à l'ambassade, et pourtant ils n'arrivaient toujours pas à la repérer dans la ville.

— Est-ce qu'ils cherchent l'appareil, au moins ? ajouta-t-il. Janson lui a peut-être envoyé quelque chose qui pourrait nous être utile.

— Négatif, monsieur.

— Et pourquoi non, bordel ?

— Monsieur, il fait nuit noire à Dosan Park. Dois-je envoyer mes hommes fouiller les buissons avec des lampes-torches ?

Sarcastique connard.

Clarke raccrocha. Il envisagea de rappeler Ping mais se ravisa. Il avait reçu de mauvaises nouvelles de Shanghai toute la nuit. Si Sin Bae avait localisé Gregory Wyckoff, Clarke l'aurait su de toute façon.

Tout ça partait à vau-l'eau. Pire encore, il se trouvait à l'autre bout du globe et ne pouvait rien faire pour y remédier.

Nika Vlasic intercepta la Hyundai orange à l'instant où elle tournait vers le sud, sur Dasanno.

— Je l'ai ! s'exclama-t-elle.

Elle regarda la Kia Morning argentée sortir de la voie de droite pour exécuter un demi-tour illégal sur les chapeaux de roues.

Imbécile. Si Janson ignorait encore qu'il était suivi, la manœuvre avait vendu la mèche à coup sûr. Elle pressa le bouton de son Bluetooth.

— J'ai Jan… Elle se corrigea aussitôt. J'ai Trotter. Quelles instructions ?

Nika trouvait ridicule d'utiliser un code pour Janson, mais Clarke avait insisté.

— Bien, dit-il. Établissez le contact à l'arrêt du taxi.

Une bouffée d'excitation la parcourut. Le frisson de plaisir sur ses bras et ses épaules paraissait traverser le cuir de sa veste.

Instinctivement, elle rabaissa de nouveau sa manche pour cacher son tatouage. Non qu'elle en eût honte, bien sûr, même si elle devait souvent le cacher quand elle était en surveillance. Tout signe distinctif était un problème dans le travail clandestin. En vérité, la cicatrice que le tatouage dissimulait l'embarrassait quelque peu. Cela la faisait paraître faible, faible et stupide comme une enfant sans défense. Elle s'était fait tatouer le bracelet à 16 ans, mais dissimulait sa cicatrice depuis qu'elle en avait 12 – depuis l'époque où elle avait tenté de mettre fin à ses jours.

— Et une fois le contact établi ? demanda-t-elle.

— Pour l'instant, contentez-vous de l'occuper.

— Bien compris, fit-elle avec un sourire entendu.

Clarke ne pouvait se douter à quel point elle avait espéré qu'il dirait cela.

Vingt minutes plus tard, Clarke décrocha à nouveau.

— Ce n'était pas lui, fit la voix de Nika dans l'appareil. Elle parlait comme une gosse envoyée chez le principal du collège pour se faire passer un savon. Sa voix trahissait son accent.

Clarke frémit, il sentit sa colère monter, un flot de sang lui empourpra le visage. Dans la faible lumière de son bureau, il pouvait littéralement sentir ses oreilles rougir.

— Comment est-ce possible ?

— Je l'ignore. Jan... Elle jura intérieurement. Trotter est monté dans le taxi à Séoul Station et je ne l'ai pas perdu une seule fois entre-temps. Il faut demander à Max.

— Alors qui est sorti de ce putain de taxi dans ce cas ? Et où ?

— Près d'un immeuble de la Plaza. Près d'un bar. Je me suis dit que la situation était idéale. Je me suis garée et je l'ai suivi à l'intérieur. En fait il m'a tenu la porte.

— *Il ?* Qui ça, il ?

— Aucune idée. Un Coréen. Plus jeune que Trotter. Un type d'à peu près sa taille.

De sa main libre, Clarke massa le nœud qui se formait dans le bas de sa nuque. Nika n'avait pas fait d'erreur, Max non plus. Mais ils avaient affaire à Janson et Janson les avait baladés depuis le début. Sauf qu'il n'avait pas pu faire ça tout seul. Il lui avait fallu au moins deux hommes : le chauffeur, et l'imposteur qui s'était fait passer pour lui. Et si Janson avait trouvé le moyen de sortir du taxi sans que Nika le voie, il n'était certainement pas parti à pied. Ce qui impliquait un autre véhicule encore, donc un autre chauffeur.

Qui diable peut bien l'aider ?

Clarke raccrocha. Son premier objectif, à présent, était de trouver l'identité des complices de Janson. Et de les éliminer.

16

Les mains en l'air, comme convenu, Paul Janson s'enfonça dans l'obscurité totale du dortoir souterrain. Son téléphone rangé dans sa poche, il pressa l'oreillette Bluetooth qu'il avait préalablement enfoncée dans son oreille et, aussitôt, une voix synthétique se fit entendre :

— Enlevez votre pardessus.

Janson soupira.

— Vous plaisantez ? Il fait encore plus froid ici que dehors.

— Enlevez-le. Je ne le répéterai pas.

Janson fit ce qu'on lui ordonnait.

Le manteau pendit bientôt au bout de son bras. Il n'y voyait rien et ne savait trop où le déposer.

— Laissez-le tomber par terre.

— C'est du cachemire, fit-il entre ses dents.

Il regrettait vaguement d'avoir laissé Kang Jung organiser le rendez-vous. La gamine l'avait appelé alors qu'il se trouvait en route pour l'université. Son plan consistait à prendre Cy par surprise. Il connaissait son nom véritable grâce à Nam et savait comment le trouver sur le campus. Mais Kang Jung avait appelé avec des informations sur

Gregory Wyckoff, et il lui avait impulsivement demandé si elle pouvait l'introduire auprès de la tête pensante de *Hivemind*. De cette façon, en laissant Cy conserver l'illusion de son anonymat, espérait-il vaguement, il obtiendrait du hacker une aide plus amicale.

Après plusieurs appels et probablement plusieurs *chats* directs avec Cy lui-même, Kang Jung avait finalement transmis à Janson le message selon lequel Cy le rencontrerait contre un peu de cash. Au terme d'un marchandage, ils tombèrent d'accord sur mille deux cents dollars.

À présent, inconscient du fait que Janson connaissait sa véritable identité, Cy le faisait passer par ces épreuves ridicules. Mais Janson ne voulait rien lui dire qui puisse l'effrayer. Après tout, si notoirement odieux qu'il pût être en ligne, le hacker n'était au bout du compte dans la vraie vie qu'un banal étudiant.

Comme on le lui ordonnait, Janson lâcha son manteau qui tomba sur le sol. Dans son dos, deux hommes plutôt petits et la tête dissimulée par une capuche, probablement des étudiants, conjectura Janson, l'approchèrent pour procéder à une fouille sommaire avant de ramasser vivement le manteau et de disparaître dans l'ombre.

— Il y a une chaise en métal devant vous. Avancez et asseyez-vous, fit la voix synthétique dans son oreillette.

Janson baissa les bras et obtempéra. Le bruit de ses pas se répercutait contre des murs qu'il ne pouvait distinguer. Au bout d'une dizaine de mètres, il heurta le métal du dossier de la chaise, en fit le tour et s'assit.

— Je peux avoir mon manteau à présent?

L'une des deux silhouettes encapuchonnées émergea du coin de la pièce et lança le vêtement par-dessus la tête de Janson à la manière d'une couverture sur une cage à oiseaux. Janson retira le manteau de sa tête. Une troisième silhouette, nettement plus grande, se tenait assise à quelques mètres de lui. Une lampe posée sur ses genoux. Elle éclairait un visage caché par un masque devenu familier depuis l'émergence des Anonymous et autres mouvements tel Occupy Wall Street, un visage blanc agrémenté d'une moustache fine que l'on appelait le masque Guy Fawkes, du nom d'un officier anglais du XVIIᵉ siècle, un conspirateur, qui lui avait servi de modèle.

Ça ressemblait à une blague, se dit Janson. Mais il devait admettre que, combiné à la voix synthétique, l'effet du masque avait quelque chose de glaçant. Le leader de Hivemind était certainement doué pour la dramaturgie.

— Vous avez l'argent? fit la voix synthétique.

Janson plongea la main dans sa poche, en sortit lentement douze billets de cent dollars américains, et les lui tendit.

— Vous cherchez des informations, fit la voix dans son oreille tandis que la silhouette devant lui comptait les billets.

— C'est exact. Il n'avait nullement l'intention de passer dans cette cave plus de temps que nécessaire et enchaîna aussitôt. Je cherche un jeune type connu en ligne sous le nom de Draco_Malfoy-95. *Lord Wicked* a suggéré que le nom devait vous être familier.

— C'est le cas, fit Cy tandis que la silhouette masquée pliait les billets et les fourrait dans sa poche.

— Pouvez-vous me dire où je peux le joindre ?

— Pour quelle raison le cherchez-vous ?

— J'ai été engagé par son père, fit Janson sans hésiter. Il a besoin d'aide. La police le recherche et nous avons des raisons de croire qu'il est également en danger.

Janson fixa le masque, en attente d'une réponse.

— Draco est un membre de *Hivemind*, dit la voix synthétique tandis que le masque restait immobile. *Hivemind* prend soin des siens.

Janson acquiesça tout en dissimulant sa frustration.

— C'est la raison pour laquelle je vous ai contacté. Je dois trouver Draco avant la police. Avant quiconque, à vrai dire.

— J'ignore où il se trouve, dit Cy. Ma dernière connexion avec lui remonte à environ quatre-vingt-seize heures.

— Quatre jours ? Vous vous souvenez de la conversation ? Draco a-t-il dit quoi que ce soit qui puisse expliquer pourquoi des gens le cherchent ?

Le masque resta silencieux.

— Quel est le but de *Hivemind* ? reprit Janson, qui connaissait déjà la réponse à cette question par le biais de Nam Sei-hoon et Kang Jung mais cherchait à faire parler Cy.

Le hacker se redressa sur sa chaise, gonfla son torse déjà considérable.

— Nous parlons pour ceux qui sont sans voix, déclara-t-il carrément. Nous volons les secrets des puissants et les portons à la connaissance de ceux qui sont sans pouvoir. Nous rendons transparent ce qui est opaque et apportons la lumière dans les ténèbres. Pourquoi ? Parce que nous pensons que les peuples ne devraient pas craindre leurs dirigeants mais les dirigeants craindre leurs peuples.

— Est-ce la raison pour laquelle Draco est en danger ? demanda Janson. A-t-il volé des secrets ? A-t-il découvert quelque chose qu'il n'aurait pas dû savoir ?

— Il y a de ça quatre jours, Draco m'a contacté par messagerie instantanée sur un réseau privé. Il m'a dit qu'il ne pouvait se permettre de courir le moindre risque avec ce qu'il avait découvert. Il m'a demandé un rendez-vous physique. Un rendez-vous urgent.

— Et ?

— Il est resté très laconique. Il a dit qu'il avait déterré quelque chose d'important. « Stupéfiant » est le mot qu'il a employé. C'est tout.

Une lueur d'espoir traversa l'esprit de Janson.

— L'avez-vous rencontré physiquement ?

— J'avais des doutes, mais nous étions convenus de nous retrouver le lendemain, répondit Cy. Le rendez-vous était prévu dans un square non loin d'ici. Malheureusement, il n'est jamais venu.

— Il a bien dû dire quelque chose. Quelque chose qui m'aiderait à le retrouver. Un indice sur ce qu'il a découvert ou du moins sur les gens impliqués.

Le rayon de lumière braqué sur son masque, Cy était parfaitement immobile.

— Nous ne nous étions jamais vus quand on a pris rendez-vous, dit-il finalement. Je lui ai donc demandé comment le reconnaître. Il a dit qu'il porterait une casquette de base-ball bleu clair arborant le logo des Tar Heels de l'Université de Caroline du Nord.

— Rien d'autre ?

— Ses instructions étaient de l'approcher lentement, de s'asseoir près de lui sur le banc. Il y avait un mot de passe.

— Un mot de passe ?

— Diophantus.

17

— Où es-tu ? demanda Janson.

— Toujours à Gangnam. On s'apprête à retourner à Dosan Park pour retrouver mon téléphone.

— C'est parfaitement inutile, Jessie. Si ton téléphone n'a pas été trafiqué à l'ambassade, il l'est certainement à l'heure qu'il est.

— À l'ambassade ? Tu es sûr que…

— C'est eux, Jessie. C'est toi qui avais raison.

Janson l'entendit presque sourire dans le téléphone. Peu importait que leurs vies soient en danger, sans parler de celle de Gregory Wyckoff et probablement d'autres encore. Jessica Kincaid avait vu juste et, même si elle n'enrobait pas sa victoire de mots, le silence qu'elle laissa s'installer durant quelques secondes était tout aussi éloquent.

— Qu'est-ce que tu as découvert ? demanda-t-elle finalement.

— Attends une seconde.

Après avoir vérifié que le parking de la fac était désert, Janson força une Deawoo noire en piètre état, se glissa dans la voiture et claqua prestement la portière. Il se pencha sous le volant pour triturer les fils et mettre le moteur en marche, démarra, sortit du parking et prit sur sa gauche.

— Jessie ? reprit-il. Il y a un petit changement de programme.

Il lui dit ce qu'il savait. C'était encore peu, mais suffisamment pour planifier la suite. L'agression de Sin Bae contre Jessie, la présence de Vik Pawar dans les parages, indiquaient que le sénateur avait vu juste : les Opérations consulaires étaient bel et bien dans le coup. Il s'agissait maintenant de comprendre pourquoi.

— Après mon rendez-vous avec Cy, dit-il, je suis allé me promener dans le square où lui et Wyckoff étaient censés se rencontrer. Je n'ai rien trouvé du tout. J'ai également cherché Diophantus sur le net.

Cy l'avait admis, le nom ne signifiait rien pour lui. Il avait eu l'intention de faire des recherches à ce sujet mais n'en avait pas trouvé le temps.

— C'est déjà arrivé ? avait demandé Janson. Googler un nom ou un mot étranger après une conversation avec Draco ?

— Oh oui. Draco jette constamment des termes ésotériques sur nos forums en ligne. C'est un type intelligent. Peut-être le plus intelligent de *Hivemind*.

Kincaid demanda :

— Qu'est-ce que tu as trouvé ?

— Diophantus est le nom d'un mathématicien grec du IIIe siècle. On le considère comme le père de l'algèbre. Ses découvertes ont permis des avancées considérables en mathématiques. Il y a même des équations qui portent son nom.

— Qu'est-ce que ça veut dire ? fit Kincaid, une nuance d'impatience dans la voix.

— Pour autant que je sache, Jessie, ça ne veut rien dire du tout. Si Gregory Wyckoff a essayé d'envoyer un message avec ce mot de passe, il a raté son coup. Cy ignorait la référence. J'ai appelé Nam Sei-hoon en me disant que, à défaut, sa source au sein de l'unité de cyber-espionnage percuterait peut-être.

— Et qu'est-ce que Nam a dit ?

— Rien, je suis tombé sur son répondeur. Il devait probablement dormir quand j'ai appelé.

Le second appel de Janson avait été pour Kang Jung. Il imaginait bien que la gamine de 13 ans ne serait pas plus joignable à cette heure, mais il comptait laisser un message. Naviguant à vue comme il le faisait, il fallait tout essayer.

À sa surprise, cependant, Kang Jung non seulement avait répondu mais elle semblait parfaitement éveillée.

— Pardon d'appeler si tard, s'était-il excusé. Je te réveille ?

— Non. Je révise.

— À cette heure ?

— L'homme a inventé Adderall pour une raison précise.

Comme précédemment dans l'appartement de la gamine, le cœur de Janson se serra. Il mit ses émotions de côté et demanda :

— Est-ce que le nom Diophantus évoque quoi que ce soit pour toi ?

— Heu… Le père de l'algèbre et de la géométrie diophantines ? Bien sûr. Enfin je n'ai pas vraiment de poster de lui dans ma chambre ou quoi que ce soit de ce genre, mais…

Janson ne put retenir un sourire.

— De qui as-tu des posters ? Justin Bieber ?

— Je vous en prie !

Il pouvait l'entendre dans le téléphone taper sur un clavier.

— Que voulez-vous savoir sur Diophantus ?

— Gregory Wyckoff l'a mentionné dans un *chat*, dit Janson. Je me demandais si le nom évoquait quelque chose chez les mordus de l'informatique dans ton genre.

— Hm-mm. Intéressant, dit-elle avant de laisser passer quelques secondes de silence.

— Intéressant ?

— Je suis sur sa page Wikipédia.

— Je l'ai consultée. Pas trouvé grand-chose, à vrai dire.

Elle soupira.

— Ne le prenez pas mal, mais c'est sans doute parce que vous ne savez pas ce que vous cherchez.

— Tandis que toi, oui ?

— Oui.

— Et tu as trouvé quelque chose ?

— Oui.

— On peut savoir ? demanda-t-il en s'efforçant de ne pas avoir l'air trop sceptique.

— La page a été modifiée il y a peu, je ne sais pas si vous avez remarqué.

— Et alors ?

— Alors ce n'est pas une règle gravée dans le marbre, mais tout de même : il y a peu de modifications, en général, sur les pages Wikipédia concernant des mecs morts il y a mille sept cents ans dans la Grèce d'Alexandre le Grand. La page de Miley Cyrus est mise à jour à chaque concert. Celle de Justin Bieber n'en parlons pas. Mais sauf erreur, Diophantus n'a pas de concert mondial en perspective.

— OK, j'ai compris.

Sans raccrocher, Janson lança le moteur de recherche de son téléphone sur *Diophantus* et revint sur la page Wikipédia du mathématicien.

— Tu peux trouver qui a modifié la page ?

— Bien sûr. Je suis en train de regarder l'historique. Il attendit un moment.

— Est-ce Gregory Wyckoff ?

— Non. Le nom de l'utilisateur est une série de lettres et de chiffres qui n'ont pas l'air de vouloir dire grand-chose. Mais cela ne signifie pas non plus que ce n'est pas Gregory. Il se peut que ce soient les changements eux-mêmes qui comptent.

— Comment ça ? Si tout le monde peut voir la page, il…

— Mais c'est tout le génie du truc. On peut cacher un message en pleine lumière.

Janson se mit à lire le texte : la biographie du mathématicien, la liste de ses œuvres, son influence… Rien qui paraisse sortir de l'ordinaire.

— Je crois que j'ai trouvé, fit la voix de la gamine dans son oreillette. Laissez-moi juste une seconde et…

— Et quoi ?

— Je l'ai !

— Tu as quoi ?

— Regardez l'introduction. La quatrième phrase en partant du haut.

En silence, Janson lut la phrase suivante :

Diophantus inventa le terme χψχουταχτψυνφιυηοδπρκ *pour définir une égalité approximative.*

151

— C'est la phrase qui a été changée, dit la gamine. Le terme lui-même, en fait.

— Le terme en grec ancien ?

— Mais c'est tout le problème, ce n'est pas du grec.

— Qu'est-ce que c'est, alors ?

— À première vue, fit-elle, du charabia. Juste une série de symboles. Mais si on colle le mot sur un document Word et que l'on change la typographie… On trouve quelque chose qui n'a rien à voir avec Diophantus ou avec les maths. Je vais vous l'envoyer par SMS.

Janson ferma le moteur de recherche pour ouvrir ses messages. Le texto de Kang Jung disait :

cycontactyunjinhorpdk

— Ça se lit ainsi, dit Kang Jung dans son oreillette : Cy, contacte Jun Jin-ho, RPDC.

— La République Populaire de Corée ?

— Exactement. Le nom de notre charmant voisin du nord.

Pour Janson, les conséquences de la capture de Wyckoff par la police étaient maintenant bien plus grandes. S'ils le retrouvaient avant lui, le gamin était mort. Idem si les Opérations consulaires mettaient la main dessus. D'un autre côté, Janson ne pouvait plus consacrer toute son énergie à sa recherche vu l'importance des enjeux qui commençaient à se dessiner. Non seulement le jeune homme était peut-être innocent, mais il devait avoir en sa possession des informations capitales de nature géostratégique dont la divulgation aurait sans doute des conséquences sur toute la région sinon dans le monde entier.

— Il faut que tu cherches Wyckoff, dit Janson à Kincaid. Si tu es sûre de pouvoir lui faire confiance, sers-toi de Park Kwan. Mais il ne doit en aucun cas informer son service. Nous ne savons pas qui d'autre est impliqué dans cette histoire, on ne peut pas se permettre de faire confiance à qui que ce soit.

— Très bien, répondit-elle. Et toi ?

— Je vais suivre la seule piste que Wyckoff a laissée. Je vais essayer de trouver ce qu'il a découvert. On ne peut pas laisser ce secret disparaître s'il lui arrive quelque chose.

— Où vas-tu aller ?

— Au Nord. Dans la zone démilitarisée.

DEUXIÈME PARTIE

« Le trou noir du renseignement »

18

Daeseong-dong, aka Freedom Village
Zone Démilitarisée (ZDM), Corée du Sud

— Il faut que je passe au Nord.

Immobile à sa table de cuisine, Jina Jeon se figea, ne dit rien, ne cilla pas. C'était une des rares femmes que Janson n'avait jamais pu percer à jour, en dépit de leur intimité passée. Même à présent, il n'aurait su dire ce que dissimulait son impassibilité apparente : peur, surprise, ou quelque chose de tout à fait différent. Jina Jeon restait aussi impénétrable que la frontière sur laquelle elle vivait.

Elle était également aussi belle que la première fois qu'il l'avait vue – sa peau juvénile et lisse, ses cheveux noirs de jais longs et brillants. Finalement, elle secoua la tête :

— Tu n'y penses pas sérieusement, j'espère ?

Janson se laissa aller en arrière dans le fauteuil. Ses yeux se posèrent sur le paysage champêtre et agricole qui, de l'autre côté de la fenêtre, jurait avec la cuisine moderne dans laquelle ils se trouvaient.

— Après toutes ces années, dit-il sans l'ombre d'un sourire, as-tu vraiment besoin de me demander ça ?

La question était rhétorique. Comment n'aurait-il pas anticipé sa réaction ? Elle qui avait changé de vie du tout au tout… Il l'avait su avant même de la contacter pour lui demander son aide : grâce à la Fondation Phœnix, la tueuse au sang froid s'était métamorphosée en propriétaire agricole menant une vie paisible dans un simple village en compagnie de sa mère – et c'était lui qui avait initié ces changements, même si elle n'en savait rien. Sauf que le village dans lequel elle vivait se trouvait à moins de deux kilomètres de l'un des endroits les plus dangereux de la planète.

— Mais pourquoi ? demanda-t-elle. Qu'est-ce qui t'oblige à franchir la frontière ?

— Je cherche quelqu'un.

Il avait su en apprenant que Kang Jung avait décrypté le message de Wyckoff – *Contact Yun Jin-ho, RPDC* – qu'il lui faudrait tout reprendre de zéro.

— Yun Jin-ho en Corée du Nord, n'avait-il pu s'empêcher de répondre, c'est tout ? Autant chercher une aiguille dans une botte de foin.

— Pas forcément, avait répliqué l'adolescente. En Corée du Nord, les citoyens ordinaires n'ont pas de contact avec qui que ce soit d'extérieur au pays. La punition pour ceux qui s'y essaient se chiffre en années de goulag pour eux *et* pour leurs familles.

— Autrement dit, on peut supposer que ce Yun Jin-ho a accès à un téléphone ou à un ordinateur lui permettant d'atteindre l'étranger.

— Exactement. Ce qui limite les recherches aux fonctionnaires de Pyongyang.

— Super. Et la population de Pyongyang est de combien ? Trois millions ?

— Trois et demi, je dirais. Mais il est possible de réduire le champ des recherches. Je peux hacker le système informatique nord-coréen.

— Ce n'est pas dangereux ?

— Je fais ça tout le temps. Je vais essayer de vous trouver ce type. Donnez-moi une heure. Moins avec un peu de chance.

Elle avait coupé la communication avant qu'il n'ait eu le temps de la remercier.

— Tu cherches quelqu'un ? dit Jina Jeon en se levant de la table. Elle se dirigea vers le réfrigérateur, dont elle ouvrit la porte pour saisir une bouteille d'eau de source Pulmuwon. Elle l'ouvrit et colla ses lèvres au goulot, comme victime d'une soudaine déshydratation. Qui est-ce que tu peux bien chercher au Nord ?

— Un homme du nom de Yun Jin-ho. Il travaille au palais présidentiel.

Elle se tourna vers lui pour le fixer d'un air incrédule.

— Tu sais dans quoi tu t'embarques ? Non, visiblement. Il est presque impossible de passer la frontière. Et même si tu y parvenais, tu n'aurais aucune chance d'atteindre Pyongyang sans te faire arrêter. Sans parler du palais. Paul, c'est une mission-suicide.

— Il faut que j'essaie.

— Mais pourquoi ? Que peux-tu espérer de ce Yun Jin-ho ? Les gens loyaux au régime préféreraient mourir plutôt que de te donner la moindre information. Et c'est encore plus vrai de ceux qui travaillent au Palais. Tu sais que Kim Jong-un a fait assassiner même son oncle, non ? Sa chair et son sang. Il l'a fait mettre nu et l'a jeté dans une cage où une meute de chiens l'attendait. On avait pris la peine de les affamer plusieurs jours auparavant.

Janson sourit.

— Il a fait exécuter son oncle, d'accord. Je te l'accorde. Mais l'histoire des chiens a été inventée de toutes pièces par la presse chinoise.

— On ne va pas ergoter sur les détails, fit-elle en secouant la tête avant de se rasseoir devant lui.

— Ça n'a sûrement pas été un détail pour lui.

— Je ne plaisante pas, Paul. Tu ne comprends pas. Le fait même que l'on ne sache pas au juste ce qu'il s'est produit va dans le sens de ce que je dis. On ne sait *rien* de ce qui se passe au Palais. Pyongyang est le trou noir du Renseignement.

Il était sûr d'avoir déjà entendu cette expression, peut-être dans la bouche de Nam Sei-hoon, ou bien de la part de l'ancien directeur des Opérations consulaires Derek Collins.

— Pas tout à fait un trou noir, fit-il, tout en se demandant jusqu'où il pouvait la mettre dans la confidence.

Kang Jung avait rappelé trois quarts d'heure plus tard. Ses informations sur Yun Jin-ho, provenaient d'une source improbable, rien de moins que la base de données de l'Intelligence Service de la Corée du Sud dont Yun Jin-ho était, à ce qu'il semblait, un agent, dirigé par Nam Sei-hoon. Entendant cela, Janson avait compris dans la seconde qu'il ne pourrait pas interroger Nam à ce sujet sans donner sa source. Cela aurait eu pour effet d'envoyer Kang Jung dans un centre de détention pour mineurs, sinon pire.

— Yun Jin-ho est un espion, se résolut-il à confier à Jina Jeon. Il vend des informations à la Corée du Sud. Il faut que je le trouve sans le griller auprès de Pyongyang, et sans alerter son agent traitant à Séoul.

Jina Jeon fixa Janson intensément.

— Paul, il faut tout me dire, fit-elle. Si je dois t'aider, je ne peux pas le faire en ne sachant les choses qu'à moitié. Ce que tu es sur le point de faire peut avoir des conséquences mortelles. Je veux être sûre que le jeu en vaut la chandelle avant de m'engager.

— Très bien, fit-il, se penchant en avant et plantant ses coudes sur la table entre eux deux. Voilà ce que je sais…

— Nous aurons besoin de matériel, dit Janson tandis que Jina et lui traçaient péniblement leur chemin vers le nord, contre un mur de vent glacé.

— Tu te souviens de notre ami Cal Auster?

— Le marchand d'armes?

Jina eut un sourire sans joie.

— La dernière fois que j'ai eu de ses nouvelles, il était dans le Turkménistan.

— Il se planque depuis qu'il a arnaqué une bande de Pakistanais radicaux.

— Où ça?

— Pas très loin d'ici, en fait. À quelques kilomètres vers le sud.

Janson baissa la tête, cherchant à dissimuler combien le froid le pénétrant jusqu'au fond des os l'affectait. Jina Jeon, pour sa part, semblait imperméable aux vents polaires. Il y avait eu un temps, pas si éloigné, où des conditions difficiles de ce genre ne seraient pas entrées en ligne de compte pour lui non plus. Il lui fallait admettre que ce n'était plus le cas. Si anodin qu'il paraisse, ce constat lui faisait réaliser qu'il n'était plus jeune, que l'époque où il se sentait invincible était révolue depuis longtemps et ne reviendrait pas, et que sa constitution, sa santé, sa force, sa capacité de résistance ne feraient plus dorénavant que s'affaiblir.

Il n'était pas vieux, pas encore. Mais Jessie était bien plus jeune que lui et même si parfois, en privé, elle lui donnait le sentiment qu'il rajeunissait, la plupart du temps sa présence le faisait se sentir comme un véritable fossile. Jina Jeon était bien plus proche de Janson, malgré les apparences ils étaient de la même tranche d'âge. Pour la première fois depuis que Kincaid et lui étaient amants, il se demanda si sa réticence à s'établir avec elle pour de bon ne provenait pas de quelque chose de plus que de sa seule phobie paralysante de la perdre au cours d'une mission, tout comme il avait déjà perdu sa femme Hélène et leur enfant à naître.

Quel âge aurait-il aujourd'hui ?

Janson grimaça. Pour un homme qui ne croyait pas en l'efficacité de la torture, il avait certainement tendance à la pratiquer sur lui-même. C'était plus fort que lui. Même après tout ce temps, l'ironie de la mort d'Hélène n'était pas moins vive. Hélène, un esprit libre, une pacifiste sympathisant avec le Front de libération du Kagama, luttant, disait-elle, pour la liberté et la sécurité de leur peuple, et elle était morte à sa place, assassinée par un commando du FLK, justement. L'assertion selon laquelle les terroristes des uns sont les résistants des autres n'était pour Janson qu'un lieu commun grotesque. Il y avait certes une différence entre les deux catégories, une différence que n'importe quel soldat pouvait reconnaître. Les résistants ne tuaient pas de civils ; les résistants ne torturaient pas ; ils ne tuaient pas ceux qui n'essayaient pas de les tuer. Transgresser ces règles, c'était franchir la frontière qui transforme n'importe quel combattant en terroriste. C'était la raison pour laquelle il obligeait ses collaborateurs à appliquer ces trois règles, les Règles Janson, qui faisaient de lui et de ses hommes à Catspaw des soldats, et non des tueurs aveugles.

Jina Jeon pointa un doigt vers l'horizon :

— On approche du Pont Sans Retour. Tu as dû le voir au cinéma. James Bond est échangé contre un prisonnier sur ce pont au début de *Meurs un autre jour*.

— Le nom ne me dit rien qui vaille.

— En fait il date de la guerre de Corée. À l'époque, le pont était utilisé exclusivement pour les échanges de prisonniers. Beaucoup de soldats du Nord détenus par le Sud refusaient de rentrer chez eux. Les Américains leur donnèrent le choix : rester au Sud ou retourner au Nord. Ceux qui choisissaient la seconde option n'étaient jamais autorisés à revenir.

Janson était amateur d'Histoire et il en savait plus sur la Corée que beaucoup. Mais c'était son premier séjour dans la Zone démilitarisée, plus connue sous l'acronyme de ZDM.

L'appellation était ironique à bien des égards. Pour commencer, elle était tout sauf démilitarisée, justement. En fait, la ZDM était probablement la frontière la plus chargée en armes de toute la planète. Considérée comme la plus dangereuse, et à juste titre. Officiellement, Nord et Sud étaient toujours en guerre. L'armistice coréen signé en 1953 avait conclu les hostilités entre les deux camps par un cessez-le-feu, par définition temporaire, en attendant la signature d'un accord de paix qui n'avait jamais vu le jour. Depuis, les tensions entre les deux Corées n'étaient pas seulement permanentes, elles atteignaient souvent un niveau plaçant les deux pays – et leurs alliés principaux – au bord du conflit. Durant les années passées par Janson au Département d'État, l'escalade avait plus d'une fois semblé fatale. Et rien aujourd'hui ne lui laissait penser que les choses s'étaient apaisées.

Bien au contraire. La mort de Kim Jong-il et l'accession au pouvoir de Kim Jong-un introduisaient dans l'équation une myriade d'incertitudes et d'éléments potentiellement volatiles.

Janson fixa l'horizon. Un épais brouillard montait du sol, effaçant les premiers signes de vie perceptibles depuis qu'ils avaient quitté le village de Jina Jeon. Seule la silhouette d'un autobus touristique restait visible. C'était là la seconde ironie propre à la ZDM. En dépit de sa dangerosité, ou à cause d'elle, la zone était aussi l'une des principales attractions touristiques de la Corée du Sud.

L'endroit favori des touristes était le Secteur de sécurité unifiée, SSU, où l'on pouvait visiter le village de Panmunjon. Le seul endroit de toute la Corée du Sud où un citoyen ordinaire pouvait voir de près le pays voisin et ses soldats sans se faire cribler de balles.

Comme si le chauffeur avait pu lire les pensées de Janson, le moteur du car gronda soudain, émettant un nuage épais de monoxyde de carbone qui se fondit aussitôt dans la brume.

— La SSU, fit Jina Jeon en lui tendant une paire de jumelles. C'est là que les discussions ont lieu.

Même avec les jumelles contre ses yeux, Janson ne pouvait rien distinguer, sinon la principale attraction de la Zone démilitarisée – une poignée de bâtiments bas et solides, à l'ombre desquels trois soldats sud-coréens montaient la garde, faisant face à leurs corollaires du Nord à une distance de vingt à trente mètres. Les deux camps étaient équipés des mêmes lunettes d'aviateur en dépit du ciel uniformément gris. Et tous étaient armés.

— Je ne pense pas que tu m'aies amené jusqu'ici pour me proposer de lancer l'assaut, fit Janson en baissant les jumelles.

Jina haussa les épaules.

— Tu peux toujours essayer. Mais non, je t'ai amené jusqu'ici pour te montrer le tunnel.

19

Lac Uiam
Chuncheon, Gangwon-do, Corée du Sud

La cabine du weekender de Cal Auster était exiguë, mais au moins il y faisait chaud. Janson prit place au côté de Jina à la longue table mince devant leur hôte qui, assis jambes croisées, était occupé à taper un message sur son Samsung Galaxy.

— Je n'en ai plus que pour une minute, fit-t-il sans lever la tête, répétant ce qu'il avait déjà dit vingt-cinq puis quinze minutes plus tôt.

Et merde pour la chaleur, se dit Janson tout en se levant, *j'ai besoin d'air*. Il s'excusa, sortit de la pièce et monta sur le pont, saluant au passage le capitaine-garde du corps d'Auster qui fumait en silence, assis dans le cockpit.

Janson plongea ses mains dans ses poches et prit le temps de savourer le paysage panoramique qui s'offrait à lui. Les silhouettes des montagnes à l'horizon se découpaient avec une netteté particulière dans l'air froid. Sur le littoral, les branches épaisses des arbres, nues à cette époque de l'année, se penchaient au-dessus du lac comme pour secourir un noyé. Seule la nature, songea Janson, peut faire autant avec si peu.

Chuncheon, la Cité des Lacs, était la capitale de la province de Gangwon, une destination particulièrement goûtée des touristes asiatiques. La sérénité des lieux, se dit Janson, devait répondre au sens de l'ironie de Cal Auster. Le marchand d'armes ne s'y était sans doute pas réfugié avant d'en avoir étudié les diverses voies de sortie, c'est-à-dire de fuite. Il se demanda quelle était la probabilité que l'une d'entre elles conduise au Nord. Vu sa réputation, Auster devait avoir conclu au moins un accord commercial avec Pyongyang. Ses contacts à Moscou avaient pu servir d'intermédiaires.

À son retour dans la cabine, il trouva Auster assis à côté de Jina, lui murmurant quelque chose à l'oreille. Elle le repoussa brusquement et Janson se demanda si son entrée dans la pièce y était pour quelque chose.

— Ah vous voilà, fit Auster sans faire le moindre effort pour se lever. Rangeant le Smartphone dans sa poche de poitrine, il ajouta :

— Paul, Paul, Paul, vous en avez mis un temps.

— Pas assez, visiblement, répliqua Janson froidement.

Auster gloussa, puis frappa la table d'un grand coup. Il avait l'air complètement ivre. Mais Janson qui l'avait entendu plus d'une fois se vanter de n'avoir pas touché une goutte d'alcool depuis l'adolescence, savait qu'il ne carburait qu'à la cocaïne.

— Asseyez-vous, Paul, tonna-t-il en désignant la place devant lui. Expliquez donc à tonton Cal ce qu'il vous faut. Qu'est-ce que je peux faire pour vous ?

167

Janson s'assit avec réticence. L'espace d'une seconde, il se demanda s'il n'aurait pas mieux fait de retourner à Séoul prendre du matériel dans l'Embraer 650. Mais avec les Opérations consulaires sur le dos, ç'aurait été trop risqué. Il sortit de sa poche une fiche toute froissée, la fit glisser en travers de la table en direction d'Auster. Le marchand d'armes la saisit et la tint à bout de bras devant ses yeux d'un vert profond.

Astigmate évidemment, pensa Janson. Il a passé toute sa vie à mettre en joue des cibles à distance, et il est trop fier pour porter des lunettes.

Cal parcourut la liste puis se passa la main sur le crâne, les sourcils levés en un signe d'incrédulité quelque peu théâtral.

— Eh bien! fit-il, c'est ce qui s'appelle une liste! Vous avez été gentil avec le Père Noël, cette année, j'espère? Il rit lourdement à sa plaisanterie. Ce n'est pas mon problème, bien sûr, mais, est-ce que vous avez l'intention d'attaquer Taïwan? J'ai équipé des despotes dans le Sud du Sahara avec moins que ça, vous savez.

— Il faut toujours être prêt, commenta Janson sans la moindre expression.

— Toujours prêt, répéta Auster dans un sourire. C'est vrai, j'avais presque oublié. Paul Janson est un chef scout, maintenant, à ce qu'on dit.

Un long silence suivit. Janson se demandait si c'était une allusion à la Fondation Phœnix.

— Quoi que vous ayez appris, dit-il, ça doit être à la fois à moitié vrai et presque totalement faux. Peut-on se mettre à parler sérieusement, à présent?

Cal Auster posa la fiche retournée sur la table.

— Bien sûr, bien sûr. Pour quand avez-vous besoin de ce matériel ?

— À quelle vitesse pouvez-vous me le fournir ?

— Combien êtes-vous prêt à mettre au-dessus du prix de détail ?

Janson resta silencieux.

— Voyez-vous, Paul, reprit Auster, je suis un peu comme Amazon. Je peux vous offrir les frais d'expédition mais ça va prendre un moment. D'un autre côté, si vous voulez une livraison express…

— Il me faut tout aujourd'hui.

Auster soupira dramatiquement.

— Ah ! fit-il avec l'air accablé du commerçant d'expérience. Mais vous me parlez d'un service de livraison super prioritaire, là. Très couteux. Même Amazon ne livre pas en moins de vingt-quatre heures.

— C'est parce qu'ils n'utilisent pas encore de drones.

Cal Auster pâlit considérablement tandis que son visage se vidait de toute expression. Sans le quitter du regard, Janson haussa les épaules.

— Vous n'êtes pas le seul à avoir les oreilles qui traînent, Cal. Vous devez savoir ça.

Janson se pencha par-dessus la table, saisit la fiche, sortit un stylo de sa poche et écrivit un pourcentage au dos du bristol. Puis, le faisant de nouveau glisser sur la table :

— Voilà ce que je suis prêt à payer, tonton Cal.

Auster fixa le chiffre un instant, puis acquiesça en silence, d'un geste langoureux de la tête, avec l'air de quelqu'un qui a passé sa vie défoncé et atterrit brutalement.

Janson surveillait son regard pour évaluer le niveau de menace. Allait-il péter un câble et trancher la gorge de Jina près de lui? Il ne le croyait pas. En un sens, Cal Auster était comme le régime de Pyongyang. Belliqueux, certes. Capable de crises de folie, certainement. Mais au bout du compte, l'un comme l'autre se révélaient des acteurs rationnels attachés à préserver leurs intérêts.

Plusieurs minutes d'un silence tendu s'écoulèrent. Puis Cal Auster se résolut à sourire avant d'égrener les termes de l'accord à la vitesse de l'une de ses armes automatiques:

— Donnez-moi quatre heures et demie. Le paiement se fait d'avance et en totalité. Et comme dirait tout maquereau qui se respecte, ni chèque ni carte de crédit, *cash only*. Vous aurez vingt-quatre heures pour échanger un produit défectueux mais seulement pour un produit similaire et pour le reste, ma politique de retour s'écrit comme va-te-faire-foutre. Pas d'exception.

Il se leva.

— Donc, monsieur Janson, puis-je supposer que vous n'aurez pas besoin de reçu?

20

Meridian International Center,
Crescent Place, NW, Washington DC

Edward Clarke, sous-secrétaire d'État et directeur des Opérations consulaires, fit des yeux le tour de la table, observant les visages de ses quatre collègues. Une scène sortie de Möbius, pensa-t-il, *the next generation.*

En fait, ce n'était pas une si mauvaise comparaison. Le programme Möbius avait été un succès sans pareil, avant de se muer en désastre non moins total, et la plupart des gens impliqués dans le projet Diophantus avaient travaillé sous les ordres d'opérateurs en lien avec Möbius – dont lui-même. Et il faisait malheureusement face au même adversaire que son prédécesseur.

À vrai dire, seul un agent des Opérations consulaires totalement véreux et dénué de tout sens moral avait pu déclencher une crise de l'ampleur de celle qu'ils affrontaient à présent. Que l'opération Diophantus fût mise en péril par Paul Janson n'avait donc rien d'une coïncidence. Rien du tout. Sa défection des Opérations consulaires était en fait la raison même pour laquelle le sénateur James Wyckoff de Caroline du Nord l'avait embauché.

Clarke nota intérieurement de ne pas oublier de contacter Lawrence Hammond, le chef de cabinet du sénateur, sitôt finie la réunion, afin de savoir si Wyckoff et sa femme avaient enfin du *nouveau* de la part de Janson. Ça ne semblait pas être le cas et Hammond trouvait bizarre que Janson ne tienne pas le sénateur informé. Mais c'était peut-être lui, Hammond, que le sénateur ne tenait pas au courant. Il était notoire que depuis la disparition de son fils, Wyckoff ne faisait plus confiance à personne, au point que même la presse spéculait sur son état mental. À l'approche des Primaires, il se disait que Wyckoff serait contraint à la démission s'il ne se ressaisissait pas.

Clarke but une petite gorgée d'eau glacée, puis saisit la carafe en cristal devant lui et remplit son verre. Il était assis en bout de table. À sa gauche, se trouvaient Douglas Albright, directeur de la *Defense Intelligence Agency* et Sanford Hildreth, le patron de la NSA. À sa droite, Ella Quon, directrice adjointe du service clandestin de la CIA, et son ingénieur système en chef Eric Matsumura.

— Laissez-moi vous donner les dernières nouvelles, fit Clarke. Nous avons localisé Paul Janson.

Albright lui laissa à peine le temps de finir sa phrase.

— J'en déduis que nous ne parlerons pas de lui au présent durant cette réunion ?

— Ne commençons pas sur un mauvais pied, fit Clarke en levant la main.

— On ne devrait rien commencer du tout au point où nous en sommes, aboya Albright. Vous auriez dû attendre, vous auriez dû ne convoquer cette réunion qu'une fois Janson éliminé.

— Douglas, s'il vous plaît.

— S'il vous plaît ? S'il vous plaît mon cul ! fit Albright, cognant du poing sur la table en acajou. J'étais assis sur cette même putain de chaise à cette même putain de table quand votre prédécesseur a pris la décision d'éliminer Janson. Je n'ai pas besoin de rappeler à quiconque ici le résultat de la directive de Derek, j'imagine ? S'il avait réussi, nous ne serions pas autour de cette table aujourd'hui. Je n'aurais pas eu ma première alerte cardiaque il y a de ça quelques années. Donc, pas de *s'il vous plaît Douglas*. OK ?

Ella Quon prit la parole comme si l'échange qui précédait n'avait pas eu lieu.

— Où est-il ? demanda-t-elle calmement.

Clarke se tourna vers elle, heureux de l'interruption.

— Dans la Zone démilitarisée.

— La ZDM ? On sait pourquoi il est là-bas ?

— Parce que c'est un putain de golem, voilà pourquoi, coupa Albright. Le golem de Derek Collins.

— Bien, dit Clarke qui s'efforçait de reprendre le contrôle de la situation. Il est clair que nous avons créé quelques monstres au fil du temps. Mais nous avons besoin d'eux. Et c'est l'un d'entre eux qui va régler cette crise pour nous ce soir.

— C'est *votre* crise, se mit à crier Albright en désignant Clarke. C'est un autre de vos monstres qui a créé ce souk pour commencer. Si Gregory Wyckoff avait été éli…

— Vous voulez vraiment parler de crises, Doug ? le coupa Clarke, exaspéré. Il se dressa, se pencha en avant, les paumes sur la table. Eh bien, parlons-en. La DIA, je vous rappelle, est toujours sous le coup d'une investigation pour vos pratiques à Guantanamo. Projections forcées de films pornographiques aux détenus, interrogateurs féminins, usages de la drogue dans les interrogatoires…

— Vous pleurez sur le sort des terroristes maintenant ? Laissez-moi vous dire une bonne chose, Eddie, les interrogatoires…

— Je me *fous* du sort des terroristes, Doug ! Et vous le savez parfaitement. Mon problème, c'est que vous vous êtes fait coincer. Vous avez transformé une pratique efficace en débat international sur l'état moral du pays.

Quon secoua la tête.

— Edward, cette discussion n'est pas nécessaire.

— Ah non ? De la part d'une directrice de la CIA, c'est intéressant. Parlons un peu de ce qui se passe chez vous, à propos de crise. Vous avez espionné le Congrès ? Vous avez espionné la Commission sur le renseignement du Sénat, la structure chargée de la régulation de toute la communauté du renseignement américain ?

Sanford Hildreth intervint calmement :

— Et si nous revenions à ce qui nous réunit aujourd'hui ?

— Oh mais bien sûr, Sanford, répondit Clarke. Tout de suite. Jetons un coup d'œil à la NSA auparavant, si vous le voulez bien. Vous êtes probablement responsable de la plus grande crise de toute l'histoire du Renseignement. Il n'y a pas un seul citoyen américain qui ne se pense pas sur écoute, grâce à vous. Et pourquoi ? Parce qu'un ahuri de 29 ans, un simple civil, a pris un ticket Honolulu-Hongkong-Moscou avec dans ses valises la totalité de nos secrets d'État et que vous l'avez laissé filer. Et vous osez me parler de crise ? Au moins celle d'aujourd'hui est-elle provoquée par Paul Janson. Nous avons peut-être créé ce monstre, mais *c'est* un monstre. Un superman des opérations clandestines. Pas un gringalet de cinquante kilos à peine pubère comme Edward Snowden.

Clarke s'interrompit pour observer l'effet de ses propos sur les visages atterrés autour de lui. Il pouvait être satisfait.

Il se rassit, brossa une poussière imaginaire sur sa veste de costume. Il avait besoin de sommeil, voilà ce qu'il lui fallait. Un *vrai* sommeil, quatre ou cinq heures ininterrompues. Et un repas décent, aussi, un repas à la maison, du genre de ceux que sa première femme savait si bien cuisiner. Putain. Même la seconde savait encore préparer à la va-vite une assiette de spaghettis et boulettes de viande. Mais celle qu'il avait à présent… Bordel, il s'estimerait heureux si elle se souvenait du numéro du livreur de pizzas !

Question de compromis. Tout est question de compromis. Pas seulement avec elle. La vie n'est qu'une longue série de compromis.

— Revenons à notre problème commun, dit-il. Je ne veux plus d'accusations ni de règlement de comptes dans cette pièce à partir de maintenant. J'ai pris le taureau par les cornes et fait de l'opération Diophantus une réalité. Moi. Personne d'autre. S'il en sort de la merde, je nettoierai. Mais d'ici là, plus une seule récrimination sur la puanteur tout autour. On se comprend ?

Tout le monde acquiesça.

— Bien. Je vais donc vous dire ce que je sais à propos de Janson et ce que je compte faire.

Il s'interrompit pour boire une gorgée d'eau.

— Comme je le disais, nous l'avons localisé dans la ZDM. Plus particulièrement à Daeseong-dong, plus connu sous le nom de Freedom Village, le village de la liberté.

Il se tourna vers Quon.

— Ella, vous avez suggéré que sa présence là-bas signifie qu'il sait exactement ce que nous faisons. Ça me semble une assertion exagérée, pour le moins. J'ai un agent à Daeseong-dong. Son nom est Jina Jeon. Janson l'a connue et même très bien. Le plus probable est qu'il est là-bas pour lui demander de l'aide.

— Donc, quelles que soient les informations que Janson possède en ce moment, elles se propagent. Nous sommes exposés.

— Pas nécessairement. Pardon pour la crudité mais, quand je dis que Janson l'a bien connue, j'entends qu'il est tout à fait possible qu'il soit allé la retrouver dans le but de tirer un coup.

— Ça me paraît difficile à croire.

— Avec tout le respect que je vous dois, Ella, ça ne me surprend pas.

— Nous ne savons pas ce qu'il fait là-bas, intervint Albright. Je crois que le plus sage est de supposer le pire.

— Entièrement d'accord, acquiesça Clarke. C'est la raison pour laquelle personne ayant eu un contact conséquent avec lui au cours des dernières quarante-huit heures ne sera dans le coin d'ici deux jours.

Sanford Hildreth se pencha en avant.

— Est-ce là quelque chose dont nous pouvons être certains ?

Clarke se tourna vers le directeur de la NSA.

— Sandy, persifla-t-il, vous serez les premiers avertis du résultat de l'opération de ce soir. Et cela, quelle que soit la personne que je décide de prévenir d'abord. Je n'ai pas de doute là-dessus.

— Et qu'en est-il de Kincaid ? dit Albright. Qu'en est-il du fils Wyckoff ?

— Ils sont pour ainsi dire morts.

— Peut-être que dans ce cas, fit Quon, nous devrions passer au sujet de la réunification.

Elle se tourna vers son ingénieur système en chef, qui présenta devant elle un dossier ouvert.

— J'ai averti comme prévu la Maison-Blanche de la situation au cours des dernières semaines.

— Quelle a été la réaction du Président ? demanda Clarke.

— D'abord l'incrédulité. Puis une acceptation réticente. Ella sortit une page du dossier mais sans la regarder. Le Président s'inquiète du coût potentiel de la réunification. Il tient à ce que le Sud évite toute escalade, peu importe le prix politique. Il préférerait que le dossier échoie à la prochaine administration.

Naturellement, songea Clarke.

Albright intervint :

— La Maison-Blanche est-elle consciente que l'on se prépare à un atterrissage brutal ?

L'expression faisait référence aux possibles conséquences d'un effondrement rapide de la Corée du Nord, par opposition à un naufrage lent et graduel. Un tel scénario aurait pour effet probable une crise humanitaire

177

au cours de laquelle le Sud et les États-Unis devraient gérer une rébellion massive, un chaos social, sans parler d'une migration de masse.

— J'ai évoqué cette possibilité, dit Quon, mais il m'a fallu être prudente. Si quelqu'un dans le Bureau ovale suspectait que nous avons la moindre influence, cela conduirait aussitôt à une enquête.

— Je suppose que nous n'avons pas de problème avec la branche législative, demanda Albright.

Le visage de Quon exprima quelque chose qui ressemblait presque à un sourire.

— Le Congrès a bien assez à faire avec ses propres problèmes. Le scandale des écoutes est une bénédiction pour l'opération Diophantus. La Commission sur le renseignement est entièrement concentrée sur ce qu'il se passe à Langley. Cela nous laisse une grande latitude.

Clarke se tourna vers Albright.

— Et le Département de la Défense ?

— La plupart au sein du Département sont excités par la perspective d'un atterrissage brutal, fit-il avec un sourire narquois. Personne n'est heureux des coupes budgétaires. La moitié préférerait non seulement rester en Afghanistan mais aussi retourner en Irak. La réunification de la Corée leur donnerait une tonne d'arguments en faveur d'une augmentation des budgets. Ils rongent leur frein.

Il ne restait que Sanford Hildreth.

— Sandy ?

— Tout ce qui peut nous éloigner de ce putain de débat sur la surveillance est bienvenu, répondit le directeur de la NSA.

21

Janson estimait à quatre le nombre d'heures de sommeil dont il avait besoin. Il régla son BlackBerry sur 3 heures du matin. Il plaça le téléphone sur la table de nuit, envoya valser ses chaussures avant de s'allonger tout habillé sur le double-lit de la chambre d'amis, au second étage de la maison de Jina. Puis, les yeux fixés au plafond, il se mit à réfléchir.

Dans quelques heures, il ferait son sac et se dirigerait vers le Nord. Le tunnel, lui avait assuré Jina, était le moyen le plus sûr de franchir la frontière. Lui aurait préféré le passage par Kaesong dans la province de Hwanghae, au nord de la ZDM. La ville de quelque deux cent mille habitants servait de site à un complexe industriel du même nom géré conjointement par les deux Corées. Construit dix ans plus tôt sur quelque huit cents hectares, le Kaeson Industrial Complex faisait partie d'une expérience initiée par la Corée du Sud et baptisée Sunshine Policy – une tentative, en l'occurrence économique, de collaboration avec le Nord dans l'espoir d'enclencher des réformes et d'assouplir l'irascible régime de Pyongyang. À ce titre, le complexe était l'un des deux seuls endroits de toute la République démocratique accessible par le sud.

Janson avait espéré mettre la main sur l'un des mille employés sud-coréens du complexe et passer avec lui un accord semblable à celui qu'il avait passé avec Silent Lynx à Shanghai : suffisamment d'argent pour mettre le type à l'abri du besoin dans un pays de son choix. Mais Jina Jeon l'avait convaincu qu'il n'avait aucune chance. En plus des mille employés du Sud, le complexe comptait cinquante fois plus d'ouvriers venus du Nord, fidèles au régime de Pyongyang, et les procédures de sécurité sur place n'avaient d'autre équivalent que les prisons de très haute sécurité aux USA.

Dans l'obscurité de sa chambre, Janson ferma les yeux pour visualiser le tunnel. Trente ans plus tôt, une équipe d'investigation mixte américano-sud-coréenne assignée à la ZDM avait trébuché sur une mine. Un Américain était mort, plusieurs autres avaient été blessés. L'incident avait conduit à la découverte d'une voie d'infiltration courant sous toute la zone. Une seconde avait été mise au jour un an plus tard. La Corée du Nord avait commencé par nier les avoir construites. Confrontée à une accumulation de preuves révélées par l'enquête – dont des traces de dynamite partant toutes vers le Sud –, Pyongyang avait prétexté que les tunnels faisaient office de forages miniers pour l'extraction du charbon – bien qu'aucune trace de charbon n'ait été relevée nulle part.

Officiellement, le Sud avait découvert pas moins de quatre tunnels. Selon Jina, cependant, leur nombre était plus proche de vingt.

— J'en connais au moins dix-sept, avait-elle dit. Leur découverte n'a jamais été rendue publique. En partie parce que Séoul veut garder des munitions pour de futures négociations, et en partie parce que la Corée du Sud ne tenait pas à provoquer une crise avec Pyongyang tant que la Sunshine Policy était en cours. On dit qu'il en existerait au moins six autres.

— Mais si le Nord les a creusés et que le Sud connaît leur existence, avait objecté Janson, ils doivent être hautement surveillés.

— Oui. Sauf que le Nord ignore tout des tunnels construits par le Sud. Plusieurs ont été initiés mais un seul a été achevé.

— Et tu sais où il se trouve ?

— Oui. Il n'y a de garde nulle part. Mais il faut faire attention. Le passage est petit, étroit, et c'est un véritable enfer à traverser.

Vingt minutes plus tard, Janson rêvait de Kaboul. Il se voyait marcher seul dans le noir sur le terrain montagneux et accidenté. Seul ? Où étaient ses hommes ? Il avait déjà fait ce rêve et chaque fois ses hommes étaient avec lui. Où étaient-ils, à présent ? Ou bien n'était-ce pas un rêve ? Marchait-il vers le Nord, à travers la Zone démilitarisée, en direction du tunnel creusé par le Sud ?

Une confusion dense comme un brouillard d'automne l'enveloppait.

Janson ne rêvait pas du tout. Pour autant qu'il le sache, il n'avait même jamais cru que c'était un rêve. Il perçut le bruit d'une pierre roulant le long de la colline sur sa droite. Il se retourna, voulut saisir son arme, mais les hommes étaient déjà sur lui et l'entouraient, le canon de leurs kalachnikovs levés. Des AK-47 d'une autre époque. Ils lui crièrent de s'allonger face contre terre et d'étendre ses bras et ses jambes. Sauf qu'ils ne parlaient pas coréen mais un langage que Janson ne connaissait que trop.

Pashto ?

Tandis que les hommes s'agglutinaient autour de lui, il leva la tête aussi haut que possible et aperçut les visages barbus et froids des talibans.

Le souffle court, trempé de sueur, Janson s'éveilla en sursaut.

Il se concentra sur le silence de la maison, s'efforçant de récupérer son souffle et un pouls au rythme à peu près normal. Il avait soif, mais ne voulut pas s'engager dans les escaliers de la cuisine de peur de réveiller la mère de Jina. Puis il réalisa : sa crainte était vaine. La veille, sur le chemin du retour, après leur rendez-vous avec Cal Auster, Jina l'avait prévenu qu'elle emmenait sa mère passer la nuit à Séoul en prévision d'un rendez-vous le lendemain chez son cardiologue. Il était donc seul dans la maison.

Un bruit au rez-de-chaussée lui rappela celui de la pierre dans son rêve – un bruit bien anormal. Jina avait-elle laissé sa mère à l'hôtel, avait-elle fait l'aller et retour dans la nuit ? Le temps de se poser la question, Janson était déjà debout, chaussé, à la recherche d'un objet pouvant servir d'arme improvisée.

Malheureusement, la pièce était d'une décoration spartiate. Et par respect pour la mère de Jina, il avait tout laissé dans la grange, sac de voyage compris. Il commença par se maudire pour son excès de politesse, puis se souvint avec une sorte de choc à la poitrine que c'était, en fait, à la demande de Jina qu'il avait laissé ses armes là-bas.

Il chassa aussitôt l'idée qui venait de lui traverser l'esprit.

Il examina ses possibilités de fuite. L'espace sous sa fenêtre devait être surveillé. De même que toutes les entrées et sorties de la maison. Et si Jina l'avait effectivement trahi, les intrus devaient parfaitement connaître la disposition des lieux.

Ils devaient aussi savoir où il se trouvait.

Janson entrouvrit la porte de quelques millimètres, passa un œil dans le couloir et écouta. Pour autant qu'il put s'en rendre compte, quiconque se trouvait dans la maison n'avait pas encore rejoint l'étage.

Il fixa la porte à l'autre bout. La chambre de Jina ? Il se souvenait l'avoir entendue dire que sa mère dormait au premier afin de s'épargner les escaliers.

Janson traversa le couloir sans bruit, pénétra dans une chambre qui n'avait rien à voir avec la sienne. Tous les meubles étaient en bois sombre et solide, précieux mais sans fioriture. Les draps étaient noirs, comme étaient noirs les rideaux couvrant la large fenêtre. Rien de particulièrement féminin. Arrangé à la manière du feng shui japonais, s'il ne se trompait pas.

En quête d'une arme improvisée, il entendit craquer l'une des marches du bas conduisant au second étage. Il n'avait plus beaucoup de temps. L'intrus était en chemin.

Les intrus, plutôt. Si les Opérations consulaires le cherchaient, ils viendraient en nombre et préparés. Ils savaient ce dont il était capable.

Janson prit place près de la porte entrouverte, dos au mur.

Des bruits de pas légers à l'entrée du couloir lui donnèrent la chair de poule. Mais avec la peur, venait l'adrénaline. Les idées soudain claires, il relâcha ses doigts tandis que tout son corps se tendait.

Il revit Cal Auster sourire. *Toujours prêt*, avait-il dit. C'est *vrai, j'avais presque oublié. Paul Janson est un chef scout, maintenant, à ce qu'on dit.* Était-ce lui qui l'avait piégé ? Avait-il chargé l'un de ses hommes, peut-être même le capitaine du bateau, de l'éliminer ? Auster s'était senti menacé à la mention des drones. Était-ce suffisant pour le faire tuer ?

Qu'est-ce que le marchand d'armes avait pu murmurer à l'oreille de Jina quand Janson était rentré dans la cabine après avoir pris l'air sur le pont ? Cal Auster était-il venu lui-même ?

Non, se dit Janson. Jamais de la vie.

Quelqu'un se trouve de l'autre côté de ce mur. Il pouvait le sentir. Il pouvait presque respirer l'odeur du prédateur, telle une proie hautement expérimentée.

Il se concentra, baissa son centre de gravité.

Transforme le chasseur en chassé.

Le canon d'un Beretta parut lentement – comme envoyé dans la chambre en éclaireur.

Janson attendit jusqu'à voir apparaître la tache plus pâle du doigt sur la détente. Alors il bondit, saisit le canon et commença à repousser l'arme vers le haut puis de toute la force de sa main droite, se mit à tordre le canon. Il le tordit brutalement, jusqu'à ce que le doigt du tireur coincé sur la détente se brise – *clac*, net comme un morceau de bois mort.

Puis de sa main gauche il frappa l'homme à la gorge, étouffant dans l'œuf le cri de douleur consécutif au doigt cassé. Un coup du plat de la main sur le nez en direction du cerveau suivit, et fit jaillir le sang des narines du type sur le plancher impeccable de la chambre de Jina.

Janson tira l'assassin dans la pièce. Tournant sur lui-même il le jeta contre le mur où lui-même se trouvait quelques instants plus tôt. Puis il pressa son avant-bras gauche contre sa gorge.

— Combien ? souffla-t-il.

— Va te faire foutre, croassa le type.

Dans le noir d'encre de la chambre de Jina, Janson avait identifié la voix avant de reconnaître le visage. Il écarquilla les yeux dans un mélange d'incrédulité et de colère.

Il connaissait ce type, mais pas uniquement des Opérations consulaires.

Il le connaissait de la Fondation Phœnix. Phœnix avait été infiltré !

— Tu es retourné chez eux, cracha Janson. Mais il comprit tout en le disant que c'était faux. L'homme qu'il regardait n'était pas seulement un pensionnaire peu reconnaissant de Phœnix. Il l'avait purement et simplement trahi. Non, fit-il, ce n'est pas ça. Tu ne les as jamais quittés, hein, salopard.

Il débordait de fureur. Tant de questions, tant de réponses à obtenir, tant de mensonges. Mais ce n'était pas le moment.

Il se pencha vers le visage de Heath Manningham.

— Je vais te briser en tant de morceaux que Clarke pensera que je t'ai enfoncé une bombe artisanale dans la gorge, espèce de fils de pute. Réponds ! Combien à l'intérieur, combien dehors ?

Le jeune Anglais tenta une sorte de sourire à travers le sang qui coulait entre ses dents.

— Tu crois que ça importe ? fit-il, une trace d'accent anglais dans la voix. Tu crois que tu vas sortir vivant de cette maison ?

— Tu es prêt à crever pour ces connards, cracha Janson en réponse.

— Toi aussi, non, autrefois ? Manningham, tremblant, croisa le regard de Janson. Dieu sait que tu étais prêt à tuer pour eux. C'est la vie que nous avons choisie. Tu le sais mieux que personne, La Machine, tu ne peux pas y échapper.

— Mais c'est ce que j'ai fait pourtant, grogna Janson. Et je pensais t'avoir aidé à en faire autant.

— Tu crois ça ? dit Manningham qui parvint à assurer sa voix. Tu es vraiment encore en train d'essayer de vendre ces conneries ? Dis-moi, combien de personne as-tu tuées depuis que tu es parti ?

— J'ai des *règles*.

— C'est ça, des règles. *Ne tuer que ceux qui veulent nous tuer.* Je corresponds au cas de figure, non ? Pourquoi tu ne tires pas, dans ce cas ? Pourquoi tu ne mets pas fin à ce cirque ?

22

Kang Jung était sur le point d'éteindre son ordinateur. Il était tard et même *Lord Wicked* avait parfois besoin de sommeil pour conserver son teint de pêche (*ha !*). Elle était en train de faire basculer son site sur un serveur anonyme basé en Estonie lorsqu'elle entendit sonner le téléphone fixe dans la chambre de sa mère. À cette heure, c'était assez inhabituel, sans compter que sa mère ne recevait pas beaucoup d'appels d'une manière générale. Kang Jung se leva, fit les quelques pas qui la séparaient de la cloison et, un verre à eau posé contre le mur, colla son oreille dessus pour écouter.

Sa mère semblait soucieuse, mais Kang Jung ne parvenait pas à entendre ce qu'elle disait. Puis elle raccrocha, et presque immédiatement la porte de la chambre de Jung s'ouvrit d'un coup. De surprise, Jung laissa tomber son verre qui se brisa sur le sol. Sa mère se trouvait dans l'embrasure, effondrée. Ses yeux rouges, bouffis par les larmes, ne semblaient même pas avoir vu le verre tomber.

— Il faut que je sorte, dit-elle en coréen. C'est ton grand-père.

— Grand-Père ?

— Il est à l'hôpital. Des douleurs dans la poitrine, apparemment. C'est le voisin qui l'a trouvé.

Kang Jung se mit à trembler. Grand-Père était l'une des rares personnes au monde qu'elle adorait. Elle appréhendait une issue de ce genre depuis la mort de sa femme des suites d'un AVC neuf mois plus tôt. Non que Kang Jung ait eu une affection particulière pour cette femme qui avait remplacé sa grand-mère six années auparavant, mais son grand-père l'aimait et n'avait jamais surmonté sa disparition.

— Je veux venir avec toi, s'entendit-elle dire, ce qui n'était pas tout à fait vrai car Kang Jung ne supportait pas la proximité de la mort. Elle en acceptait l'idée abstraitement, mais la perspective de voir des gens souffrir la révulsait. Quelle que fut l'affection qu'elle portait aux personnes concernées, elle ne mettait jamais les pieds à l'hôpital, n'allait jamais ni aux enterrements ni aux commémorations. Les gens qu'elle aimait, elle tenait à s'en souvenir tels qu'elle les avait connus : en vie, et en bonne santé.

— Non, pour l'instant tu restes ici, dit sa mère. Tu as école demain, tu as besoin de dormir. Garde juste ton téléphone à proximité, et si les choses empirent je te préviendrai, pour que tu sautes dans un taxi. Je vais te laisser de l'argent sur la table de la cuisine.

Elle faillit refuser l'argent puis se ravisa : elle ne pouvait justifier de ses ressources sans se trahir.

— Merci maman, fut tout ce qu'elle parvint à articuler.

La porte se referma, elle resta seule.

Ce n'est qu'ensuite, après le départ de sa mère, qu'elle commença à trouver bizarre le fait qu'un voisin ait découvert Grand-Père. C'était, comme elle, un être plutôt solitaire. Il n'avait pas d'amis dans l'immeuble et ne cherchait pas à s'en faire, ainsi qu'il aimait à s'en vanter. Était-il vraiment tombé dans le couloir ? Avait-il appelé à l'aide au lieu de composer le numéro de l'ambulance ? Ou quelqu'un l'avait-il trouvé inconscient ?

Elle passa dans la chambre déserte de sa mère pour vérifier le numéro de l'appelant. C'était une ligne restreinte, non moins bizarrement – pas de nom, pas de numéro, et bien sûr pas d'adresse.

Elle songea à appeler Paul Janson puis se ravisa.

Il va se dire que je ne suis qu'une gamine dotée de trop d'imagination.

Elle admirait bien trop l'Américain pour lui permettre de penser une telle chose à son sujet.

Janson décolla Heath Manningham du mur et le plaqua au sol. Il passa son bras droit autour du cou de son agresseur, joignit les mains et serra intensément ses biceps et ses avant-bras contre la carotide de Manningham. Onze secondes s'écoulèrent. Janson tâta le pouls du corps maintenant inerte, se redressa, puis sortit de la pièce le Beretta .45 de Manningham à la main.

Il inspecta vite fait sa propre chambre, déserte, puis descendit l'escalier. Il était sûr que d'autres agents l'attendaient dehors, possiblement des snipers dissimulés dans l'une des maisons voisines ou dans une grange. C'était le plan le plus logique et le plus simple à mettre en place si Jina Jeon était impliquée dans son élimination, comme il le pensait de plus en plus probable.

Jina Jeon.

La trahison de Heath Manningham l'avait terrassé, mais s'il devait apprendre que Jina l'avait doublé elle aussi, ce serait plus qu'il ne pourrait supporter. Cela signifierait la fin de la Fondation Phœnix.

Les conséquences pour lui seraient incalculables. Il avait trop investi d'argent et d'énergie dans la Fondation, il était trop fier de ce qu'il y avait accompli. Or, au moins dans le cas de Manningham – et de combien d'autres qu'il ignorait ? –, son échec était remarquable. En dépit de ses efforts et de ceux de son équipe, Edward Clarke et les Opérations consulaires s'étaient montrés plus malins que lui. Janson se jura que plus jamais il ne sous-estimerait le Département ou ne se laisserait aller à penser que son ancien service pouvait être un allié. Il ne lui restait qu'à espérer qu'il n'était pas trop tard, pour lui comme pour Kincaid.

Elle avait raison depuis le début. Si on s'en sort, je vais en entendre parler jusqu'à la fin de mes jours. La pensée le fit sourire en dépit de la gravité de la situation.

De la main gauche, il écarta avec précaution les rideaux de la fenêtre du salon. La ferme de Jeon s'étendait sur plusieurs hectares, mais un certain nombre de maisons voisines restaient à portée de tir d'un sniper. Courbé en deux, il passa sous la fenêtre et pénétra dans la cuisine.

Oserait-il ? Il faut penser en grand ou ne pas penser du tout, se dit-il tout en passant en revue la pièce dans laquelle Jina, sa mère et lui avaient dîné quelques heures auparavant.

Aussi vite et aussi calmement que possible, il entreprit d'examiner le bloc de couteaux, ouvrit tiroirs et placards, trouva dans l'un d'eux un service d'argenterie entièrement neuf, plusieurs serviettes et torchons dans un autre, des casseroles et des poêles et deux éponges. Il fut surpris de trouver une huche à pain, un peu moins de constater qu'elle était pleine. Dans les placards se trouvaient les choses habituelles – vaisselle, verres, conserves, divers ustensiles de cuisine, épices à profusion. Rien qui puisse le détourner de son idée.

Il allait faire ce qu'il devait.

Tous les gens intelligents sont seuls, se dit Kang Jung en s'asseyant sur son lit. On vit dans nos têtes.

Elle passa en revue du regard les outils informatiques dans sa chambre – son iMac, son MacBook Air, son iPad, son iPad mini, son iPod et son iPhone. Si connectée qu'elle en était déconnectée, constata-t-elle non sans ironie. Kang Jung n'avait pratiquement pas de vie ; *Lord Wicked*, d'un autre côté, était mondialement connu – mais comme un criminel, ajouta-t-elle tristement.

Ah, comment échapper à cette mélancolie inutile ? Elle se faisait du souci pour Grand-Père, voilà tout. Quand on aime si peu de gens, on les aime d'autant plus.

Dans son pyjama trop grand, elle se traîna jusqu'à la cuisine. Le linoléum était froid, suffisamment pour lui donner envie de rebrousser chemin jusqu'à sa chambre. Elle ouvrit la porte du réfrigérateur à la recherche de quelque chose à boire. Un petit coup léger se fit entendre à la porte.

Janson ? Impossible. Janson ignorait que sa mère était sortie ; de toute façon, il l'aurait prévenue avant par texto. Et puis il était dans la Zone démilitarisée à cette heure, sans doute en route pour le Nord.

Quelque part dans un coin de son esprit, la nature du coup de fil que sa mère avait reçu continuait de la préoccuper. Quelque chose clochait. En dépit de son âge, Grand-Père avait encore toutes ses facultés, et s'il était en proie à des douleurs dans la poitrine, il ne s'amuserait sûrement pas à arpenter les couloirs tout seul sans téléphone.

Plus insistant cette fois, un autre petit coup se fit entendre.

Elle étudia le divan ottoman dans le salon. Elle pouvait le tirer jusqu'à la porte et jeter un coup d'œil dans l'œilleton.

Et si la personne de l'autre côté est armée ?

Elle n'eut pas le temps de se poser la question. L'homme ou la femme de l'autre côté de la porte avait cessé d'attendre une réponse et commençait à forcer la serrure. Il lui restait quelques secondes pour trouver une solution.

Impossible de fuir. Nulle part où se cacher.

Elle était piégée comme un rat.

Le pêne de la serrure lâcha.

La poignée de la porte commença de tourner.

23

Dans quelques secondes maintenant, l'explosion allait illuminer le ciel nocturne au-dessus du Freedom Village. Janson jeta le corps inconscient de Heath Manningham par la fenêtre de la chambre du deuxième. Puis, courant dans le couloir, tête basse, il fonça vers le matelas en appui contre la fenêtre. Il heurta le matelas, le saisit sur les côtés à l'instant où le bruit d'un .45 retentissait. À l'instant où la balle enflammait le gaz qu'il avait laissé s'échapper du four, il se jeta par la fenêtre, bras déployés de part et d'autre du matelas collé à son ventre, en chute libre jusque sur le sol gelé.

Le choc lui fit l'effet d'un coup de batte de base-ball en pleine poitrine. Le souffle coupé, il dut attendre un moment pour récupérer, étendu, priant le ciel de ne pas s'être fêlé ou cassé une côte. Puis il roula sur lui-même, se redressa, fila en direction de la grange où se trouvait son sac et ses armes.

Son plan reposait tout entier sur un pari – la faible possibilité que Jina ne l'ait pas trahi. Dans le cas contraire, il se dirigeait probablement droit dans un piège. Pour le moment, la chute de Manningham et l'explosion qui avait suivi faisaient sans doute diversion. Mais il comptait toujours suivre l'idée suggérée par Jina. Une fois ses affaires récupérées, il allait se mettre en marche vers le tunnel. Si elle l'avait trahi, il était mort.

Il entra dans la grange avec précaution, ne trouva personne. Le matériel acheté à Cal Auster paraissait intact. Voyageant seul et léger, il allait lui falloir en laisser l'essentiel, malheureusement. Il vérifia le sac pour s'assurer qu'il n'était pas piégé, le referma, le chargea sur son dos et se mit à courir. Laissant derrière lui la propriété de Jina, il s'enfonça dans l'obscurité totale vers le Nord.

Retranchée dans sa chambre, son sanctuaire – la tanière de *Lord Wicked* – Kang Jung cherchait un objet avec lequel se défendre.

Il n'y avait rien – les encombrants ordinateurs d'autrefois dont elle aurait pu se servir étaient depuis longtemps remplacés, et elle ne risquait pas de faire peur aux intrus avec un Mac Book Air.

Non, pensa-t-elle. Mais elle pouvait créer une connexion en direct sur une adresse web privée et envoyer le lien à Janson. Ça n'empêcherait probablement pas l'intrus de la tuer, mais, au moins, l'Américain serait-il en mesure de la venger.

Elle ferma la porte, mit le verrou, poussa la petite armoire de la pièce contre le battant, pour gagner du temps.

Détalant vers le Nord en direction du tunnel, Janson sentit une vibration légère contre sa cuisse. S'arrêter maintenant risquait de casser le rythme de sa course, mais il attendait des nouvelles de Kincaid, et il ne pouvait risquer de la manquer.

Il s'arrêta net, s'assit au sol, exhuma le BlackBerry du fond de sa poche. Ce n'était pas un appel du tout. C'était un SMS de la part de Kang Jung. Il n'y avait pas de mots, juste un lien bizarre composé de neuf chiffres et s'achevant par *.kr* – les deux lettres en usage pour les noms de domaine sud-coréen.

Ne clique pas dessus, pensa-t-il, la voix de Morton dans la tête. Ne clique jamais sur quelque chose d'inconnu, jamais.

Janson mémorisa le visage sans expression de Kang Jung, sa voix disant doucement : *Il n'y a rien pour moi, dehors.*

Était-elle menacée ? Bon Dieu c'était elle qui avait mis au point le rendez-vous avec Cy, Janson l'avait impliquée, il était responsable de sa sécurité.

Ne clique pas dessus, hurla la voix de Morton dans sa tête, surtout pas !

Il cliqua sur le lien.

Ce qu'il trouva ressemblait à une connexion en direct avec une chambre de jeune fille, quoique la fille parût un peu spéciale. Des animaux en peluche, des poupées sinistrement réalistes, voisinaient avec une petite fortune de technologie dernier cri. En fait, sans les peluches et les figurines, ce que Janson avait sous les yeux aurait pu venir d'un entrepôt Apple.

Quelques posters au mur : Einstein en train de tirer la langue, Carl Sagan fixant le cosmos, l'astrophysicien Neil deGrasse Tyson en train de manger un Yodel.

Voilà qui répond à mes premières questions.

Sans nul doute la chambre de Kang Jung. Un vent de panique le secoua. Avait-elle été kidnappée ?

Puis il y eut le bruit d'une poignée de porte qu'on tourne. Sauf qu'il n'y avait nulle porte sur l'écran du BlackBerry. Il mit quelques secondes à réaliser que l'armoire en bois blanc au milieu du cadre la dissimulait. Son cœur se serra dans un nouveau sursaut d'angoisse. Il monta le volume, et ne put rien faire d'autre, à cinquante mille kilomètres de distance, qu'assister à la scène en direct.

Au premier coup contre la porte, Kang Jung prit une grande inspiration pour se donner du courage, puis se pencha sur la webcam du MacBook.

— Je sais que vous ne pourrez pas me venir en aide, fit-elle, dans un effort pour garder son calme qui échoua lamentablement. Ce n'est pas grave.

Un second coup à la porte la fit tressaillir. Elle se tourna, vit que l'armoire avait été déplacée. Elle revint sur la caméra, tout en essayant de chasser de son esprit les tirades mélodramatiques qui lui venaient en tête.

— Je ne vous demande qu'une seule chose, dit-elle finalement. Si je suis tuée ce soir, *vengez-moi*.

Elle ouvrit le tiroir de son bureau, en sortit un coupe-papier acheté aux Puces quelque temps plus tôt. D'après le vendeur, l'objet avait appartenu à un général américain en poste pendant la guerre de Corée. Un boniment sans doute, mais elle avait acheté l'objet néanmoins, en partie parce que le vendeur avait 16 ans et qu'il était plutôt mignon, même s'il était complètement nul.

Elle tint le coupe-papier levé comme une épée, puis le mit dans sa main, la pointe vers le bas. Elle songea à la scène de la douche dans *Psychose*.

Le son d'une voix féminine venant de l'autre côté de la porte la prit par surprise. La femme parlait avec un accent d'Europe de l'Est.

— Jung, dit-elle, je voudrais juste parler avec toi un moment. Il y a un homme très dangereux qui se balade, un tueur, et nous savons que tu es en contact avec lui. J'ai juste besoin de te poser quelques questions. Ensuite, je te laisse, c'est promis. Je ne suis pas là pour te faire du mal, ma chérie.

Kang Jung serra le coupe-papier. Elle se demandait si la femme était seule. Elle pouvait peut-être l'affronter si c'était le cas. À l'école, elle avait été le souffre-douleur des gamines avant de se mettre au taekwondo deux ans plus tôt, après quoi, elle avait appris à se faire respecter moyennant quelques coups bien sentis. Elle sourit. La nana de l'autre côté de la porte ne savait manifestement pas à qui elle avait affaire. Non pas à Kang Jung, la *geek* socialement inapte. Dans cette chambre, entourée de ses ordinateurs – *tu entres sur mon territoire, salope* – elle venait de se métamorphoser en *Lord Wicked*.

Janson lui aussi avait été surpris d'entendre une voix féminine. Mais cela ne diminuait pas sa crainte. Bien au contraire. Si son intuition était juste, comme c'était le cas la plupart du temps sur ce genre de sujet, de l'autre côté de la porte devait se trouver la femme qui l'avait suivi en taxi depuis la gare. Et dans ce cas, la douceur dans sa voix n'avait rien d'authentique. Elle travaillait pour les Opérations consulaires et quelle que soit son histoire passée, elle n'était plus à présent qu'une tueuse sans merci.

Sur le petit écran, il vit l'armoire qui commençait à bouger. Kang Jung se trouvait juste à côté de la caméra. Elle tenait dans sa main ce qui ressemblait à un petit couteau mais devait plutôt être un coupe-papier.

Que pouvait-il faire ? Il essaya de réfléchir. La police n'arriverait jamais à temps. Kincaid et son nouvel ami Park Kwan étaient au sud de Séoul à la recherche de Gregory Wyckoff. Cela ne laissait que Nam Sei-hoon.

Nam avait identifié Cy. L'Intelligence Service écoutait et lisait les *chats* de Cy. *C'est de cette façon qu'ils ont trouvé Kang Jung*, réalisa-t-il soudain.

Une jeune femme se matérialisa sur l'écran. Il ne pouvait en être certain mais Janson pensa qu'elle ressemblait effectivement à celle qui l'avait filé au volant de la SM5.

Bon sang. Il venait de comprendre. Ce n'était ni Jina ni Cal qui l'avaient trahi. Le coup venait de l'un de ses amis les plus anciens et les plus proches.

Nam Sei-hoon.

24

Nika Vlasic examinait Kang Jung, une fille guère plus âgée qu'elle ne l'était elle-même lorsqu'elle s'était ouvert les veines – mais la ressemblance s'arrêtait là. Kang Jung était propre, elle était vêtue d'un pyjama repassé de frais, et entourée d'une technologie de plusieurs milliers de dollars qui l'aiderait certainement à achever ses études et à démarrer une carrière. Une bourgeoise. Une bourgeoise dont la naissance était sûrement le fruit de l'amour, et non le produit hasardeux d'une politique de purification ethnique. Une gamine qui ne s'était pas fait violer à 12 ans et n'avait sûrement jamais dû avorter non plus.

Nika sourit en découvrant le coupe-papier qu'elle tenait dans son poing crispé. Elle planta ses yeux dans ceux de la fillette. Une bouffée de colère la saisit quand elle prit conscience du ressentiment que la fille provoquait chez elle.

Elle s'avança, ignorant la menace, saisit le téléphone portable de la gamine et examina les appels. Rien dans la dernière demi-heure. Bien. Même si deux hommes à elle montaient la garde en bas de l'immeuble, il était rassurant de savoir qu'elle ne serait pas dérangée.

Soudain, la gamine fit une tentative pour rejoindre la porte et s'échapper. Nika la saisit par le col de son pyjama et d'un mouvement fluide, la balança sur le lit. Elle s'approcha. La fille battait l'air avec le coupe-papier pour la tenir à distance. Nika lui saisit le poignet et le tordit jusqu'à ce que l'arme improvisée heurte le sol dans un bruit de métal.

— Pourquoi tant d'hostilité ? fit-elle calmement.

La fille répliqua en criant.

— Qu'est-ce que vous me voulez ?

— Où est l'Américain ?

— Quel Américain ?

Nika sourit, ses yeux se posèrent sur le poignet de la fillette qu'elle n'avait pas lâché. Bien sûr, elle n'avait jamais non plus tenté de se suicider. Une petite salope sans doute encore vierge, élevée dans un cocon.

— Ne joue pas à la plus maligne, si tu veux vivre, reprit Nika sur le même ton neutre. Puis, accentuant la torsion du poignet : Compris ?

La fille gémit mais acquiesça. Des larmes coulaient sans retenue sur ses joues.

— Maintenant dis-moi. Qu'est-ce que trafique l'Américain dans la Zone démilitarisée ?

Janson se figea. Si Kang Jung lui disait ce qu'elle savait – à propos de Diophantus, de la page Wikipédia codée et de l'espion Yun Jin-ho à Pyongyang –, l'agent n'aurait d'autre choix que de la tuer. Et si elle révélait ce que Janson s'apprêtait à faire – franchir la frontière vers le Nord pour mettre la main sur Jin-ho –, sa mission serait terminée avant d'avoir commencé. Nam Sei-hoon ne le laisserait jamais approcher de Pyongyang.

La seule chance de survie de Kang Jung était de se taire.

Sur l'écran, il vit Kang Jung se mettre à parler, mais si doucement qu'il l'entendait à peine.

— L'Américain m'a dit que *Hivemind* l'a envoyé là-bas. Il est allé voir un hacker nommé Cy à l'Université. Je ne sais pas exactement ce qu'il cherche. Quoi que ce soit, Cy lui a dit qu'il le trouverait dans une installation de *Hivemind* qui se trouve dans la Zone démilitarisée.

Janson ne put qu'admirer le mensonge plausible. Plausible, ajouta-t-il aussitôt mentalement, à condition qu'ils n'aient pas déjà interrogé Cy. Dans le cas inverse, la femme savait que Jung lui mentait et la gamine n'avait plus longtemps à vivre.

— Cette installation, dit l'agent en se penchant au-dessus de Kang Jung, c'est la planque de Gregory Wyckoff ?

Kang Jung secoua lentement la tête.

— Je ne sais pas, je vous jure. L'Américain ne m'a donné que l'information dont j'avais besoin pour l'aider à entrer en contact avec Cy et…

— Et quoi ?

— Et l'aider à trouver l'installation de *Hivemind*.

— C'est ce que tu as fait ?

— Oui.

— Et elle est où, cette installation ?

— À quarante kilomètres au nord de Séoul. Il y a un château là-bas, on dirait la maison d'une reine des fées.

— Tu te fous de moi, la môme, ricana la femme, et ce n'est pas du tout une bonne idée.

Elle attrapa Kang Jung par la gorge.

— Non, non, je vous jure, fit Kang Jung d'une voix déjà cassée. Vous pouvez aller voir sur mon ordinateur. L'installation est dans la cave du château à Everland Resort.

— Everland Resort ? fit la femme en relâchant son étreinte.

Janson ne pouvait détacher ses yeux de l'écran, fasciné par la vitesse et les ressources d'imagination avec lesquelles Kang Jung réagissait face au danger.

— C'est un parc d'attractions, l'entendit-il dire en reprenant son souffle.

Lentement, Kang Jung s'assit sur le lit tandis que la femme l'enjambait pour saisir son ordinateur portable. Sans en avoir conscience, elle se mit à fixer directement la caméra qui envoyait les images à Janson.

Maintenant il sait à quoi tu ressembles, pouffiasse, sourit mentalement Kang Jung.

Sans quitter la femme des yeux, Kang Jung se laissa imperceptiblement glisser vers le côté droit du lit. La femme ne pouvait pas le savoir, mais toutes ses poupées étaient des créatures électroniques sans fil qui devaient être rechargées une à deux fois par jour et Kang Jung conservait toutes ses charges et ses prises dans un tiroir de sa table de nuit. À droite de son lit.

La femme lui jeta un regard mais ne dit rien. D'où elle se trouvait, Kang Jung pouvait voir qu'elle avait ouvert la page d'Everland Resort sur l'écran. Elle observait le château de la fée.

— Tu n'es pas en train d'inventer tout ça, j'espère ? fit-elle.

— Non. Plusieurs des activistes de *Hivemind* sont de simples teenagers. Ils sont employés dans le parc.

Le regard toujours fixé sur le moniteur, la femme parut acquiescer. La main dans le dos, Kang Jung entrouvrit doucement le petit tiroir silencieux de sa table de nuit. Elle glissa à l'intérieur sa main fine, ses doigts entrèrent en contact avec ce qu'elle identifia au jugé comme le cordon USB avec lequel elle reliait son ordinateur portable à son imprimante quand le signal wifi faisait défaut. Sa main toujours dissimulée dans le tiroir, elle enroula les extrémités autour de son poignet pour s'assurer de sa longueur. Elle se demanda brièvement si, sans l'affaire du traducteur en fuite, une idée aussi retorse lui serait jamais venue en tête dans d'autres circonstances.

Elle déroula l'une des extrémités du cordon et, en un clin d'œil, saisit la télécommande sur sa table de nuit. Elle la plaça sur ses genoux puis, les deux mains à présent en évidence devant elle, enroula de nouveau le cordon USB autour de son poignet.

Elle prit une profonde inspiration, enfonça le bouton de la télécommande.

La télévision au bout de la pièce s'alluma. Le tumulte braillard de la pop coréenne jaillit aussitôt dans la chambre. Nika Vlasic se retourna en sursaut vers l'écran.

À cet instant, Kang Jung bondit hors du lit, se jeta sur elle et dans le même mouvement fluide passa le cordon autour de sa gorge. Prise par surprise, la femme tomba face contre terre, Kang Jung cramponnée à son dos.

Elle la sentait ruer comme une démente pour se dégager. En réponse, elle serrait le cordon plus fort et calait ses jambes fortes contre le torse de la femme, la chevauchant comme elle l'aurait fait d'un taureau mécanique. Sur l'écran, des jeunes filles court vêtues se déhanchaient en musique comme des folles.

Terrorisée, déterminée, luttant pour garder le contrôle, Kang Jung trouva la force de lancer à l'adresse de Janson :

— Si je meurs, vengez-moi !

25

Tunnel non identifié
Zone démilitarisée, Corée du Sud

J'ai connu pire.

C'est tout ce qu'il trouverait à dire à Kincaid s'il sortait de là vivant, et ce serait la version rose. Bon Dieu, la puanteur suffisait presque à avoir raison de lui.

À son retour aux Etats-Unis, après ses dix-huit mois de captivité à Kaboul, Janson était parvenu à dissimuler sa claustrophobie. D'une façon générale il était passé maître dans l'art de dissimuler ses angoisses, mais cacher ses accès de véritable panique chaque fois qu'il se trouvait enfermé dans un espace réduit s'était révélé un véritable défi. Son avion, l'Embraer 650 était certes commode, peut-être même nécessaire pour voyager librement lors de ses missions pour Catspaw ou pour la Fondation. Mais le fond de l'affaire, c'était qu'il était incapable d'embarquer sur un vol commercial ordinaire. La première classe était encore tolérable – et encore, pour de petits trajets seulement, car au bout de quelques heures une sueur glacée commençait à l'envahir ; mais un vol en classe Éco était une impossibilité physique, même pour les vols les plus brefs.

Il rampait dans la crasse avec l'impression que le plafond écrasant était en train de lui tomber dessus. Il n'en était rien, bien sûr, ce n'était que le produit de sa claustrophobie. Il s'arrêta un instant, manœuvra comme il pouvait dans le goulot de terre pour accéder à son sac, sortit sa cantine et but un peu d'eau.

La Machine. Tu parles. Si seulement ç'avait été vrai, la vie aurait été infiniment plus simple.

Certains êtres, comme Kincaid, savent exprimer leurs sentiments. Ça n'avait jamais été son cas. Quelle que fût leur intensité, Janson gérait ses émotions seul, intérieurement, sans un mot. Peut-être était-ce la raison pour laquelle il ne les dépassait jamais vraiment. La bombe qui avait tué Hélène et leur enfant à naître, la trahison de son supérieur Alan Demarest en Afghanistan – tous ces événements le hantaient avec une telle force que le temps s'était comme figé en lui. Ces blessures ne guériraient jamais, il le savait. Paul Janson n'avait rien d'une machine, il vivait enfermé en lui-même, ce qui était différent. Il se protégeait de ses amis et de ses amours avec non moins de force qu'il se protégeait de ses ennemis, pour la bonne raison que, si dur et froid qu'il parût, les souffrances passées vivaient encore en lui trop intensément.

Il n'y a rien dehors pour moi. C'était la phrase de Kang Jung. Janson avait parcouru toute la planète, il s'était impliqué dans la vie des autres pour expier ses crimes passés – et pourtant c'était une phrase qu'il aurait pu dire.

Tristement, dans l'obscurité, il sourit. Il avait encore du mal à croire ce à quoi il avait assisté *via* son

BlackBerry une heure plus tôt seulement. En voyant la gamine se ruer sur l'agent expérimenté, Janson avait été sûr que le combat finirait par la mort de la plus jeune. Mais Kang Jung avait étranglé la femme avec une rare précision. Mettant à profit, sans doute, ses cours d'anatomie plus qu'autre chose, elle avait serré le cordon USB autour de la trachée pendant trois minutes pleines durant lesquelles la femme avait bien failli la faire tomber de son dos plusieurs fois. Elle avait collé ses jambes contre la poitrine de la femme et gardé sa tête à distance comme une professionnelle, jusqu'à ce que sa proie perde connaissance. En fait, Janson l'avait presque crue morte – jusqu'à ce que Kang Jung se redresse, et, après avoir essuyé la sueur coulant de son front, se penche sur le corps de la femme pour évaluer son pouls.

— Inconsciente, avait-elle dit les yeux sur la caméra, mais son cœur bat. Qu'est-ce que je dois faire, maintenant ?

Janson l'avait aussitôt appelée. Elle devait se mettre en sécurité, lui avait-il dit sitôt qu'elle avait décroché – des complices l'attendaient sans nul doute en bas et au bout d'un certain temps, ils finiraient par monter voir ce qui se passait.

— Tu ne peux pas prendre les escaliers, avait-il ajouté. Tu as des voisins qui ont des armes à feu ?

— C'est Séoul, ici, pas le Texas.

— OK. Est-ce que tu as au moins un voisin en qui tu peux avoir confiance ?

— Pas sur des questions de vie ou de mort. On ne peut pas compter sur les gens, d'une manière générale. Attendez. Je crois que j'ai la cachette idéale.

D'abord réticent, Janson lui intima de s'y rendre aussi vite qu'elle le pourrait une fois qu'elle lui eut tout expliqué.

— Emmène ton téléphone, lui-dit-il, mais enlève la batterie, juste au cas où tu serais surveillée. Ne remets la batterie que pour vérifier si tu reçois un message de ma partenaire Kincaid ou de moi. Ne la laisse jamais dans l'appareil plus de soixante secondes.

— Très bien, dit-elle.

— Jung ? ajouta-t-il avant de raccrocher. Tu as fait un sacré boulot. Merci.

— Ce n'est rien du tout, répondit-elle, et elle rac-crocha aussitôt.

Puis Janson appela Kincaid sur le téléphone de Park Kwan pour lui donner les coordonnées de l'appartement où se cachait Kang Jung.

— Comment peut-elle être absolument certaine qu'il est vide ? demanda-t-elle.

— Elle a des caméras cachées dans toutes les pièces. Les images arrivent directement sur son iPad Mini dont elle ne se sépare pas.

— Des caméras ? fit Kincaid. Pourquoi est-ce qu'elle a des caméras planquées chez le voisin ?

— Parce que, en plus d'être un hacker extraordinaire et un bandit mondialement connu sur le net, elle est un peu milicienne sur les bords. En piratant l'ordinateur de son voisin, elle est tombée sur des images pédo-philes. Elle pense que c'est un prédateur sexuel, elle le surveille. Le type est en vacances avec un ami à lui. En Thaïlande.

— Super.

— On s'occupera de ça plus tard. Pour l'instant, il faut que tu ailles la chercher et que tu la mettes en sûreté.

Janson poursuivait son chemin dans la puanteur du tunnel. De temps à autre, des haut-le-cœur l'obligeaient à s'arrêter. En plus de la claustrophobie, rampant durant des heures, il avait affronté toutes sortes de bestioles écœurantes – des rats, des cafards, des trucs innommables qu'il n'avait pas cherché à identifier.

Tout ça pour aller dans le pays le plus inhospitalier du monde.

Tout ça pour me faire sans doute prendre ou tuer.

Janson préférait de loin la dernière option à la première. Se faire enfermer dans un goulag où il passerait ses jours et ses nuits à prier – à supplier – qu'on le tue était hors de question. Il ne pouvait revivre ce qu'il avait subi à Kaboul.

Pour chasser ses idées noires, il passa en revue les circonstances historiques qui avaient présidé à la création de ce trou noir sorti des enfers où il se trouvait.

La Zone démilitarisée, une bande de terre longue de deux cent cinquante kilomètres et large de quatre, coupait la péninsule de Corée en deux et servait de zone-tampon entre le Nord et le Sud. Chaque camp y avait disposé barbelés, champs de mines, fossés antichars, ainsi que des armées entières prêtes à en découdre, faisant de la Zone démilitarisée la frontière la plus lourdement armée de la planète. En clair, c'était une poudrière en attente de l'étincelle.

Au cours des soixante dernières années, depuis la guerre de Corée, l'explosion avait failli se produire plusieurs fois au rythme des nombreux incidents et incursions qui s'y produisaient. Dans les années 60, des escarmouches avaient fait plus de mille morts, répartis de façon à peu près égale entre les deux camps. Les tunnels d'infiltration construits par le Nord avaient été découverts au cours de la décennie suivante. Il était prévu d'y faire passer des tanks et des troupes entières – ce qui se serait produit s'ils n'avaient pas été découverts.

Les négociations de paix avaient toutes échoué. Le Sud demandait de la part de son voisin des réformes qui ne pouvaient qu'engendrer la chute du régime mis en place par Kim pour contrôler son peuple. Le Nord, pour sa part, avait besoin d'assistance dans toutes sortes de domaines. Il était prêt à prendre ce qu'on lui donnerait mais sans rien céder en retour. Même lors de la terrible famine qui avait fait des millions de morts, le Nord était resté belliqueux et avait poursuivi ses recherches pour l'obtention de la bombe atomique. Les tirs de missiles n'avaient pas ralenti malgré les sanctions économiques qui conduisirent le pays à l'isolement complet et au bord de la ruine. Pendant ce temps, le Nord, prenant ombrage des exercices militaires communs mis en place entre le Sud et les USA, se mit à attaquer régulièrement les régions dépeuplées de la ZDM dans une vaine tentative pour y mettre fin.

La chute du régime nord-coréen semblait inévitable, même pour son plus proche allié, la Chine. Pourtant, personne ne semblait s'y préparer. Même les politiciens du Sud affichaient de la réticence face à l'idée de la réunification. Ils évitaient le sujet face aux médias, comme pendant leurs campagnes électorales, ou, lorsqu'ils l'abordaient, se contentaient de mentionner les sacrifices qu'un tel changement entraînerait pour la population.

Janson rampait depuis plusieurs heures. L'adrénaline qu'avait fait monter l'attaque du Freedom Village s'était dissipée depuis longtemps pour faire place à l'épuisement. Ses membres menaçaient de lâcher à tout instant. Le souffle court, il crut qu'il allait manquer d'air. L'anxiété le rongeait de l'intérieur.

Il avança.

Il n'était plus sûr de rien, étant donné les derniers événements, et moins encore de savoir en qui il pouvait placer sa confiance. Cependant, il savait une chose – une seule peut-être mais elle était fondamentale. S'il mourait dans ce tunnel, il mourrait pour une noble cause. Cela suffisait à le faire avancer.

— Comment ça, vous ne savez pas où il est ?

Edward Clarke n'arrivait pas à le croire. À l'autre bout de la ligne, Vik Pawar resta silencieux.

— Ce n'est pas une question rhétorique ! hurla Clarke. Il se souvint qu'il lui fallait être prudent avec Pawar. C'était son représentant en Corée. Le seul agent à connaître les détails de l'opération Diophantus – à lui seul, il pouvait la faire réussir ou échouer.

— Je vous ai dit ce que je savais, monsieur. Manningham est entré, et nous avons coupé le contact radio, comme on nous l'ordonnait. J'étais positionné dans une structure voisine donnant sur les fenêtres de Trotter que je pouvais voir depuis la lunette télescopique de mon arme. Au bout de quinze minutes, il y a eu du mouvement à la fenêtre, mais je n'ai pas pu distinguer de qui il s'agissait, et je n'ai donc pas tiré. Puis Manningham est passé par la fenêtre.

— Il a sauté ?

— Je l'ignore, monsieur. C'est ce que j'ai d'abord cru, parce que quelques secondes plus tard, la maison a explosé. Mais à la façon dont il est tombé, je dirais qu'il devait être inconscient. Il n'y avait que deux étages, et il a atterri comme s'il avait sauté de l'Empire State Building.

— Vous pensez que Trotter l'a eu ?

— Il n'y avait que lui dans la maison, monsieur.

Clarke dut se retenir pour ne pas cogner le récepteur contre son bureau.

— Qu'est-ce qui s'est passé après l'explosion ? fit-il, les dents serrées par la frustration et la rage. Où se trouvait Trotter ? Vous êtes sûr qu'il n'était pas dans la maison ?

— Pratiquement certain, monsieur. Un matelas a été trouvé sur le sol côté est de la maison. Il était en bonne condition, ce qui signifie qu'il n'a pas été projeté dehors par le souffle de l'explosion. Le plus probable est que Trotter s'en soit servi pour sauter juste à temps.

Quel salopard. C'est Sandy qui avait raison, Janson est un putain de golem. Un monstre.

Clarke se surprit à se ronger l'ongle du pouce, une habitude qu'il avait abandonnée des années plus tôt.

— Et aucune information sur sa destination ?

— Pas la moindre, monsieur.

Sans un mot de plus, Edward Clarke changea de ligne pour parler avec Max Kolovos.

— Où en étions-nous ? fit-il.

— Comme je viens de vous le dire, monsieur, j'ai trouvé Nika dans la chambre de la gamine. Il m'est apparu qu'elle avait été étranglée. J'ai pris son pouls et constaté qu'elle était toujours vivante. Je l'ai sortie de la chambre jusque dans le couloir, qui était vide, et j'ai pratiqué une réanimation cardio-pulmonaire. Elle est toujours inconsciente.

— Est-elle avec vous ?

— Non, elle est avec l'agent fourni par le petit homme.

Nam Sei-hoon, le petit saligaud. S'il n'avait pas aidé Janson à nous semer, Janson serait déjà mort. Mais non, bien sûr, il fallait qu'il sauve les apparences.

Et voilà que, pour tout arranger, Nam Sei-hoon avait laissé son agent se faire à demi buter par une ninja poids-plume de douze ans et demi.

— Et la fille, dit Clarke. On sait où elle est ?

— On a étrillé toute la zone, monsieur. Aucune trace. Un fantôme.

Un fantôme. Voilà le genre de conneries que je dois avaler.

— Max ? Laissez-moi vous confier un secret. Ce n'est pas un putain de fantôme. C'est une gosse. Trouvez-la !

— Oui, monsieur.

Clarke était sur le point de raccrocher quand il se souvint de quelque chose que Max lui avait dit juste avant qu'il prenne l'appel de Vik Pawar.

— Attendez une seconde. Vous avez dit quelque chose, tout à l'heure à propos de l'ordinateur de la gamine. Il était allumé, c'est ça, avec une adresse web sur le moteur de recherche ?

— C'est exact, monsieur. La page d'un lieu appelé Everland Resort. Apparemment un parc nautique à quarante kilomètres au nord de Séoul.

— Au nord ?

— Oui, monsieur.

— C'est peut-être l'indice que nous cherchions. Continuez à chercher la fille. Je vais appeler le petit homme et voir si Nika récupère. Elle nous dira peut-être ce qu'elle foutait à surfer sur le net à la recherche d'un parc d'attractions au lieu d'interroger une putain d'écolière.

26

*Quartier général de l'Intelligence Service
Naegok-dong, Seocho-gu, Séoul.*

Nam Sei-hoon arriva dans son bureau avant l'aube, ce qui était dans ses habitudes. Il parut à ses collègues d'humeur sinistre, ce qui leur était tout aussi coutumier. En apparence, en fait, il n'y avait pas grand-chose de notable chez Nam Sei-hoon, ce matin-là. Mais intérieurement, il bouillait d'une véritable furie.

Comment l'Américain avait-il pu être aussi stupide ?

Même s'il était le seul dans ce cas dans tout Washington, Edward Clarke connaissait les enjeux de l'opération. Et pourtant, au cours des dernières soixante-douze heures, il avait fait une erreur après l'autre. Tout d'abord, l'émissaire des États-Unis avait laissé la traductrice Lynell Yi écouter par mégarde une conversation concernant Diophantus. Puis, alors que Clarke avait assuré à Nam qu'il gérait ce qui apparaissait comme un problème mineur – et durant quelque temps, Nam n'y avait plus repensé –, le petit ami de la traductrice, avec qui elle vivait, s'était révélé être le fils d'un sénateur américain et, surtout, un activiste dont la mission première tendait à disséminer sur le net les secrets d'État. Très bien, s'était dit Nam, ça peut encore s'arranger. Sauf que l'assassin envoyé par Clarke n'avait éliminé la fille que pour mieux laisser filer son petit ami, en d'autres termes le principal danger. Et Nam n'avait toujours pas d'explication plausible à ce ratage. Un agent des Opérations consulaires dépassé par deux adolescents coincés dans un *hanok*? Ce n'était pas crédible. Nam aurait donné beaucoup pour savoir ce qu'il s'était réellement passé dans cette chambre.

En attendant, Clarke s'était engagé à retrouver le gosse et à le faire disparaître avant qu'il ne cause des dommages irréversibles à l'opération. Mais ce dernier avait disparu dans les airs – et nul autre que Paul Janson avait été engagé par son père pour le retrouver. Nam s'était alors dit – s'efforçant de transformer un nouveau problème en avantage – que sa longue amitié avec Janson lui permettrait de contrôler la situation au moins dans une certaine mesure. Et le fait est que Janson l'avait contacté et avait demandé à le voir pratiquement dès son arrivée.

Tout ce que Clarke avait à faire était de trouver le gamin. La visite de Janson à Séoul n'aurait alors pas lieu de s'éterniser. Dans l'intervalle, il suffirait à Nam de sauver les apparences. Refuser de l'aide à Janson était hors de question, et il ne pouvait pas non plus bâcler les choses sous peine de se trahir, car Paul Janson était un espion brillant et, si Nam Sei-hoon se mettait en tête de saboter sa mission dès le début, il comprendrait tout de suite ce qui se tramait.

C'est alors que Nam avait été le témoin d'une nouvelle série de faux pas de la part de Clarke. Il y avait eu cette tentative bâclée pour éliminer l'associée de Janson, la sniper Jessica Kincaid. Et toujours aucune nouvelle du gosse. *Quelle incompétence.* Et pourtant à qui Clarke faisait-il porter le chapeau ? Carrément à Nam Sei-hoon lui-même. Et cela pour l'unique raison qu'il avait fourni de l'aide à Janson, utilisant des moyens dignes d'un vieux roman d'espionnage pour échapper à sa surveillance. Et qu'aurait-il dû répondre quand Janson lui avait demandé cette faveur ? *Désolé Paul, mais je manque de personnel, c'est la saison de la grippe ?* Absurde.

Sauf que non, Clarke avait quelque chose de plus sinistre et de plus absurde encore en tête. Il pensait que Nam aurait dû envoyer l'un de ses hommes tuer Janson. Lui foutre une balle dans le crâne à l'arrière de l'un de ces taxis. Mais Nam n'était en rien responsable de cette situation désastreuse. Tout était la faute des Américains. Pour quelle raison aurait-il ordonné l'exécution de son vieil ami, un homme avec qui il avait partagé le pain plus souvent qu'il ne pouvait s'en souvenir ? Si Clarke voulait faire tuer Janson, il n'avait qu'à s'en charger, cette espèce de couard.

Déjà, Nam Sei-hoon s'était vu forcé de faire un certain nombre de choses pour le moins discutables. Celle qu'il regrettait le plus était d'avoir laissé tomber la fillette, Kang Jung. Il avait obtenu de Clarke la garantie qu'il ne lui arriverait rien, mais sa parole ne valait rien, pas même quand elle engageait des questions de vie et de mort. Nam le savait depuis le début : il ne pouvait se fier à Clarke que dans la mesure où les intérêts de leurs pays respectifs coïncidaient.

Il soupira. À ce stade, il savait que Paul Janson, un homme qu'il considérait comme son fils adoptif, allait devoir mourir. Et, à n'en pas douter, Nam regretterait profondément sa perte. Mais l'avenir de la péninsule coréenne était en jeu, rien de moins. Si Paul et une gamine de 13 ans devaient lui être sacrifiés – eh bien ainsi soit-il. Bien d'autres vies seraient perdues encore avant que tout ne soit fini. Aucune, cependant, ne serait perdue en vain. Nam s'en assurerait.

Il se connecta à une ligne sécurisée et composa le numéro d'Edward Clarke à Washington.

— Avez-vous localisé Janson ? demanda-t-il.

— Pas encore. Mes hommes ont fouillé tout Daeseong-dong sitôt après l'explosion. Nous surveillons maintenant notre ancien agent Jina Jeon au cas où Janson tâcherait d'entrer en contact avec elle. Mais c'est improbable.

— Pourquoi improbable ? Vous ne m'avez pas dit qu'ils étaient amants ?

— Si. Mais Janson est susceptible de croire qu'elle l'a trahi.

Bien, pensa Nam avec soulagement. Mieux vaut qu'il dirige ses soupçons sur elle plutôt que sur moi. Il ne put retenir un frisson en songeant à ce qui se passerait dans le cas contraire.

— Et la fillette coréenne à Itaewon ? demanda-t-il.

Clarke hésita.

— Nous ne l'avons pas localisée.

De nouveau, Nam fut soulagé.

Tandis qu'il attendait la suite, Clarke toussa violemment dans son oreille. *Quel type ignoble*, songea Nam.

Quand Clarke parla de nouveau, sa voix parut lasse et résignée.

— J'ai peur d'avoir d'autres mauvaises nouvelles à vous apprendre. Mais commençons par les bonnes. Comme vous le savez, nous avons récupéré l'ordinateur portable de la fille.

— Continuez.

— La dernière page ouverte était celle d'un site Internet, Everland Resort, un parc d'at…

— Je connais l'endroit.

— Eh bien, l'agent que nous avons envoyé pour l'interroger dit que la fille lui a donné l'endroit où se trouve Gregory Wyckoff. Elle affirme qu'un bâtiment souterrain dans le parc d'attractions est utilisé par *Hivemind* et que *Hivemind* cache Wyckoff là-bas.

— C'est probablement la chose la plus stupide qu'il m'ait été donné d'entendre.

— Eh bien, j'ai envoyé deux de mes agents…

— Rappelez-les. C'est une perte de temps. C'est tout simplement faux. La gamine a menti à votre agent. Elle ne lui a pas seulement donné une leçon de combat, elle s'est aussi montrée plus maligne qu'elle. Et que vous. À 13 ans.

Nam pouvait entendre Clarke respirer lourdement dans l'écouteur. Il essayait manifestement de contenir sa colère.

— Bien, dit finalement Clarke. Peu importe. L'autre mauvaise nouvelle est que cette jeune demoiselle a récemment consulté une page Wikipédia.

— Et?

— La page de Diophantus.

Une pleine minute de silence suivit.

Puis Nam fut le premier à parler.

— Si Janson et ses... assistants se servent de Wikipédia pour découvrir le sens du nom Diophantus, cela signifie qu'ils n'ont pas d'information solide. Du moins pas encore.

— Ce n'est pas si simple, malheureusement.

— Comment cela ?

— Apparemment, le fils Wyckoff est encore plus malin que nous ne le pensions. Il a laissé un message sur la page Wikipédia. Un message codé. La gamine l'a trouvé.

Le ventre de Nam se crispa.

— Quelle est la nature de ce message, Clarke ?

— Nous ne savons pas vraiment ce qu'il signifie. *Contact Yun Jin-ho, RDPK.*

La pression lui monta à la gorge et Nam resta muet.

— Vous allez bien ?

Il ne répondit pas. Son espion Yun Jin-ho n'était d'aucune manière impliqué dans Diophantus, du moins pas à sa connaissance. Mais alors, pourquoi le gamin avait-il écrit un tel message ?

Nam fixa le téléphone sur son bureau. Il ne pouvait pas joindre Yun Jin-ho ; ils avaient planifié leur prochain échange dans quatre-vingt-dix jours seulement.

Soudain, la panique lui tomba dessus comme la foudre. *Yun Jin-ho est-il sous mon contrôle ?*

— Est-ce que ce nom vous dit quelque chose ? fit la voix de Clarke dans l'écouteur.

— Il va falloir que je me renseigne avant de revenir vers vous.

220

Il était sur le point de raccrocher quand :

— Il y a autre chose.

— De quoi s'agit-il, Clarke ?

Tout ce qu'il voulait en cet instant c'était raccrocher et se rincer la gorge avec un verre d'eau glacée.

— Nous avons trouvé une information dans l'ordinateur de la fille.

— Laissez-moi deviner. Une photo de nous deux en train de pêcher sur le Potomac dans un bateau baptisé *Diophantus*.

— Non, mais c'est du même ordre.

Nam se sentit pris de vertige.

— Un lien qui renvoie à un *chat live* filmant ce qui s'est passé dans la chambre à partir du moment où notre agent est entré. Nous supposons que le lien a été envoyé à Janson.

Nam réfléchit un moment. *Janson sait qu'ils ont découvert Kang Jung ?* La seule façon pour les Opérations consulaires de savoir que la fille aidait Janson l'impliquait lui, directement – lui qui avait reçu l'information de son unité de cyber-intelligence qui contrôlait le protocole de communication de Cy. *Et je m'en suis vanté devant Janson*, pensa-t-il, tandis que son vertige cédait la place à une colère brute.

— Trouvez Janson ! hurla-t-il dans l'appareil. Trouvez-le tout de suite, Clarke. Trouvez la Machine avant qu'il ne me trouve !

27

Zone démilitarisée, côté Nord
République démocratique populaire de Corée

Janson émergea du tunnel juste avant l'aube, bras et jambes crottés de boue séchée et le visage aussi noir que les parois. Bien qu'il pût à peine distinguer quoi que ce soit dans le brouillard, il eut une bouffée de joie au seul fait de respirer l'air du dehors. Il se mit à ramper sur les coudes dans l'herbe épaisse et humide. Il se redressa lentement, geste après geste, pour se découvrir perclus de douleur. Sa tête pesait des tonnes, il avait besoin de sommeil. Mais impossible de se reposer ici. S'il était repéré il serait abattu sans autre forme de procès ou, pire, envoyé dans un camp de travail pour le restant de ses jours.

Le repos attendrait.

Mais se mettre en marche n'était pas moins dangereux. Il pouvait à tout instant heurter une mine ou, enveloppé dans le brouillard opaque, avancer droit sur des barbelés électrifiés qu'il distinguerait trop tard. Une balle pouvait également lui transpercer la gorge d'un moment à l'autre.

Il était en territoire ennemi.

Il se baissa pour se faufiler entre les herbes, avan-çant aussi vite que possible et guettant les mines. La brume rendait l'exercice encore plus difficile. Mais, s'il ne parvenait pas à distinguer quoi que ce soit au-delà de quelques centimètres, cela signifiait que les soldats nord-coréens ne le repéraient pas non plus et cette pen-sée le rasséréna quelque peu. Pour n'importe quel sni-per il était invisible – un spectre.

Sûrement pas le seul fantôme à tracer son che-min péniblement dans les hautes herbes de la Zone, pensa-t-il.

Malheureusement, le brouillard l'empêchait de savoir dans quelle direction il se dirigeait. Les vents givrants venus de Sibérie l'obligeaient à avancer les yeux plis-sés, à demi fermés, réduisant encore son champ de vision. Il n'avait qu'à avancer tout droit mais, par ce temps, même quelque chose d'aussi simple devenait une épreuve.

Il grinça des dents. Son visage noirci était déjà gelé. Il allait devoir faire attention aux engelures. Les enge-lures menaient aux amputations – des doigts, des orteils, des oreilles ou du nez. Il ramena son bonnet de ski sur son front, plongea le visage dans son manteau noir et avança.

Il cherchait Reunification Highway, autrement connue sous le nom de Pyongyang-Kaeson Motorway. La distance entre la ZDM et la capitale était d'environ deux cent quatorze kilomètres – bien trop longue pour être parcourue à pied. Janson avait besoin d'un véhi-cule. Ensuite, il serait temps de se soucier des nombreux *checkpoints*, pièges et fossés antichars disséminés le long de l'autoroute.

Il y eut un bruit au loin, il se colla au sol, l'oreille tendue. Ça ressemblait à un moteur, mais il était certain de ne pas être assez proche de l'autoroute pour percevoir la circulation. Ce qui signifiait que le moteur devait appartenir à un véhicule militaire en patrouille.

Sans cesser d'écouter il avança de quelques centimètres. Le véhicule venait de l'est, se dirigeait vers l'ouest à une vitesse d'environ vingt kilomètres à l'heure.

Il prit ses jumelles et finit par l'apercevoir, juste à l'instant où il freinait et s'arrêtait. De là où il se trouvait, cela ressemblait à une Jeep, de couleur kaki, et probablement aussi vieille que la Zone elle-même. Il crut apercevoir au moins deux soldats à l'intérieur.

En tout cas, il n'y a pas de mines, songea-t-il. Sauf bien sûr si les soldats coréens eux-mêmes en étaient parfois les victimes. C'était une possibilité vu le peu que l'on pouvait connaître du pays. *Un trou noir du Renseignement*, lui avait dit Jina.

Janson vit les soldats sortir de la Jeep – un de chaque côté. Chacun des hommes portait ce qui ressemblait à une AK-47 de fabrication chinoise. Le brouillard commençait à se lever. Pour le meilleur et pour le pire, Janson allait devoir agir plus vite qu'il ne l'avait anticipé.

Il saisit son sac et se mit à assembler son M110. Puis observa la zone avec le viseur télescopique. Il aperçut l'un des soldats négligemment posté derrière la Jeep et se mit aussitôt en quête du second.

Il n'était plus visible.

Où es-tu passé ? Pourquoi as-tu disparu, Bon Dieu ?

Avant même d'avoir fini de se poser la question, son instinct l'avertit. Il avait été repéré. Il tint son fusil fermement, roula à gauche, tandis que des morceaux de terre et d'herbe se mettaient à voler autour de lui. Le bruit d'une AK-47.

Ignorant les douleurs qui ne l'avaient pas quitté depuis qu'il était sorti du tunnel, Janson se dressa et se mit à courir.

Jetant un regard derrière lui de temps à autre pour déterminer d'où venaient les tirs, il traçait sa route en zigzag, traversa l'étendue de terre à découvert vers le sud-est, en direction d'un taillis qu'il avait aperçu. Retourner dans le tunnel aurait été un suicide, avait-il conclu après quelques secondes de débat intérieur, quand bien même l'endroit lui aurait fourni le meilleur abri.

Il courait sans même espérer éviter les mines. Chaque fois que ses bottes de combat heurtaient le sol, c'était une nouvelle occasion de déclencher l'explosif. Chaque fois qu'il levait le pied, il pariait sa vie sur le pas suivant.

Les tirs étaient frénétiques mais désorganisés. Une douzaine de balles passèrent en sifflant à quelques pas, mais la plupart n'approchaient même pas leur cible. Le brouillard l'aidait. Il n'était plus un fantôme, mais pas encore suffisamment consistant pour se changer en proie.

Au bout de quelques minutes, les tirs se firent plus espacés. Il ralentit, avec l'idée de plonger dans l'herbe et de se positionner, fusil en main, dans l'attente que les soldats se montrent. C'est alors qu'il entendit le moteur qui démarrait. Il reprit sa course.

Il atteignit les taillis avec soulagement. Il n'était pas encore en sécurité, mais du moins les arbres l'aideraient à ralentir les soldats et, avec un peu de chance, la partie serait dès lors plus égale.

Il vérifia le chargeur sans cesser de surveiller la zone au-delà des arbres, surpris de constater à quel point il était proche de la frontière. Dans le lointain, il pouvait même distinguer la haute barrière de métal surmontée des rangées de barbelés.

Merde. Un tir en provenance des soldats venait d'exploser l'écorce d'un arbre à quelques centimètres de lui. Aussitôt, Janson laissant tomber son M110 sortit son Beretta. À travers les brumes, il tira une fois en direction des soldats, puis fila vers la frontière électrifiée.

Des deux côtés, l'herbe qui entourait le grillage arrivait à hauteur de poitrine.

Janson tira plusieurs coups de feu en position instable puis plongea à couvert derrière une épaisse souche à mi-chemin entre le grillage et la forêt.

Durant plusieurs minutes, l'air environnant se fit parfaitement calme, silencieux, tandis que les soldats cherchaient leur cible.

Change le chasseur en chassé, pensa-t-il. Il respirait lourdement. *Change le prédateur en proie.*

Le silence se prolongeait, étrange et absolu. Janson étouffa une toux. L'air confiné du tunnel pesait encore au fond de ses poumons comme une moisissure.

Allez. Faites un bruit, n'importe quel bruit que je sache où vous êtes.

Toujours rien sinon le silence – le silence et sa respiration haletante.

Patience, pensa-t-il. *Patience.*

Il attendait dans l'herbe humide et froide.

28

À l'extérieur du 322 Sowol-ro
Yongsan-gu, Séoul

Depuis la rue, Sin Bae surveillait l'Américaine qui, escortant la fillette, passa les portes de l'hôtel Grand Hyatt de Séoul. Il sortit son téléphone de sa poche. Il allait devoir contacter Ping pour obtenir des informations sur l'établissement. Dans l'intervalle, comme il ne pouvait rester exposé dans la rue, il se mit en marche vers l'immeuble cossu qui surplombait la chaussée.

À ce qu'on lui avait dit, la fillette s'appelait Kang Jung. Treize ans, le visage aussi pur que celui de la sœur de Sin Bae, Su-ra, au même âge – c'était il y a si longtemps. Sin Bae regrettait d'avance ce qu'elle allait devoir subir. Elle allait mourir par sa faute, et il n'avait d'autre choix que de l'accepter.

Il aurait suffi qu'il réussisse à se débarrasser de Gregory Wyckoff le soir où il avait éliminé l'interprète à la Sophia Guesthouse, et la fillette ne se serait jamais retrouvée impliquée dans cette histoire. Elle n'a rien à faire ici, pensa Sin Bae avec une sorte de tristesse, elle devrait être en classe.

Par association d'idées, il se revit avec sa sœur dans le camp de travail de Yodok où l'école ne ressemblait en rien à ce qu'ils avaient connu à Pyongyang. À Yodok, les profs se conduisaient en sadiques. Dans des classes surpeuplées, les élèves tombaient littéralement de leurs chaises, frappés d'inanition. Il avait vu certains gamins devenir fous.

L'école à Yodok avait été un lieu de terreur pure. La saleté s'accrochait aux cheveux des gamins, couverts de puces et de poux. Il n'y avait de savon nulle part, pratiquement pas d'eau. Tout le monde était dans un état de faiblesse lamentable, la plupart perdaient leurs dents.

Après une demi-journée de classe, sous la menace constante de gardes en armes, Sin Bae et sa sœur étaient soumis aux corvées. Il devait couper le bois, ramasser les bûches, s'occuper du maïs, et tailler les herbes, tandis que, à l'autre bout du camp, Su-ra travaillait à la chaîne dans un atelier délabré tout l'après-midi jusqu'au soir. Tout le monde à Yodok travaillait de force, même les vieillards – même les enfants, et pour beaucoup, le travail équivalait à une sentence de mort.

Mais Sin Bae était fort. Il supportait le travail, il supportait les réprimandes constantes des profs, il supportait même les roustes occasionnelles et les conditions d'hygiène écœurantes. Il n'y avait guère qu'une chose qu'il ne supportait pas, c'était d'être séparé de sa sœur.

Sin Bae n'attendit que quelques minutes devant l'immeuble avant qu'un jeune homme qui en sortait ne lui tienne la porte. À l'intérieur, il se dirigea immédiatement vers les escaliers et, une fois au onzième, se posta devant la petite meurtrière creusée dans la porte de métal rouge sombre. Il était à peine plus de 7 heures du matin et la plupart des habitants de l'immeuble partaient au travail. Depuis la cage d'escalier, Sin Bae surveillait le couloir pour voir quel appartement côté sud – le côté qui faisait face au Hyatt – se viderait le premier.

Au bout de dix minutes d'attente, un jeune couple sortit de l'un d'eux, ferma la porte à clé, avant de disparaître dans l'ascenseur. Il pénétra dans le couloir, s'approcha. L'aboiement de ce qui devait être un petit chien, de l'autre côté de la cloison, le fit hésiter un instant. Il ne souhaitait pas tuer l'animal. Mais il savait qu'il lui serait impossible de se concentrer s'il était parasité par l'agitation d'un chien, même enfermé dans une pièce.

Il se mit à écouter attentivement. Au bout de quelques secondes, il conclut que les aboiements devaient provenir de l'appartement qui se trouvait de l'autre côté du couloir. Il sortit un crochet de sa poche.

Sin Bae pénétra dans l'appartement 11-E, verrouilla derrière lui, se dirigea droit sur la baie vitrée qui faisait face à l'hôtel. Il repoussa les rideaux épais, sortit une petite paire de jumelles de sa veste et se concentra sur le bout de trottoir devant l'entrée.

Sans relâcher sa surveillance, il appela Ping. Puis, au bout de quelques minutes, il aperçut l'homme de dos, et se dit d'abord qu'il hallucinait. Il s'y reprit à deux fois, se concentra sur la tonsure au sommet du crâne. L'homme, maintenant, tournait la tête à droite puis à gauche pour observer les lieux. Mais il ne pouvait pas y avoir d'erreur. Pour improbable que cela soit, le type d'âge mûr au cou épais qu'il venait de repérer était le

Coréen ventripotent avec lequel Jessica Kincaid avait dansé deux nuits plus tôt au T-Lound. L'homme qui avait distrait Sin Bae de sa mission et permis à Kincaid de s'échapper.

L'homme qui, réalisa-t-il, était responsable du fait qu'il allait devoir assassiner la fillette qui ressemblait tant à sa sœur.

Il ferma les yeux. Quelque chose de l'ordre de la colère monta dans la poitrine de Sin Bae.

Kincaid sortait de la salle de bains lorsqu'elle entendit frapper à la porte de la chambre d'hôtel.

Après avoir jeté un coup d'œil au judas elle défit la chaîne, repoussa le verrou, et ouvrit pour laisser entrer Park Kwan.

— J'ai peut-être une piste, commença-t-il tout de suite en souriant.

— Quel genre de piste ? demanda-t-elle aussitôt. Fiable ?

Son sourire s'élargit.

— Aussi fiable que peut l'être un système de reconnaissance faciale.

Les yeux de Kincaid s'agrandirent d'horreur.

— Vous n'avez parlé à personne au sein de votre département, j'espère ? Je vous ai…

— Non non, l'interrompit-il, la main levée comme en défense, si bien que Kincaid se sentit aussitôt coupable de l'avoir agressé. Ça n'a rien à voir. Je suis passé par un service privé.

Kang Jung, qui avait assisté à l'échange depuis la table de la chambre où elle examinait le menu du room-service, leva la tête :

— Le centre commercial de l'International Finance Center ? fit-elle.

— Exactement, répondit Park Kwan avec un geste de la tête en direction de la fillette, qui se leva.

— Mais au centre commercial, les guichets électroniques ne peuvent faire mieux qu'estimer l'âge et le sexe d'un individu. Deux millions de personnes y passent tous les mois et la plupart ont probablement l'âge de Gregory Wyckoff. Comment cela peut-il nous aider ?

— Le programme est plus sophistiqué que les propriétaires du centre commercial ne veulent l'admettre, répondit Kwan. Il se tourna vers Kincaid. En Corée du Sud, voyez-vous, les lois sur la vie privée interdisent aux compagnies de collecter des informations personnelles sur les clients sans leur consentement. Ils ne peuvent pas reconnaître qu'ils enregistrent leurs images, sans s'exposer à des problèmes légaux. En pratique, cependant…

— C'est Big Brother, fit Kang Yung d'un air sombre. Quels salauds. Ils vont voir comment je les hacke, ils ne perdent rien pour at…

— Du calme, petite fille, dit Park Kwan, levant la main une nouvelle fois. Ne perdons pas de vue les priorités.

— Dites-nous ce que vous avez découvert, fit Kincaid.

Park Kwan s'éclaircit la gorge et reprit sur un ton plus professionnel.

— Jung a raison. Ce qu'il y a derrière le système de reconnaissance faciale du centre commercial, c'est un projet marketing qui prévoit d'estimer l'âge et le sexe des clients pour les annonceurs. Mais comme je viens de le dire, ce système est en réalité bien plus performant. Il se trouve que j'ai une amie qui travaille au sein de la société qui l'a mis au point. Elle sait que je cherche à quitter la police et elle m'a recommandé pour un job dans l'équipe de sécurité. J'ai passé les entretiens, tous les tests. Mais, et je suppose que ça n'aurait pas dû me surprendre, la compagnie fait filer ses candidats à l'embauche par une batterie de détectives qui sont chargés d'enquêter sur leur vie privée. Ils veulent s'assurer qu'ils n'embauchent pas de victimes potentielles de chantage. C'est compréhensible, vu la nature de leurs activités. Ils ne veulent pas voir des informations confidentielles vendues à la concurrence ou se retrouver dans la presse.

« Dans mon cas, poursuivit Kwan solennellement, ils ont découvert mon penchant pour l'alcool. Ils ont craint que cela ne me conduise à divulguer leurs secrets commerciaux. Il jeta un regard d'un côté puis de l'autre. Ce que je suis précisément en train de faire en ce moment, j'imagine. Puis, haussant les épaules : Sauf que je suis aussi sobre qu'il est possible de l'être.

— Mais s'ils ne vous ont pas pris…, commença Kang Jung.

Park Kwan se tourna vers elle.

— L'amie qui m'a recommandé, fit-il, penaud. Elle partage mon goût pour les spiritueux, si vous voulez.

— Fort bien, fit Kincaid, pressée d'avancer. Quand le programme a-t-il identifié Gregory Wyckoff dans le centre commercial ?

— Le matin de sa disparition.

— Et merde. Ça ne nous aide pas du tout. Il pourrait être n'importe où à l'heure qu'il est.

— Laissez-moi finir.

Il expira lourdement, puis gonfla la poitrine.

— Ce n'est pas le fait qu'il ait été identifié, qui compte. C'est ce qu'il était en train de faire à ce moment-là.

Kang Jung fit un pas en avant et dit d'une voix calme, presque méditative :

— Il volait quelque chose, n'est-ce pas ?

— Exactement, jeune fille, répondit Park Kwan. Il a subtilisé le *Smartphone* d'une caissière de l'un des kiosques. La fille n'a pas réagi, apparemment elle pense qu'elle l'a perdu. J'ai donc maintenant un signal en triangulation. On devrait avoir sous peu, sinon les coordonnées de Wyckoff, du moins une indication sur la direction qu'il a prise.

— Et aussi la liste des gens qu'il a contactés, dit Kang Jung presque pour elle-même. Peut-être même celle des sites web qu'il a visités.

29

Un soldat allait et venait le long du grillage électrifié ; le second, plus loin, gardait la Jeep. Une neige légère avait commencé de tomber. Dans les hautes herbes, derrière la souche où il s'était mis à couvert, Janson faillit faire usage de son Beretta mais se retint. Il ne voulait pas risquer de révéler sa position au second tireur.

Vif, sur ses gardes, le soldat longeant le grillage empoigna son AK-47 et avança en direction de Janson.

Accroupi, tendu comme un ressort, prêt à bondir, Janson prit une profonde inspiration ; son corps se durcit. Il se préparait à sauter sur l'homme et l'étrangler d'un geste, avant que le second soldat près de la Jeep ne puisse le repérer. Mais à l'instant où il allait bondir, le soldat sentant sa présence vira d'un coup et pointa son arme sur sa tête.

Janson n'hésita pas. Il fondit sur le soldat tel un cobra, saisit le canon de l'arme pour le détourner de son visage. Une salve retentit, trois coups successifs en direction du ciel et Janson comprit qu'il lui fallait agir vite avant que le second soldat n'approche.

Il n'avait plus le temps de l'étrangler. Il pressa ses épaules contre le buste du type, et saisissant l'arrière de ses genoux, il le souleva d'un coup et le projeta contre le grillage. Immédiatement, tout le haut de son corps commença à se convulser. Il hurla. Plusieurs milliers de volts lui traversaient le corps dans des grésillements. Janson ne pouvait rien faire pour atténuer ses souffrances.

Une main sur le visage pour se protéger des éclats et de la puanteur de chair carbonisée, il se pencha pour ramasser la Kalachnikov.

Presque simultanément, le courant fut coupé, le cadavre du soldat s'effondra aussitôt sur le sol gelé, et Janson tourna l'arme en direction de la Jeep qui lui fonçait dessus.

Il retint le tir et plutôt que de se remettre à courir, s'accroupit. Une mince brume s'accrochait encore dans l'air, tel un drap de lit usé séchant au vent. Bien que plus faciles à atteindre, les cibles fixes étaient plus difficiles à distinguer.

La Jeep roulait vers lui mais pas à pleine vitesse. Le chauffeur se méfiait ; il ne voulait pas prendre le risque de précipiter le véhicule contre le grillage.

Et Janson ne le voulait pas non plus.

La Jeep devait rouler à soixante kilomètres à l'heure environ – pas très rapidement mais assez cependant pour rendre difficile tout freinage sur un sol verglacé. Et Janson entendait bien profiter de cet avantage.

Il se dressa pour que le chauffeur le distingue à travers le brouillard et la neige. Quand la Jeep ne fut plus qu'à une centaine de mètres au jugé, il se mit à courir droit dessus avec l'AK-47 du soldat mort à la main.

Instinctivement, le chauffeur ralentit, puis, réalisant son erreur, accéléra.

Janson savait qu'il courait un risque mais c'était sa seule chance. Il attendit que la Jeep fût presque sur lui, fit un mouvement vers la gauche, puis au dernier moment se jeta à droite. Le chauffeur tomba dans le panneau. Il n'avait plus moyen de redresser sa trajectoire. La Jeep dérapa, glissa pendant plusieurs secondes avant de stopper finalement à quelques centimètres du grillage.

Janson, qui avait couru derrière elle, s'arrêta en même temps et, dans un mouvement fluide, planta son pied gauche dans le sol et leva la Kalachnikov. Il pointa l'arme en mode semi-automatique vers la vitre du conducteur, appuya sur la détente. Une courte rafale résonna dans l'air. Il vit le corps du chauffeur basculer sur le volant.

Janson relâcha son souffle, baissa le canon, et courut vers le véhicule tout en priant intérieurement de ne pas l'avoir endommagé.

Il lui fallut un peu plus d'une heure pour sortir le corps de la Jeep, et nettoyer les fragments de crâne et de cervelle à l'aide des rares outils dont il disposait.

Il prit quelques minutes pour souffler, puis il troqua ses vêtements contre des treillis propres qu'il avait dénichés à l'arrière de la Jeep, et ramassa ses armes et son sac. Pour autant qu'il s'en rendit compte, peut-être par peur de ce qui les attendait pour avoir laissé filer un infiltré, les soldats n'avaient pas demandé de renforts.

Une fêlure légère endommageant le pare-brise commençait de s'étoiler. Janson devait avoir quelques heures devant lui avant qu'elle ne s'agrandisse, le forçant à changer de véhicule. Mais pour l'heure, il pouvait voir les champs devant lui avec suffisamment de précision.

Il démarra, passa la marche arrière pour s'éloigner du grillage, puis fit demi-tour et se trouva face au nord. Il y avait tout juste cent kilomètres d'ici à la capitale. Et pas plus d'une armée d'un million d'hommes bénéficiant d'un budget annuel de six milliards de dollars pour tenter de l'arrêter.

Il pressa l'accélérateur, s'enfonça dans la brume.

30

Autoroute de la Réunification,
Kaesong, RDPC

La voiture à l'arrière de laquelle se trouvait maintenant Janson roulait en moyenne à cinquante kilomètres
à l'heure. Moins vite que ce qu'il aurait voulu, mais
bizarrement, cela lui parut agréable. Il faisait largement
au-dessous de zéro dans l'habitacle, mais au moins la
carrosserie le protégeait-elle des vents sibériens. D'un
autre côté sa claustrophobie tenace lui donnait l'impression qu'un nombre infini d'aiguilles lui traversaient le
corps. L'odeur pestilentielle dans laquelle il baignait
était déplaisante mais tolérable – en particulier si l'on
tenait compte du fait qu'il était cerné par des milliers
de repas de fruits de mer congelés bon marché destinés
au complexe industriel de Kaesong.

Conscient qu'il ne passerait jamais le premier *check-*
point, Janson avait abandonné la Jeep sitôt l'autoroute
de la Réunification en vue. Son sac sanglé dans le dos,
il avait pénétrer la forêt dense, à l'est, pour longer la
route dans l'espoir de croiser un véhicule où se cacher.

Mais la circulation vers le nord sur l'autoroute de la Réunification était erratique – et même quasi inexistante. Si bien que, apercevant enfin la petite camionnette blanche arborant un logo de poissonnerie, il s'était jeté sans hésiter sur la route pour lui faire signe.

Le conducteur s'était arrêté sur le bas-côté en apercevant l'uniforme. Sa camionnette affichait des étiquettes sud-coréennes. Le moteur était déjà coupé et il avait ouvert sa portière, lorsqu'il réalisa que l'homme en treillis devant lui n'avait rien de coréen. Janson l'aida à sortir de la cabine et entreprit de le rassurer. Il n'avait rien à craindre. En fait, il était sur le point de faire l'affaire de sa vie.

Même à présent, tandis que la camionnette roulait poussivement vers le complexe industriel de Kaesong, le principal souci de Janson restait le chauffeur. Debout sur la route dans le vent glacé, le type était si terrifié qu'il transpirait à grosses gouttes et que sa voix se faisait plus tremblante à chaque phrase, si bien que son anglais déjà difficile à comprendre était devenu pratiquement incompréhensible. À la fin, Janson s'était contenté d'acquiescer de la tête tout en alignant les billets coréens.

Au *checkpoint*, il va s'effondrer dans la seconde, pensa-t-il.

Mais non. Depuis son arrivée à Séoul, deux jours plus tôt, il était allé de surprise en surprise – de sa rencontre avec la brillante adolescente capable de battre une agente des Opérations consulaires de deux fois son âge, jusqu'à la trahison de l'un de ses plus anciens amis – et le nom du traître, Nam Sei-hoon, le hantait. Sentant la camionnette ralentir, Janson avait essayé de visualiser le *checkpoint* qu'ils devaient sans nul doute approcher. Coincé dans le congélateur à l'arrière, il avait prié pour que le chauffeur garde son sang-froid. Il avait presque autant à perdre que Janson lui-même, à présent. Il avait accepté de l'argent pour faire entrer l'Américain en fraude dans le complexe. Même s'il mentait et affirmait avoir agi sous la contrainte, rien n'indiquait que les Nord-Coréens voudraient le croire. Il serait probablement jeté dans le même camp de travail que Janson et peut-être même exécuté avec lui.

L'homme avait une femme et trois enfants scolarisés en Corée du Sud. Sa famille était la principale raison pour laquelle il avait accepté l'argent – et le fait de risquer sa vie. Le malheureux faisait chaque jour les cent kilomètres aller et retour dans les entrailles de la Corée du Nord, et pour quoi ? Cent soixante dollars par mois, un cinquième du salaire minimum de la Corée du Sud.

Non, le chauffeur tiendrait le coup. Il débiterait son baratin, rentrerait chez lui, dans le Sud, et, avec ce que Janson lui avait donné pour sa peine, il n'aurait plus jamais besoin de revenir dans le Nord.

Janson en était certain, ou presque. Mais, quand la camionnette ralentit puis s'arrêta, il saisit la crosse du Beretta fermement dans sa main droite et plaça son doigt sur la détente.

Au cas où.

Sin Bae pénétra dans le Grand Hyatt de Séoul, vêtu d'un pardessus épais et d'une casquette de base-ball rabaissée sur les yeux. Le déguisement de fortune provenait de l'appartement qu'il venait de fouiller. Il ne se faisait aucune illusion sur son efficacité, mais du moins le protégeait-il des caméras de surveillance disséminées partout dans l'hôtel. Les employés et clients ne seraient pas non plus à même de le décrire à la police une fois le travail fini.

Il traversa le lobby rapidement, mais sans rien perdre de l'environnement luxueux et moderne. Le premier truc allait être de trouver la chambre dans laquelle se planquaient l'homme, la femme et la gosse. L'hôtel n'en comptait pas moins de six cent une, suites comprises, à en croire son agent traitant Ping, qui depuis Shanghai avait accès au système informatique du Hyatt. Le nom de Kincaid ne figurait malheureusement pas dans la base de données. À l'évidence, elle s'était enregistrée sous un faux patronyme.

Sin Bae devait accéder au circuit interne de la télévision de l'hôtel. Il espérait y trouver au moins l'étage où se trouvait le trio. C'était la seule information dont il avait vraiment besoin, dans la mesure où il n'avait pas l'intention d'entrer dans la chambre. Kincaid et l'homme avec qui elle se trouvait étaient certainement armés. Sa stratégie consistait dès lors à les faire sortir tous les trois de la chambre pour pouvoir frapper.

Sin Bae prit l'escalier jusqu'au second étage. D'après le plan que Ping lui avait envoyé, c'était là que se trouvait le bureau de la sécurité. Pas plus de deux officiers ne l'occupaient et d'autres gardes, parfois en civil, patrouillaient dans les couloirs et surveillaient l'entrée principale.

Sin Bae n'eut pas besoin de photo pour identifier l'un d'entre eux. C'était un jeune Coréen vêtu d'un costume bleu sombre et d'une cravate rouge. Dans le couloir du second étage, l'homme le dépassa, se planta devant l'ascenseur et appuya sur le bouton pour descendre.

Sin Bae reprit l'escalier pour rejoindre le lobby. Il y arriva au moment où l'ascenseur s'ouvrait pour laisser passer le garde qu'il avait aperçu à l'étage. Le type s'approcha de l'accueil, parut flirter une seconde avec la fille au comptoir, se penchant vers elle et lui touchant le bras de façon familière, avant de se diriger vers la porte et de sortir de la poche intérieure de sa veste un paquet de cigarettes.

Il sortit, salua les deux concierges, tourna à gauche. Le règlement de l'hôtel devait l'empêcher de fumer devant la porte.

Sin Bae le suivit jusqu'au coin. L'homme tourna de nouveau pour se retrouver derrière le bâtiment géant de l'hôtel et s'avança vers un alignement de poubelles. Il sortit un briquet d'argent de son pantalon, et, tournant le dos au vent, se trouva face au mur de l'établissement.

Après avoir jeté un regard alentour, Sin Bae saisit son bouton de manchette et sauta sur sa cible.

La porte du congélateur s'ouvrit sur le visage du chauffeur. Dieu merci il était seul. Janson, s'extrayant du véhicule, nota combien l'homme était calme, sans peur, et sans hâte. Un large sourire éclaira son visage. Il était manifestement fier de ce qu'il venait d'accomplir et songeait déjà aux mille façons dont la vie de sa famille allait s'améliorer.

Janson lui donna l'argent promis et le regarda s'éloigner. Puis il posa les yeux sur les hauts immeubles du vaste parc industriel. Les huit cents hectares du complexe abritaient plus de cent vingt compagnies sud-coréennes employant un personnel venu du Nord à raison de quarante-cinq dollars par mois environ. Un salaire de misère, et cependant préférable à ce qui s'offrait chez eux. Sans surprise, le parc industriel devait fermer ses portes à la moindre tension militaire entre les deux voisins.

Après l'explosion de la maison de Jina Jeon et l'attaque dont Kang Jung avait été victime, Kaesong représentait pour Janson le dernier moyen de gagner Pyongyang et de localiser Yun Jin-ho. Bien que la façon dont il allait s'y prendre ne soit pas entièrement claire, le seul fait qu'il soit arrivé jusqu'ici sans encombre lui donnait confiance.

Mais il ne se faisait pas d'illusions. Même s'il réussissait à entrer dans la capitale et à localiser l'espion de Nam Sei-hoon, il lui faudrait encore convaincre Yun Jin-ho de faire confiance à un étranger – un Américain de surcroît –, et de collaborer avec lui. Il savait que ce ne serait pas une mince affaire.

Mais chaque chose en son temps.

Clair comme l'eau, froid comme la glace.

Il fallait avancer pas à pas.

31

Square Kim Il-sung
Pyongyang, RPDC

Pyongyang. Bien qu'il eût fait le tour de la planète, Janson n'avait rien vu de tel.

Couverte d'une neige fraîche, la ville ressemblait à un cadavre bien conservé : manucurée avec amour ; méticuleusement arrangée ; présentée avec respect. En dépit d'une population de plus de trois millions d'habitants, cependant, la capitale de la Corée du Nord donnait l'impression tenace de n'être guère plus qu'une coquille, une forme pour une ville dénuée de vie.

L'architecture née dans les décombres de la guerre de Corée était aussi vieille que la nation elle-même. Pour autant, on n'y trouvait pas l'ombre d'un graffiti. La pauvreté était endémique dans le reste du pays, mais pas un seul SDF n'était à déplorer dans les rues.

Le ciel était propre, presque aussi blanc que la neige. Un seul véhicule à moteur était repérable depuis le square Kim Il-sung où se trouvait Janson, et c'était la vieille Pyeonghwa Pronto grise dont il se servait après en avoir trafiqué les fils quelques instants plus tôt. Bien entendu la seule notion d'embouteillage était inexistante.

Les trottoirs étaient aussi immaculés que dénués de toute vie.

Les structures architecturales impressionnantes, songea Janson tristement, n'étaient que des mises en scène, des immeubles pour les rares visiteurs à qui on ne permettrait pas de voir les centaines de milliers, sinon les millions de personnes injustement emprisonnées et crevant de faim.

Janson détacha les yeux de ce panorama spectaculaire et déprimant et se concentra sur l'objet de ses recherches.

Yun Jin-ho.

Ainsi qu'il l'avait réalisé à Kaesong, le parc industriel était sa dernière chance d'obtenir le moindre renseignement exploitable. À l'exception de ceux émanant de la Région industrielle de Kaesong qui abritaient les seules compagnies du Sud autorisées dans le pays, les appels vers le Sud étaient censurés, si bien que son téléphone cellulaire était devenu inexploitable dès l'instant où il était entré dans le tunnel.

Janson s'était furtivement mis en quête d'un téléphone fixe dans les bâtiments du complexe Kaesong.

Il avait fini par localiser un bureau fonctionnel inoccupé, s'y était discrètement enfermé et, de là, avait immédiatement composé le numéro de Park Kwan. Tombant sur le répondeur, il avait raccroché avant de tenter de joindre Kang Jung. Mais les deux téléphones étaient éteints ainsi qu'il l'avait craint. Une prudence de leur part, un manque de chance pour lui. Puis il avait aperçu un bout de papier subrepticement affiché au tableau de liège accroché contre le mur, juste derrière le bureau.

C'était la liste des codes téléphoniques régionaux de la République populaire démocratique de Corée. La capitale était pratiquement le seul endroit du pays où les téléphones étaient autorisés, et presque tous se trouvaient dans le périmètre de Pyongyang. Janson pensa tout d'abord à appeler l'ambassade de Suède, qui en l'absence d'ambassade américaine fournissait assistance aux rares citoyens des États-Unis présents dans le pays. Risqué, mais c'était sa seule option.

Puis son doigt glissa le long de la page jusqu'à une ligne énumérant deux codes internationaux. Bien que les pays sur la liste fussent identifiés par l'alphabet local, Janson pouvait identifier les codes. Le premier était celui de la Chine, le second celui de la Russie.

Le rythme de son cœur s'accéléra. En entrant dans le tunnel, il avait essayé d'appeler Morton et Grigori Berman et aucun des deux hackers n'avait répondu. À présent Janson pouvait de nouveau tenter de joindre ce dernier à Moscou.

Il souleva le combiné du vieux téléphone et composa le numéro du Russe de mémoire.

Grigori Berman décrocha à la première sonnerie. Dix minutes plus tard, Janson avait une adresse à Pyongyang pour Yun Jin-ho – une adresse indétectable même par le système de l'Intelligence Service de Nam Sei-hoon à Séoul. Comment Berman s'y était-il pris ? En dépit des demandes répétées de Janson, il avait refusé de révéler sa source. Après plusieurs tentatives, il décida de ne pas insister.

— OK, laisse tomber, lâcha-t-il finalement avant de raccrocher. Et une fois de plus, *spasiba.*

— Mais de rien, Paulie.

Il devait rapidement regretter de ne pas avoir été plus pressant.

L'adresse correspondait à une poignée de blocs d'immeubles au nord du Square Kim Il-sung. La meilleure chose à faire était encore de sonner à la porte de l'appartement 5B indiqué par Berman. Mais en arrivant devant l'immeuble, il constata que l'étiquette jaune de l'appartement n'affichait pas le nom de Yun.

Janson examina les différentes possibilités. Peut-être s'agissait-il d'une nouvelle adresse et l'étiquette n'avait-elle pas encore été changée. Ou pouvait-il se servir d'un pseudonyme ? Peu probable étant donné les contrôles serrés auxquels le régime soumettait sa population. Non, le plus rationnel était de penser qu'il s'agissait d'une fausse adresse, conclut Janson, désappointé.

Il pressa néanmoins la sonnette puis attendit. Si personne ne répondait, il forcerait l'entrée de l'immeuble et celle de l'appartement en quête d'indices.

Mais, au bout de quelques instants de silence tendu, une voix féminine juvénile fit entendre une sorte de gloussement dans l'interphone. Janson eut beau se pencher vers le haut-parleur, impossible de décrypter ses propos.

Il répondit en détachant chacune des syllabes du nom de Yun Jin-ho avec l'intonation la plus interrogative qu'il put trouver, puis attendit une réaction.

Il s'apprêtait au minimum à subir un barrage de questions sur son identité et ce qu'il voulait. Il avait préparé plusieurs réponses. Mais la femme le surprit en actionnant le bouton pour le laisser entrer aussitôt. La porte s'ouvrit, et Janson entra, sans savoir si c'était là un début prometteur ou s'il était en train de se faire piéger.

Il grommela une injure à l'adresse de Berman qui s'était obstiné à refuser de lui donner sa source. Mais, pensa-t-il, était-ce vraiment important à ce stade ?

Il n'y avait plus de retour possible. Tout en montant l'escalier, il se remémora le pont que Jina lui avait montré dans la Zone démilitarisée et apprécia brièvement l'ironie. Sans aucun doute possible, il avait depuis un moment passé le point de non-retour.

Pénétrer dans l'appartement 5B revenait à voyager dans le temps. À sa gauche, se trouvait une cuisine, propre mais en pagaille, et présentant une batterie d'appareils ménagers datant sans le moindre doute de l'époque où Kim Il-sung avait été mis au pouvoir par les Soviétiques soixante ans plus tôt. Sur la table, tout juste assez grande pour deux, se trouvait un plat unique contenant une moitié de pancake, un peu de kimchi et un œuf. Une coupelle contenant de la sauce de soja était posée à côté.

Des yeux, il fit le tour des lieux. L'intérieur était aussi gris que la façade et ne contenait guère plus de choses dignes d'intérêt : un magnétophone, un tas de cassettes à côté ; un meuble de télévision démodé qui ne devait pas mesurer plus de trente centimètres surmonté d'une antenne ; un sofa préhistorique qui se serait sans nul doute effondré sous le poids de Grigori Berman.

La jeune femme qui avait ouvert la porte se tenait devant lui, les épaules basses. Elle les redressa en découvrant Janson. Si elle avait peur de lui, elle n'avait nulle intention de le montrer.

— Vous êtes un Américain, murmura-t-elle.

Janson, qui venait de passer devant plusieurs panneaux de propagande montrant des soldats américains de bande dessinée en uniforme du XXe armés de fusils et de baïonnettes pointés sur des enfants sans défense, ne sut quoi répondre.

Comme chaque fois qu'il était dans le doute, il choisit de dire la vérité et hocha simplement la tête.

— Vous recherchez Yun Jin-ho, ajouta-t-elle si doucement qu'il eut du mal à l'entendre. Puis-je vous demander pourquoi ?

Pour une Nord-Coréenne, son anglais était parfait.

— Êtes-vous sa femme ? demanda-t-il en essayant de parler aussi bas qu'elle.

Elle hésita puis secoua la tête.

— Mais c'est chez lui, ici, dit Janson, en désignant les murs couverts d'un papier gris passé qui s'écaillait.

— Non, répondit-elle. C'est la maison de mes parents. J'habite avec eux. Puis, notant manifestement un changement d'expression chez Janson, elle ajouta : Ne vous inquiétez pas. Ils sont tous deux au travail et ne rentreront pas de sitôt.

— Ils travaillent à Pyongyang ? demanda-t-il pour continuer à la faire parler.

— Oui. Pour le Parti tous les deux.

Un poids tomba sur la poitrine de Janson. Le « Parti » ne pouvait être que celui « des Travailleurs » : le Parti communiste, celui de feu les dictateurs Kim Il-sung et Kim Jong-il et du tyran actuel Kim Jong-un.

— Avez-vous faim ? demanda la jeune femme en désignant son assiette de petit déjeuner.

Il était affamé mais secoua la tête. Les Nord-Coréens avaient à peine de quoi manger eux-mêmes. La famine des années 90 avait tué dix pour cent de la population et, selon une étude récente des Nations unies, la faim et la malnutrition continuaient à faire des ravages même si le nombre de morts était inconnu.

Janson étudia le visage de son hôte. Comme la plupart des Nord-Coréennes, elle ne portait pas de maquillage. En l'occurrence, elle n'en avait nul besoin. C'était une beauté naturelle, dotée d'un corps mince, mais sain. Les gens à Pyongyang mangeaient mieux que dans le reste du pays.

Janson repoussa la confusion qu'il sentait monter en lui. Si c'était là le jeu délicat qu'il avait anticipé, il devait faire attention. Il n'arrivait pas à s'expliquer qu'elle l'ait laissé entrer et lui offre un petit déjeuner, plutôt que de s'enfuir en hurlant sitôt qu'elle l'avait identifié comme « un salaud d'Américain » selon l'expression consacrée dans le pays.

Il avait tant de questions. Mais, même dans son état de fatigue avancé, il pouvait faire la liste rapide des raisons pour lesquelles la jeune femme refuserait d'y répondre. Et pour lesquelles elle parlait si bas en dépit du fait qu'ils étaient seuls.

Il pouvait y avoir des micros. Le ministère de la Sécurité d'État, le principal service de contre-espionnage en Corée du Nord, était responsable des enquêtes domestiques. Si Yun Jin-ho et cette jeune femme étaient ne fût-ce que vaguement soupçonnés, le MSS avait dû poser des micros.

Instinctivement, les yeux de Janson se posèrent sur le mur surplombant la télévision où s'affichaient trois photos impeccables. L'une représentait Kim Il-sung le Great Leader ; la seconde Kim Jong-il, le Cher Leader ; la troisième Kim Jong-un, le Grand Successeur.

La jeune femme s'approcha de lui. L'espace d'une seconde, Janson pensa qu'elle était sur le point de l'étreindre. Mais elle se dressa sur la pointe des pieds, posa sa main droite en forme de coupe derrière son oreille gauche.

— Nous devrions aller ailleurs pour parler, oui ? murmura-t-elle.

Janson acquiesça sans un mot. Il était gêné de se sentir aussi sale. Il portait sur lui toutes les odeurs de ses heures passées à ramper dans le tunnel, de sa lutte contre les deux soldats et de la camionnette pleine de fruits de mer et de poissons morts dans laquelle il avait voyagé. Il s'était bien lavé un peu dans les lavabos de Kaesong, mais pas suffisamment pour se rendre présentable.

Les lèvres de la jeune femme s'approchèrent à nouveau :

— Il y a un endroit sûr pas loin d'ici.

Janson se concentra tandis qu'elle lui soufflait doucement dans l'oreille l'adresse du lieu et le numéro de l'appartement.

— Vous devriez y aller d'abord, ajouta-t-elle. Si on venait à nous voir ensemble…

Il n'avait pas besoin qu'elle finisse sa phrase. S'ils étaient surpris ensemble, le sort qui attendait la jeune femme serait similaire au sien s'il était pris seul.

32

Dans le bureau de la sécurité du Grand Hyatt Séoul, Sin Bae se défit de son épais manteau et l'étendit sur le corps de l'homme responsable des caméras de surveillance. Puis il s'assit au poste de celui qu'il venait de tuer et examina le tableau de contrôle. Il lui fallait agir vite. Le cadavre du premier garde, sur lequel il avait récupéré les clés, se trouvait abrité dans l'une des poubelles de l'hôtel. Mais Sin Bae ne pouvait être sûr qu'un second surveillant n'entrerait pas dans la pièce avant qu'il ait obtenu l'information dont il avait besoin.

Après s'être familiarisé avec le tableau de bord, il passa en revue les différentes caméras pour déterminer leur localisation précise. Il manipula les différents boutons jusqu'à ce qu'il trouve comment rembobiner une vidéo particulière.

L'heure était heureusement indiquée sur chacune. Sin Bae avait précisément noté celle à laquelle Kincaid et Kang Jung étaient entrées dans l'hôtel, de même que le moment où l'homme de la boîte de nuit les avait rejointes une demi-heure plus tard. Repérer l'étage où ils se trouvaient n'en serait que plus facile.

Des voix en coréen dans le couloir l'interrompirent. Il se tourna vers la porte. Leur volume augmenta à mesure que les individus approchaient.

Sin Bae se leva de la chaise.

Il entendit l'un des deux hommes éclater de rire, bientôt suivi par l'autre. Les voix se perdirent dans le couloir.

Il se rassit, détendu. Déterminé à obtenir vite les renseignements dont il avait besoin, afin de sortir de la pièce sans avoir à tuer d'autres employés.

Kincaid observait Park Kwan arpenter la pièce avec dans les mains le téléphone sans fil fourni par l'hôtel. Dans un réflexe inconscient, son pouce monta jusqu'à ses lèvres et ses dents se refermèrent dessus, violemment, arrachant au passage un bout d'ongle et de chair. *Merde !* Elle faillit crier. Elle examina son pouce, le morceau d'ongle et la peau tout autour : la chair était à vif mais pas de sang. Elle se maudit intérieurement. C'était une habitude dont Janson l'avait guérie des années plus tôt. Qu'elle revienne maintenant alors qu'il était absent la rendait plus furieuse encore.

Où est-il en ce moment ?

En sécurité ?

S'il vous plaît, faites qu'il ne lui arrive rien.

Elle se recentra sur Park Kwan dont la voix de baryton passait sans effort du coréen à l'anglais.

— Je vois, était-il en train de dire au téléphone d'un ton parfaitement neutre. Oui, s'il vous plaît. Il s'arrêta devant le bureau où Kang Jung était assise, saisit un stylo et un bloc de papier au logo de l'hôtel. Très bien. Allez-y.

Kincaid s'approcha sans façon, bras croisés sur sa poitrine et jeta un coup d'œil par-dessus l'avant-bras de Kwan.

Merde et merde. Quel que soit le sens du message, il l'avait écrit en coréen.

— Bonnes nouvelles ? fit-elle quand enfin il reposa le téléphone.

— Eh bien… Il parlait avec une prudence manifeste, ne voulait pas lui donner de faux espoirs. Au moins, il y a du nouveau. À vous de voir si c'est bon ou pas.

Kincaid acquiesça, d'un sourire un peu crispé qui trahissait son anxiété.

— Très bien, monsieur, crachez le morceau, donc.

— Ils ont réussi à trianguler le si…

À cet instant, le téléphone sur le bureau se mit à sonner. Kincaid ne put retenir un frisson. Elle lança sa main vers l'appareil mais Kwan l'avait devancée.

Elle recula d'un pas, de nouveau l'écouta parler en coréen. Il suspendit l'appareil contre sa poitrine et se tourna vers elle :

— Connaissez-vous un gentleman du nom de Nam Sei-hoon ?

Le nom lui sembla instantanément familier. Kincaid se souvenait l'avoir entendu mentionner par Janson durant le vol qui les amenait à Séoul depuis Honolulu. *L'un des amis les plus chers*, avait-il dit.

Elle saisit le téléphone.

— Kincaid à l'appareil.

— Mademoiselle Kincaid, fit la voix dans l'appareil. Je serai direct. Vous et ceux qui vous accompagnent se trouvent en grand danger. Je dois vous faire rentrer.

— Nous faire rentrer ? répéta-t-elle sans comprendre.

— D'après mes informations, vos poursuivants savent où vous êtes. Un assassin est en chemin. Vous avez dix minutes, peut-être quinze.

— On ne peut *pas* rentrer, protesta Kincaid.

— Écoutez-moi. La voix de l'homme se fit autoritaire, presque sévère. Vous n'avez pas le choix. Vous devez sortir de l'hôtel aussi vite et aussi calmement que possible. Il y a un endroit sûr juste de l'autre côté de la rue. Au onzième étage d'un immeuble d'appartements. Vous pouvez le voir depuis l'hôtel. Prenez les escaliers et montez-y. De là, vous pourrez surveiller l'entrée du Grand Hyatt. Le numéro de l'appartement est 11-E. La porte n'est pas fermée.

— Navrée de vous interrompre, dit Kincaid, mais nous avons finalement une piste pour retrouver le gamin. Nous devons la suivre sans tarder.

Il y eut une hésitation à l'autre bout du fil, puis l'homme dit :

— Mes hommes peuvent s'en occuper, je vous assure. Où se trouve-t-il ?

— Il est… Kincaid se tourna vers Park Kwan, puis changea d'idée. Si Janson apprenait qu'elle avait confié une telle information à quiconque, fût-ce à un ami comme Nam Sei-hoon, elle se ferait passer le savon de l'année. Il… Elle s'arrêta de nouveau. Je ne peux pas exactement le dire pour l'instant mais je vais le savoir très bientôt.

Il y eut un long silence à l'autre bout de la ligne. Puis l'homme dit :

— Très bien. Suivez votre piste. Mais, je vous en prie, faites très attention.

— Entendu.

— Vous quittez l'hôtel tout de suite, je suppose ?

— Immédiatement, je vous le promets.

— Bien. Laissez-moi vous donner un numéro où vous pourrez me joindre.

Sin Bae gela l'écran. C'était elle, Kang Jung. Il fut de nouveau stupéfié de constater à quel point elle ressemblait à sa sœur au même âge.

Dans les jours suivant leur arrivée à Yodok, Sin Bae en avait appris bien plus sur les épouvantables conditions qui les attendaient. Le camp de prisonniers s'étendait sur des kilomètres dans toutes les directions, dix villages, pas moins, en surpopulation avec près de trois mille personnes.

La malnutrition était endémique. Personne ne mangeait à sa faim. Mal formé et sans équipement médical, un prisonnier faisait office de médecin. Beaucoup, en particulier les jeunes et les vieux, mouraient des suites de simples coups de froid. Quant aux toilettes, qui se trouvaient à l'extérieur et n'étaient constituées que de petites baraques de bois contenant des trous creusés dans la terre, elles étaient ridiculement peu nombreuses. La puanteur infecte d'urine et d'excréments mêlés qui s'en échappait restait comme accrochée dans les airs au-dessus du camp.

En grandissant, Sin Bae avait compris qu'il ne voulait pas continuer à vivre.

Mais il savait que sa mort signifierait celle de sa mère, de son père, et finalement celle de sa sœur. Il décida de s'entraîner plus durement encore et devint chaque année plus fort. Il se nourrissait de grenouilles et de salamandres, et aussi de vers de terre. Il dérobait les vêtements de ceux qui crevaient de froid et volait le riz des affamés. Pour survivre, il se fit moins qu'humain.

Parce que, à l'âge de 13 ans, Sin Bae ne voulait plus vivre.

Le téléphone qu'il tenait à la main s'alluma. Il le porta à son oreille sans rien dire.

Ping dit :

— Changement de plan.

Sin Bae jeta un œil au corps à ses pieds qu'il avait recouvert du manteau emprunté dans l'appartement de l'autre côté de la rue. Il grimaça.

— Vous allez les suivre depuis l'hôtel, fit la voix de Ping. Ils vont vous conduire directement au gamin. Vous ne devez pas intervenir avant d'avoir le gamin en face de vous et son identité confirmée.

— Compris, dit doucement Sin Bae.

— Le petit homme se chargera des paquets que vous laisserez derrière vous. Il faut vous dépêcher. Ils quittent l'hôtel dans la seconde.

33

À deux cents kilomètres au nord, pendant ce temps, Paul Janson franchissait avec inquiétude le seuil de la planque fournie par la jeune femme. Il parcourut les lieux d'un regard rapide. L'espace ressemblait à celui qu'il venait de quitter en plus réduit encore. Après s'être assuré que tous les rideaux étaient tirés, il s'assit à la table bancale de la cuisine et se mit à attendre.

Quelques minutes s'écoulèrent. Puis des pas légers se firent entendre sur l'escalier du couloir de l'autre côté de la porte. Il se leva, prit position derrière l'une des cloisons au cas où quelqu'un se mettrait à tirer. Après tout, en partie du fait de l'obstination de Berman à ne pas griller ses sources, Janson ne pouvait être certain ni de la jeune femme elle-même, ni des raisons pour lesquelles il avait été invité ici.

Il reconnut sa voix de l'autre côté de la porte.

— Hello, fit-elle sur un ton interrogatif.

Il sortit de sa cachette.

— Je ne sais toujours pas votre nom, fit-il.

— Mi-Sook.

Elle ne lui demanda pas le sien en retour.

— Vous êtes certaine que nous sommes en lieu sûr ?

— Certaine. Jin-ho la fait contrôler deux fois par semaine pour s'assurer qu'il n'y a pas de micro.

— Où est-il, à présent ?

— Il arrive. Je l'ai prévenu dès que vous êtes parti.

— Averti de quoi, au juste ? fit-il en s'efforçant de dissimuler sa perplexité.

— Que vous êtes arrivé.

Comme il ne répondait pas, elle ajouta :

— Nous vous attendions.

— Vous m'attendiez, répéta-t-il.

— Naturellement.

La fatigue physique et le manque de sommeil ralentissaient son esprit. Il avait beau se concentrer pour essayer de comprendre ce qui était en train de se produire, son attention était régulièrement distraite par la perspective du petit lit de camp au fond de la chambre.

Son menton comme attiré par un aimant tombait sur sa poitrine quoi qu'il fasse et chacune de ses paupières semblait peser des tonnes.

— Je vous en prie, dit Mi-Sook en se dirigeant vers la table où Janson avait pris place en l'attendant. Asseyez-vous. Est-ce que je peux vous offrir un peu de thé ?

— Juste un peu d'eau, merci.

Il se passa la main sur les joues où poussait une barbe de trois jours. Il se demanda à quoi il pouvait bien ressembler pour elle. Il s'était passé sur le visage une poignée de neige poudreuse juste avant d'entrer mais, en dehors de cela, il portait sur tout le corps les marques de son parcours infernal dans le tunnel, de sa course-poursuite à travers la ZDM, de son voyage dans

la camionnette puante, sans parler du simple épuisement.

Ils restèrent assis un moment en silence.

Janson n'avait pas fini son verre d'eau que des pas
se firent entendre à nouveau dans le couloir. Cette fois
c'étaient des pas lourds, déterminés.

— Tout va bien, fit Mi-Sook voyant la réaction de
Janson. Ce n'est que Jin-ho. Il n'était pas très loin quand
je l'ai appelé.

Yun Jin-ho fit irruption dans l'appartement avec une
hâte qui contrastait avec l'attitude raisonnable et décon-
tractée de Mi-Sook.

— Je n'arrive pas à croire que vous êtes ici,
s'exclama-t-il sitôt qu'il aperçut Janson. J'étais sûr que
vous aviez été tué en essayant de passer la frontière.

— Pourquoi ça? fit Janson tout en se demandant,
pour la première fois, si la nouvelle de la mort des deux
soldats dans la ZDM était déjà parvenue jusqu'au Palais.

— On rapporte qu'un espion étranger a été exécuté
lors d'un contrôle sur la route de Kaesong.

Janson sentit son cœur s'affaisser dans sa poitrine.
Il se représenta le chauffeur de la camionnette assassiné sur le chemin du retour vers la Corée du Sud.
Un poids incroyable tomba soudain sur ses épaules
douloureuses.

— Quand? fut tout ce qu'il parvint à dire.

— Il y a deux jours, répondit Yun Jin-ho. L'étranger
avait de faux papiers apparemment achetés ou volés à
un travailleur sud-coréen dans le parc industriel.

Janson éprouva un double soulagement à l'idée que
l'homme qu'il avait acheté n'était pas la victime, et au

souvenir d'avoir conseillé à Jina de ne pas entrer au Nord par Kaesong.

Mais la nouvelle apportait une nouvelle énigme. Qui exactement Jin-ho et Mi-Sook attendaient-ils si ce n'était lui et dans quel but ? Mieux valait obtenir une réponse à cette question, avant de leur révéler son identité réelle et ce qu'il faisait ici.

— Qui vous a dit de m'attendre ? essaya-t-il.

Les traits malléables de Yun Jing-ho se plissèrent ; le doute s'alluma dans ses yeux. D'après les informations de Kang Jung, Yun avait à peine dépassé la quarantaine, mais la vie en Corée du Nord le vieillissait précocement.

— Le gamin bien sûr.

— L'Américain, fit Janson sur un ton qui n'était pas une question.

Yun Jin-ho hésita.

— Oui. Le fils du sénateur.

Janson se remit à respirer.

— À quand remonte votre dernier contact avec lui ?

— Il y a de ça plusieurs jours, répondit Yun, son corps musclé s'agitant nerveusement. J'attendais un nouveau contact et puis rien, j'ai pensé qu'il avait dû se passer quelque chose. Et puis il y a eu l'incident de Kaesong et je me suis dit que le pire était arrivé.

— Donc vous ne savez rien au sujet de sa petite amie, fit Janson. Il aurait dû le savoir. Les Nord-Coréens étaient totalement coupés du reste du monde.

Yun Jin-ho secoua la tête, l'air soudain soucieux.

— La petite amie du jeune homme ? Non. Il lui est arrivé quelque chose ?

— J'en ai peur. Elle a été tuée dans un *hanok* à Séoul.

Les yeux de Jun Jin-ho fixèrent le sol tandis qu'il se laissait lentement tomber sur la chaise de bois en face de Janson, l'énergie nerveuse dont il avait fait preuve soudain comme drainée hors de lui par la nouvelle.

— Assassinée, dit-il, sur un ton qui n'était pas une question.

Janson poursuivit.

— Le gosse est parvenu à s'échapper. Mais il est tout de suite devenu le principal suspect. Il n'avait pas d'autre choix que de fuir.

Yun Jin-ho releva vers lui des yeux brumeux. Sa chevelure d'un noir profond commençait à perdre son épaisseur, son front se dégarnissait.

— Comment a-t-elle été tuée ? demanda-t-il.

— Elle a été étranglée.

Yun Jin-ho frappa la table du plat de la main.

— Je le lui avais *dit* ! Je l'avais *prévenu* qu'ils étaient en danger !

— Ce n'est pas de ta faute, mon cœur, fit Mi-Sook en posant sa main sur son avant-bras.

Yun Jin-ho dit :

— Où est-il, maintenant ? Le gamin, je veux dire.

— Nous ne le savons pas. Mon associée est à sa recherche à Séoul. Inutile de vous dire que nous essayons de le trouver avant la police.

Yun Jin-ho et Mi-Sook échangèrent un regard tendu. Puis, sans prévenir, Yun se mit à crier :

— Si on ne le retrouve pas tout est perdu ! Je n'ai avec moi qu'une partie de l'équation.

— L'équation ?

Yun Jin-ho enfonça sa tête dans ses mains. Quand il releva les yeux, il pleurait.

— J'ai réussi à accéder à certains plans, ici, fit-il d'une voix enrouée. Mais je ne sais rien de ce qui se passe au Sud. Il aurait été trop dangereux pour le gamin d'envoyer les détails.

— Les détails de quoi ?

Yun Jin-ho se leva si brusquement de sa chaise qu'elle se renversa. Sa tristesse s'était soudain changée en complet désespoir.

— Dites-le-moi. Dites-moi que vous êtes son messager. Le gamin vous a donné le flash drive !

Mesurant ses mots avec attention, Janson dit avec calme :

— Tout ce que le gamin a laissé, c'est un message. Un message très bref qui dit *contactez Yun Jin-ho en RPDC*.

D'un air abattu, Yun Jin-ho fit pivoter son corps de manière à faire face à la table. Janson jeta un regard à Mi-Sook pour constater qu'elle aussi avait les yeux pleins de larmes.

— Sans les deux moitiés du puzzle, murmura Yun, nous ne pourrons rien faire.

— Mon associée va trouver le gamin, fit Janson dans l'espoir que l'homme retrouve le contrôle de ses émotions pour pouvoir l'aider. Commençons donc par la moitié que nous avons.

Yun le regarda par-dessus son épaule. Il chassa les larmes de ses yeux.

— Avant que je ne vous vienne en aide, dit-il avec une force renouvelée dans la voix, j'ai besoin de m'assurer que vous honorerez votre part du marché.

— Personne ne m'a rien dit d'un marché quelconque, répondit Janson en levant une épaule.

À l'expression qui se peignit sur leur visage, il regretta aussitôt ses paroles. Bon sang, son esprit fonctionnait à deux à l'heure.

— *Qui* êtes-vous ? cria soudain Yun tandis que son corps pivotait vers Janson. Le ton était maintenant accusateur.

Mi-Sook éloignait peu à peu sa chaise de la table, comme sous le coup d'une peur soudaine.

Janson se leva avec une lenteur hésitante, pour ne pas les alarmer plus encore. Mais il devait être en mesure de se défendre au cas où l'un d'eux sortirait une arme.

— Mon nom est Paul Janson, dit-il. J'ai été engagé par le sénateur Wyckoff et son épouse pour retrouver leur fils.

Mi-Sook secoua la tête tristement.

— Vous ne savez donc rien de ce qui se passe, dit Yun Jin-ho en soupirant. Épais comme le brouillard de la ZDM, un sentiment général de fatalité venait d'envahir la pièce.

— Mon associée et moi-même avons appris beaucoup de choses au cours des derniers jours, dit-il dans l'espoir de le combattre. Nous n'avons pas encore les réponses à tout. C'est pourquoi je suis ici. J'ai besoin de votre aide.

Les sourcils froncés, Yun Jin-ho dit :

— Et l'accord que j'ai passé avec le gamin ? Qu'est-ce qu'on en fait ?

— Si vous me dites de quoi il s'agit, je ferai de mon mieux pour l'honorer.

Yun Jin-ho se tourna vers Mi-Sook qui hocha la tête avec réticence.

L'espion prit une longue inspiration, soupira à nouveau bruyamment. Puis il se pencha pour ramasser la chaise qu'il avait fait tomber et s'assit.

— Alors prenez place, monsieur Janson, dit-il. Vous et moi avons beaucoup de choses à discuter. Et le temps presse.

34

— Vite, dit Kincaid. Nous n'avons pas beaucoup de temps. Où pouvons-nous trouver Gregory Wyckoff?

— Il est en route pour Pékin d'après le signal, répondit Park Kwan.

Kincaid, déconcertée, secoua la tête.

— Ça n'a aucun sens.

Si Gregory Wyckoff suspectait une implication du Département d'État, pensa-t-elle, son premier geste à Pékin ne pouvait être de se rendre à l'ambassade US.

— Peut-être a-t-il anticipé que la police de Séoul capterait son image dans le centre commercial, dit-elle. Peut-être utilise-t-il son téléphone pour faire diversion.

Park Kwan eut une moue sceptique.

— Ça me paraît trop sophistiqué. Cela voudrait dire qu'il a mis son téléphone dans un train et pris un aller simple pour Pékin en ferry.

— Mais pourquoi Pékin? demanda Kincaid.

— Edward Snowden s'est enfui à Hong Kong, intervint Kang Jung.

— On a affaire à quelqu'un de tout à fait différent, répliqua Kincaid en réprimant un sourire. Wyckoff ne fuit pas parce qu'il est accusé d'avoir trahi son pays qui se trouve être aussi le pays le plus puissant du monde. Il essaie d'échapper à un assassin et il est accusé à tort d'avoir commis un meurtre.

Kang Jung se pinça les lèvres pour ne pas engager un débat sur Snowden.

— J'ai bien peur que nous ayons d'autres indices de ses intentions, reprit Park Kwan en se dirigeant vers le téléphone. D'après ce qu'il m'a été dit, Wyckoff a passé plusieurs coups de fil internationaux sur le téléphone volé. Aucun n'était pour sa famille.

— Pour qui, dans ce cas ? dit Kincaid en appréhendant la réponse.

— La plupart étaient pour le gouvernement chinois à Pékin. Deux concernaient un téléphone cellulaire inconnu à Shanghai. Il se tourna vers Kang Jung. Il a aussi visité le site du gouvernement chinois.

— Pourquoi la Chine alors qu'il pourrait aussi bien aller au Japon ? Au moins le Japon est un allié.

— Mais, fit Kang Jung, c'est un ennemi de la Corée du Nord. Les mains dans le dos, la tête baissée, elle se mit à arpenter la pièce tout en parlant. Ça commence à faire sens. Le dernier message envoyé à Cy concernait un espion sud-coréen posté en Corée du Nord. Nous avons supposé qu'il s'agissait pour Wyckoff d'obtenir des informations. Mais si c'était le contraire ? Si Wyckoff essayait de prévenir le Nord ? Un espion sud-coréen au palais de Pyongyang était probablement la meilleure personne à prévenir sinon la seule. N'importe qui d'autre en Corée du Nord aurait considéré le message d'un Américain comme un stratagème.

— S'il ne peut plus joindre Pyongyang, il choisit la destination la plus cohérente, fit Park Kwan.

— Le seul allié de la Corée du Nord, acquiesça Kang Jung.

— Pékin, acheva Kincaid.

— Exactement.

Kincaid plaça l'ongle de son pouce entre ses dents.

— Mais pour les avertir de quoi ? fit-elle.

— C'est ce que nous devons découvrir, dit Kang Jung en mettant les poings sur ses hanches. Et la seule façon de le faire, c'est de suivre Gregory Wyckoff jusqu'en Chine.

— La jeune demoiselle a raison, acquiesça Park Kwan.

Kincaid examina Kang Jung. *On ne peut pas emmener cette gamine de 13 ans à Pékin* fut sa première pensée. Mais que pouvait-elle faire d'autre ? Elle était responsable de la sécurité de l'adolescente. La laisser à Séoul revenait à l'abandonner à son sort.

— Qu'est-ce que t'a dit ta mère quand vous vous êtes parlé ?

— Que Grand-Père va bien. Il n'est jamais allé dans aucun hôpital, il n'a jamais été malade.

— Je veux dire à ton sujet. Qu'est-ce qu'elle a dit de toi ?

— Je lui ai dit que je suis en sécurité tant que je reste avec vous. Elle s'inquiète, mais elle me fait confiance.

— J'ai parlé à sa mère moi aussi, fit Park Kwan. Elle est à l'abri chez des cousins à Jeollanam et elle compte sur nous pour protéger Jung.

— On ferait aussi bien de ne pas traîner, dans ce cas, dit Kincaid. D'après l'ami de Janson à l'Intelligence Service, nous sommes déjà en danger ici.

— Vous voulez dire que…

— Que l'hôtel n'est pas sûr, oui, acquiesça Kincaid.

35

Mi-Sook était retournée dans l'appartement de ses parents, laissant Janson seule avec Yun Jin-ho dans la planque.

— C'est exactement ce que vous supposez, dit Yun après que Janson eut résumé à son intention la façon dont lui et Kincaid s'étaient retrouvés embarqués dans l'aventure, depuis le coup de fil du sénateur reçu dans l'Embraer 650 jusqu'à son arrivée à Pyongyang. La jeune traductrice a surpris des propos qu'elle n'aurait pas dû surprendre et elle l'a payé de sa vie. C'est la teneur de ses propos que nous devons découvrir.

— À qui pouvons-nous faire confiance est la seule question, dit Janson. Dans son compte rendu des événements à Yun Jin-ho, il avait volontairement omis ses contacts avec l'agent traitant de Yun, Nam Sei-hoon. Il serait temps plus tard de demander à Yun des détails sur son recrutement par Nam et la manière dont il maintenait le contact avec le Sud. Pour l'heure, il n'était pas entièrement certain de la loyauté de Yun.

— Vous avez mentionné un marché passé avec Gregory Wyckoff. Janson faisait de son mieux pour dissimuler sa déception. Il avait infiltré la Corée du

Nord dans l'espoir de trouver des réponses. Jusqu'à présent, cependant, il n'avait trouvé que des questions supplémentaires. Il aurait été bien plus utile à Séoul à suivre la piste de Gregory Wyckoff.

— Oui. Yun Jin-ho plongea ses yeux dans ceux de Janson. Pour être franc, je ne sais pas comment le gamin m'a contacté. Au début, j'ai supposé qu'il s'agissait d'un agent américain travaillant pour le Sud. Quand j'ai découvert qu'il s'agissait du fils d'un sénateur en exercice âgé de 19 ans au plus, j'ai éliminé la possibilité qu'il travaille pour la CIA ou toute autre agence de Renseignement américaine. Après quelques conversations en ligne, j'ai constaté son habileté informatique et l'idée m'est venue qu'il pouvait s'agir d'un hacker indépendant. C'est lui qui m'a confié plus tard appartenir au réseau connu sous le nom de *Hivemind*.

Même s'il savait que ça pouvait n'être que provisoire, Janson était reconnaissant à Yun Jin-ho d'avoir retrouvé le contrôle de lui-même. Il voulait que l'espion continue de parler jusqu'à ce qu'il décide de ce qu'il allait faire ensuite.

— Qu'est-ce qu'il vous a dit d'autre ? demanda-t-il.

— Vous devez comprendre que nos conversations étaient très limitées. Nous ne savions pas qui pouvait les intercepter, donc nous parlions pour l'essentiel dans deux langues différentes, chacune étant le fruit de nos inventions respectives.

Janson acquiesça sans rien dire.

— Un autre facteur était le temps. Il se servait de cyber-cafés pour entrer en contact, donc il devait faire très attention. De mon côté, je n'avais pratiquement pas accès à un ordinateur non surveillé disposant d'une connexion internet. Je me suis débrouillé. Suffisamment pour pouvoir rencontrer son représentant ici à Pyongyang de manière à échanger des informations vitales. Et mettre au point notre accord. Nous n'avons parlé de rien d'autre.

— Quels étaient les termes de cet accord ? fit Janson avec le sentiment que Yun tentait depuis un moment d'éluder la question, ce qui ne présageait rien de bon.

— Je devais lui fournir des informations ultra confidentielles apparemment en lien avec ce que son amie avait appris en travaillant comme interprète pour les négociations quadripartites dans le Secteur de sécurité unifiée.

— Et en retour ?

— Il devait me prévenir de quelque chose. Il voulait que j'attire l'attention du Palais sur quelque chose. Je lui avais fait comprendre que ça pouvait ne pas faire partie de notre accord. Je n'avais pas l'intention de me faire buter. Donc, en échange des informations que je lui apportais, son représentant, c'est-à-dire maintenant vous, j'imagine, me rendrait un service particulier.

Nous y voilà.

— Et ce service consiste à ?...

Yun Jin-ho avala sa salive et fixa Janson intensément.

— Vous devez accepter de faire sortir Mi-Sook du pays dans les vingt-quatre heures.

Janson pensa aussitôt qu'il avait mal entendu. Son manque de sommeil, sans doute, qui provoquait des hallucinations auditives.

— Vous n'êtes pas sérieux, hein ? Je ne suis même pas foutu de savoir comment sortir d'ici moi-même. Jusqu'à plus ample informé, je me suis offert un aller simple dans votre utopie stalinienne, en traversant ce tunnel.

Yun resta impavide.

— Vous trouverez bien un moyen, monsieur Janson.

Janson hocha la tête.

— Même dans ce cas, je ne pourrais pas courir le risque. Mettons de côté une seconde le fait qu'elle me ralentirait. Si, ou plutôt, vu que ça ne fait aucun doute, *quand* on se fera prendre, votre amie sera tout de suite exécutée. Elle sera accusée d'avoir voulu fuir le pays avec un Américain. Mieux vaudrait encore qu'on se fasse tuer à vue.

Yun Jin-ho restait assis, stoïque, le visage si résolu que Janson se surprit à regretter ses éclats de colère quelque temps plus tôt.

— Ce n'est pas négociable, monsieur Janson, j'en ai bien peur. Yun Jin-ho se leva sans cesser de le fixer, tout en continuant de parler d'un ton égal. À moins que vous ne l'acceptiez, je ne serai pas en mesure de vous fournir l'information dont vous avez besoin. Et sans cette information, vous mettrez en péril la vie de millions de personnes.

Janson, sentant une ouverture, dit :

— Quel genre d'information avez-vous promis au gosse ?

Yun Jin-ho resta inébranlable.

— Acceptez-vous oui ou non ?

Janson n'avait pas tellement le choix.

— J'accepte, fit-il.

Lentement, prudemment, sur le même ton égal, Yun Jin-ho reprit :

— Si vous me mentez, monsieur Janson, si vous cherchez à quitter la Corée du Nord sans Mi-Sook, je vous assure que vous ne passerez pas la frontière en vie. Et dans ce cas, ne perdez pas votre temps à espérer une mort rapide parce que je vous promets de m'assurer que ce ne sera pas le cas. Même si je dois y laisser ma peau.

— Je vous donne ma parole, dit Janson avec force. Maintenant, avançons. Trouvez-moi ce dont j'ai besoin, et j'irai chercher Mi-Sook et je l'emmènerai avec moi.

Les lèvres minces de Yun Jin-ho se retournèrent en un sourire. Le sourire se changea en une sorte de gloussement sans joie.

— J'ai bien peur que ce ne soit pas aussi simple, monsieur Janson.

— Que voulez-vous dire ?

— Que je ne suis pas en possession de ces renseignements. Je sais comment y avoir accès. Mais la tâche de les subtiliser vous appartient, je le crains.

La bonne étoile de Janson, qui s'était éclipsée sitôt son entrée dans le pays, continuait manifestement de lui faire défaut.

— Les subtiliser ? Comment ça, les subtiliser ? Où ?

— Au Palais, évidemment.

Janson serra les mâchoires.

— Et comment suis-je censé m'approcher du Palais ?

Yun Jin-ho se renversa sur sa chaise, sortit de sa poche un paquet de cigarettes. Il en prit une, la coinça entre ses lèvres, gratta une allumette. Il porta la flamme au bout de la cigarette et l'observa un instant.

Après plusieurs bouffées, il fixa de nouveau Janson à travers les volutes.

— Voilà quelque chose que je peux faire pour vous, monsieur Janson. Une fois la nuit tombée, je vous escorterai personnellement jusqu'à la Cité interdite.

36

Aéroport international de Pékin
Chine

Tout en se dirigeant en habitué entre les innombrables restaurants et comptoirs *duty-free* de l'aéroport le plus effervescent de toute l'Asie qu'était l'aéroport international de Pékin, Sin Bae consultait sur son téléphone l'e-mail crypté que lui avait envoyé Ping. Pour éviter que Sin Bae ne croise Jessica Kincaid à l'aéroport Incheon et ne le reconnaisse, c'était à Ping qu'était revenue la tâche de suivre le trio à sa descente d'avion à Pékin, tandis que Sin Bae prenait un vol plus tardif depuis Séoul.

Concentré sur son téléphone, il marchait vite et sans regarder autour de lui et la foule qui le voyait affairé s'écartait instinctivement de son chemin. Personne n'aurait pu croire qu'il était aux aguets, tous ses sens en éveil, conscient du moindre mouvement dans son environnement. Lorsque Sin Bae vous heurtait dans une cohue, ce n'était jamais par hasard. Il vous avait délesté au passage de votre portefeuille ou d'un sac

– non pour l'argent, mais pour utiliser vos papiers d'identité à son profit –, ou avait implanté sur votre personne une puce électronique permettant de vous suivre, sinon quelque chose de plus sinistre encore. En tout état de cause, c'était volontaire.

En fait, l'homme qui présentement traversait l'aéroport ne répondait pas au nom de Sin Bae mais à celui de Song Jin-sung. Officiellement, il était chercheur, employé par les laboratoires pharmaceutiques Pfizer à Séoul, et détenteur d'un passeport sud-coréen rempli de tampons indiquant qu'il avait voyagé dans presque tous les pays d'Asie ainsi que dans nombre d'États de l'Union européenne. Il connaissait Tokyo, Singapour, Paris et Madrid. Et Song Jin-sung, ou l'une de ses nombreuses autres incarnations, avait effectivement visité chacune de ces villes – et tué quelqu'un dans chacune de ces villes – en sortant sans rien emporter avec lui, sans laisser rien d'autre derrière lui que les cadavres de ses victimes, sauf, de temps à autre, sa carte de visite : un bouton de manchette en or blanc, orné d'une pierre précieuse en onyx – et d'un garrot taché de sang caché dans son centre.

Sin Bae lisait attentivement le message de Ping tout en pensant à l'adolescente. Il avait espéré que Kang Jung n'accompagnerait pas Kincaid et son acolyte à Pékin. Mais elle l'avait fait.

Pourquoi la femme a-t-elle laissé la gosse la suivre alors qu'elle savait qu'elle en faisait une cible ? Elle n'a que 13 ans. Elle devrait être à l'école.

Il posa sa main sur sa tempe gauche où une migraine commençait à poindre. Dès l'âge de 14 ans, Sin Bae avait été retiré de l'école et placé dans une équipe de travail à Yodok. En raison de sa carrure et de son énergie, il avait reçu pour tâche d'enterrer les cadavres dans la montagne. En hiver, cela lui prenait parfois des jours pour creuser ne fût-ce qu'une seule tombe dans le sol gelé.

Et il y avait tant de corps. Tant de corps que même la montagne n'était pas assez vaste pour les contenir.

En hiver, Sin Bae dépouillait les corps de leurs vêtements qu'il distribuait ensuite à sa propre famille.

En hiver…

En hiver on ne trouvait pas de baies dans les hauteurs. Pas de grenouilles, pas de salamandres, pas non plus de vers de terre. Le blé, le riz, se faisaient rares ; lui et ses proches n'étaient plus très loin de la famine. Mais Sin Bae était bien décidé à survivre coûte que coûte.

Il devint sauvage, se mit à disposer dans tout le camp des pièges à rats. Chaque fois qu'il en attrapait un, il le cuisinait et le dévorait en secret. Puis le rationnement empira, sa famille dut se restreindre plus encore, et il cessa de se joindre à eux pour partager le maigre repas du soir. Des mois durant, il ne se nourrit que de rats.

À l'âge de 15 ans, c'était un adulte fait, et son père l'avertit : « *Fais attention, fils, maintenant que tu es un homme les gardes ont le droit de te tirer dessus.* »

De nouveaux gardes arrivèrent à Yodok en compagnie de leurs familles. Bien que séparés des prisonniers, ils éprouvaient une grande frustration à l'idée d'avoir été nommés dans un endroit pareil.

Sin Bae se demandait souvent ce que ces hommes pensaient de lui. Dans son enfance, ils avaient pris l'habitude de le frapper à la moindre incartade. À mesure qu'il forcissait et s'endurcissait, ils lui confiaient les tâches les plus éprouvantes, mais semblaient en même temps développer pour lui un sentiment de respect. Ou de crainte. Non en raison de sa stature physique, mais à cause de ce qu'ils voyaient mûrir dans ses yeux à mesure qu'il grandissait.

Ces yeux à présent fixés sur le téléphone. D'après l'e-mail de Ping, les cibles avaient pris un taxi depuis l'aéroport jusqu'à la place Tiananmen. Sin Bae était entièrement d'accord avec l'analyse de son agent traitant : c'était une destination bizarre pour commencer les recherches sur Gregory Wyckoff.

Peut-être Kincaid et ses deux acolytes avaient-ils plus d'informations qu'il ne le suspectait. Peut-être savaient-ils où trouver le gamin. Auquel cas le séjour de Sin Bae à Pékin serait bref. Il serait peut-être de retour à l'aéroport et embarquerait pour Séoul d'ici à quelques heures.

C'est après que Kincaid eut passé le *checkpoint* de sécurité et soit parvenue sur la plus grande place du monde que le texto intercepté sur le téléphone volé de Gregory Wyckoff par les hommes de Park Kwan une heure plus tôt commença de prendre sa signification. Le lieu était à n'en pas douter tout à fait approprié pour un rendez-vous clandestin, tout particulièrement si l'une des personnes concernées craignait pour sa vie.

En dépit de la température glacée, la foule sur la place Tiananmen était aussi dense que le brouillard suspendu au-dessus d'elle. Des troupes de touristes entouraient les grands monuments chinois, les mains chargées de caméras high-tech hors de prix, excités comme des paparazzis un soir d'inauguration.

À travers la brume, Kincaid discernait les centaines de lanternes décorant la place en prévision du Festival du Printemps de Pékin. La fatigue commençait à la gagner. Elle secoua la tête pour la chasser mais en vain. Ce qu'il lui fallait, c'était une nouvelle dose d'adrénaline, du genre de celle qu'elle avait reçue en entendant la voix du vieil ami de Janson résonner dans le téléphone au Grand Hyatt. Il lui fallait se souvenir qu'elle, Park Kwan et leur protégée de 13 ans étaient en danger, que leur mission était une question de vie ou de mort.

— Mettons-nous à la recherche de Wyckoff, dit-elle.

S'il fallait en croire le texto, le rendez-vous entre Wyckoff et son correspondant non identifié aurait lieu dans une heure et dix minutes. Mais, d'après le dossier de Wyckoff, c'était sa seconde visite seulement à Pékin en dix ans, et Kincaid en déduisit qu'il arriverait tôt de peur de manquer le rendez-vous. Elle proposa à Park Kwan de se séparer pour couvrir le plus d'espace possible en moins de temps.

— Et moi ? intervint Kang Jung.

— Tu peux venir avec moi ou aller avec lui, lui répondit Kincaid.

Kang Jung secoua la tête :

— Je veux dire que, à nous trois, on couvrira plus d'espace encore qu'à vous deux.

— Je le sais très bien, fit Kincaid sur un ton qu'elle regretta aussitôt. Mais il est hors de question que tu erres à ta guise. Tu es trop jeune.

Heureusement, plutôt que de répondre, la jeune fille se contenta d'une grimace. Elle se tourna vers Park Kwan et dit d'un ton résolu :

— Je viens avec vous.

Kincaid désigna le haut monument de granit au centre de la place comme lieu de rendez-vous, d'ici à un peu moins d'une heure en cas d'échec. Elle leur souhaita bonne chance puis se dirigea vers l'énorme queue en attente devant le mausolée de Mao.

— Commençons par le Grand Timonier, dit-elle.

Sin Bae passa la douane, sortit de l'aéroport, et se dirigea directement vers l'Audi A7 noir mat qui l'attendait sur le parking. Il fut satisfait de constater que les vitres étaient teintées conformément à sa demande.

Il ouvrit la porte côté conducteur, se glissa sur le siège de cuir anthracite. Il démarra le moteur V-8, et ferma les yeux, tandis que le ronronnement le ramenait à ses souvenirs.

À l'âge de 16 ans, Sin Bae était déjà fort loin du prisonnier modèle. Il perturbait toute l'activité du camp, se battait, volait, couchait avec des femmes, ce qui était strictement interdit à Yodok.

Et il en payait le prix.

Durant sa neuvième année à Yodok, il était jeté en cellule d'isolement pratiquement une semaine sur deux, sanctionné pour une transgression ou une autre. Puni pour avoir volé, pour s'être battu, pour avoir baisé, pour avoir répondu à un garde. Puni pour ne pas avoir porté correctement les haillons qui servaient d'uniforme.

L'isolement signifiait l'obscurité totale. La privation de nourriture, et bien sûr de ses précieux rats. Il fit des mille-pattes son petit déjeuner, et des cafards son repas de midi.

La boîte en bois servant de mitard était si étroite que quelqu'un de sa corpulence ne pouvait pratiquement pas bouger. Il s'accroupissait, les mains sur ses cuisses, les talons enfoncés dans les fesses, ce qui causait une douleur insoutenable et permanente. S'il disait le moindre mot, faisait le moindre geste, la punition était prolongée.

Chaque séjour au mitard ajoutait cinq ans à sa sentence.

Même maintenant, chaque fois qu'il fermait les yeux, il craignait de se retrouver dans la boîte en les rouvrant. C'est là qu'il avait assisté à l'événement le plus atroce de toute son existence.

Il ouvrit les yeux, enclencha la marche arrière.

Le trajet jusqu'à Tiananmen lui prendrait environ trente minutes, et il n'aurait pas à se soucier de garer sa voiture en arrivant. L'un des autres agents de Ping l'attendrait en compagnie de Bei Chang Jie. Sin Bae se contenterait de sortir de la voiture en laissant le moteur tourner. Il se dirigerait vers l'entrée orientale de la place où un garde grassement payé au préalable lui ferait passer le *checkpoint* sans qu'il ait à répondre à aucune question ou subir de fouille.

Sin Bae passa le péage, enfonça l'accélérateur de l'Audi A7 et sortit du parking.

Une fois sur l'autoroute, il considéra son reflet dans le rétroviseur avec une rare satisfaction. Pendant son vol depuis Séoul, Ping avait aussi appris l'identité de l'homme voyageant avec Kincaid : Park Kwan, un inspecteur de la police de Séoul. Voilà qui expliquait le pistolet au T-Lound, quelque chose que même Sin Bae n'aurait su prévoir.

Penser à ce type et à la manière dont il était intervenu ce soir-là le ramena à la gamine, Kang Jung. Pour

Sin Bae, sa mort serait d'une ironie particulièrement cruelle. Car s'il n'avait pas hésité, s'il n'avait pas souffert d'un moment d'introspection involontaire à la Sophia Guesthouse, l'adolescente qui lui rappelait tant sa sœur ne se serait pas trouvée impliquée dans cette affaire, et du coup, son nom ne figurerait pas sur la liste de ses prochaines victimes.

Ce n'était rien d'autre que le visage de sa sœur qu'il avait aperçu dans le miroir en étranglant la jeune traductrice Lynell Yi.

L'interprète ne ressemblait en rien à Su-ra, bien sûr – Su-ra qui dans l'esprit de Sin Bae avait 12 ans pour l'éternité. Mais c'était elle qui était apparue devant lui ce soir-là. C'était son image qui avait détourné son attention durant quelques secondes cruciales.

Il s'était ressaisi à temps pour achever l'interprète, mais son hésitation avait permis au garçon de prendre la fuite.

Et maintenant il était ici, à Pékin. Et Jessica Kincaid, le flic sud-coréen, la jeune fille nommée Kang Jung, tous trois allaient le mener directement à lui.

Il éprouvait un sentiment doux-amer, un mélange particulier de soulagement et de regret.

Car une fois qu'ils l'auraient guidé jusqu'au gamin, il n'aurait d'autre choix que d'éliminer l'adolescente avec les autres.

Il revit Park Kwan dans le vestiaire du night-club, serra les dents de colère. À cause de lui, le décompte de cadavres pour cette mission serait de quatre au lieu de trois.

37

L'obscurité absolue s'étendait jusque dans certains quartiers de la capitale. Janson avait vu quantité de photos-satellite nocturnes de la péninsule coréenne. D'une hauteur de plusieurs centaines de kilomètres, le Nord restait noir comme l'océan. Il avait beau le savoir, il demeurait choqué par le néant parfait de Pyongyang une fois le soleil couché. Aucun lampadaire. Aucun feu. Pas la moindre fenêtre éclairée dans les buildings qui de part et d'autre surplombaient la rue. Il avait le sentiment d'être remonté plus loin encore dans le temps – non plus aux premières décennies du XXᵉ siècle mais à l'Âge de pierre.

Janson se sentait maintenant comme un soldat sur un champ de bataille urbain. Le sentiment d'être un fantôme dans le brouillard s'était dissipé. Même si l'obscurité servait de protection, le danger dans la capitale restait omniprésent. Et plus Yun Jin-ho et lui approcheraient de leur destination, plus le risque augmenterait.

Tandis qu'ils s'enfonçaient dans l'obscurité, le cœur de Janson se mit à battre plus vite, ses muscles se tendirent. Il était parfaitement reposé, à présent, et il avait mangé à sa faim. Travailler si près du pouvoir, lui avait expliqué Yun, avait ses avantages. Contrairement à la plupart des habitants, Yun Jin-ho recevait de la nourriture à foison, et cela incluait des denrées de luxe en provenance du Sud ou même du Japon.

— Comment vous êtes-vous mis à travailler pour le Sud ? lui avait demandé Janson en se réveillant dans la planque.

Assis sur le lit de camp, il pouvait distinguer une carte étendue devant Yun Jin-ho sur la table autour de laquelle ils avaient discuté quelques heures plus tôt.

Après plusieurs secondes de silence, Yun Jin-ho avait levé les yeux de la carte. L'air résigné, il invita Janson à le rejoindre. Ce dernier s'assit devant lui, de l'autre côté de la table, et Yun Jin-ho lui conta son histoire.

— J'ai fait défection, commença-t-il.

Avant cela, il avait servi en tant que loyal directeur adjoint du général Kim Jong-il, une position extrêmement prestigieuse, l'un des postes les plus enviés du pays. Et consacré des années de travail et d'éducation à s'élever dans la hiérarchie au temps du père du Cher Dirigeant, Kim Il-sung. Comme tous ses concitoyens, il avait adoré Kim Il-sung. *C'était notre divinité*, dit-il. Pas un seul Coréen, même parmi les plus éduqués, ne pensait au Grand Leader comme à un simple mortel, un homme fait de chair et de sang. Selon l'histoire officielle, Kim Il-sung était l'un des plus grands guerriers du monde, un libérateur du peuple coréen qui avait personnellement combattu cent mille batailles au cours de l'occupation japonaise. La propagande étatique en faisait une figure plus vertueuse que Confucius, plus bienveillante que Bouddha, plus juste que Mohammed, plus charitable que le Christ. Personne ne le voyait pour ce qu'il était, un homme de paille. Une poupée choisie par les renseignements soviétiques lors de leur brève occupation du Nord pendant la Seconde Guerre mondiale.

Il ferma les yeux, tandis qu'un sourire sans joie passait sur son visage.

— Vous auriez dû voir ma stupéfaction quand, après avoir fait défection, j'ai appris que notre Grand Leader parlait couramment le chinois et le russe mais qu'il était incapable de faire une phrase correcte en coréen quand Staline l'a mis à la tête de notre pays.

En 1994, à la mort de Kim Il-sung à l'âge de 82 ans, la Corée du Nord tout entière était restée sidérée, Yun Jin-ho compris.

— C'était impensable, dit-il. Comment les dieux meurent-ils ? Et qu'est-ce que vous devenez lorsque ce sont les vôtres ?

Tout comme ses compatriotes, Yun Jing-ho ne s'était jamais senti si triste, si effrayé que ce jour-là. Il se joignit aux millions de personnes qui remplirent les rues du pays, emportées par la panique et un sentiment de deuil irrépressible. Plusieurs se suicidèrent en sautant dans le vide. D'autres se cognèrent le crâne contre les murs, contre le bitume du trottoir, jusqu'au sang, jusqu'à en perdre conscience, et pour certains jusqu'à ce qu'ils en meurent. On eût dit que la nation tout entière s'était réunie pour pousser un hurlement sans fin. Des millions de gens endeuillés se massaient autour de chacune des trente mille statues érigées en l'honneur de Kim Il-sung en sanglotant et en s'évanouissant sous la chaleur. Et la plupart priaient.

— On nous a dit que si l'on priait assez fort, si l'on pleurait et hurlait à s'en décrocher les poumons, si l'on s'arrachait les cheveux et si l'on se frappait la poitrine jusqu'au sang, alors peut-être, peut-être, le Grand Leader consentirait à ressusciter, peut-être nous reviendrait-il, redescendant du ciel sur un cheval ailé pour diriger son peuple une fois encore.

À sa place, le peuple de Corée découvrit son fils.

Kim Jong-il avait été présenté au pays vingt ans plus tôt comme le futur successeur de son père quand ce dernier viendrait à mourir. Lunatique, changeant, Kim Jong-il ne possédait rien de l'expérience militaire ni du charisme de son père. Et cependant, en grande partie grâce à la poigne de fer sans laquelle le régime maintenait la population, la transition se fit aisément. Et le culte de la personnalité continua sans anicroche.

Quelques officiels au sein du palais, dont Yun Jin-ho, se méfiaient du fils. Ses appétits variés étaient bien connus au Palais, et même si personne n'en parlait jamais à voix haute, les besoins voraces du fils pour toutes sortes de choses étaient le plus souvent jugés avec écœurement.

Vivant en reclus, Kim Jong-il exigeait constamment la présence de jeunes modèles norvégiennes pour le distraire. Sa bedaine trahissait son amour de la nourriture, sa cave ses goûts pour les vins et liqueurs de prix.

Tandis que son peuple crevait de faim, Kim Jong-il se livrait à des virées internationales qui laissaient Yun Jin-ho ivre de dégoût.

— Il envoyait son cuisinier personnel au Japon pour acheter les sushis les plus chers par dizaines de milliers, raconta-t-il avec répulsion. En Thaïlande, pour les meilleures papayes et les mangues les plus coûteuses. Au

Danemark pour le meilleur bacon du monde et en Iran et en Ouzbékistan pour les pistaches et le caviar.

Yun secoua tristement la tête.

— Son peuple souffrait de malnutrition mais le Cher Leader achetait des caisses entières de Perrier en France, des tonneaux de Pilsner en Tchécoslovaquie. C'était sans doute le plus grand consommateur de cognac Hennessy au monde.

Bien qu'il maintînt les apparences, il ne fallut guère de temps à Yun Jin-ho pour se révolter à la seule idée de travailler encore pour le régime. Il avait cessé d'aimer son job, il avait cessé d'aimer son pays, parce qu'il avait cessé d'aimer son leader. Même s'il continuait de monter en grade, il avait commencé à chercher une porte de sortie.

À économiser. À passer son peu de temps libre à étudier des cartes. Il ne se confiait bien sûr à personne, pas même à ses amis les plus proches et les plus dignes de confiance au sein du Palais. Le silence, il l'avait tout de suite su, serait la clé de sa réussite.

Yun Jin-ho continua de travailler aussi consciencieusement que par le passé. Il observait calmement l'obsession de Kim Jong-il pour obtenir des armes nucléaires tandis que son peuple crevait de faim et pourrissait dans des camps de travail éparpillés dans tout le pays.

Après des années passées comme témoin des crimes et atrocités commis par Kim Jong-il, après avoir constaté de première main sa totale indifférence pour le sort de son peuple, Yun Jin-ho décida qu'il ne pouvait plus attendre. Il était temps d'agir.

Et c'est ce qu'il fit. Non sans savoir ce que cela pouvait lui coûter.

Il avait besoin de temps et feignit une maladie de longue durée pour justifier ses absences au Palais. Il consacra l'essentiel de la petite fortune qu'il avait mise de côté à acheter le médecin pour obtenir le diagnostic nécessaire. C'était risqué. Si le Palais exigeait une seconde expertise médicale, Yun et son médecin seraient publiquement exécutés, il le savait.

Il aurait pu tout simplement s'enfuir, sauf qu'il était vital de ménager la possibilité de revenir au Palais si son plan venait à échouer. Il savait aussi que s'il trouvait la vie en Corée du Nord intolérable en dépit de sa position prestigieuse et de tous les avantages qui y étaient liés, il ne survivrait pas un mois comme simple citoyen – sans parler de ce qui se produirait si on l'internait.

Yun Jin-ho paya l'un de ses amis sûrs pour qu'il le conduise jusqu'à la ville minière de Musan, dans le centre de la province du Hamgyong du Nord. Naturellement, les mines et les usines de Musan avaient toutes fermé durant l'effondrement économique des années 90, et le lieu ressemblait à la ville fantôme de n'importe quel western. Peuplée de délinquants et de hors-la-loi, Musan était devenue un point de départ pour les Nord-Coréens cherchant désespérément à passer la frontière chinoise. Quelques-uns, tel Yun, étaient des déserteurs ; d'autres des commerçants capables de négocier n'importe quoi, depuis le riz et le blé jusqu'aux épouses vierges dans le marché noir bourgeonnant du pays.

Mais le business de loin le plus lucratif restait le trafic humain : servir de guide ; obtenir de faux papiers ; corrompre les soldats et les conducteurs de trains en Corée du Nord, et les bandits et la police du côté chinois de la frontière. En raison de la situation de la ville, qui se trouvait à l'un des coudes les plus étroits de la rivière Tumen, faire passer des gens de Musan en Chine était une industrie en pleine expansion. Yun Jin-ho traversa la rivière à minuit. De là, son guide l'amena jusqu'à une route de terre qui s'enfonçait dans le territoire chinois.

Il ne resta qu'une seule journée dans un village de la province de Jilin avant de poursuivre sa route vers le Nord. Sa destination finale était Séoul, mais, pour y parvenir, il lui fallait rejoindre la Mongolie sans être repéré. S'il était arrêté en Chine, les autorités le renverraient à son point de départ, où il serait envoyé dans un goulag ou exécuté pour trahison.

Par chance, la Mongolie enclavée bénéficiait de lois tout à fait différentes. Contrairement à la Chine, elle avait une ambassade sud-coréenne dans la ville de Oulan-Bator qui acceptait les déserteurs venus du Nord. Si bien que, depuis la capitale mongole, Yun Jin-ho fut mis dans un avion pour Séoul.

Une fois sur place, il passa des semaines à se faire interroger par l'Intelligence Service. Yun l'avait vite compris : sa position au sein du régime faisait de lui un transfuge de valeur. Il n'était pas certain, en revanche, que ce fût un avantage.

— Il allait se passer longtemps, commenta-t-il, avant que je puisse répondre à cette question.

Tout de suite après ses interrogatoires, Yun fut introduit auprès d'un homme de petite taille du nom de Nam-Sei-hoon.

— Je n'aurais jamais pensé revenir en Corée du Nord, dit-il. C'est la dernière chose que j'envisageais durant mon périple à travers la Chine et la Mongolie.

Mais Nam Sei-hoon avait son plan à lui pour ce qui était de mon avenir. Et assez vite, il m'a fait une offre que je ne pouvais pas refuser.

Nam Sei-hoon promit à Yun Jin-ho des richesses inestimables.

— Accordez-moi simplement une année de votre vie, lui dit-il, et en retour, je vous donnerai des conditions d'existence à faire pâlir celles de Kim Jong-il.

— C'était il y a presque cinq ans, dit Yun attablé devant Janson. À la fin de la première année, il m'expliqua que les conditions de sécurité n'étaient pas réunies pour tenter une exfiltration. « Accrochez-vous encore quelques mois », ç'a été sa formule. Et je me suis accroché.

Mais neuf mois plus tard, Nam Sei-hoon tergiversait toujours. Yun Jin-ho avait compris qu'il se faisait manipuler. Il se remit à élaborer des plans de fuite en solitaire. Cette fois, utilisant ses connaissances hors pair, il traverserait la Zone démilitarisée directement jusqu'au Sud. Une fois de retour à Séoul, il avertirait les autorités du comportement de Nam Sei-hoon. Yun se vengerait de l'homme qui avait tenté de le contrôler.

C'était alors qu'il préparait sa seconde fuite qu'il fut approché par l'un des gardes personnels du Cher Leader, un membre du Commandement de la Garde.

— Si vous tentez de quitter le pays, lui dit-il, vous serez pris et emmené à la résidence du général Kim où on vous égorgera comme le porc que vous êtes.

Yun Jin-ho comprit immédiatement que le type était envoyé par Nam-Sei-hoon. S'il avait été loyal au régime, il n'y aurait eu ni menace ni avertissement. Yun aurait simplement été envoyé dans un camp de travail et ensuite exécuté.

À dater de ce jour, Yun comprit qu'il était sous surveillance. Il se jura de ne plus transmettre la moindre information aux garde-chiourmes de Nam Sei-hoon. Mais ce serment ne dura qu'un temps.

— La seconde fois, le message m'est parvenu par l'intermédiaire d'un haut fonctionnaire du ministère de la Sécurité d'État. Il m'a dit : « Si vous cessez d'envoyer des informations à Séoul, elle sera dépecée pour servir de viande aux prisonniers de Senhori. »

Yun Jin-ho n'avait pas eu besoin de demander à qui la brute faisait allusion. Quelques mois plus tôt, il avait noué une relation clandestine avec une jeune femme de Pyongyang. Elle s'appelait Han Mi-Sook.

Au cours des années suivantes, et de leurs rares communications, Nam Sei-hoon usa d'un habile mélange de menaces et de promesses pour maintenir son contrôle sur Yun Jin-ho. Une fois sa mission finie et installé en Corée du Sud, lui fit-il valoir, il serait perçu comme un héros. Il vivrait une vie de plaisir et de luxe avec Mi-Sook dans le quartier le plus prestigieux de Séoul, et tous deux seraient invités à la Présidence, on leur remettrait les clés de la ville.

Puis, quand Yun lui fit comprendre qu'il voyait clair dans son jeu, Nam-Sei-hoon adopta une tactique plus cruelle. Il organisa le cambriolage de toutes ses économies, des économies que, par précaution, Yun avait cru bon de garder chez lui en liquide. Ainsi, il ne serait plus tenté d'acheter les complicités nécessaires à sa fuite. Puis Nam menaça de diffuser des preuves inventées impliquant Mi-Sook dans un réseau d'espionnage pro-américain. Il alla jusqu'à fabriquer de toutes pièces des photos compromettantes montrant Yun dans les bras d'une autre femme.

— Si vous cessez de nous transmettre les informations dont nous avons besoin, lui fut-il dit, Mi-Sook rentrera chez elle un soir pour trouver ces photos sur son paillasson. Elle comprendra quel personnage dégénéré vous êtes.

C'est après un ultime rendez-vous de ce genre avec l'un des espions de Nam Sei-hoon au sein du Commandement des Gardes que Yun décida que sa seule voie hors de la Corée du Nord était désormais le suicide.

Mais il semblait que, à deux cents kilomètres de là, Nam Sei-hoon lisait jusque dans ses pensées.

Pour la première fois, Mi-Sook fut directement menacée. Un fonctionnaire du ministère de la Sécurité d'État lui fit savoir que « si Yun Jin-ho attente à sa vie, vous verrez vos propres parents mourir d'une mort si atroce que vos yeux fondront de douleur dans votre crâne ».

Mi-Sook rapporta ses propos à Yun qui n'eut d'autre choix que de tout lui avouer, depuis sa première tentative pour faire défection jusqu'à la constante surveillance et les menaces.

Mi-Sook accueillit la nouvelle mieux qu'il ne s'y était attendu. Ce fut elle qui prit la décision de chercher ensemble un moyen de fuir, en sorte que Yun pût un jour se venger du petit homme de Séoul.

Dans l'obscurité, Janson pouvait sentir la présence de Yun Jin-ho à ses côtés. Ils étaient liés bien davantage qu'il ne se l'était imaginé au départ. Il éprouvait de l'affection pour cet homme.

Tous deux avaient vécu la double vie propre à tout espion.

Ils avaient servi leur pays respectif sans retenue.

Ils s'étaient fait l'un et l'autre manipuler comme des pions.

Mais ce qui importait vraiment à Paul Janson, tandis que Yun Jin-ho et lui traçaient leur route dans les rues obscures de Pyongyang, c'était qu'ils avaient un ennemi commun.

Tous deux avaient été trahis par Nam Sei-hoon.

38

Place Tiananmen,
Dongcheng District, Pékin

Kincaid aurait voulu que Janson soit là – avec elle. Sa capacité à distinguer dans la foule la personne qu'il cherchait égalait presque son talent à se fondre lui-même dans la multitude. Kincaid avait d'autres cordes à son arc, mais pas celle-là.

Elle avait passé plusieurs jours à s'entraîner, gravant l'image de Gregory Wyckoff dans sa mémoire sous divers déguisements, l'imaginant avec un chapeau, ou les cheveux teints en noir. À présent, pourtant, il lui fallait examiner attentivement chaque trait de chaque individu pour s'assurer qu'il ne s'agissait pas de lui avant de passer au suivant. Elle n'avait pas encore intégré la mémoire synthétique de Paul Janson.

Elle détaillait ainsi tous les visages parmi la foule de l'immense queue qui attendait d'entrer au Mausolée de Mao. Il restait moins de quarante minutes avant le rendez-vous de Wyckoff.

Un à un, les gens qu'elle examinait lui retournaient son regard. Les visiteurs du Mausolée n'avaient pas le droit d'entrer avec quoi que ce soit dans les mains. Ils devaient déposer leurs appareils photo, leurs sacs, leurs téléphones, et même leurs *manteaux*, dans une rangée de vestiaires disposée à quelques dizaines de mètres de là. La plupart étaient donc non seulement frustrés mais transis de froid et tendus. Et l'attitude de l'Américaine les scrutant un à un comme si elle se préparait à peindre un portrait de groupe ne faisait rien pour arranger leur humeur.

L'hostilité avec laquelle ils lui rendaient son regard ne diminuait en rien sa concentration. Elle éliminait d'emblée les Asiatiques sans chapeau ni lunettes de soleil, se concentrant sur ceux dont on pouvait penser qu'ils étaient des Occidentaux déguisés – un pourcentage anormalement élevé, réalisa-t-elle.

Elle éprouva soudain une sensation bizarre, une sorte de démangeaison intérieure – quelque chose, une pensée informe qui traînait dans sa tête.

Quelque chose.

Mais quoi ?

Elle fixait attentivement un jeune Coréen quand elle réalisa son erreur. Il ne lui fallait pas se contenter de chercher Gregory Wyckoff. La menace qui les visait – elle, Park Kwan et Kang Jung – le visait également.

Cela signifiait qu'elle aurait dû chercher quelqu'un comme elle.

Elle aurait dû chercher un agent des Opérations consulaires.

Elle aurait dû chercher Sin Bae.

Un cri haut perché la fit se retourner brusquement. Ses yeux tombèrent sur une jeune femme qui venait de se faire frapper, elle gisait sur le sol.

Kincaid aperçut le dos d'un jeune homme en veste de cuir brun qui courait à toutes jambes – sprintant vers le *checkpoint* de sécurité de l'entrée la plus proche.

La foule à l'entrée se mit instinctivement à se disperser. Bientôt, Kincaid ne distingua plus le fuyard. Il y avait clairement deux hommes qui se pourchassaient au milieu de la cohue et des cris des passants.

Tout en se maudissant dans un souffle, elle fonça dans leur direction.

Sin Bae fila comme l'éclair. Où était donc passée son impeccable concentration ? Il venait de foirer le coup. Après une carrière de plus de cinquante meurtres parfaitement exécutés, il semblait sérieusement en perte de vitesse.

Il n'avait pas d'autre choix que de rectifier son erreur. Cette fois, il n'y aurait pas de seconde chance. Avec Ping à proximité, il paierait son échec au prix fort. Si le jeune Américain s'en tirait, Sin Bae ne donnait pas cher de sa peau.

Il accéléra. Sans ralentir, il heurta successivement un vieillard et un gosse.

Tout en courant après le gamin en veste de cuir, il essayait de comprendre ce qui avait bien pu foirer quelques instants plus tôt. Simple. Au lieu de guetter Wyckoff il s'était concentré sur l'Américaine qui examinait la queue devant le Mausolée. Il s'était laissé *distraire.* Puis il y avait eu ce cri de femme.

Il s'était retourné pour découvrir une femme au sol, elle venait de se faire attaquer, son agresseur était déjà en train de s'enfuir. Wyckoff, avait-il pensé. Il m'a reconnu.

C'était quelque chose qu'il n'aurait pas cru possible. Le *hanok* dans lequel il avait tué la fille était noir comme la nuit, le gamin dormait, comment aurait-il pu le reconnaître ?

Oui : en apercevant sa sœur une demi-seconde dans le miroir il avait hésité. Et durant cette demi-seconde, la fille avait renversé une lampe. Mais presque aussitôt Sin Bae avait attrapé la fille par la gorge et il s'était détourné du gamin comme du miroir. Le tout n'avait pas duré deux secondes.

Il *savait* qu'il n'avait pas pu être vu.

Quand le gamin lui avait sauté dessus pour aider son amie, il s'en était simplement débarrassé d'un coup de coude au visage. Le temps qu'il se remette sur ses pieds, la fille était morte, et le gosse n'avait eu d'autre choix que de courir. Comment l'aurait-il vu en pleine nuit ? Avec suffisamment de précision pour l'identifier dans la foule et le brouillard de la place Tiananmen ?

Peu importe, pensa-t-il tout en courant le long du parking à vélos. Tout ce qui compte maintenant c'est de l'attraper. Et de le tuer. Et tuer Kincaid et Park Kwan. Et, malheureusement, Kang Jung.

Alors, il pourrait tourner son attention vers Paul Janson. Tuer Janson serait plaisant.

39

Encore des tunnels, putain? Telle avait été la première pensée de Janson en entendant pour la première
fois le plan de Yun Jin-ho. Mais à présent, depuis le
sommet obscur de la colline, dans la banlieue nord de
Pyongyang, il en voyait tout le génie.

Dans la seconde où il avait aperçu le Palais gouvernemental de huit kilomètres carrés dans le district de
Ryongsong, Janson avait compris que c'était là l'entrée. Le complexe brûlait d'une telle lumière qu'il se
demanda s'il était visible depuis l'espace, une ampoule
géante, solitaire, dans un océan d'obscurité.

De retour dans la planque, Yun Jin-ho avait expliqué
à Janson comment fonctionnait la sécurité du Palais.
Une barrière électrifiée l'entourait, il y avait des mines
un peu partout, et plusieurs *checkpoints* se succédaient
tous les cent mètres environ.

— Il y a aussi un quartier général souterrain, avait-il
ajouté. Utilisable en cas de guerre. Les murs sont ren-
forcés par des barres de fer et le béton est recouvert de
plomb en cas d'attaque nucléaire.

— Une attaque en provenance de ces salauds d'Américains? fit Janson dans un demi-sourire.

— Exactement, répondit Yun sans relever la tête du plan.

— Quel genre d'armes est-ce qu'ils ont là-dedans ? demanda Janson.

— Des armes conventionnelles de masse, c'est certain. Mais je soupçonne autre chose.

— Chimiques ? Biologiques ?

Yun Jin-ho haussa les épaules, comme si Janson avait demandé le nombre de toilettes.

— Il y a une douzaine d'unités militaires prêtes à repousser n'importe quelle menace. Je ne pense pas qu'ils aient besoin de gaz moutarde contre un seul individu. Même s'il est américain. Même s'il s'appelle Paul Janson.

— Attendez de voir, répliqua Janson, impassible.

Yun Jin-ho leva la tête et étudia son hôte un instant.

— Je vous aime bien, monsieur Janson, vous n'êtes pas mal. Puis, ramenant ses yeux sur la carte : Pour un salaud d'Américain.

Janson scrutait maintenant les lieux avec ses jumelles de nuit. Il lui semblait reconnaître quelques-unes des structures que Yun Jin-ho lui avait décrites, notamment les grandes maisons dissimulées parmi le béton massif des bâtiments administratifs.

Chaque immeuble représentait une réussite architecturale d'envergure, perceptible même de loin par un amateur tel que lui.

Autour des résidences, on distinguait des jardins parfaitement entretenus. Des lacs artificiels agrémentaient la propriété.

Accroupi, Janson scruta la piscine – une construction élaborée qui, selon le plan que lui avait montré

Yun Jin-ho, mesurait quinze mètres de large pour cinquante de long et au centre de laquelle se dressait le plus haut toboggan que Janson ait jamais vu. Il y avait des boxes à chevaux, une piste de course, un stade d'athlétisme.

— J'en ai assez vu, dit-il en remettant ses jumelles dans sa poche. Je suis prêt à retrouver Kim Jong-un pour un dîner tardif.

Yun Jin-ho se tourna vers lui avec un sourire à demi dissimulé par l'obscurité.

— Je crains que les salauds d'Américains ne soient obligés d'emprunter l'entrée de service, sous terre.

Janson se leva.

— Qu'est-ce qu'on attend dans ce cas. Guidez-moi jusque-là.

Ils se retrouvèrent devant l'entrée.

— C'est un endroit que très peu de Nord-Coréens ont pu voir, dit Yun. Vous êtes le premier étranger à y pénétrer, et très probablement le dernier.

Par chance, les yeux de Janson avaient eu le temps de s'habituer à l'obscurité. Dans le noir complet, il suivit lentement Yun Jin-ho le long du mur en tuiles.

— Cette entrée, commenta Yun, a été fermée voici quelque temps.

— Dans quel but l'avait-on construite ?

— Pour transporter les passagers de première classe à travers le pays.

— Les passagers de première classe ? fit Janson en fronçant les sourcils.

— Il y a eu trois passagers de première classe dans l'histoire de la Corée du Nord : Kim Il-sung, Kim

Jong-il, et Kim Jong-un. Quatre, si l'on ajoute le petit Bichon maltais de Kim Jong-il.

— Kim Jong-il avait un chien ?

— Il l'a reçu tout bébé. C'est resté le seul véritable amour de sa vie après la mort de son père. Voir le Cher Leader jouer avec cette petite boule de poils est la seule fois où j'ai ressenti une ombre de compassion pour lui.

— C'est compréhensible, j'imagine, dit Janson. Hitler avait un berger allemand femelle qui s'appelait Blondi.

— La différence, à mon avis, c'est que Blondi n'a pas été le seul chien d'Allemagne à ne pas finir en ragoût pour nourrir la population affamée.

L'estomac de Janson se mit à grouiller tandis qu'ils poursuivaient leur chemin.

— Arrêtez-vous, fit Yun Jin-ho. C'est là que vous allez devoir sauter sur les rails.

Janson sortit de sa poche une Maglite miniature, mais ne l'alluma pas.

— C'est ici que nos chemins se séparent, j'ai le regret de le dire, poursuivit Yun.

Janson lui tendit la main mais Yun, à la place, le prit par les épaules et le serra contre lui.

— Bonne chance, monsieur Janson ! fit-il dans un élan d'émotion.

Sa voix tremblait.

— Une fois que vous aurez mis la main sur ce que vous cherchez, vous vous dirigerez vers le *checkpoint* le plus au nord du complexe, comme nous l'avons décidé.

— Vous êtes absolument sûr que le garde me laissera passer ?

— Absolument. Yun Jin-ho fit un pas en arrière. Une fois sorti du complexe, vous trouverez une Jeep militaire qui vous attendra de l'autre côté de la route. Elle est peinte en noir. Mi-Sook la conduira. Elle a pour instructions de n'utiliser les phares en aucune circonstance. Les feux arrière ont été retirés.

Janson n'aimait pas cette partie du plan.

— Sans les feux…, commença-t-il.

— Croyez-moi, monsieur Janson. Je vous l'ai déjà dit, c'est votre seule chance, la seule façon d'être sûr qu'ils ne vous repéreront pas et ne vous tireront pas dessus sur la route. Mi-Sook s'est entraînée à conduire sur ces chemins en aveugle pendant des mois. La voix de Yun commençait à s'éloigner. Elle sait ce qu'elle fait. Faites-lui confiance et tout ira bien.

— Vous ne m'avez pas dit pourquoi vous ne voulez pas venir avec nous, dit Janson. Si vous et Mi-Sook êtes sous surveillance, il ne leur faudra pas longtemps pour réaliser qu'elle est partie. Vous serez arrêté. Ils vous tueront sans doute. Je vous en prie, ajouta-t-il, réfléchissez.

Janson tendit l'oreille dans l'obscurité, en attente d'une réponse qui ne vint pas. Même le bruit des pas de Yun Jin-ho s'étaient fondus dans le silence.

40

Elle courait, les bras contre les flancs, le cœur battant la chamade, coupant le brouillard, tandis que Wyckoff et Sin Bae quittaient son champ de vision puis reparaissaient avant de disparaître à nouveau. Le dossier sur Wyckoff ne disait rien de sa forme physique. Quelle qu'elle soit, il ne faisait guère de doute que Sin Bae en meilleure condition le rattraperait sous peu. Kincaid mit toute son énergie dans la course.

Mais il devint vite clair que ça n'allait pas suffire.

Les nombreux cyclistes qui la croisaient hurlaient, ce qui était sans aucune ambiguïté des insultes contre sa course à contre-sens dans l'allée qui leur était réservée.

Son corps agit avant même qu'elle ne le décide – ce qui n'était pas plus mal car, si elle y avait un tant soit peu réfléchi, elle n'aurait sans doute jamais fait ce qu'elle se vit pourtant en train de faire. Mais son corps avait pris le contrôle et, du coup, le bras droit de Kincaid jaillit un millième de seconde avant que le cycliste qui la croisait ne la dépasse. À l'instant de l'impact, elle ferma le poing sur quoi que ce soit qu'elle venait d'attraper et tira aussi fort qu'il lui était possible. Le choc fut si violent qu'elle crut que son bras allait être arraché. Au lieu de quoi, dans un double dérapage circulaire, le cycliste fut projeté loin du vélo et roula sur le sol.

Tout en souhaitant vaguement que le type soit indemne – mais après tout, il portait le casque réglementaire pour ce genre de situation –, elle souleva le vélo, le retourna pour planter ses roues dans la direction opposée, prit de l'élan, grimpa dessus, et se mit à pédaler comme si elle visait le maillot jaune pour le Tour de France.

Au bout de quelques secondes, le chasseur et sa proie reparurent devant elle – Sin Bae comblait la distance, comme elle l'avait supposé. Elle n'avait que peu de temps.

Merde. Wyckoff approchait d'un croisement, il aurait bientôt le choix entre s'arrêter ou se faire renverser par une voiture.

Kincaid se pencha en avant, soulevant ses fesses de la selle pour accélérer encore, les yeux fixés sur les deux hommes à travers le brouillard. Elle vit Wyckoff qui ralentissait, Sin Bae qui se préparait à bondir.

Du coin de l'œil elle aperçut, zigzaguant sur la voie mitoyenne, une Audi A7 noire roulant plus vite que toutes les voitures alentour.

Wyckoff parut la voir lui aussi et, juste avant le croisement, il tomba au sol comme touché par une balle.

Les réflexes de Sin Bae n'étaient pas moins bons. L'assassin s'arrêta d'un coup. D'un mouvement fluide, son bras droit saisit son poignet gauche.

Kincaid aperçut l'éclair du bouton de manchette blanc doré que Sin Bae tirait de sa manche. Le fil coupant comme un rasoir qui en sortait était à peine visible mais elle savait qu'il était là, comme elle savait que d'ici très peu de temps il allait s'enrouler autour du cou de Gregory Wyckoff comme il s'était enroulé autour de sa gorge à elle.

Son corps agissait maintenant de façon autonome. Plutôt que de freiner comme la raison l'exigeait, elle ouvrit grand les mains pour lâcher les freins et fonça droit sur Sin Bae.

La collision avec l'assassin fit valdinguer le vélo dans les airs et le trottoir parut se soulever pour venir la frapper en pleine tête.

Elle heurta le bitume, les yeux aussi ouverts que possible toujours fixés sur Sin Bae.

L'assassin avait été pris complètement par surprise. Il bascula sur la chaussée à l'instant précis où l'Audi noire atteignait le croisement.

Il rebondit sur le capot de la voiture, explosa le pare-brise. L'Audi pila dans un hurlement de freins, et le corps ensanglanté de Sin Bae fut projeté quelque dix mètres plus loin, où il heurta la chaussée et roula, jusqu'à s'immobiliser complètement.

Puis dans un long vacarme de freins qui crissaient, de cris et de tôles froissées, une succession de voitures vinrent s'encastrer l'une après l'autre dans l'Audi.

Kincaid se releva et décida de se concentrer sur Wyckoff. Les oreilles encore bourdonnantes, elle aida le gamin à se relever.

— Ça va aller, hurla-t-elle. Je m'appelle Jessie. J'ai été engagée par votre père. Vous êtes en sécurité avec moi.

Bien que sous le choc, Wyckoff fixa ses yeux dans les siens et acquiesça avec attention.

— Foutons le camp d'ici, ajouta-t-elle en attrapant son bras.

Et tous deux disparurent dans le chaos et la brume.

41

Une heure et demie environ après que Yun Jin-ho l'eut laissé poursuivre seul, Janson aperçut la porte qu'il cherchait.

Le trajet avait été rude. Il avait parcouru un labyrinthe de tunnels sans autre soutien que sa Maglite miniature et le souvenir du plan de fortune dessiné par Yun à la table de la planque.

Maintenant qu'il avait enfin atteint sa destination, il éteignit la lampe, s'accroupit, fouilla dans son sac à la recherche des outils nécessaires à la poursuite de sa mission.

Ne tuer personne qui n'essaie pas de vous tuer. La règle n'était pas toujours facile à appliquer. À l'évidence, si Janson n'avait pas traversé la Zone démilitarisée, les deux soldats qu'il avait tués seraient encore en vie. Mais dans le monde où il évoluait, tout ne pouvait être noir ou blanc. La solution la moins pire – telle était la boussole morale qu'il se voyait de plus en plus souvent contraint d'adopter. Chaque fois que c'était possible, bien sûr, il évitait de tuer.

Il sortit de son sac un pistolet dont les fléchettes contenaient un puissant analgésique baptisé Carfentanil.

C'était un opiacé synthétique de la famille du Fentanyl, l'anesthésiant populaire le plus souvent prescrit sous forme de patch, à ceci près que le Carfentanil avait une puissance dix mille fois supérieure à l'opium. Il était cent fois plus fort que le Fentanyl lui-même.

Janson vérifia les aiguilles de calibre .33 et la fiole d'un millimètre de citrate de Carfentanil. Le dosage aurait assommé un ours. Il s'était demandé si une telle dose ne risquait pas de tuer de jeunes soldats nord-coréens dont le développement physique avait été diminué par la grande famine des années 90. Mais il n'avait pas tellement le choix. Au bout du compte, le citrate de Carfentanil était ce qu'il y avait de moins dangereux – pour eux comme pour lui.

Le sac sur le dos et le pistolet à flèches dans la main, Janson saisit la poignée de la porte. Quand elle commença de tourner sous la pression de ses doigts, il éprouva un mélange d'appréhension et de soulagement. Il était sur le point d'entrer dans le Palais.

Il poussa la porte et, pistolet levé, s'avança dans l'embrasure.

Un long couloir étroit, blanc et d'aspect aussi stérile qu'un hôpital s'étendait devant lui. Au bout, un unique soldat assis sur une chaise pliante, en métal, appuyait sa tête contre le mur derrière lui. Il avait les yeux fermés. Il ronflait.

Janson referma doucement la porte. Il se mit en marche dans le couloir, s'approchant sans bruit du garde, et tira une fléchette qui vint se ficher en plein dans sa poitrine. L'homme remua quelques secondes, ouvrit les yeux, les fixa sur Janson.

— C'est juste un rêve, murmura Janson.

Les paupières du garde se refermèrent et sa respiration ralentit. Quand il fut certain que la drogue avait agi, Janson plongea la main dans la poche avant de sa veste pour en retirer une carte magnétique. Après avoir contrôlé le pouls régulier de l'homme, il poursuivit sa route.

Il tourna à droite sur un nouveau couloir au bout duquel se trouvait une porte métallique fermée et un lecteur de carte. Il glissa celle du garde dans l'appareil, ouvrit la porte avec précaution.

Comme il pénétrait dans un nouveau corridor étroit, il entendit une succession de bruits de pas. Il se colla contre le mur.

Les deux hommes qui approchaient semblaient échanger des banalités, Janson n'avait pas la moindre idée de ce qu'ils racontaient. Selon ce que Yun lui avait expliqué du fonctionnement des lieux, ils allaient relever l'homme qu'il venait de neutraliser.

Ils tournèrent le coin du couloir en riant.

Janson referma son bras gauche sur la gorge du plus proche et tira une flèche sur le second.

Tandis que ce dernier tombait à genoux, Janson tira une nouvelle flèche, cette fois sur l'homme qu'il avait attrapé. Il s'effondra entre ses bras.

Alors qu'il le déposait au sol, une boîte en métal bleue et blanche s'échappa des doigts du type. Janson essaya de la rattraper au vol mais elle heurta le béton et roula contre le mur opposé dans un vacarme qui se répercuta tout au long du couloir.

Avec une grimace, Janson se colla de nouveau au mur, prêt à tirer une autre flèche.

Au bout de quelques secondes de tensions, son pouls reprit un rythme normal. Il s'agenouilla près de la boîte pour en identifier le contenu.

Une mousse à raser Xpec3 fabriquée en Corée du Sud.

Janson passa la main sur sa barbe d'un geste absent. Puis il retourna l'un des soldats évanouis et dénicha un blaireau dépassant de sa ceinture couleur moutarde.

Il sourit à la pensée du tour que les deux hommes s'apprêtaient à jouer au premier des gardes qu'il avait neutralisé. Vous n'êtes peut-être pas si différents de nous, après tout, pensa-t-il.

Il se releva, poursuivit son chemin dans le corridor.

Une nouvelle porte le fit déboucher dans un hall aux lumières tamisées. Au bout du hall se dressait une autre porte rouge en métal. Pas de garde en vue. Il inspira profondément et avança.

Une fois encore, il glissa la carte dans la machine. La sécurité céda, la porte s'ouvrit.

De l'autre côté, un énorme garde saisit son arme.

Janson tira avant qu'il n'ait eu le temps de faire feu.

La flèche toucha l'homme au cou et il s'effondra aussitôt.

Janson passa dans l'antichambre.

Nous y sommes, pensa-t-il.

De l'autre côté de la pièce se trouvait la dernière porte et, sur le mur à sa gauche, un clavier numérique en métal.

Janson traversa prestement la pièce, entra le code à six chiffres que lui avait donné Yun Jin-ho, le verrou automatique cliqua.

Il ouvrit et pénétra dans le Centre de commandement de Kim Jong-un.

42

Kincaid entra dans le salon de la suite luxueuse du Shangri-La China World Hotel. Elle fit asseoir Gregory Wyckoff et lui ordonna de se détendre. Lorsqu'elle passa dans la chambre, le gamin était déjà affalé de tout son long sur l'édredon rouge et or du lit *king size* et ronflait comme un sonneur.

Pauvre gosse, pensa-t-elle. Elle savait ce qu'il en était de fuir pendant des jours, et pouvait certainement sympathiser avec quiconque était pourchassé par Sin Bae. Sans Park Kwan, elle compterait aujourd'hui parmi ses victimes.

À l'instar de Lynell Yi, songea-t-elle. De ce qu'elle savait de leur relation, Gregory et Lynell avaient tout partagé. Ils avaient vécu avec le sentiment que le monde leur appartenait. C'est ce qui arrive quand on aime sincèrement, se dit-elle. C'est ce qui se passait pour Kincaid lorsqu'elle était en compagnie de Janson.

Je devrais déjà avoir eu des nouvelles de lui, non?

Pas nécessairement. S'il lui était arrivé quelque chose en Corée du Nord, elle l'aurait su. Du moins c'est ce qu'elle se répétait.

Kincaid prit place dans le fauteuil au cuir souple de la chambre et planta ses coudes sur le bureau d'acajou disproportionné qui meublait la pièce. Elle fixait le téléphone. Elle devait appeler le sénateur Wyckoff et sa femme pour leur annoncer que leur fils était sain et sauf. Mais elle avait perdu son propre téléphone, elle était en Chine, et ne pouvait faire confiance à l'hôtel pour ce qui était de lui fournir une ligne sécurisée.

Elle voulait également appeler Park Kwan. Lui et Kang Jung devaient s'inquiéter à son sujet. Ils avaient certainement fait le lien entre l'incident de la place Tiananmen et leur rendez-vous manqué. Elle aurait dû les prévenir qu'elle et Wyckoff étaient aussi sains et saufs que possible, et voulait s'assurer qu'il en était de même pour eux. Mais elle n'en doutait pas un instant, ils étaient sur écoute. Les appeler aurait signifié griller leur anonymat et les mettre tous deux en danger. Park Kwan était flic, un flic intelligent, elle devait faire confiance à sa capacité à prendre soin de lui et de la gamine.

En fait, le seul numéro qu'elle pouvait appeler était celui de l'Embraer 650 qui, pour autant qu'elle le sache, devait encore se trouver sur le tarmac d'Incheon International à Séoul.

— Catspaw. Kayla à l'appareil.

Kincaid grimaça, mimant silencieusement la jeune femme au bout du fil. *Catspaw. Kayla à l'appareil.*

— *Allô ?* dit Kayla.

— Salut Kayla, c'est Kincaid.

— Oh, Jessie. Heureuse de vous entendre. Ça va, Paul et vous ?

— Janson et moi allons parfaitement bien, fit Kincaid en ravalant son agacement. Écoutez, j'ai besoin d'un service. Il faut que vous preniez contact avec notre client depuis une ligne sécurisée. Le numéro est dans le dossier.

— Oui, bien sûr. Quel est le message ?

— Dites au client que nous avons le paquet et que nous l'apporterons à Washington sain et sauf aussitôt que possible. Les détails suivront.

— Ce sera fait. Autre chose ?

— Oui. Nous avons besoin de l'Embraer à Pékin immédiatement. Le code AITA pour l'aéroport est PEK. Terminal 3. Avertissez les pilotes. Dites-leur de préparer le Jet pour un vol Pékin-DC. Plan de vol zéro-un.

— Zéro-un ?

— Ils sauront de quoi je parle. Qu'ils soient prêts au décollage PEK dans six heures à partir de maintenant.

Kincaid venait de reposer le combiné quand une voix inquiète se fit entendre derrière elle.

— Vous n'allez pas me ramener sur Séoul, j'espère ?

Elle se retourna sans se lever du fauteuil. Gregory Wyckoff se tenait assis sur le lit, des poches épaisses et sombres sous les yeux.

— Non, fit-elle avec un léger sourire. Je ne vais pas vous renvoyer là-bas. Je sais que vous êtes innocent.

Il baissa la tête.

— Merci.

— Vous sentez-vous la force d'en parler ? demanda-t-elle en posant ses mains sur ses genoux.

— Je suppose que ça vaudrait mieux, si je dois quitter Pékin dans six heures.

— Bien, fit-elle en se penchant. Pourquoi ne pas commencer par Lynell ?

Wyckoff soupira. Il s'éclaircit la gorge et commença doucement.

— Il y a de ça quelques jours… Bon Dieu j'ai complètement perdu la notion du temps.

— Ce n'est pas grave.

Wyckoff croisa ses mains derrière la tête, ferma les yeux pour se concentrer. Puis il les rouvrit et dit :

— Un soir, Lynell est rentrée à la maison, je veux dire dans notre appartement de Séoul. Elle avait l'air dans tous ses états, quelque chose la préoccupait. Je savais qu'elle était passée par une période particulièrement difficile au boulot.

— Elle travaillait comme traductrice, ponctua Kincaid pour l'encourager.

— Oui. Elle était en CDD, pour six mois. Spécialement engagée pour les négociations quadripartites. Elle avait un bureau à l'ambassade américaine mais les négociations se tenaient au Secteur de sécurité unifiée qui se trouve dans la Zone démilitarisée et c'est là qu'elle avait passé la journée.

— Continuez.

— Elle travaillait directement avec le délégué américain. Les délégations avaient discuté toutes sortes de sujets au cours du premier semestre. Les sanctions de l'ONU, le programme nucléaire nord-coréen. Le chef de la délégation américaine s'était récemment plaint que la Corée du Nord changeait les règles du jeu et se mettait à agir de façon erratique sitôt que les choses avançaient.

— Comment cela ?

— Eh bien par exemple, le Nord détenait trois citoyens américains sur qui pesaient des charges

317

d'espionnage assez vagues. Tous trois bénéficiaient d'un visa de touristes et, en fait, c'était ce qu'ils étaient – des touristes. La délégation américaine avait fait quelques concessions, comme d'alléger certaines sanctions contre le pays, et le Nord a accepté de relâcher les otages, j'utilise le terme faute d'un mot plus approprié. Sauf que les exercices militaires américano-sud-coréens prévus depuis neuf mois et qui devaient démarrer dès le lendemain se sont soudain heurtés à l'hostilité incompréhensible de la délégation du Nord. Ils en ont fait un prétexte et, du coup, ils ont renié l'accord de la veille, et tout a dû repartir de zéro. Ce que j'essaie de dire, c'est que les choses étaient devenues assez intenses, là-bas, à ce que me racontait Lynell. Donc, ce soir-là, quand elle est rentrée tout agitée, j'ai commencé par me dire qu'elle avait sans doute fait une bourde. Dans la traduction, quoi. Et elle avait dû se faire remonter les bretelles par le chef de la délégation américaine. Peut-être même par l'ambassadeur Young en personne à qui il arrivait de se conduire en parfait connard. Mais au bout de deux heures, j'ai fini par comprendre qu'il y avait autre chose. Quelque chose de plus grave.

— Vous lui avez demandé de quoi il s'agissait ?

— Oui. Mais elle a refusé de me dire quoi que ce soit à la maison. Au début, je pensais qu'elle ne voulait pas en parler du tout. Je me suis dit que j'allais quand même essayer au matin ou le lendemain soir si elle restait silencieuse. Enfin jusqu'à ce qu'elle change d'état d'esprit.

Kincaid acquiesça.

— Et puis aux environs de 8 heures ce soir-là je suis passé dans la salle de bains pour me préparer à aller me coucher, et à mon retour dans la chambre, j'ai trouvé un bout de papier sur la table basse avec un mot dessus écrit de la main de Lynell. Ça disait : *pas ici. D/s.*

— D/s ?

— Le raccourci pour *dehors*. Donc je suis sorti et aussitôt elle s'est mise à parler. Elle m'a dit qu'elle avait surpris des propos de l'ambassadeur Young qu'elle n'était pas censée entendre, des bribes, rien de complet.

Tout en parlant, Wyckoff fixait un point derrière Kincaid sur le mur.

— L'ambassadeur parlait à quelqu'un qu'elle n'avait jamais vu jusqu'ici. Quelqu'un de la délégation sud-coréenne. Un homme plus jeune, à ce qu'elle m'a dit, peut-être 30 ou 35 ans. Elle a entendu Young utiliser les mots « provocations », « incursion », « guerre au sol ». Elle l'a entendu discuter du nombre de troupes américaines à envoyer sur place.

Wyckoff secoua la tête tristement.

— Et c'est à peu près tout. Ça et le nom d'une opération. Opération Diophantus.

— Combien de temps a-t-elle écouté ?

— Pas longtemps, dit Wyckoff. Trente, quarante secondes max. Mais elle est tombée sur le chef de cabinet de l'ambassadeur en partant.

— Jonathan ?

— Jonathan Day. C'est le larbin de Young. Il avait un truc pour Lynell au début, mais elle l'a envoyé balader et depuis il l'avait prise en grippe.

Wyckoff planta ses yeux dans ceux de Kincaid.

— Elle a essayé de passer et il l'a saisie par le bras. Il l'a accusée d'écouter aux portes. En fait il a parlé d'espionnage, littéralement. Il a utilisé le mot de trahison. Lynell l'a repoussé mais elle était sûre qu'il était allé voir l'ambassadeur pour la dénoncer.

Comme il s'interrompait de nouveau, Kincaid l'encouragea à continuer.

— Aucun de nous deux n'était trop inquiet pour son job. « Qu'ils me virent », m'a-t-elle dit. Mais on s'inquiétait de ce qui lui arriverait s'ils découvraient ce qu'elle avait entendu. Elle craignait qu'ils ne la soumettent à un détecteur de mensonges. C'était la raison pour laquelle elle était si réticente à m'en parler. Parce qu'ils lui demanderaient si elle s'était confiée à quelqu'un et elle ne voulait pas leur donner mon nom.

Wyckoff haussa les épaules, son regard erra jusqu'au plafond. Il essayait de garder ses émotions à distance.

— Elle m'aimait, ajouta-t-il. Elle n'avait aucun secret pour moi. Elle disait que j'étais la personne la plus intelligente qu'elle avait rencontrée. C'était n'importe quoi, bien sûr, mais, j'avais beau le savoir, ça me touchait beaucoup étant donné son éducation et sa famille.

— Savait-elle que vous utiliseriez l'information ?

— Elle savait que je creuserais, fit Wyckoff avec, une fois de plus, un regard distant. Et c'est ce que j'ai fait.

Kincaid pencha la tête.

— J'ai quelques petites compétences en informatique, dit-il.

— C'est la litote de l'année, non ?

Pour la première fois depuis qu'elle l'avait rencontré, il esquissa un sourire fatigué.

— D'accord, admit-il. Je suis un hacker. Je suis même un *hactivist*, comme vous dites.

— Vous avez creusé l'information tout de suite ?

— Je n'ai pas perdu de temps, en tout cas. J'ai immédiatement trouvé un ordinateur sécurisé d'où pénétrer le système informatique du Département d'État.

— Qu'avez-vous fait ensuite ?

— D'abord, j'ai initié une recherche avec la référence *Diophantus*. J'ai fait une liste mentale de chacun des utilisateurs d'e-mails ayant tapé le mot dans un message. Il n'y en avait pas tant que ça. Mais ceux qui apparaissaient étaient tous des acteurs de premier plan. L'ambassadeur Young, bien sûr. Le directeur de la Sécurité nationale, Sanford Hildreth. Le directeur de la *Defense Intelligence Agency*, Douglas Albright. Une directrice adjointe du Service clandestin de la CIA, Ella Quon. Un ingénieur-système en chef du nom d'Eric Matsuma. Plus quelqu'un dont je n'avais jamais entendu parler et Lynell non plus. Il était répertorié comme sous-secrétaire à la Défense mais je n'ai trouvé son nom nulle part ailleurs, ni dans la base de données, ni sur le web.

Kincaid réalisa qu'elle avait passé tout ce temps à mordiller l'ongle de son pouce. Elle le retira de sa bouche et dit :

— Laissez-moi deviner. Edward Clarke ?

Wyckoff acquiesça.

— Oui. Qui est-ce ? Comment le saviez-vous ?

— C'est le directeur des Opérations consulaires.

— Les Opérations consulaires ? Vous voulez dire que ça existe vraiment ? Je pensais qu'il s'agissait d'un mythe. Le Département d'État dirige ses propres opérations clandestines ?

Kincaid acquiesça.

Wyckoff ouvrit la bouche, tandis que ses yeux tirés s'agrandissaient.

— Vous… vous êtes sérieuse ?

— Croyez-moi, répondit Kincaid. Les Opérations consulaires sont mon ancien employeur.

Il secoua la tête, abattu.

— Chaque jour qui passe, je réalise que j'en sais de moins en moins sur mon propre gouvernement.

43

D'après Yun Jin-ho, Janson avait dix à quinze minutes tout au plus avant que le Commandement des gardes ne découvre que ses sentinelles avaient été éliminées et n'envoie des renforts pour intercepter l'intrus et rétablir le contrôle des locaux.

Perdre une seconde de ce temps précieux était hors de question. Il s'avança dans le Centre de commandement, dont le design semblait copié sur le vaisseau spatial *Enterprise* des tout premiers *Star Trek*.

Il s'assit dans le fauteuil principal, se mit à manipuler le clavier aussi vite qu'il le pouvait. Yun Jin-ho lui avait dit précisément où chercher. Il naviguait sur plusieurs écrans du moniteur imposant qui lui faisait face, s'arrêta sur un dossier intitulé *15-4-1912* (la date de naissance de Kim Il-sung) et cliqua sur « Enter ». À l'apparition du message de guidage, il entra le code à quatorze chiffres que Yun Jin-ho lui avait fait mémoriser.

Ses yeux s'agrandirent lentement dans la lumière du moniteur. Un frisson violent lui parcourut l'échine. Il se mit à trembler. Non, pensa-t-il. Ce n'est pas possible.

— Une fois que nous avons su qui étaient les gens impliqués, Lynell et moi nous avons décidé qu'il était trop dangereux de retourner chez nous. Nous avons pris une chambre au Sophia Guesthouse.

— Oui, j'ai visité les lieux en arrivant à Séoul, dit Kincaid.

— On s'était mis d'accord pour monter la garde à tour de rôle mais, au bout du compte, nous étions tous les deux trop épuisés. Nous avions passé toute la soirée à imaginer comment quitter la Corée du Sud et où aller, et la dernière demi-heure à s'engueuler comme des dingues à ce sujet.

Des larmes montèrent aux yeux déjà embués de Wyckoff.

— J'ai été réveillé par un bruit. Lynell avait renversé une lampe. C'est la première chose que j'ai vue. Sur le moment je n'ai pas réalisé. Je ne pouvais pas vraiment voir quoi que ce soit, juste des formes et des ombres.

Il frotta ses paumes contre ses tempes.

— Et puis mes yeux se sont accoutumés à l'obscurité. J'ai aperçu Lynell dans un coin de la chambre. On aurait dit qu'elle était soulevée de terre par une force invisible. Elle agitait encore les jambes. C'est la chose la plus effrayante que j'aie jamais vue.

Wyckoff craquait.

— Calmez-vous, dit Kincaid en le rejoignant. Elle posa une main sur son genou. Je comprendrais si vous aviez besoin d'un peu de temps. Vous voulez un verre d'eau ? Des mouchoirs ?

Il balaya son offre d'un geste de la main.

— Le type l'avait attrapée. Sitôt qu'il m'a vu, il s'est retourné en sorte que son dos me faisait face. Je me suis levé et je lui ai sauté dessus. Il m'a balancé un coup de coude sur le nez et je suis tombé par terre comme une pierre. Je croyais avoir le nez cassé, il y avait du sang partout.

Wyckoff se leva, marcha jusqu'au rideau couvrant la porte-fenêtre et se retourna.

— Quand j'ai réussi à me relever, le type tenait toujours Lynell par la gorge mais elle avait cessé de se débattre. Elle ne bougeait plus. Son corps était complètement mou. J'ai tout de suite su qu'elle était morte.

Il s'arrêta un instant pour essuyer ses larmes et s'éclaircir la gorge. Quand il parla de nouveau, sa voix n'était guère plus qu'une sorte de grincement.

— Alors je me suis retourné et j'ai ouvert la porte. Juste à cet instant j'ai entendu son corps tomber sur le sol. Je n'ai pas regardé. J'ai couru aussi vite que je pouvais et j'ai traversé la cour. L'assassin de Lynell s'est mis à me poursuivre. J'entendais ses pas sur le pavé. Il était très rapide. J'étais certain qu'il allait m'avoir.

— Qu'est-ce que vous avez fait? demanda doucement Kincaid.

— Je me suis souvenu avoir aperçu une échelle à incendie en arrivant au *hanok*. J'ai foncé droit sur le bâtiment, j'ai grimpé au tuyau et j'ai attrapé l'échelle. Je l'ai escaladé aussi vite que possible jusqu'au moment où je l'ai entendu arriver. Je me suis figé quelque part entre le deuxième et le troisième étage. Je me suis dit que c'était ma seule chance. Il a ralenti, il a regardé dans l'allée. Il a même levé les yeux et j'ai cru qu'il m'avait vu. Mais il faisait trop noir. J'attendais qu'il saisisse le tuyau pour monter lui aussi mais, au lieu de ça, il a rebroussé chemin et il a disparu. Je suis monté sur le toit aussi sec. Il gelait là-haut mais je n'en ai plus bougé jusqu'au matin.

Les yeux de Kincaid se rétrécirent.

— Vous avez dit qu'il faisait noir dans le *hanok*. Mais vous avez reconnu l'homme aujourd'hui, sur la place Tiananmen, non ?

Wyckoff acquiesça.

— Je n'avais vu son visage qu'une seconde dans la chambre avant qu'il ne me tourne le dos. Un très faible rayon de lune passait à travers les volets. Mais je n'ai pas eu besoin de plus.

Il se tut à nouveau, les yeux fixés au plafond comme s'il contemplait la nature de l'univers.

— J'ai une mémoire photographique, dit-il.

— Ce n'est pas dans votre dossier.

— Non bien sûr, sourit-il tristement. Ce n'est pas quelque chose dont je me vante. Mon père me juge déjà suffisamment fainéant comme ça. S'il le savait, il m'obligerait à faire carrière dans je ne sais quoi, la chirurgie de pointe ou la présidence des États-Unis. Peut-être bien les deux. Je ne voulais pas qu'on me considère comme un freak à l'école. Seul Lynell le savait.

Il se détourna, pour laisser de nouvelles larmes glisser sans retenue sur ses joues.

Quand il parut avoir repris le contrôle de lui-même, Kincaid demanda :

— Comment avez-vous entendu parler de Yun Jin-ho ?

326

Sous la surprise, Wyckoff leva vers elle ses yeux rougis. Il y avait des questions dans son regard mais il ne les posa pas.

— Quand Lynell et moi nous sommes installés à Séoul, dit-il, j'ai hacké les serveurs gouvernementaux. Je cherchais des informations confidentielles. Plus précisément, des informations du Sud sur le programme nucléaire nord-coréen. Tout le monde veut nous faire croire que le Nord est sur le point d'obtenir l'arme atomique. Washington et Séoul racontent ça pour prouver que le régime de Kim est une menace régionale et pour justifier les sanctions ; Pyongyang parce qu'ils ont peur d'une invasion américano-sud-coréenne qui viserait à changer le régime. Je crois que les informations sont en fait très exagérées, sinon complètement bidon. Bien sûr, les seuls à souffrir de tous ces mensonges sont le gens du peuple en Corée du Nord. Je crois que si je pouvais rendre publiques les informations réelles dont dispose le Sud sur les capacités nucléaires de Pyongyang, les Nations unies n'auraient pas d'autre choix que de lever les sanctions et de laisser l'économie du Nord s'effondrer ou prospérer par elle-même.

Wyckoff se rassit sur le lit.

— J'ai contacté les gens de *Hivemind* mais nous n'avons rien trouvé qui prouve ou réfute ma théorie. En revanche, nous avons mis la main sur ce qui semblait être une liste d'agents infiltrés à Pyongyang contrôlés par le Sud. Des espions. Au ministère de la Sécurité d'État, au Commandement de la Garde de Kim Jong-un. Même un directeur adjoint au Palais.

— Yun Jin-ho, dit Kincaid.

— Nom de code, MALTESE, acquiesça Wyckoff. Trouver sa véritable identité m'a pris un certain temps. Après, j'ai pensé qu'il avait tout à fait le profil pour vouloir passer des secrets à quelqu'un comme moi.

— Qu'est-ce qui vous faisait croire ça ?

— Il y avait des notes détaillées dans son dossier électronique. Yun Jin-ho est à l'évidence un espion réticent. Pas pour des raisons idéologiques, il méprise complètement le régime nord-coréen. Mais parce qu'il ne faisait pas confiance à ses agents traitants à Séoul. Apparemment, ils lui avaient fait des promesses qu'ils n'avaient pas tenues.

— Quel genre de promesses ?

— De le faire sortir. De les faire fuir Pyongyang, lui et sa fiancée, et de les amener à Séoul, où Yun Jin-ho avait fait défection une première fois cinq ans plus tôt.

Kincaid acquiesça, enregistrant les informations.

— Donc vous avez pris contact ?

— Je l'avais contacté des mois plus tôt, avant que tout cela n'arrive. Il se méfiait de moi au début, ce qui était parfaitement compréhensible. Je lui ai donné le temps et les moyens de vérifier mon identité. Et puis nous sommes plus ou moins devenus amis. Le matin du jour où Lynell a été tuée, je me suis faufilé dans un collège pour utiliser un ordinateur. J'ai hacké le système e-mail de la DIA et pénétré le compte du directeur. Albright est beaucoup moins sécurisé que l'ambassadeur Young. Les détails sont un peu flous mais au bout d'une demi-heure, j'ai obtenu une vision assez claire de ce que Diophantus recouvre. Et aussi de la raison pour laquelle Lynell a été assassinée. J'ai envoyé à Yun

Jin-ho un e-mail crypté. C'est de cette façon que nous communiquons.

— Vous lui avez parlé de Diophantus ?

— En fait, je savais qu'il avait découvert quelque chose au Palais qui pourrait m'intéresser. Il refusait de le communiquer à ses agents traitants à Séoul. Il disait que c'était trop gros, trop important pour le confier à l'Intelligence Service sud-coréen. D'après lui, j'étais la courroie de transmission idéale pour divulguer ce qu'il avait. Il m'a dit que si je le publiais, je pourrais littéralement changer le monde. Mais il insistait pour vendre. Il ne voulait rien me donner gratuitement.

— Et le prix ?

— Il m'a dit : « Faites sortir ma fiancée de Chosum et je vous dirai ce que je sais. » Chosum est le nom qu'ils donnent à la Corée du Nord. Je lui ai répondu par une contre-proposition en lui disant que j'avais des informations de mon côté sur le Palais et que nous pouvions peut-être échanger, mais il a refusé. Il voulait simplement envoyer quelqu'un aider sa fiancée à fuir. J'ai fini par me dire que c'était la seule façon d'obtenir les informations en sa possession, quelles qu'elles soient, et de transmettre l'alerte sur Diophantus au Palais. Donc je l'ai fait.

— Vous avez envoyé quelqu'un chercher sa fiancée ?

— J'ai calmement engagé un Américain expatrié que je connaissais. Un ancien des *Navy SEAL*. Il était sous contrat avec la CIA à Kandahar après le 11 Septembre. Il a bossé pour Blackwater en Irak. Il est passé au Nord il y a de ça quelques jours et je n'ai plus entendu parler de lui. Je lui avais donné la moitié de la somme d'avance, je suppose qu'il est parti avec.

— Si ce n'est pas indiscret, où avez-vous trouvé l'argent pour un truc de ce genre ?

— Avec le numéro d'une carte de crédit que j'ai piratée sur le net.

Il releva la tête.

— Pas de souci, le titulaire est une crapule.

— Donc, vous ne savez pas ce que Yun Jin-ho a découvert au Nord ?

Wyckoff secoua la tête.

— Pas plus qu'il n'a reçu mon avertissement sur Diophantus.

Kincaid sentit son pouls s'accélérer.

— De quoi s'agit-il ? Qu'est-ce que c'est, Diophantus ?

— Comme je vous l'ai dit, au début je n'en savais rien. Il n'y avait que très peu de détails sur l'opération dans les e-mails de Young. Ce qui semblait clair, c'était que Diophantus était volontairement entouré de mystère. Et qu'il y avait un risque réel à creuser le sujet.

— Comme vous l'avez fait le lendemain après la mort de Lynell, dit Kincaid, percevant l'impatience dans sa propre voix. Dites-le-moi, Gregory. C'est quoi, Diophantus ?

Wyckoff aspira profondément, puis avala sa salive.

— En deux mots, c'est un projet pour une nouvelle guerre de Corée. Une guerre faite pour briser le régime du Nord et réunifier les deux pays.

Kincaid prit le temps de digérer la nouvelle. Elle était sur le point de parler quand Wyckoff la coupa :

— Je sais ce que vous pensez, dit-il. Que le changement de régime au Nord ne serait pas nécessairement une mauvaise chose, spécialement pour les gens là-bas. J'y ai réfléchi moi aussi. Le problème, c'est que cette guerre se payera inévitablement en millions de vies, parmi lesquelles plusieurs milliers, sinon plusieurs dizaines de milliers d'Américains.

44

Janson n'en croyait pas ses yeux. Tout en essayant d'imprimer les quarante-cinq pages du document, il essayait à la fois d'en comprendre le contenu et d'en analyser les conséquences.

L'invasion commencerait avec les forces spéciales, qui au sein de l'Armée du peuple de Corée comptaient deux cent mille hommes. Ils seraient parachutés avant l'aube, envahiraient le littoral par la mer et se lanceraient aussitôt dans des opérations de sabotage mettant hors service les centrales électriques, les lignes téléphoniques et le réseau internet.

Tandis que la panique se répandrait comme la peste parmi les dix millions d'habitants de Séoul, Pyongyang lâcherait l'artillerie à une fréquence de plusieurs centaines de milliers de rafales par heure.

La totalité des artères de Séoul étoufferait sous les embouteillages à mesure que les habitants de la ville tenteraient de la fuir sous les tirs.

Pendant ce temps, des centaines de Scud équipés de produits chimiques seraient lâchés sur des cibles préétablies allant de l'aéroport international Incheon à la gare de Séoul, rendant toute fuite impossible.

Le même nombre de missiles Nodong également chargés de produits chimiques viseraient le Japon pour ralentir les renforts américains.

Des torpilles lancées depuis des sous-marins nord-coréens frapperaient les navires américains transportant du personnel et des vivres dans la péninsule, laissant la Corée du Sud et ses dirigeants isolés avec moins de trente mille hommes de troupe au sol.

L'imprimante s'arrêta sans raison apparente.

Bordel, pensa Janson. Pas maintenant, pas de bourrage de papier maintenant. Il ouvrit le ventre de l'appareil, retira le papier coincé dans la cartouche d'encre, referma le tout d'un coup sec et l'imprimante se remit en marche.

Janson reprit sa lecture sur l'écran. Tout y était, écrit noir sur blanc devant ses yeux, la stratégie de l'invasion de la Corée du Sud : sept cent cinquante mille hommes, deux mille cinq cents tanks. Et des centaines de drones.

Des drones. Et pas simplement les joujoux dont les États-Unis et la Corée du Sud connaissaient l'existence. Pas simplement des drones de surveillance. Mais des appareils capables de transporter des charges de deux cents kilos. Des drones susceptibles de lâcher une pluie de missiles Hellfire, et de mener des attaques mortelles du genre de celles que l'armée américaine lançait elle-même dans des lieux tels que le Yémen, l'Afghanistan ou les zones tribales pakistanaises – sauf que ces attaques-là viseraient sans discrimination toute la population citadine de la Corée du Sud, massacrant des millions d'innocents.

Auster, pensa-t-il. Cal Auster. C'est la raison pour laquelle il est à Séoul, ce fils de pute. Tout près de la Zone démilitarisée.

Que lui avait dit Auster la première fois qu'ils s'étaient rencontrés, en Afghanistan ?

Moi, je réponds à un besoin humain. Tu crois que les élections peuvent changer les choses dans un pays comme l'Afghanistan ? Faut pas être naïf, mec. Putain. Non, pas d'élections qui tiennent. Tout ce qui peut changer ce pays de merde, ce sont des balles. Des balles, des bombes et encore des bombes. C'est un nouveau genre de guerre, Paul. Un nouveau monde est en marche et je vais lui fournir tout ce dont il a besoin.

Janson fit défiler le texte. *Il ne reste pas beaucoup de temps.* Il lui fallait filer d'ici tout de suite ou jamais. Il devait alerter le Sud, il devait contacter la présidence de Séoul.

Bon Dieu. Non seulement la présidence de Séoul mais la Maison-Blanche. Les documents indiquaient que les dernières versions du missile Taep'odong fabriqué par la RPDC avaient la capacité d'atteindre les États-Unis – Hawaï, l'Alaska, et jusqu'à la Californie et l'État de Washington.

Ce serait bien plus qu'une seconde guerre de Corée. Une fois la Chine impliquée, cela deviendrait la Troisième Guerre mondiale.

Et le Nord la déclencherait à la moindre provocation. Il leur faudrait s'assurer de l'implication de la Chine, ils auraient besoin d'un prétexte. Essentiellement, il leur faudrait reporter la responsabilité du conflit sur la Corée du Sud. Comme la Chine avait une frontière commune avec le Nord, ce ne serait pas bien difficile. Cela ne prendrait peut-être rien de plus qu'une balle perdue traversant la ligne de démarcation au cœur de la nuit.

Quelque part dans la résidence, l'alarme retentit.

Janson ramassa sa pile de documents et les enfourna dans son sac. Il rangea le pistolet à fléchettes qui ne lui serait d'aucune utilité contre les hommes en nombre qu'il allait immanquablement affronter, le remplaça par le Beretta et courut vers la porte.

Il jaillit dans le couloir. Personne. Il prit les escaliers que lui avait indiqués Yun Jin-ho.

Deux soldats lourdement armés apparurent en haut des marches, s'arrêtèrent face à lui et firent feu. Janson se mit à couvert puis logea soigneusement deux balles dans chacun d'eux et laissa leurs corps rouler jusqu'en bas des marches.

Il ne serait pas pris.

Il ne serait pas tué.

Pas ici, pas cette nuit.

Il devait rejoindre Séoul.

Il passa la porte, jaillit au-dehors et presque immédiatement fut cueilli, par le vacarme d'au moins une dizaine de Kalachnikovs.

La nuit était heureusement très mal éclairée. En levant les yeux, Janson constata que la plupart des projecteurs avaient été détruits.

Il piqua un sprint dans la direction du *checkpoint* indiqué par Yun. *Impossible. Le garde ne me laissera jamais passer. Peu importe combien il a reçu, il se ferait buter dans la seconde.*

Alors qu'il approchait du *checkpoint*, il vit quelque chose d'étrange. Deux corps étaient étendus sur le sol à quelques mètres de la cabine.

Janson se mit à courir plus vite, plus fort, plus vite et plus fort qu'il n'avait jamais couru de sa vie.

Bientôt, le seul garde encore en place parut dans son champ de vision.

C'était, constata Janson, Yun Jin-ho. Un large sourire dément éclairait son visage.

— Par ici ! cria-t-il.

Yun Jin-ho. Il avait éliminé les gardes. Il avait mis hors service tous les projecteurs.

— Tu viens avec moi, fit Janson sans cesser de courir, plié en deux pour éviter les balles qui sifflaient tout autour.

— Impossible ! cria Yun Jin-ho en retour.

Tout en doublant Yun, Janson tourna la tête pour apercevoir au moins vingt soldats nord-coréens à leurs trousses.

Devant lui, un portail grand ouvert.

Janson passa au travers, se retourna dans l'espoir de convaincre Yun Jin-ho de l'accompagner.

Trop tard.

Yun avait plus de quarante ans, sa forme physique ne lui permettait pas de suivre et les soldats l'avaient déjà presque rejoint.

Il tenait une grenade à main au-dessus de sa tête, ce qui eut pour effet de les ralentir.

Plusieurs soldats s'arrêtèrent pour tirer.

D'autres firent un écart, le doublèrent, pour attraper Janson avant qu'il n'atteigne la route.

Yun Jin-ho retira la goupille.

À l'instant où les soldats le criblèrent de balles, il hurla « Pour Mi-Sook ! » puis jeta la grenade contre le pavé.

Le choc souleva Janson de terre.

Sa tête heurta le bitume si violemment qu'il faillit perdre connaissance. Commotion cérébrale, pensa-t-il. Par réflexe, il avait porté ses mains à ses yeux pour se protéger du souffle brûlant de l'explosion.

Depuis le sol, il pouvait voir les soldats coréens morts ou blessés éparpillés sur le sol. La plupart étaient en charpie.

Il n'avait pas de temps à perdre. Il se releva avec peine, rejoignit la route en boitant. Il aperçut la Jeep noire, en chancelant fit le tour de la voiture et vint trouver refuge sur le siège passager.

— Démarrez ! hurla-t-il à Mi-Sook.

À l'aveugle, sans allumer les phares, elle appuya d'un coup sur l'accélérateur, projetant Janson contre le vinyle du siège.

— Ça va ? fit-elle en le dévisageant.

Il était sur le point de lui dire de garder les yeux sur la route, mais à quoi bon ? On ne distinguait rien.

— Ça va, mentit-elle.

Un bruit bizarre se fit entendre à l'arrière. Une espèce de plainte, un vagissement de bébé.

Il se retourna sur son siège et ses yeux s'écarquillèrent de surprise.

— Mais qu'est-ce que c'est que ça, Bon Dieu ? lança-t-il.

Janson n'avait pas conduit en aveugle depuis l'époque de sa formation comme agent des Opérations consulaires. L'installation militaire où se déroulait l'entraînement s'appelait The Point et se trouvait sur une péninsule de Caroline du Nord située dans la baie d'Albemarle. Propriété du ministère de la Défense, les lieux étaient modelés sur la Ferme, le terrain d'entraînement de plus de trois mille hectares du service clandestin de la CIA à Camp Leary, près de Williamsburg, en Virginie. La Ferme avait elle-même entraîné les Opérations consulaires pendant un temps, avant qu'elles n'aient leur propre terrain. Avant Jason Bourne. Avant que les Opérations consulaires ne deviennent le mouton noir du monde clandestin américain.

Les entraînements étaient assez similaires. Tous deux incluaient un cours de conduite défensive baptisé fort à propos « crash et crame ». En plus d'enseigner les techniques de fuite, de conduite à l'envers, et les différentes façons de foncer sur des barrières, tous les candidats devaient faire preuve de leur aptitude à diriger un véhicule à moteur les yeux bandés.

Janson se souvenait d'une série de tests traumatiques incluant des traversées de frontières simulées et de prises d'otages au volant d'une Monte-Carlo grise, la tête recouverte d'un sac de toile fermé. Il se souvenait aussi s'être plaint auprès d'un autre étudiant que ces exercices lui semblaient une perte de temps totale. *Quelle chance y a-t-il pour qu'on se retrouve un jour dans une situation aussi pourrie ?*

Eh bien, ne se trouvait-il pas à présent derrière le volant, cognant des obstacles à l'aveugle tandis que

Mi-Sook à l'arrière berçait le bébé ? Après avoir réalisé qu'un nouveau-né se trouvait sur la banquette et que la voiture n'avait pas le moindre équipement pour ça – ni airbag, ni bien sûr le moindre siège de sécurité amovible pour nouveau-né, il avait insisté pour que Mi-Sook se gare, le temps qu'il prenne sa place et qu'elle s'occupe du petit. À présent, quelques vingt minutes après avoir semé ce qu'il espérait être son dernier poursuivant, la Jeep fonçait vers le nord en direction de l'autoroute 65, vers la ville de Hyesan. Il ne voyait rien.

De Hyesan, ils auraient le choix entre deux façons de quitter le pays. L'une, par la rivière Yalu, gelée en cette période de l'année, était risquée – une route très connue qui conduirait Janson, Mi-Sook et le bébé jusqu'à Changbai, dans la région autonome coréenne de la Chine. Mais il ne faisait guère de doute pour Janson que des patrouilles nord-coréennes à leur recherche auraient établi des barrages aux alentours du Pont international de Changbai-Hyesan, rendant toute discrétion impossible lors du passage de la rivière.

La seconde, que Janson considérait comme le plan A, était presque aussi dangereuse parce qu'elle dépendait de la coopération d'au moins deux autres personnes. Deux amis de Yun Jin-ho qui, en ce moment même, attendaient Janson et Mi-Sook. Si l'alarme avait été donnée au Palais, il était tout à fait possible que ces soldats nord-coréens décident de ne pas prendre de risques – spécialement s'ils avaient appris la mort de leur ami Yun Jin-ho.

Janson comptait sur la présence de l'enfant pour les amadouer. Si cela ne fonctionnait pas, il était prêt à leur offrir tout l'argent nécessaire. Et si même cela ne marchait pas… Eh bien Janson était armé jusqu'aux dents.

Plusieurs heures plus tard, Janson et Mi-Sook arrivèrent sur le petit aérodrome de Hyesan. C'était un aéroport militaire en perpétuelle construction, toujours inachevé, doté d'une seule piste en gravier. Il y avait peu de lumières, et peu de personnel en activité aux premières heures de l'aube.

Tandis que Janson au volant de la Jeep passait la porte sud, le premier des deux complices de Yun Jin-ho lui fit signe que tout allait bien. Mi-Sook, qui entre-temps avait pris place sur le siège passager son bébé dans les bras, ouvrit la vitre pour échanger avec lui quelques mots en coréen.

Elle se tourna vers Janson.

— Il dit que des unités de l'armée sont stationnées le long des rivières Yalu et Tunem jusqu'à Musan.

— Est-ce que l'avion est prêt au décollage ? demanda Janson.

Mi-Sook s'adressa au garde puis revint sur Janson.

— C'est un tout petit avion, mais oui.

Janson entendit le garde prononcer les mots, « Antonov An-Two ».

— Bon Dieu, fit-il.

Mi-Sook tourna vers lui un regard interrogateur.

— Vous savez de quoi il s'agit ?

— À travers les livres d'histoire seulement.

L'Antonov An-2, surnommé « Annie », était un monomoteur produit en masse par les Soviétiques dans les années 1940. Il avait été conçu pour des transports de matériel léger ou de matériel agricole pour la pulvérisation des cultures. Il était notoirement lent.

— On peut laisser la Jeep, dit Mi-Sook. Chang-bo la conduira vers le Nord. Il la détruira quelque part près de la frontière chinoise.

Janson et Mi-Sook sortirent du véhicule. Janson s'approcha pour découvrir « Annie ». Il s'agissait de la version Y-5, construite sous licence chinoise. La Corée du Nord en possédait un certain nombre. Si les connaissances militaires de Janson étaient exactes, ils avaient servi durant la guerre de Corée pour des missions de parachutage, des opérations de sabotage derrière les lignes ennemies. Ils étaient équipés d'hélices en bois et d'ailes en toile, ce qui les rendait difficiles à détecter par radar et presque furtifs.

C'est l'avion du Baron rouge dans Snoopy, pensa-t-il tandis qu'ils se recroquevillaient pour éviter les deux soldats dans la tour de contrôle.

— Comment va-t-on atteindre la piste sans se faire repérer par ces types ? demanda Janson.

Mi-Sook traduisit et, en réponse, Chang-bo saisit le talkie-walkie à sa ceinture et se mit à parler dedans en coréen. Presque tout de suite, les lumières éclatantes de l'avion s'allumèrent. Janson nota qu'elles étaient dirigées droit sur la tour de contrôle. Il entendit les deux contrôleurs brailler dans l'appareil de Chang-bo. Le pilote les avait sciemment aveuglés.

Janson agrippa Mi-Sook et tous deux foncèrent vers « Annie » tandis que l'enfant geignait dans les bras de la jeune femme.

Une fois à bord et le contact mis, « Annie » commença à reculer jusqu'à ce que ses lumières ne soient plus dirigées sur la tour de contrôle. Janson et Mi-Sook s'installèrent, bouclèrent leurs ceintures respectives, et Mi-Sook serra son enfant contre elle.

L'avion se mit à rouler sur la petite piste en gravier. Les secousses et les cahots furent instantanément oubliés sitôt que l'avion prit son envol.

Quelques instants plus tard, le pilote se tourna vers eux pour leur désigner le nez de l'avion qui pointait vers la Chine. Le vol rapide les amènerait à Shenyang, d'où ils embarqueraient sur un vol commercial pour Séoul.

Ce n'est qu'après que le pilote leur eut annoncé qu'ils volaient désormais dans l'espace aérien chinois que Janson s'autorisa à s'adosser contre le petit siège en vinyle. Il soupira.

Ce n'est pas pire que la classe économique, pensa-t-il.

Kincaid sortit de sa poche le papier avec le numéro de téléphone. Elle le déplia, le posa sur le bureau géant de la chambre du Shangri-La China World, souleva le récepteur et composa le numéro.

Nam Sei-hoon décrocha à la première sonnerie.

— Mission accomplie, dit-elle.

— Bien, très bien. Il y eut un silence. Vous avez parlé à Paul ?

— Je n'ai pas encore de nouvelles de lui. J'ai peur que quelque chose ne lui soit arrivé au Nord.

— Je suis sûr qu'il va bien. Je vais tâter le terrain là-bas autant que possible et je vous tiens au courant dès que je sais quelque chose.

342

— Merci, dit-elle.

— Je vous en prie, mademoiselle Kincaid.

Il s'éclaircit la gorge.

— Je suppose que vous allez rentrer à Séoul avec les informations obtenues auprès du fils Wyckoff ?

— Immédiatement. Y a-t-il un endroit où on peut se rencontrer ?

— Une maison sécurisée à Gangnam. Laissez-moi vous donner l'adresse.

TROISIÈME PARTIE

Au bord du gouffre

45

Le Westin Chosun Seoul
Jung-gu, Séoul

Janson traversa rapidement le lobby ultramoderne du Westin Hotel. Il se posa dans le couloir pour attendre l'ascenseur. Sitôt que l'un d'eux s'ouvrit, il pénétra dans la cabine, appuya sur le bouton de fermeture des portes. Une vieille femme s'avança en courant avec sur le visage une expression suppliant Janson de les rouvrir. Il détourna les yeux. Elle me remercierait si elle savait comme je pue, pensa-t-il tandis que la cabine gagnait le dix-septième étage.

Devant la chambre 1708, il frappa selon le code qu'ils avaient mis au point. Quand la porte s'ouvrit, l'expression de Jina Jeon lui fit comprendre plus que n'importe quoi d'autre à quoi il devait ressembler. Le regard de la jeune femme s'attarda sur son crâne déchiré par l'explosion de la grenade.

Le cœur de Janson se serra au souvenir de Yun Jin-ho dégoupillant l'arme au-dessus de sa tête, prêt à se sacrifier pour Mi-Sook et pour lui.

— Comment va-t-elle? dit-il en entrant.

— Mieux, l'assura Jina. Elle est un peu sous le choc.

C'était plus que compréhensible. La différence culturelle à elle seule pouvait envoyer nombre de transfuges sur les lits d'hôpitaux de Séoul. Même Janson, qui avait pourtant voyagé maintes fois sur tous les continents, à l'exception peut-être de l'Antarctique, avait le sentiment d'avoir passé les dernières vingt-quatre heures sur une autre planète.

Il jeta un œil à la chambre de la suite, aperçut Mi-Sook assoupie, allongée tout habillée en travers du lit *king size*, le berceau fourni par l'hôtel à ses côtés. Il referma la porte et revint au salon où Jina, en appui sur les genoux, sortait du minibar deux bouteilles froides d'eau minérale.

Elle se redressa, en tendit une à Janson qui dévissa le bouchon et but avidement.

— Les papiers de Mi-Sook étaient parfaits, dit-il. Merci.

Jina s'assit à la table de bois carrée près de la porte-fenêtre qui donnait sur le *lanai*. En dépit des rideaux tirés, la pièce était plus éclairée que les yeux de Janson ne pouvaient en supporter, et il baissa la lumière du plafonnier avant de s'asseoir en face d'elle.

— Désolé pour ta maison, fit-il.

Jina roula les yeux et sourit.

— Tu dis ça comme si tu n'avais rien fait d'autre que de salir le tapis en entrant avec des bottes pleines de terre.

— C'est le cas, répondit-il avec un effort laborieux pour lui retourner son sourire. Et c'est pourquoi je m'excuse. L'explosion de la maison est le résultat de mon faux pas initial.

Elle rit ; c'était le son le plus plaisant que Janson ait entendu depuis des jours.

— Toi et ta mère serez remboursées, fit-il. Pour tout et plus encore. Donne-moi juste un chiffre et les coordonnées de ta banque, l'argent sera sur ton compte dans les quarante-huit heures.

— En provenance de… ?

— Ma société.

— Catspaw ? Ou la Fondation Phœnix ?

La fatigue aida Janson à dissimuler sa surprise.

— Je viens de le découvrir, ajouta-t-elle en guise d'explication.

Il ne demanda pas comment. Il supposa que la source était celle qui lui avait fourni les papiers permettant à Mi-Sook de rester dans le pays. Sans le faux passeport sud-coréen, il aurait été obligé de la laisser, elle et son bébé, à Shenyang, ce qui, étant donné les circonstances, lui aurait brisé le cœur.

— Au début j'ai cru que nous avions perdu bien plus que la maison, dit Jina après une minute de silence. J'ai cru que nous t'avions perdu, toi.

Janson vit clairement l'émotion poindre dans ses yeux.

— Et puis quand j'ai su que tu étais toujours en vie, l'idée m'est venue que tu allais sans doute croire que je t'avais trahi.

— Ça ne m'a pas traversé l'esprit, mentit-il en réponse.

Au bout du compte, cependant, il avait bel et bien parié sur sa loyauté – et cela avant même d'apprendre

349

que c'était en réalité Nam Sei-hoon qui l'avait poignardé dans le dos. Il avait fallu l'agression de Kang Jung par la femme des Opérations consulaires pour le convaincre que Jina ne l'avait pas balancé. Mais, même dans le doute, il avait filé droit dans le tunnel qu'elle lui avait indiqué.

Nam Sei-hoon. Mettre Janson en danger était une chose – il était et serait toute sa vie un soldat. Un combattant. Mais laisser une gamine de 13 ans se faire tuer en était une autre. Même si Janson mettait de côté la trahison dont il avait été victime, même s'il pouvait oublier l'histoire de Yun Jin-ho, et effacer de sa mémoire la mort de Yun pour sauver et sa vie et celle de Mi-Sook, il ne pardonnerait jamais au petit homme d'avoir risqué la vie de Kang Jung, voire d'avoir directement ordonné sa mort.

Quoi qu'il arrive au cours des prochaines quarante-huit heures, Janson ferait en sorte que Nam Sei-hoon n'en sorte pas vivant.

Une personne, une mission, une rédemption à la fois.

Pour le moment, l'urgence était ailleurs. Il avait pu joindre Kayla et savait par elle que Gregory Wyckoff était en vie et dormait du sommeil du juste à bord de l'Embraer qui le ramenait aux États-Unis. Kayla avait aussi des nouvelles de Kincaid, et ç'avait été pour Janson plus qu'un soulagement d'apprendre que Kincaid l'avait appelée depuis Pékin. Pour l'instant du moins, elle était saine et sauve. Il avait aussitôt contacté Park Kwan, ce dernier lui avait appris qu'il se trouvait lui aussi à Pékin, en compagnie de Kang Jung. La colère qu'il avait une seconde éprouvée en apprenant que la gamine les avait suivis s'était vite calmée lorsqu'il avait réalisé qu'elle était probablement plus en sécurité avec eux là-bas qu'à Séoul dans la maison de ses parents.

Le problème, à présent, était que personne ne savait où se trouvait Kincaid. Park Kwan lui avait raconté ce qu'il savait de l'incident place Tiananmen, c'est-à-dire très peu. Et elle ne se trouvait pas dans l'Embraer avec Wyckoff.

Où, dans ce cas ? Et pourquoi n'a-t-elle pas appelé ?

Il risqua quelques hypothèses. Une : Kincaid ignorait qu'il était rentré à Séoul. Deux : elle était elle-même en chemin vers la capitale sud-coréenne et ne voulait pas risquer de l'appeler depuis une ligne non sécurisée dans un avion. Trois : elle supposait qu'il appellerait Kayla et aurait ainsi des nouvelles.

Tout cela était crédible, cependant, il aurait préféré que Kincaid n'ait pas perdu son téléphone. Elle lui manquait, il éprouvait le besoin de s'assurer que tout allait bien. Il voulait aussi apprendre ce que Gregory Wyckoff savait au sujet de Diophantus.

— Quelque chose ne va pas, Paul ?

La voix de Jina était soucieuse. Mais il ne se retourna pas pour la regarder. Il essayait de se souvenir de quelque chose. Quelque chose d'important. Quelque chose de vital. Il s'efforça de retracer les heures qui s'étaient écoulées entre l'explosion de la maison de Jina et son entrée dans le tunnel.

Il avait été coupé de Kincaid comme du reste du monde à partir de cet instant. Il lui avait parlé après l'attaque contre Kang Jung, mais seulement pour lui demander de veiller sur elle et de la mettre en lieu sûr.

Bon Dieu, pensa-t-il. Sa tête tomba entre ses mains. C'était cela : il ne l'avait pas avertie de la trahison de Nam Sei-hoon.

S'il arrivait malheur à Jessica Kincaid, il ne pourrait jamais se le pardonner. Si elle était blessée ou tuée parce qu'il avait négligé de la prévenir, il en serait réduit à creuser sa propre tombe.

Il bondit de sa chaise et se précipita sur le téléphone, mais s'arrêta net.

Qui pouvait-il appeler ?

Pour l'instant du moins, Kincaid restait hors de portée.

46

L'appartement sécurisé du petit homme à Gangnam était un deux-pièces austère sis dans un immeuble modeste éloigné des clubs branchés et des boutiques design de Apgujeong. Sin Bae fit le tour de la chaise qu'il avait placée dans le salon. Il éprouvait à présent une véritable haine contre la jeune femme, sans bien savoir pourquoi. Après tout, c'était sa faute à lui, c'était la succession de ses erreurs qui ces derniers jours l'avait mis dans cette situation. La femme, quant à elle, n'avait fait qu'agir comme tout être vivant. Elle avait simplement cherché à survivre.

Et pourtant sa seule présence le rendait malade. Jamais encore il n'avait affronté une mission de manière si personnelle. À dire vrai, jamais encore il n'avait échoué de façon si monumentale et répétée. Ses émotions, non seulement sa rage mais sa réticence à éliminer l'adolescente, s'étaient mises en travers de son chemin. Quelle que soit la nature de ce qu'il avait éprouvé pendant qu'il étranglait la traductrice, quel que soit ce qui lui avait sauté dessus cette nuit-là, tel un spectre de plastique dans une foire, cela avait provoqué la suite de ses déboires.

Sin Bae voulait égorger Kincaid et en finir. Mais les instructions qu'il avait reçues de Ping étaient claires. Il devait attendre son appel. Le petit homme n'avait pas été satisfait d'apprendre qu'elle était venue seule. Cela signifiait qu'il restait encore un certain nombre de détails à régler : l'officier de police Park Kwan ; l'adolescente Kang Jung ; le fils du sénateur ; et bien sûr Paul Janson. Peut-être même l'ex-agent des Opérations consulaires Jina Jeon.

Tandis qu'il tournait autour de la chaise où se trouvait Kincaid, son téléphone posé sur la table pliante se mit à vibrer. Il le saisit et lut :

Trouvez où sont les autres.

Sin Bae se passa une main dans sa chevelure noire et humide. La douleur dans le haut de son dos empirait, irradiait ses épaules. Les opiacés que lui avait fournis Ping après l'incident à Tiananmen lui donnaient des démangeaisons. Il transpirait. Irrité, il jeta le téléphone sur le plancher de bois, où il atterrit dans un vacarme. Si le petit homme ignorait comment les localiser, Sin Bae aurait dû recevoir ce message une heure plus tôt, quand la femme avait pénétré dans les lieux.

Il sourit en se souvenant de l'expression de son visage lorsqu'il avait refermé la porte derrière elle. Elle avait vite réagi mais il avait été plus rapide. Il avait pointé le pistolet paralysant sur elle et tiré avant qu'elle ait le temps d'agir. Puis il l'avait attachée.

Il haïssait la manière dont elle le fixait à présent, inspectant avec une joie visible les coupures et les bleus dont elle était responsable. Elle avait dû le croire mort, et probablement pensé en l'apercevant qu'elle voyait un fantôme.

Et peut-être était-ce le cas. Il se demanda si elle croyait à ce genre de trucs. Si une apparition aurait le pouvoir de la faire hurler.

Kincaid n'avait jamais été aussi terrifiée. Mais elle n'avait pas l'intention de laisser ce fils de pute s'en rendre compte.

Quoi qu'il advienne, elle resterait forte. Elle mourrait comme on lui avait appris à mourir – sa dignité intacte.

Elle mourrait comme Janson serait mort s'il avait été à sa place.

Elle observait le visage de son ravisseur tournant autour d'elle. Pourquoi ne l'avait-il pas encore exécutée ? Sin Bae était un professionnel. Un membre des Opérations consulaires. Pourquoi perdait-il son temps de cette manière ? Cela ne pouvait vouloir dire qu'une chose : il avait reçu ordre de ne pas la tuer – pas encore. Il attendait.

Mais quoi ?

La peur rampante qui s'infiltrait en elle l'empêchait de raisonner logiquement.

Janson, pensa-t-elle. *Il est toujours vivant. Il est rentré à Séoul et ils m'utilisent comme appât.*

Mais, non, il y avait d'autres éléments encore. Park Kwan et Kwan Jung, qu'elle avait laissés à Tiananmen. Elle n'avait pas eu le choix. Elle ignorait où ils se trouvaient à présent et c'était aussi bien pour eux. Sin Bae pouvait la torturer tout son soûl, elle ne serait pas tenté de parler. Elle ne savait tout simplement rien.

Mais, et le gamin ?

À l'heure qu'il était, tout le monde devait savoir que Gregory Wyckoff avait été mis dans l'avion privé de Janson et renvoyé aux USA.

Elle vit son geôlier fermer lentement le poing et une vague de terreur la submergea.

— Où est le flic ? demanda Sin Bae.

Quelque chose n'allait pas dans sa voix. Il avait perdu une dent ou s'était mordu la langue et parlait de manière empâtée comme si sa langue avait fait dix fois le volume normal. Elle faillit sourire en se souvenant de la manière dont elle lui avait foncé dessus avec le vélo, l'envoyant valdinguer en plein sur l'Audi noire.

Sans prévenir, Sin Bae lança son poing fermé.

Le coup fractura sa pommette gauche. Sa tête bascula si violemment vers la droite qu'elle crut qu'elle s'était rompu le cou.

Sin Bae prit le temps de regarder le sang qui coulait des lèvres de la femme. Elle avait l'air si hébétée par la violence du choc qu'il crut l'avoir mise hors jeu. Il y aurait des conséquences, si c'était le cas. Il y aurait des répercussions. Il devait obtenir les informations avant tout.

Il lui fallait se calmer. La rage n'aurait d'autre effet que de lui faire commettre des erreurs supplémentaires. Il se massa les articulations des doigts en se promettant de ne pas la frapper si fort la prochaine fois. S'il l'avait touchée à la tempe, un coup de cette force l'aurait instantanément tuée.

Ses yeux tombèrent sur les lumières de la ville derrière la fenêtre. Il y avait tant de lumières au sud de Chosun. Qu'aurait pensé Su-ra si elle avait vu Séoul?

Su-ra, songea-t-il. Pourquoi reviens-tu me hanter?

Parce que tu m'as laissé tomber, grand frère. Parce que tu m'as laissée crever.

J'étais une enfant. Juste une gosse, tout comme toi.

Quand Sin Bae s'était enfin échappé de Yodok, il avait déjà vu tant de cadavres que la mort avait cessé de l'affecter. Un an plus tôt, un jeune homme avec lequel il avait grandi à Pyongyang était arrivé au camp. Comme tant d'autres nouveaux détenus, les gardes l'avaient recruté pour en faire un délateur. Sin Bae ne supportait pas les indics. Il avait donc invité son vieil ami en promenade, et, un après-midi, ils s'étaient retrouvés au pied des montagnes, parlant des heures comme les amis d'enfance qu'ils étaient. L'obscurité venue, Sin Bae avait tranquillement ramassé une pierre, et il avait frappé son ami juste à la base du crâne. Puis il avait enterré le corps, comme tant d'autres avant celui-là.

Mais rien n'aurait pu le préparer, rien n'aurait pu suffisamment émousser sa sensibilité pour ce qui se produisit ensuite.

Plusieurs mois après avoir tué son ami, Sin Bae fut de nouveau condamné à l'isolement, cette fois pour avoir volé du maïs. Une fois dans la boîte, les gardes se mirent en devoir de l'humilier avec une férocité inédite. Pendant plusieurs jours, ils jetèrent sur le toit de la cabine des allumettes enflammées, pissèrent à travers les lattes de bois, allèrent même jusqu'à déféquer à quelques centimètres de la porte fermée.

Puis, par un matin gris et pluvieux, alors que la petite Su-ra passait devant la cabine pour se rendre à l'usine, ils l'avaient saisie.

Il ne se souvenait pas de ce qu'ils lui avaient fait – où ils la touchèrent, comment elle hurla. Mais il revoyait avec une clarté hallucinante l'instant où leur père s'était précipité à son aide.

Père avait ramassé une poignée de terre et l'avait écrasée sur le visage d'un des gardes.

Immédiatement, un autre garde l'avait frappé avec la crosse de son fusil, il était tombé. Les deux soldats, celui qui l'avait frappé et celui qui avait été humilié, l'avaient saisi, traîné dans la poussière, et l'avaient jeté contre la boîte où Sin Bae se trouvait enfermé. Le père, émacié et hagard, aperçut son fils à travers les lattes.

Il parvint à prononcer son nom – juste avant que le garde qui avait posé le canon de son arme à l'arrière de son crâne ne fasse feu.

Sin Bae n'avait pas encore réalisé ce qui venait de se passer quand il vit qu'il était couvert du sang de son père.

On le sortit de la boîte plusieurs jours plus tard. Il se mit péniblement sur ses pieds, rentra comme il put pour se laver du sang séché et des morceaux d'os et de cervelle avec l'eau contaminée du puits de la prison. Et se jura de quitter Yodok d'une façon ou d'une autre, sous peu.

Debout devant Kincaid à peine consciente, les yeux de Sin Bae tombèrent sur le téléphone qu'il avait jeté à terre. Il clignotait.

Il ignora l'appel entrant. À la place, il se pencha vers le visage tuméfié de Kincaid et, dans un presque murmure :

— Réponds-moi. Où est la fille ?

Kincaid ne dit rien.

Sin Bae se retint de la frapper encore. Il traversa rapidement la pièce et ramassa le téléphone. L'appel manqué venait de Ping. Pas de message, bien sûr. Sin Bae était censé le rappeler aussitôt. Mais Sin Bae était fatigué des caprices du petit homme. Ses dernières instructions étaient de localiser les autres et c'était ce qu'il allait faire. Gérer ça lui-même. Il commencerait par Janson. Plutôt que parcourir tout Séoul à sa recherche, il allait se débrouiller pour que Janson vienne à lui.

Il composa le numéro que Ping lui avait communiqué auparavant.

La ligne sonna quatre fois avant qu'une femme ne réponde.

— Catspaw Associés, fit-elle.

Quintisha Upchurch frémit. Upchurch était la directrice générale de Catspaw et de la Fondation Phœnix depuis leur création. Elle était connue dans le milieu des deux organisations comme la seule personne au monde à savoir comment joindre Janson jour et nuit. Elle avait pour ainsi dire tout entendu depuis qu'elle travaillait avec lui. Elle connaissait la peur. Mais dès l'instant où elle entendit la voix pâteuse à l'autre bout de la ligne, l'effroi qu'elle ressentit ne put se comparer à rien de ce qu'elle avait connu. C'était comme si toutes les menaces qu'elle avait entendues jusqu'à présent n'avaient été que des répétitions pour celle-ci.

— Dites-lui que je la tiens, dit la voix. S'il veut qu'elle sorte d'ici vivante, dites-lui qu'il appelle le petit homme dans la prochaine demi-heure. Pas une seconde de plus. Dans trente et une minutes, elle est morte.

Ce fut tout. Une quarantaine de mots à peine. Pas un seul nom mentionné. Mais Quintisha Upchurch saisissait parfaitement le message et ne perdit pas un instant. Elle appuya sur le bouton de la ligne directe.

— Monsieur Janson, dit-elle sitôt qu'il décrocha, nous avons un problème.

47

Nam Sei-hoon se pencha par-dessus son bureau pour décrocher le téléphone qui sonnait. Il s'attendait à entendre la voix de Ping et porta le combiné à son oreille.

La voix le salua dans un coréen très clair dans lequel Nam perçut un accent bien défini – occidental. Peut-être même américain. Ce qui était étrange car les Américains, selon son expérience, manquaient singulièrement d'aptitude pour ce qui était des langues étrangères. Un balourd tel Edward Clarke n'avait certainement pas appris le coréen.

Et cependant, la personne qui l'appelait l'avait joint sur sa ligne la plus personnelle et privée.

— À qui ai-je l'honneur ? demanda-t-il en anglais.

— À l'homme qui va foutre une balle dans ce qui te sert de crâne, espèce de traître.

Nam Sei-hoon se mit brutalement à suer. Ses mains devinrent si moites que l'appareil faillit lui glisser des doigts.

— Janson ? parvint-il à articuler à travers une respiration qui s'accélérait.

— Je pourrais dire que tu es une honte pour ton pays, Sei-hoon. Mais ça ne suffirait pas. Tu es une tache pour l'humanité tout entière.

Nam se leva de sa chaise et se rendit compte que ses genoux tremblaient. Il fut soudainement ravagé par la certitude que Janson se trouvait quelque part dans le bâtiment.

Impossible, pensa-t-il. Et cependant, si quelqu'un pouvait pénétrer le building de l'Intelligence Service, c'était lui.

— Est-ce une plaisanterie, Paul ? tenta-t-il, la voix épaissie par la peur.

— Où est Kincaid ?

— Votre associée ? Je l'ignore. Je n'ai aucune nouvelle d'elle. Êtes-vous en train de me dire qu'elle a disparu ? En quoi puis-je vous aider ?

— C'est toi qui vas bientôt avoir besoin d'aide.

Nam Sei-hoon se rassit lentement dans son fauteuil. Janson savait. Jouer l'imbécile plus longtemps ne servirait pas à grand-chose. Pour autant, il n'arrivait pas à se résoudre à la moindre concession – pas pour le moment. Il resta silencieux.

— La seule façon pour toi de survivre, dit Janson, c'est que je meure. Et je vais t'offrir cette possibilité, Sei-hoon.

— Paul, je…

Il avala la bile qui montait dans sa gorge.

— Ferme-la et écoute-moi bien. Parce que l'offre que je vais te faire ne sera valable que jusqu'à ce que je raccroche. Et si j'entends un mot de toi, un seul, qui ne me plaît pas, c'est ce que je ferai sans prévenir. Et je viendrai te trouver. C'est clair ?

— Je… Il s'interrompit, conscient de l'inutilité de sa tentative. Oui, Paul, c'est clair.

— Bien, dit Janson. Je vais échanger ma vie et du même coup la tienne, contre celle de Jessica Kincaid.

Nam Sei-hoon crut Janson quand ce dernier lui assura que Kincaid ne savait rien de son implication. Bien sûr qu'elle ne savait rien. Dans le cas inverse, elle ne se serait jamais rendue au rendez-vous que Nam lui avait fixé dans l'appartement sécurisé où Sin Bae l'attendait. Et maintenant que Sin Bae veillait sur elle, elle n'avait pas eu l'occasion de parler à quiconque.

Cependant, Kincaid avait appris sur Diophantus tout ce que Gregory Wyckoff était susceptible d'avoir découvert. Et cela signifiait que Kincaid devait être éliminée.

Mais cela pouvait attendre que Janson soit mort.

Nam Sei-hoon le savait : Janson ne bluffait pas le moins du monde en proposant d'échanger sa vie contre celle de Kincaid. C'est ce qu'il aurait fait même s'il n'avait pas été amoureux d'elle. Il était ce genre d'homme, ou du moins celui qu'il était devenu.

À l'époque où Nam avait fait sa connaissance, Janson, homme-grenouille au sein des SEAL de l'US Navy ressemblait à une machine à tuer au visage vert. Il s'était distingué durant un entraînement commun américano-coréen à Rodriguez Range, à quelque dix kilomètres au sud de la Zone démilitarisée. Nam fut si impressionné par lui qu'il insista pour le rencontrer. Ils dînèrent ensemble régulièrement, durant le séjour de Janson sur place, discutant de la guerre oubliée tout en vidant des verres jusqu'à tard. Nam découvrait en

Janson un homme aussi intelligent que physiquement compétent et tous deux devinrent amis.

Au cours des années suivantes, Nam suivit la carrière de l'Américain à la façon dont on suit celle des champions. Quand Janson disparut en Afghanistan, il prit le deuil. Dix-huit mois plus tard en apprenant sa fuite audacieuse de Kaboul, il fêta la nouvelle. Puis quand Janson rejoignit les Opérations consulaires, Nam lui offrit son aide de principe, valable partout où il en aurait besoin sur la planète, n'importe quand. Il lui avait même proposé un asile en Corée du Sud en apprenant sa rupture avec les Opérations consulaires.

Peu de temps plus tard, il avait appris que Janson se considérait lui-même comme « réformé ». Qu'il avait monté sa propre boîte, que son objectif n'était pas l'enrichissement personnel mais l'aide et le soutien qu'il pouvait apporter à d'anciens agents clandestins tels que lui. Sur l'instant, Nam Sei-hoon n'avait pas su comment analyser cela. Il lui avait fallu les derniers mois pour comprendre clairement que Janson n'était plus l'homme qu'il avait été. La Machine, hélas, s'était ramollie. Et maintenant que les intérêts de Janson entraient en conflit avec les siens, Nam Sei-hoon ne pouvait faire que ce qu'il lui fallait faire.

Cependant, Nam le savait, Janson était un homme de parole – et que cette parole fût une promesse ou une menace importait peu. Nam aurait donc été bien stupide de ne pas saisir l'offre qu'il lui proposait. Dans le cas inverse, il serait aussitôt devenu un cadavre en sursis.

Nam Sei-hoon saisit son téléphone.

Le premier appel qu'il passa fut pour l'homme de Clarke, Ping. Il réitéra son avertissement de ne pas laisser Sin Bae tuer Kincaid. Il y aurait un échange, lui dit-il. Nam allait rappeler Ping dans les dix minutes avec d'autres instructions.

Son appel suivant fut pour Edward Clarke. Nam n'avait évidemment pas l'intention de divulguer le moindre détail sur ce qui se passait à Séoul. Il voulait seulement l'instruire de ce qui devait se produire aux États-Unis.

— Le Jet atterrira à Honolulu pour reprendre du carburant, lui dit-il. Et je crois savoir que le sénateur et sa femme sont toujours dans les îles.

— C'est exact, répliqua Clarke.

— Le gamin ne doit pas atteindre le territoire américain. Il ne doit pas retrouver son père.

— Je peux vous assurer, dit Clarke, que nous allons nous occuper de lui. Nous avons déjà bloqué toutes les communications de l'Embraer. Et j'ai prévu quelque chose sur place à Hickam Filed.

— Bien. Tenez-moi au courant.

Nam Sei-hoon raccrocha pour réfléchir au calendrier de l'opération Diophantus. Il lui fallait du temps. Pas beaucoup mais suffisamment pour s'assurer que les choses rouleraient sans anicroche le lendemain matin.

Il saisit son téléphone pour rappeler Ping.

— Ne dites rien, écoutez-moi, fit-il sitôt que Ping eut décroché. Sin Bae est sur le point de recevoir un nouvel invité.

48

Nam Sei-hoon allait essayer de le doubler, Janson en était persuadé. Mais il ne ferait pas tuer Kincaid tout de suite. Il la ferait suivre. Il s'assurerait que Janson était bien mort avant de lui faire quoi que ce soit. Nam Sei-hoon avait beau être un salopard et un traître, il n'était pas stupide.

Janson se mit à contempler au-dessus de lui les fenêtres des gratte-ciel dominant les néons de la ville. Combien de snipers avaient ce soir leur lunette braquée sur lui ? Les hommes de Nam Sei-hoon ? Les agents d'Edward Clarke ? Les deux ?

Peu importe, songea-t-il.

Le téléphone dans sa main se mit à vibrer. Il le pressa contre son oreille. Tandis qu'il écoutait la voix dans l'écouteur, il sentit la présence de deux hommes dans son dos. Comme on le lui ordonnait, Janson fit deux pas de manière à se trouver tout au bord du trottoir.

Les deux hommes derrière lui se mirent à le fouiller.

Il leva les bras en croix, écarta les jambes, juste assez pour que les deux types puissent vérifier son entrejambe. Peu lui importait, il était clean. Nam Sei-hoon se doutait qu'il ne risquerait pas la vie de Kincaid en venant armé et Janson le savait aussi.

La voix dans l'appareil :

— Il y a une fourgonnette noire en approche sur votre gauche. Raccrochez et attendez l'appel de la femme. Vous aurez exactement six secondes. Quand vous lui parlerez, la fourgonnette s'arrêtera devant vous. Au bout des six secondes, le téléphone vous sera retiré et vous monterez dans le véhicule.

D'une pression du pouce, Janson raccrocha. Dans la seconde, le téléphone vibra de nouveau.

— Paul ?

Sa voix venait du nez, comme si elle avait pris un coup au visage. Une bouffée de colère le saisit. Il prit une longue inspiration. Son cœur battait à tout rompre. Au moins elle vivait. Kincaid était en vie et, même ainsi, sa voix lui paraissait aussi douce que la musique des sphères.

Du coin de l'œil, il aperçut la camionnette noire qui approchait.

— Tu es en sécurité ? demanda-t-il.

— Paul ne fais pas ça ! Ça ne sert à rien. Je ne serai pas en mesure de viv…

La camionnette s'arrêta pile devant lui.

— Nous n'avons que trois secondes, Jessie. Est-ce que tu es en sécurité ?

— Oui. Je suis dans un lieu pub…

Le téléphone lui fut arraché des mains. Un coup le frappa à la tête, ses genoux fléchirent. Pris de vertige, il se sentit partir, des mains se saisirent de lui, une cagoule lui couvrit la tête. Janson n'était plus qu'à peine conscient lorsqu'il fut soulevé de terre et enfourné dans la camionnette.

La porte coulissante se referma tandis que le véhicule démarrait.

Derrière la cagoule, Janson ferma les yeux. À nouveau, il rêvait de Jessie dans son maillot de bain deux-pièces sur le sable doux et chaud de Waikiki.

D'un geste vif on lui retira le sac de toile. Janson garda les yeux fermés un instant pour s'ajuster à la lumière. Lorsqu'il les rouvrit, la première chose qu'il aperçut fut la clarté gris métal du ciel de Pyongyang. Puis, au premier plan, le visage salement amoché de Sin Bae.

Bien joué, Jessie.

— Jusqu'à maintenant, dit Sin Bae doucement, nous ne nous connaissions que de réputation.

Janson testa ses liens. Ses bras étaient fermement attachés dans son dos, ses jambes fixées à la chaise solide sur laquelle il était assis.

— Tu es bien plus laid que je ne m'y attendais, dit Janson en fixant le tueur dans les yeux. Il constata qu'y brillait une lueur qu'il n'avait pas vue chez beaucoup d'agents des Opérations consulaires.

Sin Bae eut un demi-sourire. L'une de ses dents de devant manquait à l'appel. Cela semblait récent. *Jessie t'a bien arrangé, hein ? Ça ne m'étonne pas d'elle.*

— Tu es bien plus humain que je ne le pensais, fit Sin Bae en réponse.

L'espace d'un instant, Janson eut le sentiment sinistre que le type lisait dans ses pensées. Mais en fait, dans ce domaine Janson avait l'avantage. Il avait pu consulter l'intégralité du dossier de Sin Bae quelques heures plus tôt grâce aux bons soins de Grigori Berman.

— Tu étais la Machine, à ce qu'on m'a dit, poursuivit Sin Bae.

Il fit un pas en avant et se pencha vers Janson.

Janson respira la puanteur du sang séché.

— Mais si tu es une machine, tu es un vieux modèle cassé dans le meilleur des cas. Une machine pour typographe. Une machine à écrire. Un téléphone public, un fax. Quoi que ce soit, Paul Janson, tu es obsolète.

Janson ne répondit pas. Il eut une brève pensée pour un homme nommé Doug Case – un ancien agent, lui aussi, trouvé par Janson sur une chaise roulante brisée à l'entrée d'un tunnel de chemin de fer à Ogden, dans l'Utah.

Pour Janson, Doug Case avait été le premier.

Le premier recruté.

Le premier étudiant.

Le premier diplômé de la Fondation Phœnix.

Doug Case avait été le premier des agents clandestins du gouvernement que Janson avait sauvés.

Il savait à quoi il s'exposait lorsqu'il avait commencé à concevoir Phœnix. La gamme de ses talents était très spécifique. Et s'il voulait s'amender, il n'avait d'autres choix que de les utiliser. Pour sauver d'autres agents clandestins – pour leur donner de nouvelles vies –, il lui fallait de l'argent, beaucoup d'argent. Et pour gagner cet argent, il devait accepter des missions dangereuses requérant souvent l'usage de la force.

Parfois même d'une force meurtrière.

Janson n'avait jamais eu la moindre illusion à ce sujet. Chaque mission serait un test, il le savait, comme il savait qu'il serait susceptible d'échouer à la moindre décision. Son travail n'était après tout qu'une suite de dilemmes moraux, le moindre n'étant pas la nécessité de répondre à la violence par la violence. D'où les Commandements Janson.

Pas de torture.

Pas de victimes civiles.

Ne tuer que ceux qui cherchent à nous tuer.

Mais, en dépit des difficultés, Janson s'était résolu à poursuivre. La Machine avait décidé de devenir humaine.

C'était cela que Sin Bae voyait en lui à présent, Janson en était convaincu. C'était ce qui, avec un peu de chance, l'effrayait au plus haut degré.

Il vit Sin Bae saisir son bouton de manchette gauche entre le pouce et l'index et effectuer une rotation. Selon le dossier qu'il avait consulté dans la suite de Jina à l'hôtel Westin, ce geste signait ses meurtres. Cela signifiait que Janson serait mort dans les trente secondes.

— Il n'est pas encore trop tard, tu sais, dit-il aussi calmement que possible.

Sin Bae parut légèrement amusé.

— Trop tard pour quoi ?

— Pour te racheter.

Cette fois, le tueur sourit franchement.

— Tu es devenu prêtre ?

— Non, dit Janson, qui releva la tête pour le regarder fixement. Il n'y a pas de religion pour les hommes tels que nous. Inutile de prétendre le contraire.

Sin Bae passait lentement derrière la chaise.

— Je reviens de là-bas, reprit Janson.

— Là-bas ?

— Pyongyang. La ville où tu es né. La ville d'où toi et ta famille avez été arrachés au milieu de la nuit quand tu avais sept ans. Ta ville avant d'être envoyé à Yodok.

Dans l'attente du garrot qui lui serrerait la gorge, Janson retint son souffle. Il ferma les yeux, s'efforça de convoquer dans sa mémoire une image de Kincaid. Mais à la place de son sourire, c'est une Jessie hurlant dans la cabine téléphonique qu'il aperçut.

Paul ne fais pas ça! Ça ne sert à rien. Je ne serai pas en mesure de viv…

— Dis-moi, fit-il lentement, après avoir fui Yodok, quand tu es arrivé à l'ambassade américaine de Pékin, tu leur as expliqué que tu avais laissé ta sœur derrière toi?

Silence.

— As-tu dit aux Américains que Su-ra était restée là-bas? Qu'elle était sur le point de mourir de faim? Tu leur as dit?

Le silence se prolongeait.

— Leur as-tu demandé de l'aide? As-tu demandé aux Américains de t'aider à sauver ta sœur? Leur as-tu expliqué que tu lui avais promis de revenir la chercher? Tu t'es entaillé pour qu'elle te croie, tu lui as promis sur ton sang que tu reviendrais la sauver. Tu leur as dit tout ça?

Janson pouvait sentir l'hésitation de Sin Bae. Il entendit le souffle épais de l'assassin dans son dos comme un animal malade agonisant.

— Et qu'est-ce qu'ils ont fait, Sin Bae? Qu'ont-ils fait pour ta sœur? Qu'ont-ils fait pour toi?

Comme Sin Bae ne disait toujours rien, Janson poursuivit :

— Je vais te le dire. Ils t'ont fait ce qu'ils m'ont fait. Ils t'ont transformé en tueur.

Sin Bae se pencha sur lui, si près que Janson put sentir son souffle mêlé à l'odeur de son sang séché.

— Est-ce que tu sais seulement pourquoi tu es sur le point de me tuer ? Sais-tu pourquoi tu vas tuer Jessica Kincaid ?

— Parce que vous êtes des traîtres, marmonna Sin Bae.

— Tu crois ça ? fit Janson doucement. Vraiment ? Et l'adolescente ? Elle fait partie des traîtres, elle aussi ?

La voix de Janson monta de quelques octaves sous l'effet de la colère.

— Dis-moi, Sin Bae, qui a-t-elle trahi, au juste ? Qu'a fait cette gosse de 13 ans pour mériter la mort ?

Sin Bae ne répondit pas.

— Nous sommes *tous* des machines, à leurs yeux. Nous ne sommes rien d'autre que cela. Pour les Opérations consulaires, pour leur directeur Clarke. Des machines, toi comme moi. Susceptibles d'être mises en fonction ou désactivées à volonté. Des machines en attente d'instructions pour tuer. Et quand nous cessons de servir leurs intérêts, quand nous devenons obsolètes, comme tu dis, ils nous éliminent. Ça t'arrivera à toi aussi, Sin Bae, exactement comme ça m'arrive à moi aujourd'hui.

Janson pouvait entendre le bruit du garrot que l'assassin tirait lentement du bouton de manchette, telle la bobine de fil d'une canne à pêche. C'était trop tard, réalisa-t-il. Le Coréen était allé trop loin depuis trop longtemps. Janson n'avait jamais retourné, jamais *sauvé* aucun agent dans une telle situation de vulnérabilité.

Que pouvait-il encore dire? Qu'est-ce qu'un mort avait encore à offrir aux vivants?

— Pour eux nous ne sommes que des armes, fit-il calmement. Des fusils, des garrots. As-tu déjà regretté la perte d'un garrot? As-tu déjà fait le deuil d'un fusil que tu as dû laisser derrière toi après une mission dans une ville anonyme? C'est là tout le deuil qu'ils feront à ton sujet quand tu deviendras obsolète, Sin Bae. C'est tout le deuil qu'ils feront de moi.

Le filin s'enroula autour de la gorge de Janson.

— J'étais exactement comme toi, souffla-t-il encore. Un matin, je me suis réveillé en sueur. J'ai pensé à tous ceux que j'avais tués sans raison. Ce matin-là j'ai compris que je n'étais rien d'autre qu'un serial killer légal. J'ai cessé d'être une machine. Je suis devenu humain.

— Il n'est pas trop tard pour moi, fit Sin Bae. Le garrot s'enfonçait dans la chair de Janson. Il sentit la congestion de son visage, sa tête gonflée qui brûlait, une fournaise depuis le bas de la nuque jusqu'à la racine de ses cheveux.

C'était cela, il le savait. C'était la fin.

— Tu devrais le savoir maintenant que tu me tues, parvint-il à articuler, cherchant de l'air pour respirer. Tu devrais savoir pourquoi on t'a ordonné de tuer Kincaid et l'adolescente. Tu devrais savoir…

Il dut lutter pour faire sortir le dernier mot.

— … savoir Diophantus.

49

Le directeur des Opérations consulaires, Edward Clarke, pénétra dans la somptueuse salle de réception. Il se retourna pour détailler tout l'espace – le plafond haut de deux étages, d'où pesaient des chandeliers en cristal, les murs blancs immaculés délimitant la pièce grande comme un terrain de football.

Bon Dieu, pensa-t-il, ce n'est pas une salle, c'est une vraie chambre d'écho, cet endroit.

Au centre de la pièce, on avait dressé, sur une grande table ronde, des porcelaines fines et des verres d'eau en cristal eux aussi. Les sept hommes et la femme qui y avaient pris place échangeaient des propos sans importance. Il s'avança, tendu.

— Qui a eu cette idée à la con ? fit-il d'emblée, désignant la pièce d'un geste.

Bruce Javers, le prétentieux trentenaire fondateur de Jupicon Ltd, une multinationale spécialisée dans la programmation informatique basée à Silicon Valley, bondit de son fauteuil avec un sourire de débile.

— Qu'est-ce qui ne va pas, Eddie ? C'est un lieu super, ici.

Il entoura les épaules de Clarke de son bras épais, et Clarke dut se retenir pour ne pas le lui tordre comme un torchon de cuisine jusqu'à le faire hurler tel un porc.

— Tout d'abord, Bruce, ne m'appelez pas Eddie, fit-il à voix haute pour être entendu de tous. Il ne voulait pas avoir à répéter ce qu'il considérait comme un ordre. Il ne voulait pas non plus revenir sur l'abomination des consignes de sécurité quand viendrait l'heure du débriefing dans quelques jours, une fois l'opération lancée.

— L'histoire n'apprend jamais rien aux gens comme vous hein ? fit-il.

Milhouse Hastings, qui avait plusieurs crises cardiaques à son actif et dirigeait Leverton-Wells, une entreprise sous contrat avec la Défense, leva les yeux, surpris.

— Les gens comme nous ? Que voulez-vous dire ?

Clarke en avait marre. Il avait gardé ça en lui trop longtemps.

— Les gens comme vous : les blancs-becs demeurés et si engraissés par le fric que même vos rencarts clandestins, même vos conspirations secrètes doivent avoir lieu dans des endroits comme celui-là à côté duquel le mariage de la reine d'Angleterre ressemble à une séance dans un confessionnal.

— Expliquez-vous, Ed, intervint Jacob Paltrow, patron de Norvo Incorporated, le géant de la biotech à côté duquel Monsanto ressemblerait sous peu à un parti écologique.

— Expliquer quoi ? répondit-il du tac au tac. Regardez-moi cet endroit, bordel. Le petit-fils de Jimmy

Carter serait assis au bar en train d'enregistrer cette conversation pour la presse gauchiste, on ne s'en rendrait même pas compte vu la taille des lieux.

Bruce Javers posa de nouveau l'une de ses mains grasses sur l'épaule de Clarke.

— Du calme, Eddie, tout a été passé au peigne fin. Tout…

— La ferme, Bruce ! La ferme !

Bon Dieu, le type était complètement bourré. Son haleine puait le bourbon.

— Et cessez de m'appeler Eddie.

Clarke prit place à la table.

Très bien. Puisque les lieux ont été passés au peigne fin, finissons-en.

— Tout d'abord, commença-t-il quelques minutes plus tard, laissez-moi vous remercier tous ici pour votre patriotisme.

Quel tissu de conneries, pensait-il tout en continuant son préambule. Les titans de l'industrie assis autour de la table – Bruce Javers, Milhouse Hastings, Jacob Paltrow – n'avaient accordé leur aide financière à l'opération que pour une seule et unique raison : faire progresser leurs résultats. Clarke partageait bien sûr leur conviction sur la faiblesse du gouvernement dans le combat contre le vol des données et le cyber-espionnage de la part des Chinois. Les pertes combinées des trois compagnies américaines assises à cette table représentaient à elles seules plusieurs centaines de milliards de dollars. D'où Diophantus. En finir une bonne fois avec la Corée du Nord, créer une Corée unifiée sous un gouvernement démocratiquement élu sous influence américaine. Les États-Unis auraient dès lors un allié à la frontière chinoise. Pour les USA, ce serait une aubaine et un cauchemar pour le régime de Pékin. Le cyber-crime contre les intérêts américains ne resterait plus impuni. Mais de là à considérer les dirigeants de ces groupes comme des patriotes… C'était risible.

— Sans votre soutien, poursuivait-il néanmoins, cette opération aurait été impossible.

En vérité, Clarke se considérait comme le seul patriote dans cette pièce. Sandy Hildreth, la directrice de la NSA, était payée des fortunes pour son rôle dans Diophantus. Ella Quon ambitionnait la direction de la CIA. Quant à Douglas Albright, il voulait tout simplement la guerre. Albright avait été le critique le plus vitupérant à l'annonce des coupes budgétaires au ministère de la Défense par le Président. Il visait le poste après les prochaines élections, et entendait bien hériter d'un ministère capable de financer au moins deux guerres en même temps. Des années durant, Albright pointant la Corée du Nord et l'Iran avait calmement plaidé pour un changement de régime dans chacun de ces pays, et la rumeur au ministère disait qu'il avait des vues similaires sur le Pakistan, voire sur une bonne moitié du Moyen-Orient.

Clarke s'éclaircit la voix et avala une gorgée d'eau glacée.

— Bien. Comme vous le savez tous, nous ne sommes pas réunis ici pour nous autocongratuler. Ce serait prématuré. Nous sommes là pour discuter la prochaine phase de Diophantus, qui n'est pas moins cruciale que les précédentes si nous voulons réussir.

Face à Clarke, le prétentieux Bruce Javers semblait faire la sourde oreille. Mais peu importait. Il était là pour son fric, pas pour ce qu'il avait à dire. Le Congrès surveillant la moindre dépense, il aurait été impossible à une opération comme Diophantus de rester secrète sans cela. Et secrète, bien entendu, il fallait qu'elle le soit. Même ces connards de néo-cons, des gens qui n'avaient jamais eu affaire à une guerre qui leur déplaisait, même eux étaient opposés à une action militaire contre la Corée du Nord. Du moins c'était ce qu'ils prétendaient en public. Leur chimère était de voir le régime s'écrouler de lui-même. Sauf que Pyongyang ne s'était pas effondré durant la Grande Famine des années 90, quand des millions de Nord-Coréens étaient morts de faim et de malnutrition, et Clarke en déduisait que le régime ne tomberait pas de sitôt.

Comment, d'ailleurs, en aurait-il été autrement ? Le peuple de Corée du Nord n'était certainement pas prêt à se révolter. Rien d'approchant aux Printemps arabes n'était en vue dans la RDPC. Les rassemblements y étaient interdits. Internet n'y existait pas, aucun réseau social ne pouvait aider les citoyens à s'organiser. Quant aux éventuels protestataires, ce qui les attendait n'était ni les gaz lacrymogènes, ni les balles en caoutchouc, ni les lance à incendie – mais le tir à vue dans les rues et la mort. Dans de telles conditions, non, le peuple n'était pas capable de renverser le régime de Kim.

Et c'était un régime qui devait disparaître, cela ne faisait aucun doute. Vingt ans d'échecs diplomatiques n'avaient mené l'Amérique et ses alliés absolument nulle part. Les gouvernements successifs n'avaient tout simplement rien fait face au programme nucléaire que la Corée du Nord faisait progresser sous leur nez.

Ce que peu de gens paraissaient réaliser, c'était que la RDPC ne constituait pas qu'une menace régionale. La Corée du Nord représentait un danger pour la planète tout entière. Le pays avait besoin d'argent. Qui pouvait sérieusement douter que, une fois en possession de la bombe, Kim Jong-un hésiterait une seconde avant de vendre du matériel nucléaire à Al-Qaida, au Hezbollah, à l'État islamique, ou à toute autre organisation terroriste dédiée à la propagation de la sharia dans le monde ?

— Ainsi que nous en avons déjà discuté, dit Clarke, nous nous attendons à une situation difficile en Corée du Nord sitôt la chute du régime. Une crise humanitaire de proportion épique, pour commencer. Il nous faudra venir en aide à Séoul qui fera face à un afflux de réfugiés. Ils auront besoin de nourriture, de vêtements, d'abris, et ils auront besoin de soutien psychique parce que l'intégration dans le Sud ne sera pas facile. Ces gens se sont fait laver le cerveau pendant des dizaines d'années. Les déprogrammer ne sera pas simple. Par ailleurs, une fois l'armée à Pyongyang, nous aurons besoin d'un plan Marshall. Nous allons gagner cette guerre, mais toutes les guerres sont sales. Il nous faudra tout reconstruire. Et nous n'avons pas de boule de cristal. Nous n'avons aucune garantie sur l'avenir. Mais s'il y a une chose que nous savons avec certitude, c'est que le contribuable américain ne voudra pas payer pour les conséquences d'une seconde guerre de Corée.

Edward Clarke croisa les mains devant lui sur la table et dévisagea successivement Javers, Hastings et Paltrow.

— Et, une fois encore, c'est là, messieurs, que vous intervenez. Avec vos carnets de chèques.

50

— Janson est mort.

Nam Sei-hoon inspira longuement pour mieux savourer les mots de Ping. Il n'éprouvait aucun plaisir à l'annonce que son ami avait été tué. Tout juste du soulagement. Janson n'avait laissé aucun doute sur le sort qu'il aurait réservé à Nam s'il était resté en vie. Mais à présent, dans quelques mois, peut-être même dans quelques semaines, Nam pourrait enfin sortir de l'ombre et prendre la place qui lui revenait dans l'Histoire.

— Merci, fit-il dans le téléphone. Maintenant, il faut s'occuper de Kincaid.

— Sin Bae me dit qu'elle est de retour dans la région. Elle a mis l'immeuble sous surveillance. Mais elle est revenue avec le policier de Séoul et dans l'état où se trouve Sin Bae, il ne peut pas les éliminer tous les deux. Il va avoir besoin d'aide. En fait, il devrait être retiré du terrain immédiatement. Nous pensons qu'il peut avoir des fractures du fait de l'accident, peut-être même de sérieuses lésions internes. De toute façon, trop de Coréens du Sud ont vu son visage. Maintenant que le flic est impliqué, je pense qu'il faut faire sortir Sin Bae de Séoul aussi vite que possible.

Nam Sei-hoon soupira.

— Très bien. Je vais appeler Clarke pour qu'il envoie deux de ses hommes sur place.

— Et Sin Bae ?

— Il doit rester sur les lieux jusqu'à ce qu'ils arrivent, naturellement. Ensuite il pourra retourner à Shanghai se faire soigner.

— Le petit homme va demander à Clarke d'envoyer deux de ses hommes pour nettoyer.

Sin Bae s'étirait la nuque tout en écoutant Ping au téléphone. Les douleurs qu'il éprouvait depuis l'incident à Pékin empiraient. Il le lui signala.

— Sitôt que les agents seront là, répondit Ping, vous pourrez retourner en Chine. Je vous retrouverai à Shanghai pour vous emmener à l'hôpital.

Il y eut un long silence, suivi d'un soupir à peine audible.

— Une fois encore, je dois m'excuser. Le chauffeur de l'Audi sera puni en conséquence.

— J'aimerais qu'il soit à Shanghai à mon arrivée.

— Ce sera fait, dit Ping. Mais je vous encourage à considérer qui est vraiment responsable. C'est la femme à la bicyclette qui vous a poussé sur la route. Notre homme ne cherchait qu'à vous venir en aide pour capturer le gamin en lui coup…

— Je n'avais demandé aucune aide, fit Sin Bae dans un souffle. Il raccrocha.

— Absolument pas. N'imaginez même pas que vous allez quitter Séoul, dit Nam Sei-hoon.

L'ambassadeur Owen Young, de l'autre côté de la ligne, resta calme.

— Avec tout le respect que je vous dois, fit-il finalement, nous avons déjà discuté de cela il y a longtemps et...

— C'était avant que vous ne laissiez l'une de vos traductrices écouter nos projets.

— Vous venez de m'annoncer que tout était réglé sur ce plan, cria l'ambassadeur. Je vous en prie. Laissez partir au moins mon chef de cabinet et moi-même. C'est après tout grâce à Jonathan que la traductrice a été identifiée. Sans son aide, nous n'aurions jamais su que l'opération Diophantus pouvait être éventée.

— C'est trop dangereux à ce stade. Si l'ambassadeur américain est vu quittant le pays vingt-quatre heures avant le conflit, nous serons tous impliqués.

— En fait de danger, siffla Young, c'est vous qui risquez nos vies en nous empêchant de quitter la capitale.

— Ne soyez pas ridicule. Avec les forces américaines sur le terrain, cette guerre ne durera pas une semaine.

— Cela reste une guerre. Et j'ai une famille, bon sang. J'ai des enfants.

— Il ne leur arrivera rien, monsieur l'Ambassadeur. Les troupes du Nord n'ont aucune chance d'approcher Séoul.

— Nous ne connaissons pas toutes leurs capacités.

— Faux. *Vous* ne connaissez pas toutes leurs capacités. Moi si. Vous parlez au directeur de l'Intelligence Service en charge de la Corée du Nord, je vous rappelle.

— La Corée du Nord est le trou noir du Renseignement international.

Nam Sei-hoon aurait voulu pénétrer dans le téléphone pour saisir Young à la gorge.

— Vous croyez vraiment ça, monsieur l'Ambassadeur? Et si je vous disais que j'ai un agent sur place à Pyongyang depuis cinq ans?

L'ambassadeur se tut de nouveau.

Nam Sei-hoon sentit quelque chose changer en lui. C'était un secret qu'il avait gardé pour lui depuis le début. Certains de ses collègues aux Affaires nord-coréennes savaient qu'il avait des hommes à lui dans le Commandement des Gardes et au ministère de la Sécurité d'État. Mais personne ne savait qu'il avait un agent à la direction du Palais.

Il raccrocha.

Il se leva, se dirigea vers le mur sur lequel était accrochée une carte de Corée. Elle devrait être sous peu remplacée. La ligne de démarcation serait effacée, la Zone démilitarisée rebaptisée. Après un siècle d'occupation et de division, la Corée était sur le point de se voir réunifier.

Et Nam Sei-hoon serait l'homme qui aurait rendu à la péninsule tout le lustre de sa gloire passée.

51

Kincaid éprouvait le besoin urgent de retrouver Janson. Mais il lui faudrait attendre. Pour l'heure, elle devait servir d'appât. Assise dans un fauteuil somptueux dans la suite 1708 du Westin Hôtel, elle renversa sa tête en arrière de manière à ce que Jina Jeon ait un meilleur aperçu de son nez. Dans la chambre voisine, le bébé se mit à hurler.

— Désolée, fit Jeon qui se leva pour le rejoindre.

Kincaid redressa la tête.

— Où est-ce que sa mère a dit qu'elle allait, déjà ?

— Elle n'a rien dit, fit Jeon depuis la chambre. Pas vraiment. Elle a juste annoncé qu'elle revenait dans une demi-heure. Mais c'était il y a trois heures.

— Elle s'est peut-être perdue.

— Ça m'étonnerait. Jeon revint dans le salon. Je lui ai donné l'un de mes deux téléphones et le numéro du second, plus le numéro de l'hôtel. Elle aurait appelé.

— Avez-vous essayé de la joindre ?

— Deux fois. Je suis tombée sur le répondeur. Le téléphone est fermé.

— Vous pensez qu'elle s'est fait enlever ?

— Non, je ne crois pas. Ce que je pense… Jina Jeon s'interrompit.

— Oui ? insista Kincaid. Le côté gauche de son visage s'enflammait chaque fois qu'elle parlait.

— Je pense qu'elle ne croit pas pouvoir être une bonne mère, ici, à Séoul. Je pense qu'en voyant la ville, elle a dû se dire qu'elle avait atterri sur une autre planète. Elle doit être terrifiée.

— Qu'est-ce que vous comptez faire, dans ce cas ? dit Kincaid. Elle s'était persuadée qu'elle trouverait Jina Jeon antipathique mais, hélas, ce n'était pas le cas. Cela la décevait, d'une certaine façon.

— Rien. Pas avant que je sois sûre. Jeon reprit sa position près du fauteuil de Kincaid. Remettez votre tête en arrière.

Avant que Kincaid ne s'exécute, le téléphone de la suite se mit à sonner. Kincaid se leva pour décrocher.

La voix de Park Kwan lui fit l'effet d'une dose de Valium.

— Kang Jung et moi sommes de retour à Séoul, dit-il. Tout va bien.

— Merci infiniment de me rappeler si vite.

— Voulez-vous que nous venions à l'hôtel ?

— Non, dit Kincaid. Continuez de veiller sur Kang Jung jusqu'à ce que tout ça soit fini.

Kincaid donna à Park Kwan le numéro de Jina Jeon. Elle raccrocha et vint se rasseoir.

— Mettez votre tête en arrière, répéta Jina Jeon.

Cette fois, quelqu'un frappa à la porte. De nouveau, Kincaid se leva de son fauteuil.

— Je vais voir qui c'est.

— Ma mère, fit Jina tandis que Kincaid se penchait vers l'œilleton.

— C'est votre mère, confirma Kincaid en ouvrant la porte.

La nouvelle arrivante serra Kincaid dans ses bras, lui demanda comment elle allait.

— Je vais bien, mentit-elle.

— Formidable. Et où est ma petite-fille ?

— Je suis là, maman.

— Pas toi, bêtasse. Le bébé.

— Elle dort à côté.

Jina Jeon désigna le fauteuil :

— Jessie ?

Kincaid, en réponse, désigna sa montre :

— Pas le temps. Il faut qu'on y aille.

Au signal, Kincaid se mit en marche, traversa la rue vers le bâtiment d'habitation tout en regardant à droite et à gauche. Le corps de Sin Bae rebondissant sur le capot de l'Audi restait frais dans sa mémoire.

Elle pénétra dans la cour et sentit la tension monter dans ses nerfs. Elle s'empêchait de vérifier la position de Jina Jeon par peur de griller la sienne. Mais elle surveillait les buissons, les arbres, si quelqu'un lui sautait dessus… comme Sin Bae l'avait fait dans le parc Dosan.

À mi-chemin, elle perçut un bruit.

Elle accéléra jusqu'à la porte du building qu'elle trouva maintenue ouverte par une canette de bière Hite Queen écrasée et coincée dessous.

Je m'en enverrais bien une, ou même douze, quand tout sera fini.

Elle entra. Pour la seconde fois, un bruit se fit entendre derrière elle.

Puis, dans son oreille, la voix soyeuse de Jina Jeon :
— La voie est libre.

À l'étage, dans la chambre principale de l'appartement sécurisé, Kincaid fixait l'un des agents des Opérations consulaires, évanoui, attaché sur la chaise où elle-même avait été ligotée quelques heures plus tôt.

Il avait la peau foncée, était peut-être indien. Une paire de lunettes en étain reposait sur la table de nuit du côté gauche du lit. Des lunettes cerclées, façon John Lennon. À ceci près que le type ne semblait pas près de s'éveiller pour chanter *Imagine*.

Elle sortit de la pièce – et se trouva nez-à-nez avec Sin Bae.

Elle le fixa avec une haine qu'elle ne réservait qu'à de rares élus. Fit un pas de côté, entra dans la cuisine où Jina Jeon remplissait un seau au robinet.

— Je ne lui fais pas confiance, dit Kincaid, touchant du bout de ses doigts sa pommette douloureuse.

Jina Jeon secoua la tête, puis posa sur Kincaid un regard plein de sympathie. Elle soupira.

— Vous êtes demandée chambre numéro 2, dit-elle en soulevant le seau plein d'eau hors de l'évier.

Kincaid se mordit la lèvre inférieure. Elle n'était pas entièrement sûre de faire confiance à Jina Jeon non plus.

Elle avança en silence jusqu'au fond de l'appartement, frappa à la porte de la seconde chambre et entra sans attendre de réponse.

Le second agent des Opérations consulaires, attaché de la même manière à une chaise, commençait tout juste à se réveiller. Il souleva une tête vaseuse qui retomba presque aussitôt sur sa poitrine.

Celui-là était occidental, jeune, avec une peau olivâtre, et Kincaid en déduisit qu'il devait être grec ou italien.

Il leva de nouveau la tête. Cette fois ses paupières se soulevèrent. Il fixa l'homme debout devant lui. Avec la voix d'un fumeur invétéré, il dit :

— Tu es censé être mort.

Janson ne répondit pas.

Vingt minutes d'interrogatoire plus tard, tous quatre – Kincaid, Jina Jeon, Sin Bae et Janson – s'étaient regroupés dans le salon pour discuter une nouvelle stratégie.

Sin Bae fut le premier à parler.

— Nous savons comment ils sont entraînés. Ils ne diront rien à moins que nous ne les brisions.

Jina Jeon dit :

— J'ai préparé un seau. Il est dans la cuisine.

Kincaid déglutit péniblement et posa les yeux sur Janson.

— Pas question, fit ce dernier. Pas de torture.

Le regard de Kincaid se posa sur les cicatrices autour de sa gorge. Elle avait eu au cou le même genre de marque après l'attaque de Sin Bae dans le vestiaire de la boîte de nuit. Mais heureusement, elle n'avait pas été en mesure de s'en rendre compte avant qu'elles ne cicatrisent.

Jina Jeon dit :

— Paul, ils ne nous laissent pas le choix.

— Il y a toujours un choix, dit Janson en secouant la tête.

Kincaid jeta un œil à Jina Jeon. Avait-elle vraiment l'intention de discuter les Règles Janson ? Elle était passée par la Fondation Phœnix, elle devait savoir à quoi s'en tenir.

Sin Bae se retira de la conversation. Kincaid n'arrivait pas à savoir jusqu'à quel point Janson l'avait vraiment retourné. *Il est bien plus proche de toi et de moi que nous ne l'aurions imaginé*, lui avait-il seulement dit.

Jina Jeon intervint :

— Nous devons protéger Séoul. Nous savons de quoi. Mais ça ne nous sert à rien tant que nous ne saurons pas quand ni où.

— Pas de victimes civiles, fit Janson. Pas de meurtre qui ne soit de la légitime défense. Pas de torture. Et pas d'exception.

Janson croisa les bras sur sa poitrine – le signe, pensa Kincaid, qu'il ne transigerait pas. Elle avait beau connaître sa position et le comprendre sans doute mieux que personne au monde – pour autant du moins que quiconque pouvait comprendre Paul Janson –, elle devait bien admettre que leurs choix étaient limités et que le temps jouait contre eux.

— Ils ne savent peut-être rien de l'opération Diophantus.

De nouveau, Janson secoua la tête.

— L'un d'entre eux au moins doit savoir. Je dirais Vik Pawar. Je connais Clarke. Il ne fait pas suffisamment confiance à Nam Sei-hoon pour laisser toute l'opération entre ses mains, surtout s'il a laissé Nam contrôler certains de ses agents. Croyez-moi, Clarke a des représentants de son cru ici, en Corée du Sud.

— Et Sin Bae ? demanda Kincaid. Ils ne le connaissent pas. Ils ne savent pas que tu l'as retourné.

Le regard en coin que Janson lui lança signifiait, *nous ne pouvons pas leur faire confiance quand ils sont ensemble.*

Kincaid comprenait. Sin Bae avait peut-être été retourné mais il restait fragile. Avec une pression psychologique suffisante, un agent expérimenté tel que Vik Pawar pouvait l'attirer dans son camp.

Pendant plusieurs minutes, personne ne dit rien. Puis Janson décroisa les bras et se tourna vers Jina Jeon.

— Va me chercher le seau, dit-il.

Sans un regard pour Vik Pawar, Janson entra dans la pièce et posa le seau sur le sol. Tout son corps exprimait la réticence. N'importe qui aurait pu constater son malaise, presque son dégoût à l'idée de ce qu'il allait devoir faire. Dans son regard, un observateur extérieur aurait pu lire le mépris de soi, une colère intérieure se peignait sur ses traits.

Ses gestes désordonnés tandis qu'il rejetait le double matelas ne traduisaient pas moins son agitation. Il sépara le contre-plaqué du cadre du lit tout en se maudissant en silence, secouant la tête tel un chien trempé, comme pour se libérer de ce qui pesait sur lui.

Il évalua la solidité du contre-plaqué puis le disposa en angle, dans le sens de la longueur, avant de soulever le seau d'eau et de venir le placer près du bord le plus bas. Il fit un pas en arrière, le temps d'apprécier le résultat, tandis qu'une larme se formait distinctement au coin de son œil gauche. Ses lèvres s'affaissaient.

— Je ne vais pas te mentir, Vik, dit-il avec calme, sans regarder son prisonnier. Je ne vais pas te dire que tu as ce que tu mérites pour apaiser ma conscience. Personne ne mérite ça.

Finalement, Janson leva les yeux vers Vik Pawar. Il le regarda comme il en avait regardé tant durant ses années aux Opérations consulaires. Sans expression. Non comme un être humain en regarde un autre. Mais comme une Machine.

— Mais je ne vais pas non plus prétendre que j'ai tout le temps du monde pour te faire parler, reprit-il. Parce que je ne l'ai pas. Tu sais ça aussi bien que moi.

Janson s'approcha de la chambre à coucher, frappa trois coups à la porte.

— Il faudra que je me dise que c'était nécessaire, dit-il encore.

Jina Jeon entra dans la pièce. Elle tendit à Janson un paquet de serviettes propres vert foncé. Janson la remercia et dit :

— Dans deux minutes, tu feras entrer Sin Bae et tu apporteras les cordes. Il faut trois personnes pour faire ça. Si on le fait proprement, Vik survivra. À la moindre erreur il mourra. Mettons-nous d'accord pour essayer de le faire bien.

Quand Jina quitta la chambre, Janson se tourna vers Vik. Quelque chose comme de la compassion brillait dans ses yeux.

— Tu l'as déjà fait ?

La tête de Vik tourna presque imperceptiblement dans un sens puis dans l'autre.

— Ou subi? compléta Janson.

Même mouvement timide en réponse. Il refusait de regarder Janson. Ses yeux restaient fixés sur la porte.

— Moi non plus, dit Janson. Ce sera une première pour nous deux. On sera comme deux vierges à un bal de promo. Sauf que nous aurions aimé tomber sur de plus charmants partenaires.

Vik Pawar ne dit rien.

— J'ai assisté à une séance, une fois, poursuivit-il, et j'en sais assez depuis pour ne pas croire la propagande officielle. Ça n'a rien d'une noyade « simulée », c'est une connerie de dire ça. Tu vas avoir le sentiment de te noyer parce que je vais bel et bien le faire, Vik. Je vais te noyer. Ça n'aura rien d'une simulation. Les avocats de la CIA peuvent plaider tout leur soûl à ce sujet, c'est faux. Complètement bidon. Je crois que c'est Christopher Hitchens qui a dit un jour : « Si la noyade simulée n'est pas de la torture, alors rien ne l'est. »

Enfin leurs regards se croisèrent.

— Tu vois ces coupures sur mon cou? Ça date d'il y a quelques heures. J'étais assis juste là où tu es assis en ce moment. Sin Bae me garrottait. Il était en train de m'étrangler à mort.

Il marqua une pause.

— Tu veux savoir ce qui lui a fait changer d'avis?

Comme Vik Pawar restait silencieux, Janson répondit pour lui.

— Bien sûr que tu le veux. Je lui ai dit le peu que je savais sur Diophantus. Je lui ai dit combien de civils innocents vont mourir. Des deux côtés de la ligne de démarcation.

Le regard de Vik repartit vers la porte. Janson le suivit.

— Ce fils de pute est un véritable monstre. Il était sur le point de me tuer. Il allait tuer Kincaid. Il allait même assassiner une adolescente de 13 ans. Mais Diophantus ? Il ne l'a pas supporté. Même lui a une limite.

On frappa à la porte.

— Trente secondes, cria Janson.

Il se retourna vers Vik Pawar et baissa de nouveau la voix. Il parlait maintenant aussi doucement que s'il avait été dans une église ou une bibliothèque.

— C'est grâce à cela que je sais que j'ai raison de faire ce que je vais te faire, dit-il. Parce que tu connais les conséquences de Diophantus. Et parmi les dix millions d'habitants dans cette ville, tu es le seul qui ait le pouvoir d'arrêter l'opération. Que tu le refuses fait de toi un monstre pire encore que ne l'est Sin Bae. Et c'est la raison pour laquelle je peux mettre de côté mes convictions, te verser de l'eau dans la gorge et les narines, peut-être jusqu'à ce que tu en meures.

Vik plongea ses yeux directement dans ceux de Janson. Mais, dans les yeux de Janson, il n'y avait rien. Pas de vie, pas d'humanité. Ils étaient parfaitement vides.

— Je suis désolé de ce qui va se passer ici, Vik, dit-il d'une voix mécanique. Je le suis sincèrement, quelque monstrueux que tu sois.

On frappa de nouveau.

— Dix secondes, cria Janson.

Il revint sur Vik :

— Je suis désolé de devoir te torturer. Désolé que tu doives mourir ce soir. Parce que même si j'essaie de me faire croire le contraire, je sais que c'est de cette façon que la nuit va s'achever. Dans cinq secondes maintenant, une fois que Sin Bae sera entré dans cette pièce et t'aura laissé voir son visage, je sais qu'il n'y aura plus aucun moyen pour qu'il te laisse sortir vivant d'ici. C'est quelque chose avec quoi je vais devoir vivre jusqu'à la fin de mes jours.

Janson haussa les épaules, pencha la tête.

— Et alors, hein ? Je vis déjà avec bien pire, ce n'est pas un secret.

52

Quelques minutes plus tard, Janson sortit de la pièce.
— Il faut partir. Vite.
— Pour où ? demanda Kincaid.

Il prit une inspiration profonde.
— La Zone démilitarisée.

Puis, se tournant vers Jina Jeon :
— Mais on doit faire un détour. Chuncheon,
ajouta-t-il en réponse à la question peinte sur son visage.

Après en avoir fini avec Vik Pawar et Max Kolovos,
ils « empruntèrent » deux voitures à des habitants de
Séoul, traversèrent le pont Dongho et prirent la voie
express Séoul-Yangyang vers le nord en direction de
Chuncheon.

Janson conduisait, Kincaid à ses côtés. Jina Jeon
voyageait en compagnie de Sin Bae.

Le trajet prendrait une quarantaine de minutes.

Tout en doublant la lente file de véhicules sur sa
droite, Janson se tourna vers Kincaid. En dépit de son
désir de lui parler, pas un instant depuis leurs retrou-
vailles dans l'appartement sécurisé il n'avait eu l'opportunité de se retrouver seul avec elle.

— Ce n'est pas ce que tu crois, commença-t-il.

— Comment cela ? fit-elle en lui retournant son regard.

— Avec Vik. Ce n'est pas ce que tu crois.

— Tu as fait ce que tu avais à faire.

Le regard de Janson se fit plus insistant.

— Il n'y a pas d'exception à la règle, fit-il. Pas plus pour toi que pour moi ou pour qui que ce soit d'autre.

— Tu n'as pas à te justifier devant moi, Paul.

— Jessie, écoute-moi. Je n'ai pas torturé Vik.

Elle ne répondit pas.

— Je l'ai menacé de le faire, ajouta-t-il doucement. Mais je n'aurais pas mis la menace à exécution s'il avait refusé de parler.

Les feux arrière de la file devant lui ne furent plus que des taches rouges tandis que ses yeux s'embuaient de larmes.

— Même en faisant cela je suis allé trop loin, ajouta-t-il. Mais ça a marché. Vik s'est souvenu de ce que j'étais autrefois. Il n'a pas imaginé une seule seconde que je pouvais bluffer. Il était si effrayé que, après avoir parlé, quand je l'ai piqué au citrate de Carfentanil pour l'endormir, il était si convaincu que j'allais le tuer qu'il m'a supplié.

— C'est ça qui te pèse ?

— Plus que je ne l'aurais cru.

Il n'arrivait pas à saisir ce qui le troublait à ce point. Il savait ce qu'il avait été du temps des Opérations consulaires. Il connaissait sa réputation. Ce soir il s'était contenté de l'utiliser à son avantage.

— Ce qui me gêne, je crois, c'est que Vik a entendu des choses à mon sujet. Au sujet de Phœnix. Mais il ne les a pas crues. Vik n'a pas cru que j'avais changé.

— Mais c'est le cas, pourtant, dit Kincaid. Tu *as* changé. Complètement.

Janson gardait les yeux fixés sur la route. Il revoyait les deux soldats nord-coréens qu'il avait combattus dans la ZDM. Celui qui s'était électrocuté contre les barbelés. Celui qu'il avait tué d'une balle dans la tête. Son plus grand souci avait été de savoir jusqu'à quel point il avait endommagé le pare-brise.

Il entendit la voix de Heath Manningham.

Démissionné, vraiment ? Dis-moi. Combien en as-tu buté depuis que tu as démissionné ?

— Parfois je me demande jusqu'à quel point, fit-il.

Il était 3 heures du matin lorsqu'ils atteignirent Chuncheon. Janson gara la voiture sur le gravier devant la maison de Cal Auster, Jina Jeon derrière lui.

Il descendit de la voiture.

— Reste ici, fit-il à Kincaid. Ça ne devrait prendre que quelques minutes.

Tandis qu'il se mettait en chemin, Jina Jeon le rejoignit.

— C'est quoi, le plan ? demanda-t-elle.

— L'équipement que Cal nous a vendu était défectueux, je vais gentiment lui demander de le remplacer.

— Défectueux, comment ?

— Les agents des Opérations consulaires ont tout saisi après avoir fait sauter ta maison. C'est bien cela ou est-ce que tu m'as caché quelque chose ?

— Non, ils ont saisi tout ce que tu avais planqué dans la grange. Je suis navrée de t'avoir conseillé de l'y mettre.

— Je considère que Cal m'a assuré contre le vol.

— Et s'il n'est pas d'accord ? S'il refuse de remplacer quoi que ce soit ?

Janson leva une épaule.

— J'ai confiance.

Devant la porte, Janson pressa le bouton plusieurs fois. La sonnerie retentit, claire et sonore.

— Au fait, de quoi discutiez-vous Cal et toi quand je suis rentré dans la pièce, l'autre jour ? demanda-t-il tandis qu'ils attendaient. Il y a quelque chose entre vous ?

— Mon Dieu, non. Il m'a demandé de reconsidérer sa proposition.

— Sa proposition ? De te mettre avec lui ?

— De *travailler* pour lui.

La porte s'ouvrit, Cal Auster parut dans l'embrasure, les bras le long du corps. Il portait un peignoir ouvert sur un short à motif floral. Les poils poivre et sel de son torse ressortaient par-dessus un pull sans manche tout taché.

— C'est quoi ce bordel ? aboya-t-il. Vous avez une idée de l'heure, putain ?

— L'heure d'ouvrir le magasin, dit Janson en le repoussant et en s'engouffrant à l'intérieur.

— Hé ! cria Cal Auster. Plongeant la main dans son peignoir il en exhiba un de ces petits 9 mm que l'on appelle des pistolets de poche.

En réponse, le dos collé contre Cal, Janson balança sa jambe gauche en l'air. Le talon de sa botte de combat décrivit un large cercle pour venir percuter les articulations de Cal Auster. Le pistolet de poche fit un vol plané en direction de la porte d'entrée et Jina Jeon le récupéra au vol. Elle le refila discrètement à Janson.

— *Pu-tain !* cria Cal Auster en découvrant ses dents jaunes. Tu m'as cassé les doigts, putain !

— Fallait y penser avant de braquer une arme sur moi, Cal.

— Qu'est-ce que tu me veux, de toute façon ? Qu'est-ce que tu fous là, Paul ?

— Le matériel que je t'ai acheté. On me l'a volé.

— Et en quoi c'est mon problème, exactement ?

— C'est moi, ton problème, répondit Janson calmement.

Janson leva l'arme.

— Tu vas m'aider, Cal ?

Cal Auster gloussa. Ses yeux passèrent de Janson à Jina puis revinrent sur Janson.

— Qu'est-ce que tu comptes faire, me tuer ? Je ne pense pas, non. Il y a dix ans, peut-être. Pas aujourd'hui. Je t'ai percé à jour mec. Un putain de boy-scout, voilà ce que tu es devenu. Un gentil petit éclaireur.

— Je n'ai pas beaucoup de temps, fit Janson. Ce qui veut dire que tu en as encore moins. Guide-moi jusqu'à ta réserve ou je te jure que je te ferai regretter d'être né.

Cal Auster sourit.

— Et comment comptes-tu faire ça, au juste, Paul ? Tu as oublié tes propres règles ? Il leva la main gauche, dont les doigts étaient encore intacts, et se mit à compter.

— Ne pas tuer de civils. Ne pas torturer. Ne pas tuer quiconque n'essaie pas de vous tirer dessus.

Auster fit un pas en avant.

400

— Si j'en crois tes règles, tonton Cal est en parfaite sécurité.

— Eh bien, tonton, dis-moi. On n'a pas vendu des Kalachnikovs de fabrication chinoise à Pyongyang, récemment ?

— En quoi ça te concerne ?

— Allons, allons. Tu connais mon faible pour les marchands d'armes. Ne m'oblige pas à aller plus loin.

— Va te faire *foutre*, Paul, fit Auster en abaissant deux de ses trois doigts.

Janson inspira, plissa l'œil droit, visa le dernier doigt à la verticale et pressa la détente.

Cal Auster hurla, plus fort et plus longuement que le soldat qui s'était électrocuté dans la ZDM. Du sang coulait de sa main en jets incontrôlables.

Les yeux de Janson se posèrent sur le majeur de Cal tombé au sol.

— Jina, dit-il, tu veux lui donner un coup de main pour nettoyer ça ?

Tandis qu'elle courait à la cuisine à la recherche de serviettes, Auster cria :

— Pourquoi tu as fait ça, putain ?!

— Je me suis fait tirer dessus dans la Zone démilitarisée avec des armes que *tu* as fournies. Ce sont tes AK-47 qui ont failli me tuer, Cal. Donc, les Règles Janson ne s'appliquent pas à ton sujet, Tonton.

Janson fit un pas vers lui, plaça une main sur l'épaule voûtée d'Auster.

— Quand Jina va revenir, elle va t'aider à contenir tout ce sang. Ensuite, nous irons directement à ta réserve, toi et moi. Sinon…

Des larmes coulaient sans retenue sur le visage d'Auster.

— Sinon quoi ? Tu vas m'enlever un autre doigt ?

— Non, répondit Janson d'un ton égal. La prochaine fois, je viserai plus bas, vers quelque chose de légèrement plus mince et beaucoup plus court.

53

Ils roulaient vers la Zone démilitarisée quand le téléphone de Jina Jeon se mit à sonner sur le siège arrière.
Janson jeta un œil au rétroviseur. Tous quatre voyageaient maintenant dans la Cadillac noire Escalade de
Cal Auster.

Au bout de quelques instants, Jina Jeon mit sa main
sur le micro et dit :

— C'est Mi-Sook.

— Dis-lui de retourner à l'hôtel, fit Janson. Elle ne
peut pas abandonner son bébé. Elle ne peut pas abandonner l'enfant de Jin-ho.

Jina Jeon répéta les paroles de Janson mot pour mot.
Elle écouta la réponse puis dit :

— Moi ? Non. Non je ne peux pas m'occuper de
votre enfant, désolée. Non. Non ma mère non plus, elle
a 74 ans. Et vos parents ?

Janson conduisait toujours. Après plusieurs minutes,
Jina Jeon posa le téléphone.

— Qu'est-ce que dit Mi-Sook ?

— Elle affirme qu'elle ne laisse pas tomber son
enfant. Elle dit qu'elle a besoin de régler quelque chose
avant de revenir.

— Tu as mentionné ses parents ?

— Oui, sans réfléchir. Elle ne va évidemment pas renvoyer le bébé en Corée du Nord. Son père a le grade de général dans l'armée de Kim.

Janson accéléra. Ils n'avaient que peu de temps. Vik Pawar avait finalement livré les détails de l'opération Diophantus dans la maison sécurisée.

— Dans la Zone démilitarisée, avait-il lâché dans un souffle alors que Janson se dirigeait vers la porte pour laisser entrer Jina Jeon et Sin Bae.

Janson s'était immobilisé, la poignée dans ses doigts.

— Dans la Zone démilitarisée, *quoi* ?

— Dans la Zone démilitarisée, plusieurs agents des Opérations consulaires sont engagés avec des soldats de l'armée du Sud qui protègent la frontière.

— Qu'est-ce qu'ils doivent faire ? demanda Janson tout en craignant d'avoir deviné la réponse.

— Une incursion à découvert. Ils vont provoquer le Nord.

Bon Dieu, pensa Janson. Il y avait eu des centaines d'incursions au cours des soixante dernières années, il le savait – quasiment toutes commises par le Nord. Dans les années 1960, les échauffourées avaient abouti à la mort de quelque sept cent cinquante soldats, parmi lesquels quarante-trois Américains. Des commandos du Nord déguisés en soldats du Sud avaient aussi traversé la frontière plusieurs fois dans des tentatives pour attaquer la présidence de Séoul. Aucune n'avait réussi, très peu de soldats avaient survécu. Et ce n'était là que la part émergée de l'iceberg.

— Quand ? demanda Janson. Quand cela doit-il se produire ?

Comme Vik Pawar restait silencieux, Janson marcha jusqu'à lui et le saisit par le revers de sa chemise.

— *Quand*, Vik ? *Quand* ?

— Juste après l'aube.

Janson, qui accélérait vers le Nord, n'aurait su dire si le ciel s'éclaircissait ou si c'était un effet de son imagination. Il n'osait pas demander à quiconque dans la voiture par crainte de la réponse.

Même si aucune des précédentes incursions n'avait dégénéré, celle-ci était différente. Il s'agissait d'une provocation délibérée pour déclencher une guerre. La catastrophe idéale. Dans sa politique de tolérance zéro, le président de Corée du Sud avait juré de lâcher des missiles balistiques sur Pyongyang au cas où le Nord tirerait la moindre balle de l'autre côté de la frontière. Et à présent, des agents américains dévoyés avaient pour projet d'amener le Nord à faire précisément cela.

Nam Sei-hoon, Edward Clarke et les autres imbéciles impliqués dans Diophantus l'ignoraient, mais le Nord s'était préparé à répondre à la force par la force – une force qu'aucune nation au monde n'avait anticipée de la part de ce royaume ermite.

— Que se passera-t-il si nous sommes en retard ? demanda Kincaid alors qu'ils arrivaient en vue de la ZDM.

Janson prit une inspiration.

— Une fois que le Nord aura répliqué, il y aura une escalade des hostilités et le Sud tirera avantage des accords de sécurité passés avec les États-Unis. Ce qui entraînera la seule super-puissance mondiale dans une seconde guerre de Corée. Une fois les USA impliqués, poursuivit-il, la Chine fera une déclaration condamnant l'action américaine. Puis ils agiront en fonction de leurs intérêts, qui est de ne pas tolérer notre présence ou celle de nos alliés à la frontière chinoise. La Chine entrera donc dans le conflit. Cela dégénèrera en une guerre par procuration entre la première et la troisième puissance militaire mondiale.

Ce serait une guerre que les États-Unis finiraient par gagner.

Mais à quel prix ?

Janson ayant étudié les plans qu'il avait volés au Palais connaissait au moins une partie de la réponse. Au début, le Nord essaierait de prendre Séoul. N'y parvenant pas, il se résignerait à raser la ville et ses dix millions d'habitants.

Une fois la guerre devenue impossible à gagner pour le Nord, le régime tournerait ses armes sur sa propre capitale et sur son propre peuple.

Des millions de gens mourraient. Et, si Pyongyang lâchait ses missiles nucléaires, des dizaines de millions.

Car personne en Occident à l'exception de Paul Janson ne savait que le nouveau Leader Suprême de Corée du Nord, Kim Jong-un, avait secrètement adopté la politique de la terre brûlée.

54

Janson, l'un des M15 de Cal Auster accroché à son épaule, s'enfonça dans le brouillard qui recouvrait la Zone démilitarisée. L'oreille tendue, il guettait des coups de feu mais ne perçut que le bruit mat des pas de Kincaid dans la boue juste derrière lui.

Plus loin, Sin Bae et Jina Jeon semblaient avalés par la brume. Janson regretta une seconde qu'ils se soient séparés. Mais il le fallait. À l'horizon, l'aube se levait rapidement et ils devaient trouver les agents infiltrés avant que les premiers coups de feu ne soient échangés.

Il ne mit guère plus de dix minutes à réaliser qu'ils s'étaient lancés dans une tâche impossible. Il y avait trop de soldats, dispersés dans trop de directions différentes, trop de terrain à couvrir en trop peu de temps. L'obscurité, le brouillard jouaient contre eux. Il était déjà difficile de distinguer quoi que ce soit à plus de deux ou trois mètres, sans parler d'apercevoir un soldat prêt à faire feu. Et même s'ils parvenaient à les repérer, comment les arrêter à temps ? Seul un tir parfait y parviendrait peut-être et encore faudrait-il l'exécuter dans les pires conditions.

L'équipe se regroupa. Tous quatre avaient la respiration courte.

— Ça ne sert à rien, dit Janson, nous ne les trouverons jamais à temps.

— Alors qu'est-ce qu'on fait ? demanda Kincaid.

Les mains sur les hanches, Janson prit le temps de réfléchir.

— Il faut prévenir le Nord. Si nous ne pouvons pas arrêter l'infiltration, la seule façon d'empêcher une escalade militaire est d'avertir la cible.

— Et comment ?

— Pyongyang. Le Palais ne veut pas d'un changement de régime. Ils sont peut-être prêts à envahir leur voisin à la moindre provocation mais s'ils apprennent que Diophantus est le produit d'une agence de Renseignement américaine dévoyée, ils comprendront que le combat est perdu d'avance. Ils ont les moyens de détruire Séoul et même leur propre capitale, mais ils n'y survivraient pas. Et ce n'est pas ce qu'ils veulent. Ce qu'ils veulent, c'est la réunification, avec Kim Jong-un comme Suprême Leader de toute la Corée. Les plans d'invasion du Nord ont tous pour base l'effet de surprise. S'ils apprennent que le Sud s'est préparé, ils reculeront. En tout cas c'est ce que j'espère. Ça me semble notre seule carte.

— Comment va-t-on prévenir le Palais ?

— Jina, fit Janson, rappelle Mi-Sook. Demande-lui le nom complet de son père et où on peut le trouver au petit matin.

— Tu imagines quoi ? fit Kincaid tandis que Jina composait le numéro.

— Je suis déjà passé au Nord, répliqua Janson. Je peux le refaire.

Jina dit quelques mots en coréen, puis baissa l'appareil :

— Son père est le général Han Yong Chol. Ce matin, il devrait être quelque part du côté du Secteur de sécurité unifiée.

Janson acquiesça, tout en réfléchissant à ce que cela signifiait. Pas de tunnels, déjà, en soi c'était un soulagement. Si seulement il pouvait ne plus y remettre un pied pour le restant de ses jours !

Le Secteur de sécurité unifiée était une destination pratique, vu leur position actuelle, mais c'était aussi un territoire hautement dangereux. Il avait toutes les chances de se faire tirer dessus depuis les deux côtés de la frontière. Il allait donc lui falloir une forme de diversion.

Du regard, il passa en revue Jina Jeon, Sin Bae et Kincaid. Puis décida.

— Jina, tu viens avec moi.

Kincaid lui décocha un regard éloquent.

— Sin Bae, toi et Kincaid vous serez nos couvertures.

— Pourquoi est-ce que je reste en arrière ? protesta Kincaid.

— Parce que, dans le cas contraire, à moins que tu ne parles couramment coréen, le général Han rapportera au Palais les cadavres de deux Américains à la place d'un message d'avertissement.

À travers ses jumelles, Janson observait le Secteur de sécurité unifiée avec un malaise croissant. Passer la ligne de démarcation à cet endroit paraissait impossible. Même en tenant compte du soutien de Sin Bae et de Kincaid, les renforts nord-coréens seraient sur eux en quelques secondes.

Il abaissa ses jumelles et soupira.

— On ne peut pas passer en force. Et une diversion ne servirait à rien.

— Qu'est-ce qu'on fait ?

— Ça ne laisse qu'une seule possibilité, Jina.

— Laquelle ?

— La reddition.

Tout en approchant du Secteur de sécurité unifiée, Janson jeta un regard vers l'est où le premier éclat du soleil était maintenant visible au-dessus de la ligne basse des montagnes. Il ne pouvait s'empêcher de réfléchir. C'est de là que tout est parti, se disait-il. Du « Village de la Trêve » où les négociations quadripartites subirent le sort de toutes celles qui avaient précédé. Peut-être les critiques étaient-elles justifiées, peut-être toute diplomatie ici était-elle impossible. Soixante ans plus tôt, deux superpuissances, les États-Unis et l'Union soviétique, avaient coupé une nation en deux selon une ligne qui n'avait pas le moindre sens pour aucun des peuples concernés de part et d'autre. L'un des côtés avait prospéré, l'autre, c'était notoire, avait totalement sombré. La réunification paraissait bel et bien être, aux yeux de Janson, la seule manière de sauver les vingt-cinq millions d'habitants qui, sans avoir rien fait pour cela, étaient nés et s'étaient fait endoctriner du mauvais côté.

Sauf qu'elle ne pouvait être mise en œuvre par la force de factions corrompues issues de la communauté

410

des Renseignements américains et sud-coréens. C'était l'erreur d'Edward Clarke et de Nam Sei-hoon que de penser le contraire. Si les quinze dernières années avaient appris à Janson quoi que ce soit, c'était bien que l'on ne ment pas à l'opinion pour l'entraîner dans une guerre en espérant un résultat positif. Il fallait de la transparence. Un dialogue sincère, un débat civilisé, constituaient les éléments clés. C'étaient là les principes critiques de toute démocratie. Ceux pour lesquels des Américains s'étaient battus et étaient morts depuis la fondation de la République jusqu'à la guerre d'Afghanistan.

La transparence : ce pour quoi Lynell Yi était morte.

Ce pour quoi Gregory Wyckoff continuait de se battre.

Et ce pour quoi Janson donnerait sa vie si nécessaire.

Il leva haut les mains, Jina fit de même, et ils attendirent. En quelques secondes, ils furent repérés par un soldat de la République de Corée. Le soldat rabaissa ses jumelles, se tourna vers un officier supérieur, qui leva aussitôt un talkie-walkie à ses lèvres.

Trois autres soldats se matérialisèrent au coin du bâtiment bleu.

— Souviens-toi, dit Janson calmement : notre objectif est d'arriver aussi près que possible de la ligne de démarcation. Suffisamment près pour passer de l'autre côté sans se faire attraper ou tirer dessus.

— Qu'est-ce qu'on fait si les Sud-Coréens nous arrêtent avant ?

— On ne va pas leur en donner le loisir. À mon signal, on se sépare. Tu prends à gauche, moi à droite. Assure-toi seulement de garder tes mains en évidence, et avec un peu de chance, on ne se fera pas canarder de ce côté-ci de la ligne.

— Et de l'autre côté?

— Tu peux communiquer avec les soldats du Nord. Dis-leur que tu es une transfuge et que tu es là pour te rendre.

— Et toi?

— Bonne question. Je vais bien trouver quelque chose.

Janson fut satisfait de constater que les soldats du Sud n'approchaient pas. Tant qu'ils restaient à leur poste dans le Secteur de sécurité unifiée, atteindre la ligne de démarcation ne devrait pas poser de problème.

Observant Jina, il nota que ses mains levées trem-blaient. Il éprouvait une peur similaire au creux de l'estomac, mais sans manifestation visible.

Les soldats du Sud semblaient figés sur place. Deux d'entre eux sur les flancs extérieurs avaient cependant levé leurs armes.

— Ce n'est qu'une mesure de précaution de leur part, fit Janson pour tenter de la rassurer.

Il n'avait en vérité aucune idée de leurs consignes.

Un soldat s'avança, la main droite levée devant lui. Il cria en coréen.

— Il nous dit de nous arrêter, fit Jina.

— Oui, j'ai saisi.

— Nous ne sommes pas encore assez près.

— Attends mon signal.

Le soldat à la paume levée cria une seconde fois. Comme ils ne répondaient pas, il leva son fusil à son tour. Dans la distance, Janson pouvait voir les trois soldats nord-coréens en position, observant la manière dont leurs homologues géraient le problème.

Il se tourna vers Jina :

— Dis-leur que nous…

Il ne finit jamais sa phrase. Le soldat qui les avait interpellés venait de s'écrouler, une plaie sanglante, visible même à cette distance, juste sous l'œil gauche.

Janson regarda tout autour ; impossible de repérer d'où venait le tir.

Lui et Jina baissèrent les mains.

— Cours ! lui dit-il.

Ils détalèrent.

Presque aussitôt l'enfer s'abattit.

55

La plupart des collègues de Nam Sei-hoon à l'Intelligence Service avaient pris l'habitude de le voir arriver toute la semaine au bureau avant l'aube. Ce matin-là il fit de même, de manière à ne pas attirer les soupçons.

Il entra dans son bureau, ferma la porte derrière lui, s'assit à son bureau et alluma son ordinateur. Comme il le faisait presque chaque jour, il ouvrit sa page e-mail, entra son mot de passe à dix-sept chiffres. Neuf messages l'attendaient, la plupart adressés à l'agence en général plutôt qu'à lui. L'un d'entre eux attira cependant son attention. C'était un message de son adjoint qui lui était envoyé personnellement.

Depuis qu'il s'était impliqué dans Diophantus, Nam Sei-hoon avait pris du champ dans la gestion du travail ordinaire. Il déléguait la plupart des tâches obligatoires à son adjoint Jae-suk. Jusqu'à Diophantus, Nam prenait grand plaisir à interroger lui-même les transfuges du Nord. Beaucoup étaient des diplomates ou des officiers de haut rang ayant reçu permission de quitter le pays temporairement – et, en conséquence, pouvaient y être renvoyés, sous le contrôle de Nam Sei-hoon, bien entendu. Au cours des dix dernières années, il avait ainsi recruté un certain nombre de membres du Commandement de la Garde et même quelques agents du ministère d'État.

Mais du fait du cloisonnement et du culte du secret propres au Palais de Pyongyang, aucun de ces agents ne procurait d'informations vraiment utilisables. Après une année, Nam leur rendait généralement leur liberté, les ramenant à Séoul et leur fournissant une prime de vingt mille dollars pour commencer leur nouvelle vie. De temps à autre, rarement, Nam Sei-hoon attrapait un poisson bien plus gros, quelqu'un du premier cercle de Kim et, lorsque c'était le cas, il ne le laissait jamais partir.

À présent, Jae-suk l'avertissait d'une nouvelle défection, quelqu'un qu'il appelait « la femme d'un directeur-adjoint ». Nam faillit le rejeter. À partir d'aujourd'hui, il allait avoir des choses infiniment plus importantes à gérer, à commencer par la réunification du pays. Heureusement, il comprit à temps l'erreur qu'il s'apprêtait à commettre. Car une fois l'opération Diophantus sur les rails, il aurait plus que jamais besoin de renseignements en provenance du Nord. Même après la fin du conflit, la surveillance resterait cruciale pour apaiser les douleurs inévitables de la réunification.

Nam Sei-hoon prit le téléphone et composa le numéro du campus où les transfuges étaient maintenus. Il identifia la transfuge par son nom et son numéro, ordonna à l'officier de l'amener à l'Intelligence Service.

— J'aimerais conduire le débriefing dans mon bureau, dit-il.

— Très bien, Monsieur. Est-ce que cet après-midi vous convient ?

— Non, non, dit Nam, un œil sur la fenêtre pour sur-veiller la progression de l'aube. Amenez-la maintenant.

À Hickam Field, sur l'île hawaïenne d'Oahu, Lawrence Hammond raccrocha. Il hésita plusieurs secondes avant de quitter le divan sur lequel il était assis, et qui constituait l'unique meuble de la pièce. Il se dirigea jusqu'au réfrigérateur. S'arrêta à mi-chemin, en proie à des pensées vertigineuses.

C'était une chose de fournir une information. C'en était une autre de tuer.

En était-il vraiment capable?

Les yeux de Hammond s'emplirent de larmes. Il considéra ses possibilités.

Mais il n'y avait pas d'échappatoire, n'est-ce pas? Clarke avait été extrêmement clair : c'était soit le gamin, soit Hammond lui-même. Ce qui avait com-mencé comme une simple transaction lui permettant de gagner un peu d'argent en échange d'informa-tions qu'il fournissait aux adversaires politiques du sénateur était devenu le pire cauchemar de Lawrence Hammond.

Comment était-il passé de la collecte d'informations susceptibles de nuire à son patron au meurtre du fils de ce dernier? Tout s'était enchaîné si vite qu'il n'avait pas seulement eu le temps d'y réfléchir.

Mais maintenant, il savait.

Il n'avait plus d'excuse.

Ç'avait été leur projet dès le début – l'utiliser au gré de leurs besoins, quelque diaboliques qu'ils soient. Sitôt que Hammond avait accepté la première enveloppe, il avait abandonné l'existence dont il rêvait.

416

Il ouvrit le réfrigérateur, en sortit une bouteille de thé vert glacé Snapple, la boisson préférée de Gregory. Il saisit son porte-documents, le posa sur le bureau, composa le code à quatre chiffres et l'ouvrit pour en extraire la fiole d'arsenic.

Il en examinait le contenu quand son téléphone vibra sur le bureau.

Il répondit à contrecœur.

L'avion, lui dit-on, avait commencé sa descente. Il atterrirait à Hickam d'ici environ trente minutes.

56

Janson et Jina se précipitèrent, sans armes, à travers le Secteur de sécurité unifiée. Le son des fusils automatiques tout autour coupait l'air glacé. Dans le mélange de chaos et de brouillard, les soldats des deux camps semblaient les ignorer.

Les balles sifflaient. Janson avait le sentiment de se retrouver en Afghanistan, coincé au milieu d'une guerre que personne ne comprendrait jamais complètement.

Ils approchèrent une colline haute, Janson ralentit, saisit le bras de Jina. Au sommet, il vit une masse de soldats nord-coréens chargeant dans la brume de l'aube.

— Lève les mains, cria-t-il. Appelle-les. Dis-leur qu'on se rend.

Janson sortit rapidement un mouchoir blanc d'une poche et se mit à l'agiter au-dessus de sa tête.

Les soldats les mirent en joue sitôt qu'ils les aperçurent.

L'espace d'un instant, Janson pensa que la fin était proche.

Puis Jina cria quelque chose en coréen. Bien qu'ils partagent la même langue, Janson savait que le Nord et le Sud possédaient deux dialectes distincts. Il n'y avait plus qu'à espérer que ces soldats la comprenaient.

Ceux qui se trouvaient au premier rang s'arrêtèrent. Ils se positionnèrent à genoux et, sous les yeux horrifiés de Janson, pointèrent leurs canons. Lui et Jina faisaient face à un peloton d'exécution.

Deux soldats s'avancèrent, leurs armes levées.

Tout en approchant, ils se mirent à parler. Sans tourner la tête, Janson, qui ne pouvait les comprendre, jeta un œil à Jina pour la traduction. Mais elle était déjà en train de leur répondre. Il écouta attentivement. Elle prononça le nom de Han Yong Chol.

Dans l'instant même, l'un des deux soldats se retourna vers son groupe. Puis tous deux crièrent vers eux. Jina eut à peine le temps de hurler *baisse-toi !*

Janson se laissa tomber d'un coup avec l'impression de s'enfoncer dans le sol. L'un des deux soldats l'y aidait, un pied à la base de son cou. Il entendit Jina crier de douleur et aussitôt, le désir brûlant de se relever pour tuer les deux hommes à mains nues le submergea.

Les soldats les fouillèrent en détail, ne trouvèrent aucune arme, se mirent à crier de nouveaux ordres. Janson jeta un regard d'espoir à Jina.

— Reste au sol, dit-elle. Ils amènent le général Han.

Le général Han Yong Chol était un homme d'envergure, du moins selon les critères de la Corée du Nord. Un mètre quatre-vingts, les épaules larges, le torse épais, un uniforme impeccable, il respirait l'autorité. Sa voix de basse ne faisait rien pour diminuer cet effet.

Janson était prêt à laisser Jina diriger la conversation mais elle insista pour se contenter du rôle de traductrice.

— Le général veut savoir ce qui devrait le retenir de ne pas nous faire fusiller.

Ce n'était pas la question que Janson avait espérée.

— Dis-lui que nous sommes des amis de sa fille, Mi-Sook, dit-il néanmoins, toujours à plat ventre.

Jina traduisit les mots de Janson, puis la réponse du général.

— Il dit « Où est-elle ? Qu'est-ce que vous en avez fait ? »

— Dis-lui qu'elle a fait défection au Sud.

Le général Han n'attendit pas la traduction.

— Tu mens ! fit-il en anglais. Jamais elle ne trahirait sa patrie.

— Ce n'est pas pour elle qu'elle l'a fait, cria Janson en retour. C'est pour votre petite-fille.

Le général sortit un pistolet de son holster, s'agenouilla, pointa le canon sur la tête de Janson.

— Jina, hurla Janson, tu as ton téléphone ?

— Oui.

— Général Han, vous pouvez lui parler directement. Nous pouvons l'appeler.

Han gardait l'arme pointée sur Janson. Il tendit son autre main pour récupérer l'appareil. Jina le sortit avec précaution de sa poche et le plaça dans sa paume ouverte.

— Nous sommes ici pour vous avertir, dit Janson. L'assaut au Secteur de sécurité unifiée a été préparé. Les premiers coups de feu ont été tirés par des officiers du Renseignement américain. Ils agissent sous l'autorité du directeur et sans l'aval de la Maison-Blanche, sans même qu'elle le sache. Ils essaient de vous entraîner dans la guerre pour faire chuter le régime.

Janson osa lever les yeux. Le canon du pistolet était toujours pointé sur lui. Mais le général avait le téléphone de Jina plaqué sur son oreille gauche.

— Mi-Sook ? fit-il.

Tandis qu'il parlait à sa fille en coréen, Janson tendait l'oreille pour capter quelques mots. Il entendit le nom de Yun Jin-ho, et son cœur se fendit.

Le général mit fin à la conversation. Janson ne savait pas à quoi s'attendre, une balle ou le début d'un dialogue. Il s'efforça de se préparer aux deux.

— D'après Mi-Sook, dit Han, cette guerre pose un problème existentiel aux deux pays, Chosum et Chosum Sud.

— C'est exact, dit Janson. Si Pyongyang réplique à l'incursion de ce matin, les forces américaines seront forcées d'intervenir. La Corée du Nord sera écrasée en quelques jours.

— *Levez-vous*, cria Han.

Janson se dressa lentement sur ses genoux, puis se mit debout.

— Que faisons-nous ? dit le général.

— Il faut gagner Pyongyang avant que la situation ne dégénère. Nous devons aller au Palais.

Le général acquiesça de la tête. Il baissa la voix bien qu'aucun de ses soldats ne pût l'entendre.

— Vous savez sûrement que le Leader Suprême est dément, fit-il. Il ne nous écoutera jamais.

— Même les fous ont leur cohérence, répondit Janson. Si Kim Jong-un apprend qu'on essaie de le manipuler pour l'entraîner dans une guerre, il réagira. On peut organiser un rendez-vous téléphonique avec le Président des États-Unis.

— Vous *connaissez* le Président ? Personnellement ?

— Disons que j'ai mes entrées.

Comme Han ne répondait pas, Janson ajouta :

— C'est notre seule chance, mon Général. Notre seul espoir d'éviter une nouvelle guerre de Corée qui conduirait non seulement à la double destruction de Séoul et de Pyongyang mais à la mort de millions de Coréens des deux côtés du 38ᵉ parallèle.

Après un moment de silence, Han répondit :

— Vous avez peut-être un contact direct avec votre Maison-Blanche, mais je ne peux pas en dire autant au Palais. Le Commandement des Gardes ne nous permettra jamais d'entrer, surtout pas après ce qui s'est passé à la résidence Ryongson en début de semaine.

— Allons juste à Pyongyang, dit Janson. Je m'occupe de nous faire entrer au Palais.

— *Vous ?*

— Yun Jin-ho m'a montré le chemin. Faites-moi confiance, Général. Je sais ce qu'il faut faire.

57

Vingt minutes plus tard, Janson était de retour sur l'autoroute de la Réunification en direction de Pyongyang. Mais, cette fois, lui et Jina Jeon se trouvaient à l'arrière d'un transport de troupes d'une vingtaine de soldats sous le commandement du général Han. Le convoi passa les nombreux *checkpoints* de l'APC en trombe et sans le moindre incident.

— Nous arrivons, annonça le général en anglais dans le talkie-walkie que Jina tenait à la main.

Il inclina la tête en direction de Janson qui sortit de sa poche le Smartphone de Han Yong Chol. En tant qu'officier supérieur, Han était l'un des rares privilégiés au sein de l'Armée populaire de Corée autorisé à passer des appels internationaux à partir de son téléphone cellulaire.

Janson composa le numéro de Park Kwan. Ce dernier mit aussitôt Kang Jung en ligne.

— L'aigle a atterri, dit Janson, Kang Jung ayant insisté pour qu'ils utilisent un code.

— Bien compris, répliqua-t-elle. T moins cent quatre-vingts.

Janson consulta sa montre et traduisit pour Jina :

— Kang Jung va neutraliser le réseau dans trois minutes.

Du fait des black-out réguliers en Corée du Nord, le Palais, tout comme les autres zones réservées à l'élite du pays, dépendait d'un secteur électrique indépendant. Grâce à un programme spécial baptisé *North Korea Uncovered* mis au point par Google Earth et rendu public par l'Institut US-Corée à l'Université John Hopkins, Kang Jung était parvenue à en localiser les coordonnées.

— Cette gamine est incroyable, dit Jina.

— Absolument, répondit Janson en glissant le téléphone de Han dans sa poche.

Une fois l'électricité coupée, le transport de troupes du général Han n'eut aucun mal à passer à travers le grillage tandis que les soldats et les gardes pris de panique fuyaient de toutes parts.

Dans un hurlement de pneus, le véhicule s'arrêta net au bout de cent mètres à l'intérieur du complexe. Les portes arrière s'écartèrent, déversant les vingt soldats sous le commandement de Han.

Le général ouvrit la voie à coups de grenades fumigènes. Au pas de course, les soldats s'avancèrent en direction du Palais.

Une fois devant les portes, le général Han exigea du Commandement des Gardes que les hommes jettent leurs armes et se rendent. Janson n'avait rien vu de tel depuis la première guerre du Golfe, quand l'armée irakienne s'était rendue aux forces militaires américaines immédiatement après leur arrivée au Koweït, lors de l'opération Tempête du Désert.

Han appela Janson et Jina en première ligne. Il mit plusieurs de ses soldats en faction devant les portes du Palais, puis ordonna à ceux qui restaient de déposer leurs armes.

— On va entrer dans le Palais sans armes ? demanda Jeon, incrédule.

— Plusieurs tentatives d'assassinats contre Kim Jong-il et Kim Jong-un de la part de leurs propres gardes du corps ont entraîné une nouvelle politique de sécurité au Palais, expliqua Han. Aucune arme n'est tolérée dans les lieux où se trouve le Leader Suprême. Il n'y a aucune exception.

Il s'avança, tout en continuant d'expliquer par-dessus son épaule :

— Soyez assurée que nous ne rencontrerons aucune résistance armée non plus au sein du Palais. En fait, si notre expérience du terrain en dehors de la Résidence nous a enseigné quelque chose, nous ne devrions pas rencontrer de résistance du tout.

Kincaid et Sin Bae baissèrent leurs armes et se détendirent en apprenant de Park Kwan que Janson et Jina Jeon étaient arrivés à Pyongyang.

Kincaid ne pouvait s'empêcher de regarder Sin Bae avec répulsion. Sa seule image réveillait en elle le mélange de peur et de colère qu'elle avait éprouvé en courant dans Dosan Park, mais aussi l'impuissance qu'elle avait ressentie en se jetant à l'arrière du taxi, sa course dans la station de métro, son déguisement dans le vestiaire du magasin de vêtements à Séoul.

Elle lui jeta un œil par-dessus son épaule, le vit tel qu'il était en entrant au T-Lounge. Même si le son des tirs automatiques avait remplacé le rythme trépidant du bar-lounge, il lui apparaissait toujours aussi brutal et implacable que ce soir-là.

C'est le même monstre, pensa-t-elle. Celui qui lui avait presque ouvert la gorge au garrot. Celui qui l'aurait tuée sans la moindre étincelle de remords si Park Kwan n'était entré dans le vestiaire et n'avait aperçu son pistolet à l'instant même où il le faisait.

Janson lui avait dit : *Il est bien plus proche de toi ou de moi qu'aucun de nous ne l'avait imaginé.*

Parle pour toi, pensa-t-elle. Mais, en réalité, c'était exactement ce qu'il avait fait. Janson se voyait comme un monstre, réalisa-t-elle. Même à présent, après tout ce temps passé depuis son départ des Opérations consulaires. Il l'avait pratiquement admis dans la voiture sur le chemin qui menait à Chuncheon pas plus tard que ce matin.

Soudain, elle éprouva pour lui quelque chose qu'elle n'aurait jamais cru possible. Quelque chose dont elle n'avait jamais imaginé la nécessité, dont elle n'avait jamais pensé que cela pourrait arriver un jour, fût-ce comme une excuse, même si elle l'avait voulu.

De la pitié.

Pour la première fois de sa vie, Kincaid eut pitié de l'homme qu'elle aimait.

L'homme le plus beau, le plus intelligent et le plus attentionné qu'elle ait jamais rencontré ne se voyait pas comme quelqu'un de bon, pas même comme un homme – mais comme un monstre. Comme Sin Bae.

Il est bien plus proche de toi ou de moi qu'aucun de nous ne l'avait imaginé.

Janson se voyait toujours comme une Machine.

Le général Han Yong Chol à sa gauche, Jina Jeon à sa droite, Janson se tenait droit, hiératique, au centre d'une pièce magnifique aux plafonds voûtés et aux murs de marbre vert.

La dernière chose à laquelle il aurait pensé après leur entrée forcée dans le complexe présidentiel était bien que l'étiquette deviendrait en quelques minutes leur priorité. Mais l'énigmatique royaume isolé restait fidèle à sa réputation.

Un fonctionnaire aux cheveux blancs s'avança dans la pièce. Il était suivi par deux membres du Commandement des Gardes. Il donna des ordres aux trois visiteurs. Janson ne comprit pas le premier mot.

— Il faut que tu enlèves ta montre, lui murmura Jina.

L'officier lui cria dessus aussitôt. Elle répondit en coréen, l'informant apparemment que Janson ne parlait qu'anglais.

C'est surréaliste, pensa-t-il. Si quelqu'un lui avait dit la semaine précédente que dans quelques jours il se tiendrait dans le palais de Kim Jong-un, il l'aurait giflé pour lui faire reprendre ses esprits.

Il attendit que l'un des gardes présidentiels s'avance pour les fouiller, mais personne ne bougea. Il supposa que les visiteurs du Palais ne parvenaient jamais jusque-là sans se faire contrôler, peut-être même devaient-ils subir une fouille intégrale.

Défaut de sécurité, pensa-t-il.

Il regretta de n'avoir pas subtilisé l'un des pistolets des soldats durant le trajet. Il savait qu'avec la coupure de courant le détecteur de métal ne fonctionnerait pas. Mais il supposait que les gardes présidentiels procéderaient à des contrôles, et il y avait quelque chose de bien plus important que Janson devait faire passer avec lui. Un objet, pour l'essentiel en plastique, qui ne pouvait à lui seul déclencher l'alarme. Janson n'avait pas voulu prendre le risque d'une fouille supplémentaire. Déjouer Diophantus était après tout bien plus urgent que sa sécurité personnelle, ou même celle de Jina.

Dix bonnes minutes plus tard – dix pleines minutes passées debout, immobiles, dans le silence –, un second fonctionnaire entra dans la pièce suivi par six autres. Janson ne put s'empêcher de noter que chacun de ceux qui entraient était plus petit que le précédent de plusieurs centimètres.

Il songea à Nam Sei-hoon ; immédiatement, une vague de chaleur accablante l'envahit, monta jusque dans sa nuque, colorant ses joues et jusqu'au sommet de ses oreilles.

Il prit plusieurs inspirations profondes, se força à faire redescendre son rythme cardiaque.

Une fois les sept nains alignés contre le mur par ordre de taille, le premier des fonctionnaires, l'homme aux cheveux blancs, s'avança jusqu'au milieu de la pièce immense et se mit à parler d'une voix si majestueuse qu'on se serait cru à Versailles au temps du Roi Soleil.

— Le Président du Présidium de l'Assemblée Suprême du Peuple de la République Populaire Démocratique de Corée va maintenant faire son entrée.

Janson jeta un regard à sa gauche, vers Han Yong Chol, qui murmura :

— Officiellement, c'est le chef du gouvernement, le Numéro Deux du régime.

— Et en réalité ?

— En réalité c'est la marionnette de Kim Jong-un, la voix de son maître. Rien de plus qu'un laquais.

58

Lawrence Hammond regarda par la fenêtre du bureau. L'Embraer 650 touchait le sol de Hickam Field. Il était parvenu à convaincre le sénateur et Mme Wyckoff de le laisser monter à bord le premier. Question de sécurité, bien entendu. Hickam avait perdu toute communication avec l'Embraer des heures plus tôt et personne ne savait vraiment à quoi s'attendre. Le sénateur avait proposé que deux soldats accueillent son fils dans l'avion, mais Hammond avait rétorqué qu'une présence militaire ne ferait qu'effrayer Gregory après tout ce qu'il avait déjà subi. Le sénateur et son épouse n'avaient pu qu'acquiescer. Hammond monterait le premier.

Tout en observant le jet rouler le long de la piste pour venir se garer, Lawrence Hammond secoua légèrement le contenu de la bouteille de thé vert glacé. Puis un coup à la porte lui signala qu'il était temps de se diriger vers le tarmac.

On frappa à la porte de Nam Sei-hoon pour lui signaler que la transfuge venait d'arriver. Il rectifia son nœud de cravate, retira ses lunettes pour en nettoyer les verres. Il vérifia ses nouveaux e-mails, mais il n'y en avait pas.

Les rapports préliminaires étaient arrivés. Un incident était signalé dans la Zone démilitarisée. Mais les détails étaient flous, au mieux. Nam avait ordonné à son adjoint Jae-suk de le tenir informé. Si la situation empirait, il commanderait un cortège de voitures pour se rendre à la présidence afin de discuter de la situation.

— Entrez, dit-il en coréen.

La porte s'ouvrit. Dans l'embrasure, deux gardes se tenaient entre eux avec l'une des plus belles femmes que Nam Sei-hoon avait jamais vue.

Il resta assis. Non par manque de courtoisie, mais parce qu'il avait honte de sa taille, en particulier devant les jolies femmes.

Avec un geste en direction du fauteuil en cuir, de l'autre côté de son bureau, il la pria de venir s'asseoir. Puis il congédia les gardes. L'un d'eux commença à protester, mais Nam le fit taire d'un regard signifiant que c'était sans appel.

Une fois la porte refermée sur les deux hommes, Nam dit :

— Laissez-moi être le premier à vous accueillir dans la République de Corée. Il baissa la tête. Je dois me présenter. Mon nom est Nam Sei-hoon. Je suis le directeur des Affaires nord-coréennes ici, à l'Intelligence Service.

Un sourire adorable se peignit sur le visage de la jeune femme.

— Je sais qui vous êtes, dit-elle.

Neuf membres de la Garde présidentielle précédaient trois officiers de haut rang que Janson n'identifia pas.

Ce n'est que lorsque tous furent au garde-à-vous qu'un vieil homme en costume noir apparut dans l'embrasure de la double porte. Il portait une cravate gris métallique, de petites lunettes cerclées d'or, et ses cheveux (ou le peu qui en restait) étaient teints d'un noir profond.

Le président s'avança et les membres de la Garde présidentielle s'écartèrent pour le laisser passer. Il était suivi par l'un des officiers militaires, sur l'uniforme de qui Janson put identifier le grade de général.

Au bout de quelques mètres, le général porta un doigt à son oreille droite.

Le vieil homme s'arrêta à peut-être trois mètres de Janson et de ses deux acolytes. À cette distance, il était facile de réaliser que le président devait bien approcher les quatre-vingt-dix ans, constata Janson. S'il ne les avait pas déjà.

— Je suis le général Jang Yong-sun, dit en anglais l'homme en uniforme. Vous êtes en présence du Président du Présidium de l'Assemblée Suprême du Peuple, le Camarade Tel Dong-gun.

À sa droite et à sa gauche, Janson vit Han et Jina baisser la tête et il en fit autant.

— Annoncez le motif de votre visite, ordonna le général Jang.

Janson jeta un regard à Han, puis réalisa que tous les yeux étaient dirigés vers lui.

— Mon nom, dit-il, est Paul Janson. Je suis un ancien agent clandestin du gouvernement des États-Unis. Je travaille actuellement pour un consultant en sécurité privée. J'ai récemment été engagé par le sénateur de Caroline du Nord James Wyckoff pour localiser son fils, un adolescent du nom de Gregory Wyckoff, faussement accusé du meurtre de sa petite amie Lynell Yi par le gouvernement de la Corée du Sud.

« Mademoiselle Yi travaillait comme interprète pour l'émissaire américain dans le cadre des négociations quadripartites qui se déroulent actuellement dans le Secteur de sécurité unifiée de la Zone démilitarisée de Corée. La raison de ma présence ici : mes collègues et moi-même avons découvert au cours de notre enquête que Lynell Yi a été assassinée par un agent travaillant pour une faction corrompue d'une agence de Renseignement des États-Unis.

« Piéger Gregory Wyckoff avait pour fonction de le neutraliser. Mademoiselle Yi a été tuée parce qu'elle a surpris une conversation entre les émissaires américain et sud-coréen. Cette conversation concernait une opération clandestine baptisée Diophantus. L'objectif de Diophantus, avons-nous appris depuis, est d'amener le Nord à commencer une nouvelle guerre de Corée aboutissant à l'effondrement du régime actuel de Pyongyang.

« Les coups de feu tirés depuis l'autre côté de la frontière dans la ZDM ce matin marquent le début de l'Opération. C'est pourquoi, Général, vous *devez impérativement* empêcher toute escalade militaire en réponse. Les factions corrompues américaines en liaison avec des factions corrompues de l'Intelligence Service de la Corée du Sud *veulent* que vous répondiez en attaquant le Sud afin d'entraîner les États-Unis dans le conflit, conformément aux accords de sécurité signés entre les USA et la Corée du Sud.

« Une fois les États-Unis impliqués, cette guerre, vous le savez, Général, aboutira au massacre de votre armée et au bout du compte de votre population.

Le général Jang demeura impassible, tandis qu'il plaçait un doigt sur son oreille droite. À ses côtés, le président semblait s'ennuyer profondément.

— Camarade Président ? interrogea Janson.

Ce fut le général qui répondit.

— Nous trouvons difficile de croire que le gouvernement des États-Unis n'ait pas été informé de ce soi-disant complot, monsieur Janson. Ce que vous décrivez nécessite des sommes extrêmement élevées, particulièrement si, comme vous le suggérez, l'objectif final est le renversement du régime dans la République Démocratique du Peuple et la réunification de la Corée. Nous savons tous dans la péninsule que la réunification, aussi désespéré que soit notre désir de la voir arriver un jour, coûterait des milliards de dollars à mettre en place.

Janson plissa les yeux. C'était quelque chose qu'il avait totalement perdu de vue – le coût financier. Il avait été si absorbé par le prix en vies humaines de la réunification de la péninsule que l'aspect économique lui avait totalement échappé. Le budget clandestin des États-Unis avait récemment été révélé. Le Congrès faisait la chasse au moindre centime. Comment avait-il pu ne pas y penser ? Quelqu'un d'autre – un autre pays ? – devait financer Diophantus. Mais qui ?

— *Cui bono ?* réfléchit Janson à voix haute.

Ce qui ne parut guère impressionner le général.

— Excusez-moi ? fit-il froidement.

— *Cui bono ?* répéta Janson. C'est un adage latin, Général. Une traduction moderne approximative serait : *à qui profite le crime ?*

Il y avait forcément un motif caché derrière le projet de changement de régime. À l'époque où Janson entrait aux Opérations consulaires, le pire ennemi d'un agent était souvent son propre gouvernement – des directeurs comme Derek Collins, si foutrement persuadés de leur bonne cause qu'ils n'accordaient pas un regard aux dommages collatéraux. Mais à présent, avec des budgets réduits susceptibles d'être rendus publics par des sous-traitants indisciplinés de la NSA, les directeurs du Renseignement ne bénéficiaient plus de ce genre de pouvoir. Du moins pas sans aide extérieure.

Mais de l'aide en provenance de qui ?

Rien ne faisait sens de nos jours si ce n'était pas financier. Les violations des Droits de l'homme, même les pires atrocités, n'incitaient à l'action que si des intérêts étaient menacés.

Shanghai.

Dans son esprit, il entendit de nouveau les coups de feu, sentit les battements de son cœur dans sa poitrine tandis qu'il essayait de se perdre dans la foule. Il se vit dans la ligne de mire d'un sniper, courant vers un taxi. Il pensa à Silent Lynx, et à sa fuite de justesse hors de la République populaire de Chine.

Dans un flash, il revit son client, Jeremy Beck. Jeremy Beck qui avait dépensé des millions simplement pour obtenir des preuves de l'actuelle campagne du gouvernement chinois concernant le cyber-espionnage et le vol de données.

434

« *Qui d'autre va le faire ?* », avait dit Beck la pre-mière fois qu'il avait embauché Janson. « *Sûrement pas le Département d'État. Sûrement pas le Congrès américain. Washington ne va pas entrer en guerre avec Pékin sur un sujet pareil. En tout cas pas dans le climat géopolitique actuel.* »

— Alors ? fit le général Yang. Vous avez une réponse ? Ou est-ce que vous nous posez la question ? À qui profite le crime, monsieur Janson ?

— Les gouvernements n'ont plus de pouvoir absolu, Général. Les multinationales, si. Elles ont gouverné des pays entiers pendant des décennies. À présent, elles di-rigent des superpuissances.

Le général posa un doigt sur son oreille.

Janson poursuivit :

— Une fois le régime nord-coréen éliminé et le contrôle de Séoul sur toute la péninsule établi, les États-Unis auront un allié directement à la frontière chinoise. Pékin ne sera plus en mesure de voler des milliards de dollars de secrets commerciaux aux grands groupes américains, à commencer par les entreprises du complexe militaro-industriel. Ce sera fini.

Le soldat de seconde classe au visage poupon qui, quelques jours plus tôt, avait conduit Lawrence Hammond et son invité Paul Janson du tarmac au bâti-ment administratif dans lequel il se tenait à présent, frappa de nouveau à la porte. Toujours pas de réponse de la part du chef de cabinet du sénateur, et le séna-teur et son épouse commençaient à se faire nerveux. C'était compréhensible. Vu ce qu'ils avaient enduré ces derniers jours, les parents du jeune soldat l'auraient été tout autant.

Il jeta un œil dans le couloir et frappa de nouveau.

— Monsieur Hammond? appela-t-il.

Finalement, il tourna la poignée de la porte, l'ouvrit, et passa la tête à l'intérieur.

— Monsieur Hammond? répéta-t-il.

La première chose qu'il vit fut la bouteille renversée sur le sol, près du réfrigérateur. C'était, constata-t-il, une bouteille de thé vert Snapple.

Puis il vit la main de Hammond ouverte. Son regard remonta de la main au bras, du bras à l'épaule et jusqu'à son visage.

— Monsieur Hammond? dit-il calmement, bien qu'il sût que ce n'était plus nécessaire.

Le soldat de seconde classe savait reconnaître un cadavre. Il en avait déjà vu.

— C'est une théorie intéressante, monsieur Janson, dit le général Jang. Le président n'avait toujours pas dit un mot. Mais c'est précisément pour les raisons que vous énoncez que la République Démocratique du Peuple de Corée ne sera jamais abattue par les chiens d'Américains ni par leurs marionnettes au Sud. Notre voisin chinois a bien trop à perdre, il ne le permettrait pas.

Janson ne dit rien.

— Voyez-vous, monsieur Janson, Chosum Sud n'est pas la seule nation de la péninsule à bénéficier d'accords de coopération militaire.

— La Chine n'entrera jamais dans une guerre initiée par le Nord, dit Janson.

436

— Vous avez tout à fait raison. Et ce qui s'est produit ce matin dans la Zone démilitarisée n'est pas suffisant pour provoquer une escalade. C'est la raison pour laquelle, dans les dix prochaines minutes, nos agents infiltrés au Sud vont lâcher un missile balistique sur Pyongyang.

Janson et Jina Jeon échangèrent un regard nerveux.

— Naturellement nous n'avons rien à craindre, poursuivit Jang avec un sourire crispé. Le missile atterrira sans dommages dans un champ à des centaines de kilomètres d'ici. Il aura juste l'air d'avoir été tiré sur le Palais.

— Salopard, dit Janson, plantant directement son regard dans celui du général. Vous attendiez ça.

— Nous savons très bien, monsieur Janson, dit le général Yang, que le monde n'acceptera pas une réunification de la Corée consécutive à une invasion réussie du Nord. Mais la République Démocratique du Peuple a tout à fait le droit de se défendre contre les agresseurs impérialistes et leurs valets.

Janson se taisait.

— Malheureusement, reprit Jang tout en se dirigeant vers des membres de la garde présidentielle, aucun de vous trois ne sera là pour voir le triomphe de la Corée socialiste unifiée.

Plusieurs des gardes s'alignèrent derrière Janson, Jeon, et le général Han.

D'une voix sonore, qui se répercuta entre les plafonds voûtés et les murs de marbre vert, Jang poursuivit :

— Tous trois avez été convaincus d'espionnage contre la République Démocratique du Peuple de Corée.

En conséquence, vous êtes condamnés à être exécutés par un peloton d'exécution immédiatement.

Il retira un petit objet de son oreille et se dirigea vers les hommes positionnés derrière les condamnés.

— Garde, emmenez-les.

— Vous ne pourrez jamais vous en tirer, dit Janson calmement, tandis que l'un des gardes lui saisissait les bras.

Jang sourit.

— Quelle formidable façon de conclure cet entretien. Par un de vos stupides clichés hollywoodiens.

Sans que Jang s'en doutât, Janson avait déjà déclenché le Plan B. En fait, il avait volé l'idée à Gregory Wyckoff : *Si le Nord ne tient pas compte de vos avertissements, avertissez la Chine.*

Les doubles portes derrière le général s'ouvrirent brutalement.

Janson vit l'un des membres de la garde se précipiter en criant le nom du général Jang.

Le général se retourna et le garde lui dit quelque chose en coréen de manière précipitée.

Janson se dégagea de l'homme qui lui tenait les bras. Le soldat, qui avait écouté, ne fit aucun effort pour reprendre le contrôle de son prisonnier.

Lentement, les doubles portes commencèrent à se fermer.

Jina allait dire quelque chose mais Janson leva une main pour l'interrompre :

— Pas besoin de traduction.

Son autre main plongea dans la poche de sa veste pour en sortir le téléphone de Han Yong Chol. Il en pointa la caméra juste à temps pour capturer l'expression de surprise d'un jeune homme qui se tenait bizarrement devant un groupe d'officiers. Vêtu d'une tunique noire, le jeune homme était petit et gros, et son visage rond affichait une expression soucieuse qui lui creusait les traits.

— Souriez, murmura Janson, vous êtes filmé.

Il prit le cliché juste avant que les lourdes portes ne se referment.

59

Dans son bureau à Washington DC, Edward Clarke regardait CNN sur l'écran de son ordinateur dans un silence incrédule. Au cours des dix minutes précédentes, il s'était concentré sur les mots du présentateur Wolf Blitzer :

— Nous vous rappelons que CNN n'a pas encore pu vérifier l'authenticité de cet enregistrement, qui nous arrive semble-t-il par un circuit de l'ancienne République soviétique d'Estonie.

Jusque-là il n'y avait eu qu'une bande-son.

Mais, soudainement, une image apparut sur l'écran. On y voyait une vaste salle aux plafonds voûtés et aux murs de marbre vert. Puis la caméra zooma sur une seconde pièce luxueuse qui se situait derrière deux portes métalliques en train de se fermer lentement. Dans cette seconde pièce, un groupe d'officiers et un jeune homme en tunique noire se faisaient face.

Bon Dieu ce n'est pas possible.

Il vit Janson sur l'écran qui murmurait : « Souriez, vous êtes filmé. »

Puis les portes se fermèrent.

Nam Sei-hoon leva les yeux vers la merveilleuse jeune femme qui tenait le pistolet. De la sueur coulait de son front mais il n'osait pas se lever pour prendre un mouchoir ou tenter quoi que ce soit.

— Je vous en prie, dit-il en coréen, reconsidérez la chose.

La femme, toujours souriante, secoua la tête.

— Il y a des gens dehors, dit Nam tout en cherchant son souffle. Il se sentait défaillir. Vous serez arrêtée avant d'avoir quitté ce bureau. Vous passerez le restant de votre vie en prison. Êtes-vous sûre que c'est ce que vous voulez ? Un voile blanc obscurcit soudain sa vision. Êtes-vous sûre que vous voulez faire ça ?

Sur le visage de la jeune femme, le sourire fondit lentement.

Une seconde, Nam Sei-hoon pensa l'avoir convaincue.

Puis, dans un anglais cristallin, la jeune femme dit :

— Sûre. Et. Certaine.

Elle appuya sur la détente.

Le général Jang arracha le téléphone des mains de Janson et l'écrasa sur le sol.

— Tuez-les ! ordonna-t-il.

L'un des gardes du Palais s'empara aussitôt de Janson et bloqua son bras contre sa gorge. De sa main droite, Janson agrippa ses doigts, les tira vers l'arrière jusqu'à les briser. De son coude gauche, il décocha un coup mauvais en plein dans le plexus solaire du garde.

Un second soldat s'approcha. Janson frappa l'homme d'un coup de tête dans la poitrine, puis en relevant le crâne il lui fractura la mâchoire.

Un troisième garde qui s'élançait fut reçu d'un coup de la paume qui lui écrasa la base du nez, sa tête partit en arrière et il s'effondra. Pendant ce temps, Janson balançait déjà son coude dans la gorge d'un quatrième.

Attaquant par-derrière, il agrippa les oreilles de l'un des deux hommes qui luttaient avec Jina et le projeta contre le sol de marbre.

Il courut jusqu'à Han, lança un coup de pied dans le genou de l'homme qui cravatait le général. Un autre garde se tourna vers lui et reçut un coup de pied en plein dans l'aine.

La plupart des gardes encore debout couraient aussi vite qu'ils le pouvaient en direction de la sortie.

Le général Jang et les fonctionnaires s'étaient enfuis dans la pièce adjacente protégée par la double porte en métal.

— Foutons le camp d'ici, cria Janson à Han et Jina Jeon.

En courant, ils passèrent la porte par laquelle ils étaient entrés, descendirent en sens inverse et quatre à quatre les escaliers qu'ils avaient empruntés.

En bas, les gardes de Han avaient leurs armes braquées sur les fuyards de la garde présidentielle.

Janson dirigea le groupe hors du palais, sauta à l'arrière du transport de troupes qui attendait. Il se tourna, tendit le bras vers Jina Jeon et la hissa dans le camion.

Les autres soldats suivirent à la file.

Le général Han courut jusqu'au siège passager, ouvrit la porte et grimpa.

Un instant plus tard le transport de troupes avait démarré, et traversait à toute vitesse les rues vides de Pyongyang.

Dans le bureau d'Edward Clarke, sa ligne privée se mit à sonner. Il s'assit sans bouger, dans l'obscurité, tandis qu'une seconde ligne se faisait entendre, puis une troisième. Son téléphone cellulaire s'alluma et vibra, la vibration le fit glisser jusqu'à l'extrémité de la surface lisse du bureau au bout de laquelle il chuta sur le tapis en silence. Comment un homme qui vit déjà dans l'ombre peut-il disparaître ?

Le véritable public de Janson pour cette vidéo n'était pas Washington mais Pékin. Pékin, car la Chine était essentielle dans la stratégie de Pyongyang. Sans la Chine, Pyongyang tomberait en quelques semaines, sinon en quelques jours. Mais la Chine ne pouvait pas davantage entrer dans un conflit initié par le Nord, que les États-Unis pouvaient s'impliquer dans une guerre déclenchée par le Sud.

Pour autant, si Pékin était le cœur de cible de Janson, Washington restait l'endroit où sa conversation avec le gouvernement de Pyongyang aurait le plus d'écho. Albright et Hildreth et Ella Quon auraient beau se plaindre et hurler à la prochaine conférence au Méridien, au bout du compte, ils n'auraient pas d'autre choix que de le couvrir.

C'était tout aussi vrai de Nam Sei-hoon et de l'ambassadeur Young à Séoul. Tous devaient maintenant concentrer leurs efforts pour réduire les dégâts. Même Javers, Hastings et Paltrow. Eux n'avaient pas de poste à perdre, seulement leur réputation. Même les richards pouvaient se retrouver dans une prison fédérale, quoi qu'en pensent les banquiers de Wall Street.

Il y aurait des enquêtes, c'était certain. La presse allait se jeter sur l'affaire tel un chien sur un os – mais seulement jusqu'à ce que autre chose vienne capter son attention. L'épicentre de la crise était la Corée, pas le Midwest, si bien que l'opinion américaine cesserait de s'y intéresser en moins de temps qu'il ne fallait pour le dire. Bon sang, la moitié de la population du pays était incapable de trouver la Corée sur une carte. Ce n'était pas un hasard si la guerre de Corée était surnommée « la guerre oubliée ».

Quelques soldats avaient trouvé la mort dans la Zone démilitarisée – et alors ? Si nul n'avait porté attention ni à l'Irak ni à l'Afghanistan, qui diable allait se soucier de ça ? Pas le Congrès – pas avec les élections qui approchaient. Ils s'enverraient quelques noms d'oiseaux dans les couloirs et peut-être que, d'ici à cinq ans, une vague commission d'enquête cherchant un bénéfice politique tiendrait une poignée d'auditions qui ne seraient suivies par personne.

Les téléphones de Clarke continuaient de sonner, mais il les entendait à peine.

Paul Janson. C'était lui le salopard dont Edward Clarke devrait se méfier dans les années à venir. Sauf que Janson ne croyait pas en la vengeance. Il n'avait pas ça en lui. En envoyant un streaming live de sa conversation dans la capitale nord-coréenne, il avait désamorcé Diophantus. Il avait foutu le projet en l'air pour de bon. Il s'était débrouillé pour que Pyongyang ne puisse ni répliquer, ni provoquer une escalade militaire. Ce n'était plus possible maintenant que Pékin avait eu vent de leurs plans. Séoul et Washington n'auraient plus à présent qu'à tout nier en bloc, et l'un des pauvres abrutis qui s'étaient fait descendre dans l'escarmouche de la ZDM porterait le chapeau à titre posthume pour avoir déchargé son arme sans raison apparente en direction de la Corée du Nord.

Janson avait obtenu ce qu'il voulait. Aucun de ses protégés n'était mort. Et il avait achevé sa mission à l'instant où ce couard de Hammond avait avalé le poison prévu pour le fils Wyckoff.

Les téléphones continuaient de sonner.

Clarke finit par débrancher la ligne. Il se délecta du silence qui suivit. Le dos contre le dossier de son fauteuil, il laissa ses pensées dériver lentement, de la Corée vers la Fédération de Russie. Vladimir Poutine était entièrement dédié à la reconstruction de l'Union soviétique. Pyongyang ne représentait pas la moitié de la menace que Moscou incarnait. Clarke se leva, fit le tour de son bureau. Il était temps d'avancer. Peu importait une nouvelle guerre de Corée. Il y avait une nouvelle guerre froide à l'horizon. Et le Renseignement américain devait s'y préparer.

Kincaid les repéra d'abord dans ses jumelles. Ils étaient à pied maintenant et montaient vers elle à travers le Secteur de sécurité unifiée. Elle baissa les jumelles, leva son arme et chargea, ripostant aux tirs des soldats nord-coréens tandis que Janson et Jina Jeon couraient vers le Sud.

Elle courut le long des arbres, conduisait Janson et Jina jusque dans la forêt.

Lorsqu'ils furent à l'abri des tirs, elle laissa tomber son arme, prit Janson dans ses bras et le serra contre elle. Tant de fois, au cours des jours précédents, elle avait cru qu'elle ne pourrait plus l'étreindre.

Janson la serrait contre lui. Il jeta un regard alentour. Il fit d'abord un signe à Jina puis planta ses yeux dans ceux de Kincaid avec une expression épuisée.

— Sin Bae ? demanda-t-il.

Kincaid fronça les sourcils.

— La dernière fois que je l'ai vu, il marchait sur le chemin de terre, vers le Nord, en grommelant je ne sais quoi à propos d'une fille nommée Su-ra.

Épilogue

Walea Beach
Île hawaïenne de Maui

Janson reposa le livre de poche sur ses genoux. Il fixa l'horizon derrière ses lunettes Wayfarer. Jessie barbotait, une main sur son front pour adoucir la réflexion du soleil sur les vagues. Elle avait repéré un couple de baleines à bosse le jour de leur arrivée sur Maui et, depuis, elle scrutait l'horizon azuréen en quête d'autres spécimens.

Étendu sur sa chaise longue, Janson lança le bras vers son sac marin pour en tirer son téléphone. Il voulait passer ce coup de fil depuis leur arrivée à Hawaï, mais l'idée lui sortait de la tête. Il parcourut sa liste de contacts, appuya sur le bouton.

— Donnez-moi une raison pour ne pas raccrocher.

— Je n'en vois plus aucune, répondit Janson. J'appelle juste pour signaler que tes services ne sont plus nécessaires. J'ai trouvé quelqu'un d'autre.

Il raccrocha avant que Morton puisse répondre.

— Ça non plus n'était pas nécessaire, tu sais, dit Jessie en se laissant tomber sur la chaise longue près de lui. Il suffisait de ne plus l'appeler.

Janson posa une main sur son poignet bronzé. Il glissa ses doigts sur son avant-bras puis jusqu'au creux de son coude.

— C'est parfois bien de faire les choses juste parce qu'on en a envie.

— Ce n'est pas moi qui vais te dire le contraire.

— D'ailleurs, après ce que Kang Jung – pardon, après ce que *Lord Wicked* a réussi avec juste un ordinateur portable et le téléphone du général Han, je ne crois pas que nous aurons encore besoin de qui que ce soit dans ce domaine. Pas avec son talent.

La pensée de la jeune fille réintégrée, obtenant un rôle légitime à Catspaw, le fit sourire. À présent, elle avait bel et bien une place dans le monde. Pas simplement un travail, mais des amis sur lesquels elle pourrait toujours compter, des gens qui l'aimaient. Des gens susceptibles de donner leurs vies pour elle.

Quelques minutes plus tard, Jessie prit son téléphone et vérifia ses messages. Puis :

— Park Kwan a appelé. Il a reçu les félicitations de son ministère pour son rôle dans la résolution du meurtre de Lynell Yi.

— Je suis très heureux pour lui. Des nouvelles de Mi-Sook ?

— Elle est toujours en prison. Le juge a refusé la caution. Mais Park Kwan dit que l'avocat que tu as engagé pour elle est le meilleur de toute la Corée du Sud. Kwan pense que, étant donné l'implication de

Nam Sei-hoon dans le complot, le procureur voudra négocier.

— Si elle va au procès, dit Janson, je serai le premier à témoigner.

— Comment va son bébé ?

— Très bien d'après Jina. Sa mère l'aide à s'occuper d'elle et Jina a lancé la procédure d'adoption. Ça ne devrait pas poser de problème. Mi-Sook est d'accord et Jina et sa mère ont une maison flambant neuve dans un des quartiers les plus prestigieux de Séoul.

— Ça t'a coûté combien, au juste ? sourit Jessie.

— Ne me le demande pas, sourit-il en retour. La prochaine fois que je fais sauter une baraque, je m'assurerai que le propriétaire a une bonne assurance.

— Qui sait ? Tu n'auras peut-être plus rien à faire sauter à l'avenir.

— Soyons réalistes, Jessie.

Jessie porta une bouteille de FIJI à ses lèvres.

— Nous savons qui a manigancé toute l'affaire au sein du gouvernement. Ce sont toujours les mêmes. Mais qui a financé Diophantus, à ton avis ?

Janson secoua la tête.

— Je ne sais pas, et je ne vais pas chercher à le savoir. Si notre client Jeremy Beck est impliqué, je ne veux même pas en entendre parler.

— Tu veux que j'aille chercher une pelle pour enterrer ta tête dans le sable ?

— Je sais, soupira-t-il, je suis un sale type.

— Tu parles que tu l'es. Paul Janson, tu es le plus gentil, le plus aimant, le plus généreux des hommes que j'aie rencontrés. Il va falloir que tu l'admettes un jour ou l'autre.

Les mots de Heath Manningham résonnèrent dans la tête de Janson. *Démissionner ? Dis-moi. Combien as-tu tué de gens depuis ta soi-disant démission ?*

Janson regretterait toute sa vie ce qui s'était passé à Daeseong-dong. Même si Phœnix n'avait pas de lieu fixe, la Fondation était son vrai foyer ; ses étudiants sa véritable famille. Et pourtant, il était au bout du compte responsable de la mort de Heath Manningham. Même s'il avait eu l'intention que Manningham survive à sa chute, il avait le sentiment d'avoir tué l'un des siens.

Mais ce qui était fait ne pouvait être défait, il le savait pertinemment.

Il ferma les yeux, pensant combien il aurait aimé que Phœnix puisse venir en aide à Sin Bae. L'assassin s'était volatilisé dans le brouillard de la ZDM. Était-il vraiment retourné à Yodok, après tout ce temps, pour y retrouver sa sœur ?

Su-ra.

Pour triste que cela soit, tant que Kim Jong-un serait au pouvoir, Janson était persuadé que Sin Bae ne trouverait en Corée du Nord que la souffrance et la mort.

Il ouvrit les yeux et regarda sa montre.

— C'est bientôt l'heure de l'apéritif, Jessie. Tu veux toujours aller danser, ce soir ?

Elle se mordit la lèvre inférieure.

— Si seulement mon partenaire n'était pas resté à Séoul.

— Je serais ravi d'envoyer l'Embraer le chercher si tu veux.

Elle se tourna vers lui.

— Et toi, alors ? Avec qui vas-tu danser, Paul ?

450

Il haussa les épaules.

— Je ne sais pas. Je vais peut-être tenter ma chance avec Kayla.

— C'est vrai que tu peux être un vrai monstre, des fois, sourit-elle.

— C'est ce qu'on me dit, fit-il en lui retournant son sourire.

Série « Janson »

LA DIRECTIVE JANSON
LA MISSION JANSON (Paul Garrison)
LE CHOIX JANSON (Paul Garrison)
L'ÉQUATION JANSON (Douglas Corleone)

Série « Jason Bourne » (*Eric Van Lustbader, d'après Robert Ludlum*)

LA PEUR DANS LA PEAU
LA TRAHISON DANS LA PEAU
LE DANGER DANS LA PEAU
LA POURSUITE DANS LA PEAU
LE MENSONGE DANS LA PEAU
LA TRAQUE DANS LA PEAU
L'URGENCE DANS LA PEAU
LA TERREUR DANS LA PEAU

PAPIER À BASE DE
FIBRES CERTIFIÉES

Le Livre de Poche s'engage pour
l'environnement en réduisant
l'empreinte carbone de ses livres.
Celle de cet exemplaire est de :
300 g éq. CO_2
Rendez-vous sur
www.livredepoche-durable.fr

Composition réalisée par Belle Page

———————

Achevé d'imprimer en France par
CPI BRODARD & TAUPIN (72200 La Flèche)
en mai 2019
N° d'impression : 3033882
Dépôt légal 1re publication : juin 2019
LIBRAIRIE GÉNÉRALE FRANÇAISE
21, rue du Montparnasse – 75298 Paris Cedex 06

41/5938/8